MEGAN DEVOS arbeitet als Operationsschwester und lebt in South Dakota. Das Schreiben ist schon immer ihre größte Leidenschaft. Ihre vierbändige Serie »Ruins of Love« wurde zur Wattpad-Sensation: Weltweit sind Millionen von Leser*innen süchtig nach der dramatisch-prickelnden Liebesgeschichte von Grace und Hayden.

Außerdem von Megan DeVos lieferbar:

Die Grace-&-Hayden-Reihe:

Ruins of Love – Gefangen
Ruins of Love – Gespalten
Ruins of Love – Zerrissen
Ruins of Love – Vereint

www.penguin-verlag.de

MEGAN DEVOS

RUINS OF LOVE

GESPALTEN

ROMAN

Aus dem Englischen von
Nicole Hölsken

PENGUIN VERLAG

Penguin Random House Verlagsgruppe FSC® N001967

1. Auflage
Copyright © 2018 der Originalausgabe by Megan DeVos
Copyright © 2022 der deutschsprachigen Ausgabe by Penguin Verlag
in der Penguin Random House Verlagsgruppe GmbH,
Neumarkter Straße 28, 81673 München
Redaktion: Christiane Sipeer
Umschlagmotiv und -gestaltung: www.buerosued.de
Satz: Uhl + Massopust, Aalen
Druck und Bindung: GGP Media GmbH, Pößneck
Printed in Germany 2024
ISBN 978-3-328-10630-2
www.penguin-verlag.de

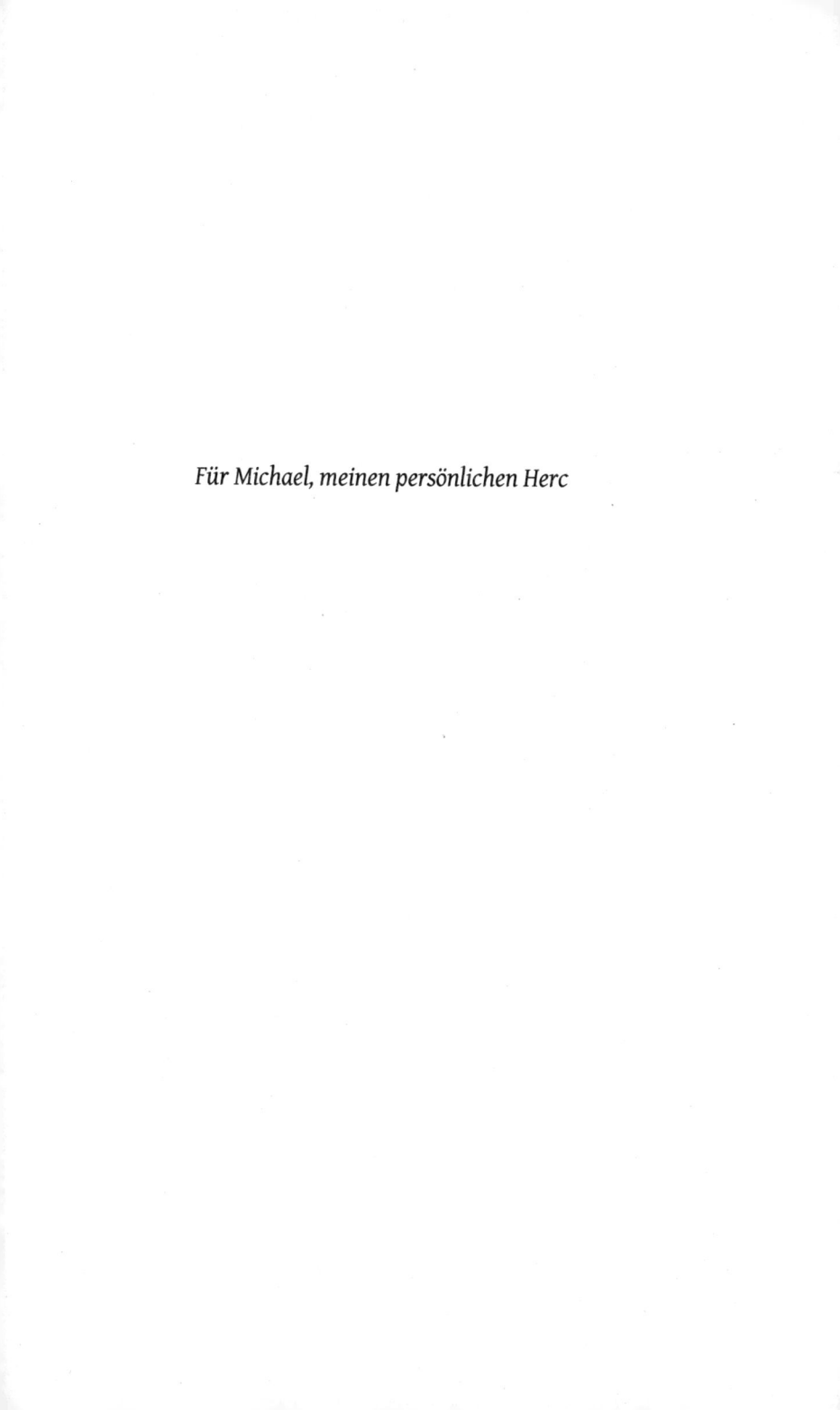

Für Michael, meinen persönlichen Herc

KAPITEL 1

VERTRAUEN

Grace

Ich atmete tief aus und presste die Lider zusammen, um den Schmerz in meinem Brustkorb auszublenden. Jede winzige Bodenwelle fuhr mir wie ein Vorschlaghammer in die Seite, egal wie vorsichtig Hayden fuhr. Ich verbarg den Kopf weiter hinter den Armen, damit niemand sah, wie ich das Gesicht verzog; ich wollte nicht, dass Hayden ein schlechtes Gewissen wegen etwas bekam, das er sowieso nicht ändern konnte.

Der Truck fuhr durch ein Schlagloch, und erneut spürte ich den scharfen Schmerz unter meinen Rippen, sodass ich zwischen zusammengebissenen Zähnen scharf ausatmete. Meine Hand an Haydens Schulter umfasste den Stoff seines Shirts fester, während ich den Schmerz abzuwehren versuchte, und sogleich fuhr er noch langsamer und vorsichtiger.

Ich hatte den Schmerz erst wahrgenommen, als ich in den Truck geklettert war und die Wirkung des Adrenalins nachließ, das nach dem Kampf und Haydens Worten durch meinen Körper strömte. Doch jetzt konnte ich das rot glühende Stechen unmöglich mehr ignorieren, das mir wie ein Schwert durch die Brust fuhr. Ich spürte die klebrige, warme

7

Feuchtigkeit des Blutes. Mein Shirt klebte mir am Bauch. Noch schlimmer als diese Wunde war allerdings der Schmerz in meinen Rippen.

Ich atmete zittrig ein, spürte, wie der Truck sich durch die Bäume hindurchschlängelte. Wir näherten uns also endlich wieder Blackwing. Als sich eine Hand auf meinen Rücken legte, zuckte ich zusammen, was erneut eine Welle des Schmerzes durch meinen Körper sandte.

»Geht es dir gut?«, fragte Malin neben mir ebenso besorgt wie verwirrt. Niemand schien anfänglich bemerkt zu haben, dass ich verletzt war, genauso wenig wie ich selbst. Nein, das stimmte nicht – Hayden hatte es registriert.

»Hmm.« Mehr brachte ich nicht heraus, nickte nur langsam und drückte das Gesicht weiterhin auf meinen Arm, den ich gegen Haydens Rücklehne stützte. Meine Hand an seiner Schulter war das Einzige, was mir Halt gab, während ich versuchte, dem Schmerz nicht nachzugeben; ich spürte seine Nervosität.

»Es geht ihr gar nicht gut«, blaffte Hayden ärgerlich. Er murmelte noch etwas anderes, das ich über das laute Motorengeräusch hinweg jedoch nicht verstand. Mein Herz machte einen Satz, als ich seine Sorge um mich wahrnahm, auch wenn sie sich hinter seinem barschen Ton verbarg. Doch ich hatte keine Kraft zum Antworten, denn eine weitere Unebenheit auf der Straße sandte eine heftige Schockwelle durch meinen Körper.

Nach ein paar qualvollen Minuten brachte Hayden den Truck schließlich zum Stehen. Ich konnte kaum den Kopf von den Armen heben, als ich hörte, wie meine Tür aufgerissen wurde. Das Blut rauschte in meinen Ohren, und ich fühlte mich benommen, als ich mich zu ihm umdrehte. Er sah mir kurz in die Augen, dann warf er einen Blick auf die rote Blutspur an meiner Seite, trat vor und schob mir die Arme unter Knie und Rücken. Mit Leichtigkeit zog er mich von der Rückbank des Trucks herunter.

»Hayden, mir geht es gut«, log ich und blinzelte, um einen klaren Kopf zu bekommen. Er presste mich fest an seine Brust und setzte sich in Bewegung. Automatisch schlang ich ihm trotz meiner Proteste die Arme um den Hals.

»Nein, tut es nicht«, widersprach er sanft. Im Hintergrund hörte ich noch immer das Brummen des Trucks. Er hatte nicht einmal den Motor ausgeschaltet, und wahrscheinlich saß die restliche Mannschaft immer noch im Wagen. Hayden hatte kein Wort zu ihnen gesagt, sondern mich einfach nur von der Rückbank gezogen und davongetragen.

»Doch ...«

»Grace, verdammt, es geht dir gar nicht gut«, wiederholte er entschieden. Ich konnte sein Stirnrunzeln förmlich spüren, obwohl mein Kopf an seine Schulter gesunken war. Mir war vor Schmerzen ganz schummrig. Ich kam mir erbärmlich schwach vor, weil ich so getragen werden musste; ich hatte schon schlimmere Qualen durchgemacht und sie allein überstanden. Ich konnte mich gut allein um mich kümmern.

Jedenfalls versuchte ich mir das einzureden, während ich mich von Hayden davontragen ließ. Ich spürte die Wärme seines Körpers unter seinen Kleidern, ebenso wie das heftige Pochen seines Herzens, während mein Kopf auf seiner Schulter ruhte. Ich konnte mich kaum rühren, merkte, wie

Hayden eine Tür aufstieß und das Sonnenlicht, das erbarmungslos auf uns herabgeschienen hatte, ausschloss.

»Docc!«, rief er so scharf, dass ich zusammenfuhr und eine weitere Welle des Schmerzes meinen Körper erfasste. Hayden bemerkte es sofort. »Shit, sorry.«

»Schon gut«, murmelte ich undeutlich und schloss erneut fest die Augen. Ich spürte, wie er mit dem Daumen ganz leicht meine Schulter streichelte und weiterging. Die sanfte Berührung linderte den Schmerz ein ganz klein wenig.

»Was ist passiert?«, fragte Docc, der auf einmal neben uns aufgetaucht war, in beruhigendem Ton.

»Sie hat sich mit gleich drei Brutes auf einmal angelegt«, erklärte Hayden schnell.

»Ach Grace«, flüsterte Docc leise, teils tadelnd, teils beeindruckt. »Leg sie dort aufs Bett, Hayden.«

»Ich lege dich jetzt hin, ja?«, verkündete Hayden leise. Seine Stimme klang ganz nah, und tatsächlich: Als ich die Augen öffnete, war sein Gesicht nur wenige Zentimeter von meinem entfernt, und seine Miene war eindeutig besorgt. Seine strahlend grünen Augen blickten unverwandt in die meinen, und er musterte mich mit gerunzelten Augenbrauen.

»Na gut«, antwortete ich schwach. Meine zittrige Stimme war mir ebenso verhasst wie die Tatsache, dass er mich so sah – so schwach, verletzlich. Genau das wollte ich nie sein. Als Frau war es ohnehin schon schwer genug, von anderen ernst genommen zu werden, und noch schwieriger als verletzte Frau, die auf die Krankenstation getragen wurde. In Haydens Blick fand ich jedoch keine Spur von Mitleid, als er mich sanft aufs Bett hob. Er hielt mich fest in den Armen, bis er sicher war, dass ich sicher lag, und zog sich erst zurück, als ich ihm kurz zunickte.

»Wo bist du verletzt?«, fragte Docc ruhig und fixierte mich mit seinen tiefbraunen Augen. Es fiel mir trotzdem schwer, ihn anzusehen, denn Haydens Blick war es, der sich in mich einbrannte. Der Augenblick schien sich viel zu sehr in die Länge zu ziehen, und Docc musste seine Frage wiederholen. Ich riss mich von Haydens Anblick los und sah ihn an.

»Wo bist du verletzt, Mädchen?«, wiederholte er leise.

»Brustkorb, linke Seite«, antwortete ich und verzog das Gesicht vor Schmerz, als ich versuchte, auf die Stelle zu deuten. Mittlerweile war sie blutdurchtränkt, was ihm sicher nicht entgangen war.

»Ich muss dir das Shirt aufschneiden, um die Wunde zu reinigen. Hayden, wenn du so freundlich wärst, draußen zu warten ...«

»Nein!«, platzte ich schnell heraus. Zu schnell. Ich schluckte schwer, dann sprach ich weiter. »Hayden kann ruhig bleiben.«

Docc musterte mich einen Augenblick lang, und in seinen Augen glomm ein wissender Funke. Dann nickte er bedächtig. »Na gut, Mädchen.«

Er wandte sich ab und brauchte ein paar Augenblicke, um sich Verbandsmaterial zu holen. Sogleich kehrte mein Blick zu Hayden zurück. Er beugte sich über mein Bett, stützte die Hände auf die dünne Matratze – nur wenige Zentimeter entfernt von meiner eigenen. Mir kam der Gedanke, dass er vielleicht gar nicht bleiben wollte, obwohl ich Docc gerade erklärt hatte, dass er es könne.

»Du, äh, du musst nicht ...«

»Halt den Mund, Grace, ich bleibe«, unterbrach er mich leise und kopfschüttelnd. Mir stockte der Atem, als er seine Hand auf meine legte, die Finger mit meinen verwob und sie sanft hochhob. Angesichts seiner Beharrlichkeit bekam ich Herzklopfen, und plötzlich kam mir der Schmerz gar nicht mehr so schlimm vor. Doch Doccs Rückkehr unterbrach diesen Augenblick der Nähe. Er warf einen Blick auf unsere Hände, sagte aber nichts.

»Hier, nimm dies«, wies er mich an, gab mir eine Tablette und eine Wasserflasche. »Gegen die Schmerzen.«

Ich folgte seinem Befehl und schluckte die Pille. Ich spürte das kühle Metall der Schere, die Docc nun gezückt hatte und mit der er mein Shirt aufschnitt, sodass der Stoff auf die Liege fiel. So lag ich jetzt nur noch in BH und Shorts da. Docc verhielt sich äußerst professionell, und Hayden hatte mich so schon einmal gesehen, sogar noch mehr von mir, und das nun schon mehrfach.

Ich zuckte zusammen, als Docc sanft meine Rippen abtastete, und widerstand dem Drang, hinzusehen. Aus Erfahrung wusste ich, dass der Anblick einer Wunde den Schmerz nur intensivierte; besser, man sah sich den Schaden nicht an. Also fixierte ich weiterhin Hayden, der mich keine Sekunde lang aus den Augen ließ. Sanft fuhr sein Daumen über meinen, und er drückte mir ermutigend die Hand.

»Ist es die Wunde, die dir Schmerzen bereitet?«, fragte Docc nun. Ich spürte, wie er etwas von dem Blut mit einer Art Gaze abwischte; dann den stechenden Schmerz, als er die Wunde mit Alkohol reinigte.

»Nein«, antwortete ich aufrichtig. Die Wunde schmerzte tatsächlich, aber es war lediglich eine Fleischwunde. Davon hatte ich schon unzählige gehabt. Was mich quälte, war ein tief sitzender, heftiger Schmerz, der sich davon deutlich unterschied.

»Hmm«, murmelte Docc leise. Er untersuchte meine Rippen weiter, und unwillkürlich sah ich jetzt doch nach unten. Ich keuchte, als mein Blick auf die Verwundung fiel, und wieder durchzuckte eine heftige Woge des Schmerzes meine Rippen. Eine langgezogene, klaffende Wunde verlief von dem Bereich unter meiner Brust bestimmt zehn oder zwölf Zentimeter diagonal nach unten. Sie blutete stärker, als ich erwartet hätte. Sie war nicht besonders tief, aber durch die Länge wirkte sie besorgniserregender als erwartet.

Erheblich schwerwiegender war jedoch der dunkel-violette Bluterguss, der sich bereits an meinem Brustkorb ausbreitete. Eine solche innere Blutung verhieß nichts Gutes. Meine Befürchtungen erwiesen sich als bestätigt.

»Gebrochene Rippe«, murmelte ich leise, während ich mit Docc zusammen den Schaden besah. Der Schmerz schien auch prompt schlimmer zu werden, wie nach diesem Anblick nicht anders zu erwarten gewesen war.

»Ich fürchte, ja«, antwortete Docc ruhig. Mit den Fingern übte er leichten Druck auf beide Seiten meines Brustkorbes aus, sodass ich scharf den Atem einsog.

»Nicht!«, rief Hayden unvermittelt. Docc wandte den Blick von meiner Verletzung ab und musterte Hayden neugierig.

»Du tust ihr weh«, fügte Hayden leise hinzu und hielt Doccs Blick stand.

Ich drückte leicht seine Hand und sah ihn an. Er musterte Docc mit grimmiger Miene. Dann spürte er, dass ich ihn beobachtete, und sah wieder auf mich herab.

»Ist schon gut«, versicherte ich ihm seufzend. Seine Miene wirkte besorgt.

»Vielleicht solltest du doch besser rausgehen, mein Sohn«, schlug Docc sanft vor. Ich wusste, er würde mir noch mehr Schmerzen bereiten müssen, und ihm war klar, dass Hayden das nicht würde miterleben wollen.

»Nein«, widersprach Hayden entschlossen. »Ich bleibe.«

»Na gut.« Docc seufzte. »Du solltest nur im Vorfeld wissen, dass ihr noch mehr Schmerzen bevorstehen. Also sei für sie da, statt mir zu erzählen, dass ich aufhören soll.« Hayden runzelte die Stirn, nickte aber.

»Gut. Und jetzt, Grace, muss ich dich noch etwas abtasten, damit du mir sagen kannst, wo es am heftigsten wehtut.«

»Okay«, sagte ich und holte tief Luft, um mich zu wappnen. Haydens Hand umfing meine fest, und mit einem Kopfnicken signalisierte ich, dass ich bereit war.

Doccs Hand glitt sanft über meinen Brustkorb, tastete vorsichtig nach herausstehenden Knochen. Der Druck war unangenehm, aber nicht unerträglich. Sorgfältig überprüfte er jeden einzelnen Knochen, und nach drei oder vier Versuchen fuhren seine Finger über eine Stelle, bei der ich vor Schmerz keuchte.

»Da«, japste ich und zitterte vor Qual.

Hayden stieß neben mir ein lautes Schnauben aus, und ich spürte seine andere Hand leicht auf meiner Schulter. Sein Daumen strich langsam über meine Haut, und tatsächlich war diese Berührung zumindest eine gewisse Ablenkung von der Pein.

»Na gut«, sagte Docc ausdruckslos und merkte sich die Stelle, bevor er mit seiner Untersuchung fortfuhr. »Sag Bescheid, wenn noch etwas Derartiges auftritt.«

Ich nickte, gab aber keine Antwort, denn ich hatte noch immer mit den Beschwerden zu kämpfen. Ich spürte, wie seine Finger an meinen Rippen entlangfuhren, aber der scharfe, bohrende Schmerz von eben trat kein zweites Mal auf. Er beendete die Untersuchung meiner Knochen und zog die Hände zurück, sodass ich die Augen wieder öffnete.

»Nun?«, fragte ich und fürchtete, dass er bestätigen würde, was ich mir schon gedacht hatte.

»Ich glaube, du hattest Glück«, antwortete er langsam und suchte sich alles zusammen, um meine Wunde zu nähen. »Ohne ein Röntgenbild kann ich keine konkrete Diagnose stellen, aber ich nehme an, dass du dir nur eine einzige Rippe gebrochen hast. Scheint ein sauberer Bruch zu sein, der gut verheilen wird, aber du wirst ein paar Tage höllische Schmerzen haben, bevor es wieder besser wird.«

Erleichtert atmete ich aus. Solange es sich um einen glatten Bruch handelte, war eine gebrochene Rippe kein Weltuntergang. Splitter- oder offene Brüche dieser Art waren erheblich gefährlicher, denn sie konnten innere Organe schädigen. Ich hatte also tatsächlich Glück gehabt.

»Bedauerlicherweise kann man bei einer Rippe keinen Gips anlegen, du musst dich also ein paar Wochen lang schonen, bis sie wieder zusammengewachsen ist«, fuhr Docc fort. Ohne Vorwarnung goss er Desinfektionsmittel auf meine

Wunde, und ich zischte vor Schmerz. Haydens Griff um meine Hand wurde fester, so als fühle er ihn ebenfalls.

»Ist wahrscheinlich tatsächlich eine gute Nachricht«, stieß ich mit zusammengebissenen Zähnen hervor. Er hatte angefangen, die Ränder der Wunde zusammenzuführen, um mit dem Nähen zu beginnen. Ich wusste bereits, dass man bei gebrochenen Rippen nichts weiter machen konnte, war also nicht überrascht.

»Sie wird also wieder gesund?«, fragte Hayden. Es war das erste Mal nach Doccs Rüffel, dass er überhaupt wieder etwas sagte.

»Aber ja«, versicherte Docc und nickte bedächtig. Dann richtete er den Blick wieder auf meine Rippen. »Bereit zum Nähen?«

Ich nickte und biss die Zähne aufeinander, wappnete mich für den hinlänglich bekannten Schmerz der Nadel. Ich wusste, dass Betäubungsmittel rar waren, weshalb ich nicht einmal darüber nachdachte, um welches zu bitten. Außerdem fand ich, dass mir derlei Medikamente nicht zustanden, denn immerhin stammte ich ja gar nicht aus Blackwing.

Ich sah Hayden in die Augen. Er verzog das Gesicht und beugte sich noch näher zu mir herab, ließ die Hand an meinem Hals hinaufgleiten und legte sie mir auf die Wange. Ich spürte, wie seine Finger sich am Hinterkopf in meinem Haar vergruben, während sein Daumen mir sacht über die Wange strich.

»Sieh mich einfach nur an«, sagte er leise. »Es ist vorbei, ehe du es überhaupt bemerkt hast.«

Ich nickte und konzentrierte mich auf eine gleichmäßige Atmung und auf die Kraft, die Haydens Anwesenheit mir gab – darauf, dass er an meiner Seite war, obwohl er es gar nicht sein musste. Sosehr ich mir auch wünschte, stark und unabhängig zu sein, musste ich mir doch eingestehen, dass es sich gut anfühlte, jemandem so viel zu bedeuten. Es war so seltsam – jemanden zu haben, der offensichtlich etwas für mich empfand –, denn ich war daran gewöhnt, grundsätzlich auf mich selbst gestellt zu sein.

Selbst damals in Greystone war der einzige Mensch, auf den ich mich je hatte verlassen können, mein Vater gewesen. Celt war für mich da gewesen, wann immer er konnte, aber oft hatten ihn seine Aufgaben als Anführer des Camps in Anspruch genommen.

Mein Bruder war unbesonnen und gewalttätig. Abgesehen vielleicht von körperlicher Verteidigung, war er mir nie eine Stütze gewesen. Außerdem war er ein brutaler Mensch – über etwas anderes als Gewalt hatten wir meiner Erinnerung nach nie gesprochen.

Meine beste Freundin Leutie war immer zu zerbrechlich gewesen, als dass ich auf sie hätte zählen können. *Ich* war diejenige gewesen, die *sie* unterstützt hatte, an die sie sich anlehnen konnte, nicht umgekehrt. Vielleicht wäre sie im Notfall trotzdem für mich da gewesen, aber der war nie eingetreten.

Doch nun, während mir die Nadel durchs Fleisch fuhr, um es zusammenzuflicken, brauchte ich Hayden. Ich brauchte seine Hand an meinem Gesicht, seine andere Hand in der meinen, seinen stetigen Blick, mit dem er mich erdete. Ich brauchte die Beruhigung und den starken Rückhalt, obwohl ich eigentlich Angst hatte, beides anzunehmen. Sosehr ich es auch verleugnen wollte, so gewiss ich auch war, dass ich mich nicht auf ihn verlassen wollte, ich brauchte ihn.

Ich sah ihm weiterhin unverwandt in die Augen, während ich den Schmerz auszublenden versuchte, und er hörte keine Sekunde lang auf, mir zärtlich über die Wange zu streichen. Ich war von seinem Blick wie hypnotisiert, seine Intensität nahm mein Denken so sehr gefangen, dass ich die Pein kaum mehr spürte. Immer noch klebte ihm getrocknetes Blut im Gesicht, und obwohl ich gerade genäht wurde, hätte ich ihn am liebsten gewaschen. Möglicherweise war er selbst ebenfalls verletzt, aber bislang hatte er sich ausschließlich auf meine Behandlung konzentriert.

»Fast fertig«, sagte Docc schließlich und brach damit den Bann, mit dem Hayden mich belegt hatte. Letzterer zog kurz die Augenbrauen hoch und warf mir noch einen beruhigenden Blick zu.

»Du machst das toll, Grace«, murmelte er mit leiser, sanfter Stimme. Ich biss mir auf die Unterlippe, als ein besonders heftiger Nadelstich meine Nerven in Aufruhr versetzte. Dann atmete ich zittrig aus, konzentrierte mich abermals auf Hayden und seine zärtliche Berührung. Dass mein Herz so wild pochte, war wahrscheinlich nicht auf die Verletzung zurückzuführen.

Nach einem letzten Stich durchtrennte Docc den Faden und legte mir einen dünnen Verband an. Erleichtert entspannte ich die Schultern. Mir war gar nicht bewusst gewesen, wie sehr ich mich verkrampft hatte.

»Geschafft«, verkündete Docc. Er sammelte seine Utensilien ein und richtete sich auf. Überraschend beugte sich Hayden vor und presste mir ganz leicht die Lippen auf die Stirn, bevor er sich wieder zurückzog.

»Gut gemacht«, flüsterte er. Ein letztes Mal fuhr sein Daumen über meine Wange, dann ließ er die Hand sinken und stellte sich ebenfalls gerade hin.

Ich spürte, dass Docc uns beobachtete, aber er zog es vor, die offensichtliche Zuneigung zwischen Hayden und mir nicht weiter zu kommentieren.

»Jetzt hole ich dir noch etwas gegen die Schmerzen, dann bist du entlassen«, sagte Docc und schritt zu seinem Medizinschrank hinüber.

»Oh, nein, geht schon«, versicherte ich schnell. Ich wollte nicht noch mehr von ihren Arzneien in Anspruch nehmen.

»Ruhig, Kind. Die Hälfte von dem Zeug hast du schließlich selbst für mich besorgt, also ist das das Mindeste, was ich für dich tun kann.«

Ich seufzte und gab nach. Doch ich kam mir egoistisch vor, weil ich wegen der heftigen Schmerzen nicht weiter widersprach. Die Wunde würde in ein paar Stunden sicher Ruhe geben, aber die gebrochene Rippe würde mir noch tagelang, wenn nicht gar wochenlang Probleme machen.

»Hier, nimm alle sechs Stunde eine, und wenn es allzu schlimm ist, lieber zwei«, wies Docc mich an und reichte mir ein Fläschchen.

»Was ist das?«, fragte ich und musterte mit verengten Augen das Etikett, das schon etwas verblasst war.

»Hydrocodon«, erklärte er. Ich nickte. Den Wirkstoff

kannte ich. Dann drückte er mir zwei weitere Pillendöschen in die Hand. »Nach etwa einer Woche setzt du es ab und nimmst lieber Paracetamol. Das kannst du alle paar Stunden einnehmen – je nach Bedarf.«

»Danke, Docc.«

Nach allem, was er seit meiner Ankunft hier schon für mich getan hatte, kam mir diese Antwort erbärmlich vor, aber mir fiel einfach nichts Besseres ein.

»Natürlich. Und jetzt braucht ihr beide Ruhe. Hayden, mach dich bitte sauber. Nicht, dass du dir noch eine Infektion einhandelst«, befahl er streng, wobei er den Blick zwischen uns beiden hin und her wandern ließ.

»Mach ich«, versicherte Hayden, ohne den Blick von mir abzuwenden. Erst jetzt schien ihm aufzufallen, dass ich immer noch nur den BH trug. Automatisch griff er hinter sich, um sein T-Shirt auszuziehen. Mit heftigem Ruck zog er sich das Kleidungsstück über den Kopf und reichte es mir.

»Hier«, sagte er leise. Ich nahm das Shirt mit leisem Lächeln entgegen.

»Danke.«

Auf der unverletzten Seite konnte ich mir das T-Shirt durchaus mit dem Arm über den Kopf ziehen, doch den anderen konnte ich nicht heben. Ohne ein weiteres Wort packte Hayden meine Handgelenke und führte sie in die Armlöcher. Dann ließ er mich wieder los, sodass ich mir das T-Shirt ganz herunterziehen konnte. Ich hatte Mühe, nicht zu erröten, weil ich so lächerlich hilflos war.

»Danke«, murmelte ich abermals. Er nickte unmerklich.

»Soll ich dich tragen?«

»Nein, wird schon gehen«, antwortete ich und winkte ab. Ich beugte mich langsam vor und konzentrierte mich darauf, nicht das Gesicht zu verziehen, während ich die Beine von der Liege schwang. Hayden wartete dicht neben mir. Offensichtlich rechnete er damit, dass ich jeden Augenblick zusammenbrechen könnte.

»Nein, lass mich ...«

»Hayden, ich meine es ernst«, beharrte ich. »Gib ... gib mir nur deinen Arm. Du musst mich nicht tragen.«

Er seufzte frustriert. Dann streckte er mir den Ellbogen entgegen, damit ich mich bei ihm einhaken und hochhieven konnte. Scharfer Schmerz durchfuhr meine Rippen, aber ich ignorierte ihn und machte einen unsicheren Schritt nach vorn, wobei ich mich auf Hayden stützte.

»Passt aufeinander auf, ihr beiden, habt ihr gehört?«, rief Docc hinter uns her. Unwillkürlich umspielte ein winziges Lächeln meine Lippen, denn die Formulierung gefiel mir irgendwie.

»Natürlich«, versicherte ich, als Hayden keine Antwort gab. Er schien viel zu sehr von der Aufgabe in Anspruch genommen zu sein, mich sicher zur Tür zu geleiten. An der Tür, die Hayden jetzt für uns aufhielt, hörte ich Docc noch leise lachen. Die Sonne ging inzwischen unter und tauchte Blackwing in einen sanften, goldenen Schein.

Überrascht erblickte ich Dax, der vor der Krankenstation an der Mauer lehnte und auf uns wartete. Der Truck war verschwunden. Wahrscheinlich stand er wieder in der Garage, und der Nachschub, den wir organisiert hatten, war schon weggeräumt. Kaum hatte er uns entdeckt, stieß Dax sich von der Wand ab und kam auf uns zu. Erst als er nur noch einen Meter entfernt war, entdeckte ich, dass er das Fotoalbum, das ich für Hayden geholt hatte, in Händen hielt. Er betrachtete Haydens nackten Oberkörper, registrierte, dass ich sein T-Shirt trug.

»Hey«, rief er. Noch nie hatte ich ihn einen so ernsten Ton anschlagen hören. »Alles in Ordnung?«

Keine Ahnung, an wen sich diese Frage richtete, aber Hayden schwieg, also war ich diejenige, die antwortete.

»Ja, alles in Ordnung.«

»Sie hat eine gebrochene Rippe«, meinte Hayden tief seufzend. Offensichtlich war unsere jeweilige Definition von »in Ordnung« etwas unterschiedlich.

»Oooh, autsch«, zischte Dax, zog ein mitfühlendes Gesicht und sah mich an. »Da haben dich die Brutes aber übel zugerichtet.«

»Wird schon wieder«, versicherte ich trotzig. Dax lachte leise und schüttelte bedächtig den Kopf.

»Klar wird es das. Aber hey, ich, äh, ich hab das hier auf dem Vordersitz gefunden, und ...« Er verstummte und blickte auf das Fotoalbum in seiner Hand herab. Hayden sah es und griff danach.

»Das gehört mir«, sagte er ausdruckslos. Dax beobachtete ihn neugierig.

»Wo kommt das her?«

»Von zu Hause.« Haydens Stimme war bestimmt und hart, als wolle er jetzt nicht darüber reden.

»Bist du endlich mal reingegangen?«, fragte Dax ehrfürchtig, und seine Augen weiteten sich etwas. Offenbar wusste er zumindest, dass Hayden mit dem Ort so seine Schwierigkeiten hatte. Hayden seufzte noch einmal und schüttelte den Kopf.

»Was denkst du denn, wo sie sich ihre Verletzungen eingefangen hat?«, meinte er und deutete mit dem Kopf in meine Richtung.

Dax' Blick flackerte zu mir herüber, er wirkte überrascht und erstaunt. »Du hast das für ihn da rausgeholt?«

Ich spürte, wie ich die Augenbrauen runzelte, während ich seinen bedeutungsschweren Blick erwiderte. »Ja.«

Er wirkte beeindruckt. »Wow.«

Wir schwiegen, während Dax diese Informationen auswertete: Zum einen hatte Hayden mir anvertraut, dass dies sein Elternhaus war, zum anderen hatte ich meine eigene Sicherheit riskiert, um etwas für ihn dort herauszuholen. Die Bedeutung dieser Tatsache entging Dax nicht. Er warf einen Blick auf unsere ineinander verwobenen Arme und Haydens bedrückte Miene.

»Ihr beide ... ihr seid also ... *zusammen*, oder?«, sagte er. Es war eher eine Feststellung als eine Frage. Aber eigentlich war unser Beziehungsstatus immer noch nicht definierbar. Ich wusste eigentlich nur eines, dass ich Gefühle für Hayden hatte. Und zwar sehr starke Gefühle.

»Wir müssen gehen, Dax«, sagte ich schließlich, als Hayden sich erneut weigerte zu antworten. Er schien zu sehr von der Aufgabe in Anspruch genommen zu sein, mich zurück in seine Hütte zu schaffen, um sich die Mühe machen zu wollen, jetzt mit Dax zu reden. Er warf mir einen stirnrunzelnden Blick zu, als wir einen Schritt vorwärtsmachten, und ignorierte Dax' Bemerkung. Ich störte mich nicht daran, dass er keine Antwort gab. Wir waren schon ein paar Meter weit gegangen, bevor Dax noch etwas sagte.

»Ich hab immer noch nichts dagegen«, rief er uns hinterher. Seine Stimme war laut genug, dass wir ihn hören konnten, aber sonst niemand, der in der Nähe sein mochte.

»Tschüss, Dax«, rief Hayden mit tiefer Stimme und ignorierte diese Bemerkung damit abermals. Ich kicherte unwillkürlich vor mich hin. Mir gefiel, dass wir mit geschlossener Front auf Dax' Versuche reagierten, sich Klarheit zu verschaffen.

Unsere Schritte waren langsam und stetig, um mir so wenig Schmerzen wie möglich zu bereiten. Deshalb brauchten wir für den Weg zu Haydens Hütte eine ganze Weile. Ich war merkwürdig nachdenklich, als Hayden mich zu seinem Bett führte und mir half, mich auf die Bettkante zu setzen. Der Schmerz schien jetzt nicht mehr ganz so schlimm zu sein. Vermutlich begann das Schmerzmittel endlich zu wirken.

»Geht es dir wirklich gut?«, fragte Hayden leise. Ich widerstand dem Drang, die Augen zu verdrehen. Seine Sorge war zwar süß, mir aber gleichzeitig auch peinlich.

»Ja, Hayden. Ich schwöre es.«

Er kniete sich vor mir hin, sodass sein Gesicht sich jetzt mit meinem auf einer Höhe befand. Dann legte er mir die Hände auf die Knie, und ich spürte, wie seine Daumen sanft über meine Haut glitten, sich davon überzeugen wollten, dass ich die Wahrheit sagte. Ohne nachzudenken, streckte ich die Hand aus und umfing sein Kinn. Er sog den Atem ein, als ich den Daumen über seine Unterlippe gleiten ließ, die dortige Wunde erspürte, an der das Blut getrocknet war.

»Sollen wir dich jetzt nicht auch mal sauber machen?«, fragte ich leise. Ich selbst war versorgt. Jetzt wollte ich mich um ihn kümmern. Er seufzte tief, hätte mich lieber zum Ausruhen bewegt.

»Bitte, Herc?«, fragte ich leise. Ich wünschte mir so sehr, genauso für ihn da sein zu können, wie er es für mich gewesen war. Langsam und zärtlich schmiegte er die Wange in meine Handfläche und gab sich mit einem weiteren Seufzer geschlagen.

»Na gut, Bär.«

KAPITEL 2
TILGEN

Grace

»Na gut, Bär.«

Trotz meiner schmerzenden Seite spürte ich mein Herz erzittern, als Hayden diesen Kosenamen benutzte. Es war so seltsam, so fremd, ich fühlte mich ... wie eine *Frau*. Derlei Gefühlsregungen waren mir genauso unbekannt wie der Wunsch, sich um ihn zu kümmern. Nie hätte ich gedacht, je so empfinden zu können. Mein Herz pochte unregelmäßig, und in meinem Magen flatterten Schmetterlinge. Mir wurde ganz warm ums Herz, was mir unglaublich gefiel.

Ich spürte die Hitze seiner Haut unter meinen Fingern, die an seinem Gesicht lagen. Sein Blick war von einer gewissen Verletzlichkeit, die ich niemals zu sehen geglaubt hätte. Aber sie war unverkennbar, während er vor mir kniete und mich eindringlich musterte. Ihm klebte immer noch Blut im Gesicht, und erneut wollte ich ihn unbedingt versorgen.

»Komm«, sagte ich leise, fuhr ihm noch einmal mit dem Daumen übers Kinn. Dann legte ich die Hand auf seine, die immer noch sachte auf meinem Knie ruhte. Ich nahm sie zärtlich auf und bemerkte zum ersten Mal, dass auch sie blutverschmiert und mit Blessuren übersät war. Ich holte tief

Luft und erhob mich vom Bett, wobei ich mich darauf konzentrierte, nicht das Gesicht zu verziehen und den Schmerz vor ihm zu verbergen. Ich wollte ihm nicht noch mehr Sorge bereiten, als er ohnehin schon durchlebt hatte.

Vorsichtig umfing seine Hand die meine, als ich ihn zum Bad führte, und sandte Funken meinen Arm hinauf. Mir kam der Gedanke, dass ich außer meinen Eltern noch nie jemanden bei der Hand gehalten hatte, und damals war ich noch sehr klein gewesen. Er streichelte meinen Daumen mit seinem, eine zärtliche Berührung, die mir ungeheuer intim vorkam, als schüfe dieser unschuldige Kontakt eine stumme Verbindung zwischen uns.

Hayden sagte kein Wort, als ich ihn zu dem kleinen Becken im Bad führte und ihn so zurechtschob, dass er sich daneben an die Wand lehnen konnte. Ich nahm ein kleines Handtuch zur Hand und tauchte es in das Becken. Das Wasser war kalt und absolut nicht das, was ich gern gehabt hätte, aber wir würden uns damit begnügen müssen.

Mein Herz schlug wieder schneller, als ich mich zu Hayden umwandte und ihm in die Augen sah. Er lehnte immer noch an der Wand, die Arme lose vor der Brust verschränkt. Ich machte einen zögerlichen Schritt vor, den Lumpen in der Hand, doch dann blieb ich stehen.

»Bist du sicher, dass es dir gut geht?«, fragte ich beim Anblick des dünnen Blutrinnsals, das ihm von der Lippe das Kinn hinabgelaufen und auf der Haut getrocknet war. Ein paar Blutspritzer befleckten auch seine Wange. Keine Ahnung, ob es sich um sein eigenes Blut oder das seines Gegners handelte. Er seufzte und löste die Arme. Dann streckte er sie aus, legte mir die Hand auf die Hüfte und zog mich näher zu sich heran.

»Ja, Grace«, antwortete er leise. »Ich hab schon Schlimmeres erlebt.«

Plötzlich hatte ich das Bild seines vernarbten, zerklüfteten Rückens vor Augen. Die Narben zeugten davon, dass er die Wahrheit sagte. Er hatte unzählige Verwundungen ertragen, die erheblich schlimmer waren als eine Platzwunde an der Lippe oder lädierte Knöchel, aber dennoch blieb die Tatsache, dass mir der Anblick seiner Verletzungen ganz und gar nicht gefiel.

Seine Hand blieb auf meiner Hüfte liegen. Ich nickte langsam und hob meinen feuchten Lumpen, zögerte jedoch dann doch, seine Lippe zu berühren.

»Halt still«, befahl ich leise. Die Andeutung eines Grinsens zuckte über sein Gesicht.

»Ja, Ma'am«, antwortete er leichthin.

Ich sah ihm noch ein paar Sekunden lang tief in die Augen, bevor ich die Wunde an seiner Lippe in Augenschein nahm. Ich konnte mich kaum konzentrieren, solange seine Hand so sengend heiß auf meiner Hüfte lag, aber ich gab mein Bestes. Die Platzwunde hatte augenscheinlich schon vor einer Weile aufgehört zu bluten und war nicht allzu tief, obwohl seine Unterlippe leicht geschwollen war. Langsam streckte ich die andere Hand nach oben aus, um ihn am Kinn festzuhalten. Dann drückte ich den Lappen auf die Wunde und begann, ihm das getrocknete Blut abzuwaschen.

Er zuckte nicht einmal zusammen, während ich ihn säuberte, und sein Blick war weiterhin unverwandt auf mein

Gesicht gerichtet, obwohl ich ihm nicht in die Augen sah. Ich spürte auf jedem Zentimeter meiner Haut, wie er mich schweigend musterte, und widerstand dem Drang, ihn zu fragen, was ihm durch den Kopf ging.

Er fühlte sich warm an, als ich langsam mit dem Läppchen über seine Haut fuhr, den letzten Rest getrockneten Blutes entfernte und dann erneut mit einem sauberen Zipfel nochmals über seine Lippe fuhr. Seine grünen Augen schienen zu lodern, und ich sah, dass tausendundein Gedanke sich dahinter überschlugen, obwohl jeder einzelne mir ein Rätsel blieb. Es war, als sei ich vorübergehend gelähmt, nicht in der Lage, die Verbindung zwischen uns zu unterbrechen.

Es war so unerwartet und unwirklich, aber jetzt hier vor Hayden zu stehen, einem Menschen, der mein Feind gewesen war und mich gefangen genommen hatte, fühlte sich normal an. Als ob ich genau die Person war, die ihn nach einer Verletzung versorgen und säubern sollte. Diejenige, auf die er sich stützen konnte, wenn er verletzlich war. Ich war sicher, dass er noch nie jemandem gestattet hatte, ihn so zu sehen – genauso wenig wie ich selbst. Es war wie ein Geschenk, das ich nicht verdient hatte.

Mit langsamen, kreisenden Bewegungen ließ Hayden den Daumen einmal über meinen Hüftknochen gleiten. Ich blinzelte und atmete zittrig ein, bevor ich begann, ihm nun mit dem Lappen das restliche Blut von der Wange zu waschen. Ich konnte keine Wunde entdecken, anscheinend stammte das Blut von seinem Gegner.

»Normalerweise mache ich das selbst«, bemerkte Hayden leise, ohne den Blick von mir abzuwenden. Kurz sah ich ihm in die Augen, dann konzentrierte ich mich wieder auf meine Arbeit.

»Dachte ich mir«, antwortete ich, während ich auch noch die letzten Blutreste abwusch. »Aber jetzt nicht mehr.«

Er schwieg, als ich mich zurücklehnte, um ihn genauer zu betrachten. Erfreut stellte ich fest, dass nun nur noch seine Knöchel gereinigt werden mussten. Ich tunkte also den Lappen ins Becken und griff erneut nach seiner Hand.

»Komm her«, befahl ich leise, zog ihn dichter an das Becken heran. Langsam tauchte ich seine verletzte Hand mit meiner in das kalte Wasser. Beinahe sofort wirbelten rosafarbene Strudel im klaren Wasser. Vorsichtig fuhr ich mit dem Daumen über seine Knöchel, um das Blut abzuwaschen. Sie waren flammend rot und mit Kratzern und Wunden übersät; morgen würden sie wahrscheinlich eine dunkelviolette Farbe angenommen haben.

Er beobachtete mich weiterhin mit dem gleichen intensiven Ausdruck, während ich den Schmutz abwusch und seine Hand säuberte. Dabei konzentrierte ich mich vornehmlich darauf, ihm nicht wehzutun, obwohl er das natürlich niemals verlautbart hätte. Ich wusste nicht, was ich sagen sollte, und auch er schien momentan nicht besonders gesprächig zu sein. Er war merkwürdig nachdenklich, während er mich musterte, als ob ihm einfach zu viel durch den Kopf ginge, um überhaupt reden zu können.

»Okay«, verkündete ich schließlich und strich ihm ein letztes Mal über die Haut. »Ich glaube, das war's.«

Ich zog unsere Hände aus dem Wasser und trocknete sie sanft an einem in der Nähe liegenden Handtuch ab. Eine

Welle der Erleichterung durchflutete mich, als ich ihn nun in Augenschein nahm, ohne getrocknetes Blut, aber dennoch leicht verletzt. Zumindest war er jetzt sauber.

»Danke«, sagte er leise. Obwohl mein Werk vollendet war, hielt ich seine Hand immer noch fest. Langsam führte ich sie nun an die Lippen und küsste sanft seine Knöchel, als könne ich ihm so den Schmerz nehmen, der ihn sicher quälte. Er beobachtete mich eindringlich, die Brauen tief in die lodernd grünen Augen gezogen, nahm die zärtliche Geste in sich auf. Mein Herz klopfte wild in meiner Brust.

»Gern geschehen«, antwortete ich. Überrascht sah ich, wie er die Hand nach einem weiteren kleinen Lappen ausstreckte und ihn anfeuchtete.

»Und jetzt du«, sagte er mit beinahe gleichmütiger Stimme. Ohne zu zögern, machte er einen Schritt auf mich zu. Mit der freien Hand griff er unter mein Kinn, um meinen Kopf zu sich emporzuneigen. Ich spürte die kühle Feuchtigkeit des Lappens an meiner Schläfe, wo ich wahrscheinlich ebenfalls geblutet hatte.

Jetzt war ich an der Reihe, ihn zu mustern, während er sich auf mein Gesicht konzentrierte. Seine Miene war eindeutig immer noch besorgt, und man konnte kaum übersehen, wie sein Kiefer arbeitete, während er mich wusch. Seine Berührung war sanft und zärtlich – was für ein scharfer Kontrast zu der Art, mit der er alles andere tat. Ich merkte, dass er befürchtete, mir wehzutun, als er mit dem Lappen meine Haut abtupfte. Aber seine sanften Bewegungen verursachten keinerlei Schmerz.

Ich konnte den Blick einfach nicht von seinem Gesicht

abwenden. Ein letztes Mal fuhr er mir mit dem Läppchen über die Stirn, dann zog er sich zurück, um sein Werk zu begutachten. Schließlich war er wohl zufrieden damit, denn er sah mir wieder in die Augen und zog die Augenbrauen hoch, bevor er den Lumpen zurück ins Becken warf.

»Wunderschön«, kommentierte er schlicht.

»Danke, Hayden«, sagte ich mit auf geheimnisvolle Weise tonlos gewordener Stimme. Die Spannung zwischen uns setzte mir zu.

»Klar. Und jetzt komm. Du brauchst Ruhe.«

Er fuhr mir mit dem Daumen übers Kinn, dann ließ er die Hand sinken und wandte sich ab. Ruhig kehrte er in den Hauptraum zurück, und ich folgte ihm. Flackernd erwachte das Licht zum Leben, als er eine Kerze entzündete und sie auf den Tisch neben seinem Bett abstellte. Ich wollte mich gerade in das Bett fallen lassen, das schrecklich einladend und gemütlich aussah, als er mich aufhielt.

»Warte, hier ...« Er verstummte und wandte sich seiner Kommode zu. Dort öffnete er eine Schublade, holte ein T-Shirt heraus, drehte sich um und warf es mir zu. »Das da ist voller Blut.«

Ich blinzelte und blickte hinab. Ich hatte es gar nicht wahrgenommen, aber er hatte Recht. Das Shirt war immer noch seines, das er mir zuvor geliehen hatte. Es war voll mit dem getrockneten Blut – wahrscheinlich von dem Brute, den er geschlagen hatte.

»Oh«, murmelte ich und klemmte mir das neue Shirt einen Augenblick lang zwischen die Schenkel, um das andere auszuziehen. Ich bekam den Saum nur ein paar Zentimeter hoch, bevor ich die Arme vor lauter Schmerzen wieder sinken lassen musste. Unwillkürlich hatte ich das Gesicht verzogen, was Hayden natürlich nicht entging.

»Komm, lass mich«, sagte er leise und kam zu mir herüber, um mich daran zu hindern, es noch einmal zu versuchen. Ich stieß zittrig den Atem aus, während ich mit dem erneuten Schmerz klarzukommen versuchte, und blinzelte langsam. Dann nickte ich.

Er griff nach dem Shirt, zog es langsam, vorsichtig nach oben, bis mein Bauch und meine Brust enthüllt waren. Dann gelang es ihm, den Arm an der unverletzten Seite aus dem Ärmel zu ziehen, bevor er mir das Shirt ganz auszog.

Abermals stand ich im BH vor ihm, fühlte mich verletzlich und gleichzeitig wohl. Bis zu diesem Moment hatte mir Hayden unentwegt in die Augen gesehen, aber nun ließ er den Blick an meinem Körper hinabwandern, bis er an meiner Rippe landete. Schmerzerfüllt verzog er das Gesicht, als er den tiefvioletten Bluterguss betrachtete, der sich über die gesamte Seite meines Brustkorbs erstreckte, ebenso wie den Verband über der zerklüfteten Wunde, der diese nicht vollständig verdeckte.

»Mein Gott, Grace ...«, murmelte er und runzelte die Stirn. Überrascht sah ich, wie er sich vorbeugte, um die Wunde genau zu betrachten. Federleicht und behutsam fuhren seine Finger über die verletzte Haut. Seine Berührung fühlte sich ganz anders an als die von Docc; Letzterer hatte mich zielgerichtet medizinisch abgetastet, während Hayden mich beruhigen und heilen wollte. Seine rauen Fingerspitzen strichen ganz zart an den Rändern der Verletzung entlang, und mir lief ein Schauer über den Rücken. Langsam beugte er sich vor.

Mir stockte erneut der Atem, als er die Lippen sanft auf meine Rippen presste und dort verharren ließ. Dann ließ er sanfte Küsse auf meine Haut herabregnen, bis er einen Großteil des Blutergusses damit bedeckt hatte. Mein Herz drohte meine Brust zu sprengen, als er einen letzten Kuss auf meine Seite drückte, sich zurückzog und dann wieder zu voller Größe aufrichtete.

»Ruh dich aus, Grace. Ich will, dass es dir bald besser geht«, sagte er leise.

Die Zärtlichkeit seiner Worte und seines Verhaltens waren überwältigend. Ich war ganz benommen. Mehr als ein schwaches Nicken brachte ich nicht zustande, als er das neue Shirt zwischen meinen Schenkeln hervorzog, wo es noch immer klemmte. Er schob zuerst meinen Arm an der verletzten Seite hindurch, dann wiederholte er die Prozedur von vorhin in umgekehrter Reihenfolge, und ich spürte, wie der weiche Stoff an meinem Oberkörper hinabglitt.

»Ruh dich aus«, wiederholte er leise und deutete mit dem Kopf aufs Bett.

»Okay, okay«, antwortete ich und lächelte schwach. Ich fand, dass wir jetzt schon so lange so ernst gewesen waren, und ich wollte ihn nicht mehr so bedrückt sehen. Ich merkte, wie sehr ihn die Situation belastete, und hatte ein schlechtes Gewissen, weil ich die Ursache für seine Stimmung war.

Das Bett sank leicht unter meinem Gewicht ein, als ich hineinstieg und die Decken über mich zog. Ich legte mich auf meine unverletzte Seite, um die gebrochene Rippe zu entlasten. Geduldig wartete ich darauf, dass Hayden sich zu mir legen würde, stellte dann aber überrascht fest, wie er zur Kommode ging und ein weiteres T-Shirt herausnahm. Mit einer ungestümen Bewegung zog er es sich über den Kopf, bevor ich etwas sagen konnte.

»Was hast du vor?«, fragte ich verwirrt. Er schob sich das Haar aus dem Gesicht, dann sah er mich an.

»Ich habe heute Wachdienst im Turm«, erklärte er.

»Oh, na gut ...« Ich wollte mich aufsetzen, doch er schüttelte nur den Kopf.

»Nein, du kommst nicht mit«, versicherte er schnell. »Ich habe dir doch gesagt, dass du dich ausruhen musst. Es dauert nicht lange, und ich werde nicht zulassen, dass du mit einer gebrochenen Rippe auf den Turm hinaufsteigst.«

»Nachdem ich angeschossen wurde, hast du mich durchaus veranlasst, dort hinaufzuklettern«, stellte ich klar. Das sollte ein Scherz sein, aber er schien es nicht so aufzufassen, sondern sah mich nur stirnrunzelnd an.

»Das war etwas anderes«, antwortete er rundheraus, allerdings ohne weitere Erklärung. »Ich muss jetzt gehen, aber du ... bleib einfach hier.«

Er verengte ganz leicht die Augen. Anscheinend erinnerte er sich in diesem Augenblick daran, wie ich sein Vertrauen missbraucht hatte. Er zögerte, mich nach allem, was wir durchlebt hatten, komplett allein zu lassen. Ich widerstand dem Drang, die Augen zu verdrehen, und stützte mich auf einen Ellbogen.

»Ich werde nicht abhauen, Hayden.«

Er beobachtete mich weiter mit skeptischer Miene, biss

sich auf die Unterlippe. Dann ließ er sie wieder frei und nickte entschlossen. »Na gut.«

Er wandte sich um und ging davon, schien es sich dann jedoch noch einmal anders zu überlegen. Er wirbelte zu mir herum, hielt inne, öffnete den Mund, als wolle er etwas sagen, presste die Lippen dann aber wieder aufeinander. Ich fand diese seltene verlegene Unentschlossenheit rührend und musste ein Grinsen unterdrücken. Er seufzte tief und schüttelte den Kopf. Dann kam er energisch auf mich zu. Kaum einen Atemzug später spürte ich, wie er mit beiden Händen zärtlich mein Gesicht umfing. Er presste die Lippen auf die meinen, ließ sie dort ein paar Sekunden lang verharren, sodass mein Herz erneut wild zu pochen anfing. Unwillkürlich schloss ich während des Kusses die Augen, doch dann löste er sich wieder von mir, hielt meine Wangen aber weiterhin fest.

»Ich bin gleich zurück, Bär«, versprach er leise. Erneut streichelte er mich, dann ließ er mich los, nahm mir jede Möglichkeit zu antworten, bevor ich überhaupt wieder zu Atem gekommen war. Er drehte sich um und verschwand zügig aus der Hütte, ließ mich allein in seinem Bett liegen.

Hayden

Ein unverhoffter Adrenalinrausch brachte mein Blut in Wallung. Die Spontanentscheidung, Grace einen Abschiedskuss zu geben, beschleunigte meinen Puls aufs Unerträglichste. Ich kam mir wie ein absoluter Idiot vor, weil ich vorher so unentschlossen gewesen war, aber meinen letztendlichen

Entschluss bedauerte ich keineswegs. Immer wenn ihre Lippen auf meine trafen, war es, als habe jemand ein Feuerwerk in meinem Körper entzündet.

Mir stand absolut nicht der Sinn danach, jetzt auf den Turm zu gehen, aber ich konnte meine Pflichten nicht vernachlässigen, nur weil Grace verletzt war. Am liebsten hätte ich mich jetzt zu ihr ins Bett gelegt, sie in den Armen gehalten und getröstet, aber das ging nicht. Zumindest noch nicht.

Energisch schüttelte ich den Kopf, während ich die Stufen des Turms erklomm, und zwar schnellen Schrittes, um es bald hinter mich zu bringen. Ich musste aufhören, mir derlei erbärmliches Zeug vorzustellen. Es war eine Sache, mir endlich einzugestehen, dass ich etwas für sie empfand, aber eine ganz andere, alles stehen und liegen lassen zu wollen, nur um bei ihr zu sein. Genau das hatte ich schließlich befürchtet, als ich bemerkte, dass sie mich ganz durcheinanderbrachte. Aber ich war fest entschlossen, meine Pflichten niemals zu vernachlässigen. Ich hatte es aufgegeben, gegen meine Gefühle für sie anzukämpfen, aber deshalb durfte ich meinen Fokus nicht vollkommen aus den Augen verlieren.

Mittlerweile war es vollkommen dunkel. Die einzigen Lichtquellen waren der Mondschein und ein paar vereinzelte Laternen, die in Blackwing flackerten. Je höher ich kam, umso stärker spürte ich die sanfte Brise, die mir das Haar zerzauste und es um mein Gesicht wehte. Endlich hatte ich die oberste Plattform erreicht. Dax war auf seinem Posten und wandte mir den Rücken zu, während er die Umgebung scannte.

»Hey«, begrüßte ich ihn. Er zuckte zusammen und wirbelte zu mir herum, griff sich mit dramatischer Geste an die Brust und sah mich aus weit aufgerissenen Augen an.

»Du hast mich zu Tode erschreckt«, rief er und schnaubte entrüstet. Ich lachte leise – gefühlt das erste Mal seit Jahren.

»Tut mir leid.«

»Hmm, nein tut es gar nicht«, grummelte er im Scherz. »Was, wenn ich mich so schlimm erschreckt hätte, dass ich vom Turm gefallen und gestorben wäre? *Dann* täte es dir leid!«

»Findest du das nicht etwas übertrieben?«, antwortete ich kopfschüttelnd und dennoch grinsend.

»Du wirst schon sehen, wie sehr ich es übertreibe, wenn ich tot bin.«

»Okay, Prinzessin. Alles klar bei dir hier oben?«, fragte ich und sah ihn mit hochgezogener Augenbraue an. Ich ließ mir nicht anmerken, wie gern ich wieder zu Grace zurückwollte.

»Ja, heute Nacht ist nichts los. Wie geht es Grace? Rippenbrüche sind echt kein Spaß«, sagte er und musterte mich aufmerksam.

»Ganz gut. Ziemlich angeschlagen, aber laut Docc ist es nur eine einzige Rippe. Wahrscheinlich hatte sie also Glück im Unglück.«

Er nickte nachdenklich und schaute ein paar Sekunden lang in die Ferne, bevor er wieder den Blick auf mich richtete. »Also ... hörst du jetzt auf, mich anzuschwindeln, und erzählst mir, was zwischen euch beiden läuft, oder nicht?«

Er presste die Lippen aufeinander und warf mir einen ebenso skeptischen wie herausfordernden Blick zu. Ich seufzte, massierte meine Nasenwurzel und fuhr mir dann mit der Hand durchs Haar.

»Keine Ahnung«, antwortete ich aufrichtig. Ich wusste, ich empfand viel mehr für sie als jemals zuvor für sonst irgendjemanden. Und ich wusste, dass ich gern mit ihr zusammen war, aber das war es auch schon. Wir schienen uns auf eine unausgesprochene Pseudobeziehung eingelassen zu haben. Keine Ahnung, wie ich damit umgehen sollte.

»Aber da *läuft* etwas! Ha! Ich wusste es«, rief er selbstzufrieden. Ich funkelte ihn wütend an.

»Halt's Maul, Dax.«

»Ich sprech's nur aus, Kumpel. Dass da etwas zwischen euch abgeht, ist nun mal ziemlich offensichtlich«, meinte er achselzuckend.

»Ist es nicht«, leugnete ich glatt.

»Du hast sie vor meinen Augen geküsst«, widersprach er. Er klang unglaublich selbstgerecht, und das ärgerte mich.

»Na ja, dann ist es auch keine Kunst zu wissen, dass da etwas zwischen uns läuft, du Idiot.«

Er zuckte noch einmal mit den Schultern und grinste mich an. »Mir gefällt's. Ich glaube, dass sie gut für dich ist. Vielleicht nimmst du durch sie irgendwann nicht mehr alles so bierernst.«

»Das ändert gar nichts«, wies ich ihn zurück. »Ich habe immer noch die gleichen Verpflichtungen wie früher.«

»Ich weiß, ich weiß. Ich sage ja nur, dass ich mich für dich freue, okay? Du hast es verdient, wenigstens hin und wieder glücklich zu sein, auch wenn du normalerweise ja darauf bestehst, Trübsal zu blasen.«

Ich schüttelte den Kopf und lachte leise auf, erfreut, dass Dax die Sache gut fand, auch wenn er das zuvor schon mal versichert hatte.

»Aber ... erzähl es nicht weiter, okay? Ich bin nicht sicher, wie die Leute die ganze Geschichte aufnehmen würden, denn genau genommen ist sie ja unsere Gefangene.«

Er nickte entspannt. »Ja, klar.«

»Danke.«

Ich wollte mich gerade wieder verabschieden, als ein Flackern meine Aufmerksamkeit erregte. Nur eine Sekunde lang war ein Licht zu sehen gewesen, bevor jemand es schnell gelöscht hatte, aber das hatte gereicht. Angespannt spähte ich in die Dunkelheit, was Dax sofort bemerkte.

»Was ist los?«, fragte er und wandte den Blick in die gleiche Richtung.

»Da hinten war ein Licht«, antwortete ich und deutete auf die bewusste Stelle. Sie war nicht allzu weit entfernt. Mir sank das Herz, als mir klar wurde, aus welcher Richtung es gekommen war. Aus der gleichen, in der auch Greystone lag.

Dax griff nach dem Gewehr, das am Geländer lehnte, und blickte durch den Sucher. Er spähte ein paar Sekunden lang in die Dunkelheit, bevor er antwortete.

»Ich kann nichts sehen, es ist zu dunkel. Bist du sicher, dass du etwas gesehen hast?«

»Ich *bin* sicher«, sagte ich mit ernster, leiser Stimme.

Ich hatte etwas gesehen, ja, und die Richtung, aus der die Angreifer kamen, sprach Bände. Anscheinend würden wir bald ein paar unliebsame Besucher aus Graces Heimat bekommen – aus Greystone.

KAPITEL 3

TUMULT

Hayden

Der Wind rauschte in meinen Ohren, blies mir meine dunklen Haarsträhnen in die Augen, während ich weiter in die Dunkelheit spähte. Ich war sicher, dass ich ein Licht gesehen hatte; es war nicht weit entfernt gewesen. Wer immer es also mit sich trug, war viel zu nah, gefährlich nah. Mein Herz pochte, als ich über die Möglichkeit eines weiteren Plünderungszugs aus Greystone nachdachte. Der Gedanke, dass Grace allein und verletzt in meiner Hütte lag und leicht entkommen konnte, steigerte mein Unbehagen nur noch. Ich hoffte nur, dass ich mit meinem Verdacht falschlag.

»Dax, wir müssen hier runter«, sagte ich schnell, während ich mich weiterhin umsah. Es war viel zu dunkel, um irgendetwas erkennen zu können, und ich spürte, wie meine Angst angesichts dieser Unsicherheit stieg. »In dieser Dunkelheit können wir von hier oben aus nichts ausrichten.«

»Ja, hier, nimm dir eine Waffe«, antwortete er sofort und reichte mir eine Pistole und ein zusätzliches mit Munition gefülltes Magazin. Ich schob es in meine Tasche und entsicherte die Waffe, bevor ich die Treppe hinabsprintete. Dax folgte mir dicht auf den Fersen, und ich hörte, wie er in das

41

Funkgerät sprach, das normalerweise oben auf dem Turm blieb.

»Plünderer im Anmarsch, alle in die Häuser und verschließt die Türen. Lichter löschen, Stille bewahren. Ich wiederhole: Plünderer im Anmarsch«, sagte er klar und deutlich und folgte damit dem Verhaltensprotokoll, das wir hatten, wenn wir lang genug vorgewarnt waren. Normalerweise kam es nicht dazu – entweder kümmerten wir uns um die Plünderer, bevor sie nah genug waren, oder es gab überhaupt keine Vorwarnung, und wir konnten uns nicht weiter vorbereiten.

Funkgeräte waren im ganzen Camp verteilt, eines in jedem öffentlichen Gebäude und dann noch jeweils eines in jeder dritten Hütte. Wer über ein solches Funkgerät in der Hütte verfügte, war dafür verantwortlich, denen ohne Funkgerät die Nachrichten weiterzuleiten. Sie wurden nur im Notfall eingesetzt, denn die Batterien waren schnell leer, und Nachschub ließ sich nur schwer beschaffen. Ich betete darum, dass das Gerät in meiner eigenen Hütte eingeschaltet war und dass Grace die Warnung hören und sich verstecken würde, ohne zu durchschauen, wer den Raubzug wahrscheinlich anführte – jemand aus ihrer Heimat.

Die unzähligen Stufen schienen kein Ende nehmen zu wollen, obwohl wir praktisch hinunterflogen. Ich nahm zwei auf einmal, um möglichst schnell unten anzukommen, bevor die Plünderer unser Camp erreichten. Es machte mir Sorgen, wie schlau sie waren. Sie schienen extrem vorsichtig zu sein, damit niemand sie bemerkte. Ich hatte keine Ahnung, wie viele es waren oder auf was sie aus waren. Natürlich lag mein

Hauptaugenmerk darauf, Blackwing zu schützen, trotzdem blieb ein nagender Verdacht.

Sie wollen Grace holen.

Der Gedanke setzte sich fest. Ich erinnerte mich an die Nacht, in der ich geglaubt hatte, etwas in den Bäumen hinter meiner Hütte entdeckt zu haben, die Stelle bei näherer Überprüfung aber leer vorgefunden hatte. War mir etwas entgangen? Hatte irgendjemand doch mitbekommen, dass sie hier war?

Das war keineswegs unmöglich. Tatsächlich war es sogar ziemlich wahrscheinlich, überlegte ich, als wir endlich unten angelangt waren. Meine Befürchtungen, dass Graces Anwesenheit viele Leben in Gefahr brachte, würden sich jetzt möglicherweise bewahrheiten, und ich war in der denkbar schlechtesten Position: hin- und hergerissen zwischen dem Bedürfnis, mein Camp zu beschützen und egoistischerweise Grace zu verstecken.

Dax murmelte etwas in sein Funkgerät, das mich aus meinen Gedanken riss, während wir über die Lichtung sprinteten, die den Turm umgab. Meine Beine genossen die physische Anstrengung, den Schmerz meiner Muskeln, und ich achtete auf eine gleichmäßige Atmung. Ich prallte mit dem Rücken gegen die Seitenwand eines Gebäudes, und schon tauchte auch Dax neben mir auf.

»Hayden und ich sind am Turm. Ein paar Leute sollen patrouillieren«, flüsterte er gedämpft, das Funkgerät dicht vor dem Mund. Dann hielt er es sich ans Ohr, lauschte angestrengt der Antwort, die ich nicht verstehen konnte, weil er die Lautstärke so weit heruntergedreht hatte.

»Sag ihnen, sie sollen sich verstecken. Es wird leichter sein, sie loszuwerden, wenn wir im Verborgenen agieren, als uns auf einen offenen Kampf einzulassen«, flüsterte ich. Dax nickte und gab meine Nachricht weiter. Ich nahm an, dass er jetzt mit Kit sprach – oder vielleicht auch mit Barrow. Jedenfalls wusste ich, dass jene, die Blackwing verteidigten, innerhalb weniger Minuten auf dem Posten sein würden, eine Tatsache, die mich umso stolzer machte, da ich ihr Anführer war.

Kein einziger Mensch war auf den Wegen zwischen den Hütten zu sehen, und das Camp lag in beinah vollständiger Dunkelheit. Sämtliche Lichter waren gelöscht worden, noch bevor wir den Fuß des Turms erreicht hatten. Die Bewohner des Lagers hatten sofort reagiert, hatten die notwendigen Vorsichtsmaßnahmen ergriffen und vertrauten auf die, die geschworen hatten, für ihre Sicherheit zu sorgen.

»Es wird nicht leicht werden, sie zu entdecken«, murmelte Dax mir mit leiser Stimme zu. Mit gezückter Waffe suchte er die Umgebung ab, ob sich irgendwo etwas bewegte.

»Ich weiß«, antwortete ich verdrießlich. Es war beinahe stockdunkel, was beide Seiten behindern würde, die Angreifer allerdings mehr als uns; ich kannte jeden Winkel des Lagers, ebenso wie Dax. Aber sie kannten sich hier nicht so genau aus. Nicht zu wissen, von wo sie eindringen würden, wie viele es waren oder was sie wollten, bedeutete einen gewissen Nachteil für uns, aber ich war zuversichtlich, dass wir unser Camp würden verteidigen können.

Meine Augen nahmen eine plötzliche Bewegung wahr. Ein bloßer Schatten in der Dunkelheit, den ich genauso schnell wieder aus den Augen verlor, wie er aufgetaucht war, aber ich hatte ihn gesehen. Zwischen zwei Hütten in etwa dreißig Meter Entfernung hatte sich irgendetwas geregt.

»Da«, keuchte ich und deutete mit einem Kopfnicken auf die Stelle. »Dort ist jemand.«

Wir verbargen uns weiter im Schatten und beobachteten die Umgebung, konnten aber nichts weiter entdecken.

»Kreisen wir sie ein. Du gehst nach links, ich nach rechts«, befahl ich und hielt mir die Waffe vors Gesicht, um nochmals zu überprüfen, ob sie geladen und einsatzbereit war.

»Gut«, flüsterte Dax. Ich konnte sein konzentriertes Nicken kaum sehen, bevor er mit den Schatten verschmolz. Auch ich hielt mich bewusst in der Dunkelheit und fixierte die Stelle, wo ich eben etwas gesehen hatte. Vorsichtig rückte ich näher.

Ich presste den Rücken gegen die Mauern eines jeden Gebäudes, an dem ich mich entlangschlich, hielt lange genug inne, um erneut nach Bewegungen Ausschau zu halten, bevor ich weiterhastete. Ich war beinahe an dem bewussten Punkt angelangt, hatte aber immer noch nichts entdeckt. Dax war nirgends zu sehen, aber wahrscheinlich befand er sich auf der anderen Seite ungefähr auf gleicher Höhe.

Ich spitzte die Ohren, hörte aber nur das leise Rascheln der Bäume im Wind. Langsam, vorsichtig verließ ich mit erhobener Waffe den Schatten der letzten Hütte und zielte in die dunkle Höhlung.

Wieder eine blitzartige Bewegung. Mein Finger krümmte sich am Abzug. Aber auf der anderen Seite stand nur Dax, die Waffe genauso auf mich gerichtet wie ich meine auf ihn. Sofort senkte ich die Pistole und schnaubte genervt.

»Verdammt«, murmelte ich, frustriert, dass nach alldem niemand da zu sein schien. Die Bewegung, die ich gesehen hatte, war nur mein bester Freund gewesen.

»Mein Gott«, keuchte er, die Augen weit aufgerissen, als sei gerade sein ganzes Leben wie ein Film vor ihm abgelaufen. Er sackte körperlich in sich zusammen und atmete aus. »Danke, dass du mich nicht erschossen hast.«

»Gleichfalls«, murmelte ich geistesabwesend. Ich schlich zum Rand der Lücke und spähte auf den Pfad hinaus. »Okay, teilen wir uns wieder auf und wenden uns den Hauptgebäuden zu.«

»Worauf sind sie wohl aus?«

»Keine Ahnung«, murmelte ich. Irgendwie fühlte sich diese Antwort an wie eine Lüge, obwohl ich bislang noch keine Bestätigung für meinen Verdacht erhalten hatte. »Du wendest dich wieder nach links und hältst dich im Verborgenen. Wenn du Hilfe brauchst, dann gib das Signal.«

Er nickte unverzüglich. »Alles klar, Sir.«

Das sarkastische Grinsen, das er mir zuwarf, bevor er sich in die Dunkelheit aus dem Staub machte, wäre mir beinahe entgangen. Er wusste, wie verhasst es mir war, wenn man mich Sir nannte. Ich schüttelte den Kopf. Irre, dass er sogar mitten in einem Überfall noch Witze reißen konnte.

Nachdem ich mich ein letztes Mal umgesehen hatte, schoss ich von meinem Versteck aus zur Mitte des Camps. Meine Instinkte beschworen mich, in meine Hütte zurückzukehren und nach Grace zu sehen, aber ich ignorierte sie. Meine Leute mussten für mich an erster Stelle stehen.

Mittlerweile waren meine Muskeln richtig warm, als ich

die Hauptgebäude erreichte. Nun warf ich mich hinter ein großes Fass, das als Müllcontainer diente. Ich war wie im Rausch. In diesem Augenblick entdeckte ich sie: zwei Schattengestalten, die über den Weg huschten. Schwer zu sagen, ob es sich um Freund oder Feind handelte, weshalb ich keinen Schuss abgab.

Ich kauerte mich tief hinab, um nicht entdeckt zu werden, und kroch weiter voran, folgte dem Pfad, den sie eingeschlagen hatten. Sie schienen nicht zu bemerken, dass ich ihnen folgte, wobei ich mich etwa hundert Meter hinter ihnen hielt, während ihre Schatten sich zwischen den Hütten hindurchschlängelten. Sie betraten keine von ihnen und schienen nicht so genau zu wissen, wohin sie sich wenden sollten, woraus ich schloss, dass sie wahrscheinlich aus Greystone stammten. Es überraschte mich, dass sie keinerlei Ausrüstungsgegenstände dabeizuhaben schienen – nur die Waffen, die sie in Händen hielten.

Ich konzentrierte mich darauf, leise und flach zu atmen, während ich ihnen folgte, und stellte erneut überrascht fest, dass sie so ziemlich jedes Lagerhaus ignorierten. Sie wollten uns also gar nicht berauben. Das konnte nur eines bedeuten, und mir gefror das Blut in den Adern. Mein Verdacht erhärtete sich, als ich sie von meinem Versteck hinter einem Stapel Kisten in der Nähe des Lagerhauses weiter beobachtete.

Entsetzt sah ich, dass sie die Gesichter an eines der Fenster drückten, um hineinzusehen. Nie zuvor hatte ich erlebt, dass Plünderer Hütten durchsuchten – normalerweise stürzten sie sich lediglich auf ein paar Vorräte und ergriffen dann wieder die Flucht.

Doch hier lag der Fall anders. Sie suchten nach etwas ganz Bestimmtem, und zwar nach dem, was mir als Erstes in den Sinn gekommen war: nach Grace.

Mir drehte sich der Magen um, als ich die Reihe der Hütten entlangblickte; die beiden waren nur noch fünf von meiner eigenen entfernt. Ich konnte nur beten, dass Grace sich versteckt hatte. Ich atmete erleichtert auf, als ich sah, dass aus dem Fenster kein Licht drang, doch die Hütte stach allein schon durch ihre Größe zwischen den anderen hervor. Ich musste vor den beiden hingelangen.

Die beiden Männer entfernten sich von der ersten Hütte und schlichen auf die zweite zu. Ich richtete die Pistole auf sie, zögerte aber abzufeuern. Ich wollte nicht schießen, denn dann hätten sie gewusst, wo ich war. Ich musste vor ihnen zu meiner Hütte gelangen, Grace verstecken und, falls nötig, gegen die Angreifer kämpfen. Bislang hatten sie keinen Versuch unternommen, in die anderen Hütten einzudringen. Zumindest waren also diejenigen, die sich darin verbargen, in Sicherheit.

Ich musste sie dringend irgendwie ablenken. Stirnrunzelnd blickte ich mich um und jubelte im Stillen, als mein Blick auf einen Stein fiel, der auf der Erde neben den Kisten lag, hinter denen ich mich versteckte. Ich hob ihn auf, dann sah ich nochmals zu den Eindringlingen hinüber, um mich davon zu überzeugen, dass sie mich nicht sehen würden, wenn ich mich erhob.

Sie wandten mir den Rücken zu, als ich den Stein, so weit ich konnte, in die entgegengesetzte Richtung warf. Erfreut hörte ich, wie er laut auf irgendetwas Metallisches traf. Sogleich kauerte ich mich wieder hinter die Kisten. Bei dem Geräusch wirbelten ihre Köpfe herum. Einer stieß den anderen an und deutete in die Richtung, aus der es gekommen war. Der andere nickte, und sie liefen hinüber.

Erfreut über den Erfolg meiner Aktion, wartete ich gerade lange genug, bis sie zwischen zwei Gebäuden verschwunden waren, bevor ich aus meinem Versteck hervorstürmte. Meine Füße wirbelten den Staub auf, als ich auf meine Hütte zusprintete. Lautlos trugen meine Beine mich durch die Dunkelheit. Ich wusste, sie würden nur wenige Minuten brauchen, um zu entdecken, dass niemand da war, und dann mit ihrer Suche fortfahren, und ich wollte keine Zeit verschwenden.

Innerhalb weniger Sekunden hatte ich meine Hütte erreicht und stand lautlos vor der Tür. Noch einmal sah ich mich kurz um, dann öffnete ich sie, schlüpfte hinein und schloss sie geschwind wieder hinter mir. Ich lehnte den Rücken an das Holz und spürte sogleich, wie sich etwas Scharfes in die Haut an meinem Hals bohrte. Es war zu dunkel, um irgendetwas erkennen zu können, aber es handelte sich eindeutig um die scharfe Klinge eines Messers an meiner Kehle.

Das Adrenalin brodelte ohnehin schon durch meine Adern, und nun schien ich förmlich zu explodieren. Wie zum Teufel hatte jemand hineingelangen können? Und wo war Grace?

»Hayden?«

Ich erkannte ihre Stimme und sackte erleichtert ausatmend gegen die Tür.

»Grace«, flüsterte ich und holte tief Luft, als sie das Messer sinken ließ. Ich blinzelte in die Dunkelheit, konnte sie aber nicht erkennen.

»Sorry, ich habe dich für einen Angreifer gehalten«, zischte sie leise. Ihr angespannter Ton entging mir nicht, und ich dachte daran, dass sie sicher beträchtliche Schmerzen gehabt hatte, als sie aus dem Bett aufgestanden war.

»Du hättest jeden getötet, der durch diese Tür hereingekommen wäre?«, fragte ich. Einen Augenblick lang hatte ich unsere momentane Situation vergessen und war sowohl beeindruckt als auch erschrocken von ihrer Zähigkeit.

»Ja«, antwortete sie schlicht. Ich konnte sie praktisch mit der Schulter zucken sehen, obwohl es stockdunkel war. Ein dumpfer Knall von draußen brachte mich ruckartig wieder in die Wirklichkeit zurück. Es klang, als käme es aus der Hütte neben meiner eigenen, also aus Dax' Hütte. Die Angreifer waren also von ihrer kleinen Ablenkung zurückgekehrt.

»Shit, komm«, sagte ich und streckte die Hand in die Richtung aus, aus der ihre Stimme gekommen war. Sie sog scharf die Luft ein, als ich versehentlich gegen ihre Rippen stieß, bevor ich ihren Arm fand und ihn fest umfasste. »Sorry.«

»Schon gut«, antwortete sie. Widerstandslos ließ sie sich von mir durch die Dunkelheit ziehen. Ich war dankbar, dass ich nun schon viele Jahre hier wohnte und mich geräuschlos bewegen konnte. Da es sich lediglich um ein einziges Zimmer handelte, gab es hier kein Versteck, aber meine Füße trugen mich automatisch ins Bad. Dort konnte ich sie zumindest verbergen und die Angreifer, falls nötig, abwehren.

Ich hatte gerade die Tür aufgerissen und uns hindurchgezwängt, als ich vor der Hütte leise Stimmen vernahm.

Mit leisem Klicken schloss ich die Badezimmertür. Meine Ohren nahmen jedes noch so winzige Geräusch wahr. Ich ließ Graces Arm nicht los und schob sie in die Ecke, presste sie an die Wand, positionierte mich zwischen sie und die Tür.

»Was auch geschieht, du bleibst hier drin, okay?«, flüsterte ich beinahe unhörbar.

»Aber Hayden ...«

»Nein. Du bleibst in Deckung, Grace.«

Sie konnte nicht mehr antworten, denn nun öffnete sich meine Eingangstür. Ich drückte leicht ihren Arm und fuhr ihr mit dem Daumen über die Haut. Dann ließ ich sie los und wandte mich um. Ich richtete die Waffe auf die Tür, bereit, sofort zu schießen, wenn jemand hindurchkam. Der Einsatz war höher denn je.

Die schweren Schritte ihrer Stiefel hallten auf meinem Holzboden wider. Sie gingen in meiner Hütte umher, raschelten oder stießen irgendwo dagegen, während sie sie durchsuchten. Ich zuckte zusammen, als just vor der Tür etwas zu Boden fiel. Es war nur eine Frage der Zeit, bis sie das Bad entdeckten.

»Bist du sicher, dass du sie gesehen hast?«, sagte eine Stimme. Sie klang leise und ruhig trotz der angespannten Situation.

»Absolut sicher. Sie war hier«, grummelte der andere eindeutig frustriert.

Das Keuchen, das Grace hinter mir zu unterdrücken versuchte, war kaum zu überhören, und mir rutschte das Herz in die Hose. Ihr wurde nun klar, was ich mir schon gedacht hatte – man war auf der Suche nach ihr. Außerdem bestätigte dies meinen Verdacht, dass damals jemand zwischen den Bäumen gelauert hatte, aber irgendwie hatte entkommen können, bevor ich nachgesehen hatte.

»Aber du weißt nicht mehr, in welcher Hütte?«, fragte nun die erste Stimme. Der Mann klang, als ringe er um Geduld.

»Es war eine von denen hier auf dieser Seite, mehr weiß ich nicht mehr. Außerdem können wir schließlich nicht mal mit Sicherheit sagen, ob sie tatsächlich in einer der Hütten festgehalten wird«, antwortete der zweite Mann ungehalten. Ich hörte ein leises Rascheln hinter mir. Grace war einen Schritt vorgetreten, dann hielt sie wieder inne. Ihre Hand legte sich sanft auf meinen Rücken, dann ballte sie sich zur Faust, und ich spürte, wie sie die Stirn an mein Schulterblatt legte. Ich konnte ihren inneren Seelenkampf förmlich hören, woraus ich ihr keineswegs einen Vorwurf machen konnte.

Kaum einen Meter von uns entfernt standen zwei Menschen aus ihrem Heimat-Camp, suchten nach ihr, während ich sie zwang, sich im Bad zu verstecken. Wahrscheinlich war sie innerlich hin- und hergerissen, und plötzlich war ich voller Angst, dass sie sich den Männern zeigen und mich verlassen würde.

»Ich kann nur kaum glauben, dass sie die ganze Zeit über hier gewesen sein soll. Die Grace, die ich kenne, wäre längst geflohen«, erwiderte die zweite Stimme nun skeptisch. Die Erwähnung ihres Namens fuhr mir wie ein Dolch der Angst durchs Herz. Graces Atem wärmte den Stoff meines Shirts am Rücken, und ich spürte, wie sie sich noch heftiger an mich drängte, als müsse sie sich selbst zurückhalten.

»Ich sage dir doch, sie war hier. Und sie war mit ihrem Anführer zusammen.«

Es waren keine Schritte mehr zu hören, als hielten sie einen Augenblick lang in ihrer Suche inne, um über die Situation zu reden. Meine Augen hatten sich mittlerweile an die Dunkelheit gewöhnt, und ein winziger Lichtstreifen sickerte durch das Dach.

Graces Faust pochte frustriert auf meinen Rücken, dann spürte ich, wie sie nach unten glitt und sie sie sinken ließ. Mein Herz tat einen heftigen, besorgten Schlag. Was mochte diese stumme Geste bedeuten? Mutig wandte ich mich langsam auf der Stelle um und senkte die Waffe. Sie lehnte sich zurück, und jetzt konnte ich ihr Gesicht erkennen. Sie runzelte heftig die Augenbrauen und biss die Zähne aufeinander. Ihr Blick brannte sich trotz der beinahe vollkommenen Dunkelheit förmlich in den meinen hinein. Ich sah ihr in die Augen, versuchte verzweifelt zu ergründen, was sie dachte, während die Unterhaltung vor der Tür weiterging.

»Er heißt Hayden. Woher weißt du, dass er es war?«, fragte die erste Stimme, die ruhigere von beiden, nun. Kurz durchzuckte mich Enttäuschung, denn offenbar wussten sie nun, wie ich aussah; in dieser Welt war es eigentlich nicht schlecht, anonym zu bleiben.

»Ich weiß es einfach«, knurrte die zweite Stimme. »Ich kann nicht glauben, dass Grace dumm genug war, sich schnappen zu lassen.«

»Vielleicht hätte man sie nicht geschnappt, wenn du sie nicht einfach so zurückgelassen hättest.«

Ruckartig wirbelte mein Kopf zur Seite. Etwas Ähnliches

hatte ich auch schon einmal zu ihr gesagt, und ich wusste, dass auch sie die Worte verstanden hatte. Sie wirkte nicht überrascht, hatte die Stimme also schon längst erkannt.

Dies waren nicht einfach nur Angreifer aus Greystone. Einer von ihnen, der wütendere, war niemand anders als ihr Bruder, Jonah.

Ihr war klar, dass auch ich das verstanden hatte, und ich sah, wie sehr sie mit sich rang. Sie stand ganz dicht bei mir – nur wenige Zentimeter von mir entfernt –, aber plötzlich hatte ich das Gefühl, als entgleite sie mir. Ihre Brust hob und senkte sich immer schneller. Der Stress dieser Situation ging ihr nahe. Ich erkannte die Anspannung auf ihrem Gesicht und dass sie meinen Blick gleichzeitig festhalten und meiden wollte.

»Ja, hab schon kapiert«, blaffte Jonah nun. Diese Worte hatte er offenbar schon mehrfach zu hören bekommen. »Ob du es glaubst oder nicht, ich will sie auch zurückhaben, weißt du.«

Die erste Stimme murmelte etwas, das ich nicht verstand, aber für Grace hatten diese Worte ein ungeheures Gewicht. Sie schloss ganz fest die Augen, und ihre Nasenflügel bebten, als sie erneut tief Luft holte, um sich zu beruhigen. Kaum vorstellbar, was sie in diesem Augenblick empfand; einem Familienmitglied so nahe, *so nahe* zu sein, es aber nicht erreichen zu können, das musste ungeheuer schmerzhaft sein. Eine Sekunde lang überlegte ich, was ich in ihrer Lage wohl getan hätte.

Ich hatte keine Familie mehr, aber wenn dem nicht so gewesen wäre, hätte mich sicherlich nichts aufhalten können.

Die Tatsache, dass sie immer noch hier stand, innerlich mit der Frage kämpfte, was zu tun war, sprach Bände. Ich fühlte mich schuldig, als mir klar wurde, dass es nur einen Grund geben konnte, warum sie blieb, wo sie war: mich. Wenn sie sich ihnen zeigte, würden sie auch mich finden. Kaum auszudenken, was dann geschehen würde.

Sie empfand tatsächlich etwas für mich, und das riss sie gerade mitten entzwei.

Obwohl ich wusste, wie furchtbar das für sie war, wollte ich, dass sie blieb. Ich wünschte es mir verzweifelt.

Die ganze Zeit über sah sie mir in die Augen, konnte mein Gesicht gut genug erkennen, um zu wissen, was ich fühlte. Sie beugte sich leicht vor, als ob sie am liebsten an mir vorbeigestürmt wäre, doch gleichzeitig ballte sie die Fäuste, als wolle sie sich festhalten. Ich konnte einfach nicht anders: Ich schüttelte langsam den Kopf, eine stumme Bitte, bei mir zu bleiben.

Sie holte leise Luft, und ich sah, wie ihr Kinn zitterte, während sie ihre Gefühle im Zaum zu halten versuchte. Ich konnte unmöglich sagen, welcher Entscheidung sie den Vorzug gab, aber ich betete, dass sie sich entschließen würde zu bleiben. Langsam hob ich meine freie Hand und legte sie ihr auf die Wange, strich ihr mit den Fingerspitzen leicht über die Haut und ließ sie dann in ihr Haar gleiten. Sie sackte unter meiner Berührung förmlich in sich zusammen, als habe meine Hand ihre Entschlusskraft gebrochen, und einen Augenblick lang schlossen sich ihre Augen wieder.

»Ich will einfach nur mein kleines Mädchen wiederhaben.«

Dabei presste sie die Lider sogar noch fester aufeinander. Genau wie die erste Stimme, so hatte sie auch diese von Anfang an erkannt, was erklärte, warum sie so sehr litt. Auch mir wurde jetzt alles klar; ich erkannte, wer kaum einen Meter von uns entfernt stand: Celt, Graces Vater, der Anführer von Greystone.

Jegliche Hoffnung, die ich bis jetzt gehabt hatte, verflog. Mit ihrem Arschloch von einem Bruder konnte ich es vielleicht noch aufnehmen, aber mit ihrem Vater, von dem sie immer nur mit Hochachtung gesprochen hatte und den sie offensichtlich verzweifelt vermisste? Dagegen hatte ich keine Chance. Ich fragte mich jetzt nur noch, warum sie so lange gewartet hatte.

Sie öffnete erneut die Augen. Ihre Pupillen waren nun so groß, dass ihre grüne Iris beinahe verschwunden war. Ihre Lippen öffneten und schlossen sich stumm, als müsse sie sich am Sprechen hindern, und die ganze Zeit über hielt sie meinen Blick. Meine Hand verharrte auf ihrer Wange, meine letzte, stumme Bitte zu bleiben. Die Spannung zwischen uns schien die Luft elektrisch aufzuladen, und ich hatte das Gefühl, in einer Art Vakuum festzustecken, das der Zeit jegliche Bedeutung entzog. Mir stockte der Atem, und ich war so ängstlich wie schon seit langem nicht mehr.

Sie war nach wie vor meine Gefangene, aber man konnte nicht leugnen, dass sie mittlerweile eine erheblich größere Bedeutung für mich erlangt hatte. So wie für sie hatte ich noch nie empfunden, und noch nie hatte ich mir so verzweifelt gewünscht, jemanden in Sicherheit zu wissen. Es fühlte sich offen gesagt falsch an, sie als Gefangene zu betrachten, und ich brachte es einfach nicht über mich, sie zum Bleiben zu zwingen, wenn sie wirklich gehen wollte. Sie bedeutete mir mittlerweile zu viel, um ihr so etwas anzutun, und obwohl ich mich ganz schwach fühlte, wusste ich: Wenn sie beschloss zu gehen, würde ich sie ziehen lassen, auch wenn ich daran zerbrach.

»Ich weiß«, antwortete Jonah leise. Er klang jetzt etwas weniger wütend als zuvor, als ob Celts aufrichtige Bemerkung ihn berührte. »Machen wir weiter. Wir werden sie finden.«

»Gute Idee«, meinte Celt ruhig.

Die Eingangstür öffnete sich, und ich hörte, wie sie hinausgingen. Das war er – der Augenblick, in dem Grace entscheiden würde, ob sie bei mir bleiben oder sich den einzigen noch lebenden Mitgliedern ihrer Familie zeigen würde.

Meine Hand schien auf ihrer Wange festgefroren zu sein, und mein Daumen hatte aufgehört, sanft über ihre Haut zu streichen. Ich wollte, dass sie sich entschied. Ich hielt den Atem an, und ich spürte die Tiefe ihres Blicks bis in die Zehen. Ihr Gesicht war schmerzerfüllt, die Brauen über ihren wunderschönen grünen Augen heftig gerunzelt. Die Gefühle wogten über uns hinweg, prallten aufeinander, vermischten sich in der Luft um uns herum.

Und obwohl wir nichts sagten, flossen so viele Gedanken und unausgesprochene Worte zwischen uns hin und her. Die stumme Unterhaltung fesselnd, faszinierend und herzzerreißend. Ich wusste, was ich sagen wollte, worum ich sie bitten wollte, aber ich brachte es nicht über mich. Sie musste ganz allein entscheiden, mein zerbrechliches Herz konnte nur untätig abwarten, bereit zu zerspringen, sobald sie es aussprach.

Bleib. Bitte, Grace, bleib.

KAPITEL 4

VERKÜNDUNG

Grace

Das überwältigende Schweigen zwischen Hayden und mir schien eine Ewigkeit zu dauern. Unsere stumme Unterhaltung erfüllte den Raum zwischen uns, sodass ich ihr Gewicht auf der Haut spürte. Dieser Augenblick, genau dieser, würde über meine Zukunft bestimmen. Er hatte nicht versucht, mich zurück- oder aufzuhalten – da war nur die stumme Bitte in seinen Augen gewesen. Ich fühlte seine Anspannung, sah die Verzweiflung in seinem Blick, die er zu verbergen versuchte, und konnte sein Herz in seiner Brust förmlich hämmern hören, während er auf meine Reaktion wartete.

Oder vielleicht war das ja auch mein eigenes Herz.

Die schweren Schritte meines Vaters und Bruders wurden leiser. Jeder einzelne brachte sie der Tür näher und entfernte sie weiter von mir. Ich hatte nicht erwartet, bekannte Stimmen zu hören, geschweige denn die der einzigen überlebenden Mitglieder meiner Familie.

Nachdem ich Dax' Warnung über das Funkgerät gehört hatte, von dessen Existenz ich bis zu diesem Augenblick gar nichts gewusst hatte, war mein erster Impuls gewesen, mich nicht zu verstecken, sondern nach Hayden zu suchen. Zu

59

meiner eigenen Verwunderung war ich sofort aus dem Bett gesprungen, was mir heftige Schmerzen verursachte. Statt mich zu verstecken, hatte ich nach einer Waffe Ausschau gehalten. Nach intensiver Suche hatte ich Haydens Messer in der Gesäßtasche seiner Jeans auf dem Boden gefunden. Ich hatte gerade nach draußen rennen wollen, um nach ihm zu suchen, als ich ein lautes Scheppern hörte. Der Schatten, den ich durch die Dunkelheit hatte zucken sehen, näherte sich nun der Hütte. Ich konnte die Gestalt nicht erkennen. Erst als er hereinstürmte und ich ihm das Messer an die Kehle hielt, erkannte ich Hayden.

Während ich ihm nun in der Dunkelheit unverwandt in die Augen sah, hatte ich das Gefühl, gleichzeitig in zwei entgegengesetzte Richtungen gezerrt zu werden. Die Hälfte meiner selbst wäre am liebsten an ihm vorbeigelaufen, um meiner Familie zu folgen. Die andere Hälfte jedoch blieb wie angewurzelt dort stehen und wollte bei Hayden bleiben. Es kam mir unfair vor, eine so schwierige Entscheidung treffen zu müssen und innerlich so zerrissen zu sein.

Eigentlich war die Entscheidung leicht: Der eigenen Familie sollte doch eigentlich immer der Vorzug gelten, insbesondere wenn die Alternative jemand war, den man noch vor kurzem als Feind betrachtet hatte. Aber das Pochen meines Herzens und das Dröhnen meines Pulsschlags in meinen Ohren sprachen eine andere Sprache. Seine Hand verharrte auf meiner Wange, ihre Wärme sickerte in meine Haut, während ich auf die Haustür lauschte, die sich öffnete.

»Grace«, wisperte er so leise, dass ich es beinahe nicht hören konnte. Seine Stimme war so voller Gefühl und zwängte seine Bitte in ein einziges, einfaches Wort: meinen Namen.

Ich konnte nicht mehr klar denken, nur noch fühlen – das Gewicht dieser Entscheidung, das Pochen meines Herzens, die Wärme seiner Nähe. Ich verstand nur eins: Durch ihn kam ich mir lebendig vor, glücklich, respektiert.

Geliebt.

Ich hörte, wie die Tür zuschlug. Das Geräusch riss mich aus meiner Trance. Mein Körper schien die Entscheidung noch vor meinem Geist zu treffen. Ich umfing sein Kinn und zog ihn zu mir herab. Seine Lippen prallten auf die meinen, und mein Herz flatterte wild umher. Sein Arm schlang sich um meine Taille, während seine andere Hand weiter auf meiner Wange lag, und er presste mich an sich, ohne unseren Kuss zu unterbrechen. Alle Empfindungen aus jenen schweigsamen Augenblicken zuvor schienen sich in diese Liebkosung zu ergießen.

Ich spürte die Erleichterung, die ihn durchflutete, während er seine Lippen auf meine presste. So standen wir reglos da, scheinbar allzu überwältigt, um zu einer Reaktion fähig zu sein. Ich schloss ganz fest die Augen. Er war überall – seine Lippen auf meinen, seine Hand auf meiner Wange, sein Arm um meinen Rücken, seine Brust an meiner. Er erfüllte die Luft um mich herum, erstickte jeglichen Gedanken daran, ihn zu verlassen, egal, wie irrational das sein mochte. Es spielte keine Rolle, dass mein Vater und mein Bruder nur wenige Meter entfernt waren; in diesem Augenblick kümmerte mich nur ein Mensch, und das war Hayden.

Er hielt mich weiter im Arm, machte aber keine Anstalten, mich noch inniger zu küssen, und gegen meinen Willen schlangen sich meine Arme um seinen Nacken. Ein schmerzhafter Stich durchfuhr meine Rippen, aber ich ignorierte ihn. Er wurde von dem Feuerwerk, das in jeder einzelnen Zelle meines Körpers explodierte, geradezu ausgeblendet. Es war irrational, spontan und absolut triebhaft, aber in diesem Augenblick empfand ich keinerlei Bedauern. Ohne ein Wort wusste Hayden, dass ich mich für ihn entschieden hatte.

Schließlich löste er sich von mir und sog tief den Atem ein. Ich spürte, wie ich angesichts dieser bedeutsamen Entscheidung, die ich soeben getroffen hatte, am ganzen Körper zitterte. Doch die Erregung, die mich jedes Mal erfasste, wenn Hayden mich küsste, konnte ich einfach nicht ignorieren. Mit jeder Liebkosung wuchs in mir das Verlangen nach mehr. Ich wurde von Tag zu Tag unersättlicher. Selbst bei sanften Berührungen wie seiner Hand auf meiner Wange stand ich sogleich lichterloh in Flammen, was gewiss keineswegs normal war.

Wie hätte ich ihn verlassen können, wenn ich so für ihn empfand?

Er lehnte die Stirn an meine, und seine Augen brannten sich in mich hinein. Die elektrische Spannung zwischen uns war beinahe überwältigend, während ich versuchte, Atem zu schöpfen. Es war ein seltsamer Augenblick, verborgen in der Dunkelheit seines Bades, während Blackwing von meiner Familie überfallen wurde. Es war, als existiere die Außenwelt für uns gar nicht, als gäbe es nur noch uns beide und unsere wild pochenden Herzen.

Der ohrenbetäubende Knall einer Waffe jedoch, der im

Camp widerhallte, reichte aus, um uns aus unserer Glückseligkeit zu reißen. Hayden hob ruckartig den Kopf. Er wirkte mit einem Mal nicht mehr friedlich oder erleichtert, sondern hatte nun wieder jenen intensiven, konzentrierten Blick, den ich schon so oft an ihm gesehen hatte.

»Shit«, keuchte er, als ob ihm gerade zu Bewusstsein gekommen war, was los war. Unwillkürlich geriet ich in Panik bei dem Gedanken, dass wahrscheinlich jemand getötet worden war, den ich kannte. Ich riss mich von Hayden los und stürzte los, wollte instinktiv dorthin, wo gerade gekämpft wurde.

»Nein«, rief Hayden und packte mein Handgelenk.

»Ich muss sehen, wer das war«, antwortete ich. Die warmen Gefühle, die mich noch Sekunden zuvor durchströmt hatten, hatten sich in Luft aufgelöst. Angst und Verwirrung waren an ihre Stelle getreten. Was, wenn mein Vater gefallen war? Mein Bruder? Was war mit Dax? Oder Kit? Es gab hier viel zu viele Menschen, die mir etwas bedeuteten, egal aus welchem Camp sie stammten, und ich wollte keinen von ihnen verletzt sehen.

»Ich werde gehen«, wandte er schnell ein. Er zerrte mich am Arm von der Tür zurück und drehte mich zu sich um. »Du bist immer noch verletzt, und da draußen ist es im Augenblick ziemlich gefährlich.«

»Ich werde nicht versuchen wegzulaufen, aber ich muss wissen, was passiert ist«, bat ich. Ich hatte dem inneren Drang, bei ihm zu bleiben, nachgegeben und würde ihn gewiss nicht verlassen. Aber ich musste es mit eigenen Augen sehen.

»Du läufst nicht weg?«, fragte er, seine Stimme zaghaft hoffnungsvoll – trotz unserer Situation.

»Nein, bestimmt nicht«, versicherte ich ihm. Mein Ton war jetzt nicht mehr dringlich, sondern sanft, weil er so erleichtert wirkte. Mein Herz machte einen Satz, als seine Lippen sich zu einem leichten Lächeln verzogen.

»Gut«, sagte er schlicht, ließ mein Handgelenk in der Dunkelheit aber immer noch nicht los.

Ein weiterer Knall riss uns erneut in die schreckliche Wirklichkeit zurück. Ich hörte einen lauten, undeutlichen Schrei durchs Camp hallen, und das Adrenalin pumpte durch meine Adern.

»Bitte rühr dich nicht vom Fleck, Grace«, bat er. Sein Verhalten veränderte sich. Er lauschte konzentriert in die Dunkelheit hinaus, um die Geräusche zu deuten. Seine Muskeln spannten sich an, als wolle er zwar eilig nach draußen sprinten, aber gleichzeitig auch sicherstellen, dass ich ihm nicht folgte.

»Nein«, erwiderte ich und sah ihn herausfordernd an. Er presste die Lippen aufeinander und schnaubte verärgert.

»Wie bitte?«, stieß er zwischen zusammengebissenen Zähnen hervor. So langsam verließ ihn die Geduld.

»Nein, Hayden. Ich gehe mit dir dort hinaus. Du kannst mich also entweder fesseln, um mich aufzuhalten, oder mitkommen.«

Wütend funkelte er auf mich herab, die Augenbrauen gerunzelt, das Kinn verkantet. Mit der freien Hand fuhr er sich durchs Haar, dann nickte er kurz angebunden.

»Gut, aber du bleibst dicht hinter mir.«

»Okay«, murmelte ich missmutig. Seine Hand glitt an meinem Handgelenk entlang und verwob die Finger mit meinen. Dann drehte er sich auf dem Absatz um und öffnete die Tür. Ich sah, wie er seine Waffe am Rücken aus dem Hosenbund zog, was mich an das Messer erinnerte, das ich hatte fallen lassen, nachdem ich damit beinahe Hayden verletzt hätte. Auf dem Weg zur Tür hob ich es auf, um ebenfalls bewaffnet zu sein.

Mit einem schnellen Blick überzeugten wir uns davon, dass niemand in der Nähe war. Das laute Krachen, das von der anderen Seite des Camps ertönte, zeigte uns, wo der Kampf stattzufinden schien. Hayden ließ meine Hand nicht los, sondern zerrte mich den Pfad entlang durch die Lücken zwischen den Gebäuden. Er hielt die Waffe gezückt und ständig in sämtliche Richtungen, eine reine Vorsichtsmaßnahme, denn in unmittelbarer Nähe waren keine Angreifer zu entdecken.

»Alles klar?«, fragte er und warf mir einen Blick über die Schulter zu, während wir auf die Kampfgeräusche zuliefen. Meine Rippen taten durchaus weh, aber durch das Adrenalin und die Gefühle, die Hayden in mir auslöste, und nicht zu vergessen auch durch die Medikamente, die Docc mir verabreicht hatte, waren die Schmerzen auf ein erträgliches Maß reduziert worden.

»Mir geht es gut«, sagte ich aufrichtig. Er nickte kurz und zog mich weiter hinter sich her. Wieder ein Knall, dicht gefolgt von einem erstickten Schrei. Wir hatten jetzt beinahe die andere Seite des Camps erreicht.

»Sie fliehen!«, rief jemand. Wir waren jetzt so nah, dass wir die Stimmen verstehen konnten.

Mein Herz machte einen Satz, aber ich wusste nicht so genau, ob vor Erleichterung, dass sie davonkamen und Blackwing hinter sich ließen, oder vor Enttäuschung, dass meine Familie, wenn sie überhaupt überlebt hatte, jetzt fort war. Noch ein letzter Schuss, abgegeben von Dax, der gerade die Waffe senkte. Hayden und ich blieben neben ihm stehen. Kit und Barrow waren ebenfalls vor Ort, allesamt bewaffnet.

»Sie sind fort«, meinte Barrow und wischte sich den Schweiß von der Stirn. Sein graues Haar stand ihm in sämtliche Himmelsrichtungen ab, als sei er geradewegs aus dem Bett gesprungen, um sein Camp zu verteidigen. Für einen Mann von etwa Mitte fünfzig war er in hervorragender Verfassung. Ich hatte ihn jetzt schon eine ganze Weile nicht mehr gesehen, aber seine einschüchternde Art hatte sich mir ins Gedächtnis eingebrannt.

»Was ist passiert? Irgendjemand verletzt?«, fragte Hayden sofort.

Dax räusperte sich vernehmlich, und wir sahen ihn an. Erstaunt blickte er auf unsere Hände. Sofort ließen wir einander los und rückten voneinander ab, trotzdem war offensichtlich, was zwischen uns vorging. Auch alle anderen schienen uns anzustarren, doch niemand sagte etwas. Hayden erwiderte die Blicke entschlossen, bevor er wiederholte.

»Nun? Was ist passiert?«

»Plünderer aus Greystone«, murmelte Barrow. Anscheinend hatte er beschlossen, das, was er gerade gesehen hatte, nicht weiter zu kommentieren. Er funkelte mich wütend an, als hätte ich sie höchstpersönlich hierhergeholt. »Es ist niemand verletzt, aber erwischt haben wir sie auch nicht. Diese hinterhältigen Schweine, das ganze Pack.«

Ich war zwischen Kränkung und Stolz hin- und hergerissen, während Hayden einen leisen, erleichterten Seufzer ausstieß, weil niemand ums Leben gekommen war. Er nickte: »Haben sie irgendetwas mitgenommen?«

»Nein. Seltsam, oder? Dass Greystone uns überfällt, aber nichts mitgehen lässt«, sagte er, bevor er mich demonstrativ erneut anfunkelte. Ich betrachtete ihn mit verengten Augen. Mir gefiel gar nicht, was er da andeutete. Offensichtlich machte er mich für den Überfall verantwortlich, und damit hatte er ja auch zumindest teilweise Recht. Sie waren hier gewesen, um nach mir zu suchen, aber ich hatte nichts getan, um dieser Aktion Vorschub zu leisten.

»Na ja, gut, dass keiner zu Schaden gekommen ist und nichts fehlt«, meinte Hayden in scharfem Ton, weshalb Barrows Kopf ruckartig zu ihm herumschnellte. Hayden richtete sich auf, sein Stolz machte ihn aggressiv, auch wenn er versuchte, sich zurückzuhalten.

»Ja, oder vielleicht haben sie nur einfach nicht gefunden, wonach sie suchten«, sagte Barrow. »Oder besser ... nach *wem* sie suchten.«

»Was willst du damit sagen? Nur raus damit. Red nicht um den heißen Brei herum«, verlangte Hayden und machte einen herausfordernden Schritt auf Barrow zu. Kit und Dax hielten sich aus dieser leidenschaftlichen Unterhaltung heraus.

»Ich glaube, dass sie ihretwegen hier waren«, grummelte

er und deutete mit einem Kopfnicken in meine Richtung, während er Hayden wütend ansah. »Und ich glaube, dass sie dahintersteckt.«

Ich konnte ein abfälliges Schnauben nicht zurückhalten. Es schien allzu offensichtlich, dass ich nichts dergleichen getan hatte, aber für ihn war ich nach wie vor die Gefangene aus dem feindlichen Camp, egal, wie ich mich verhalten hatte. Barrow starrte mich weiterhin wütend an, sodass Hayden zwischen uns trat. Der andere Mann war zwar muskulöser als er, aber Hayden war größer, was durchaus einschüchternd wirken konnte.

»Sie hatte nichts damit zu tun«, stieß Hayden zwischen zusammengebissenen Zähnen hervor. Atemlos beobachtete ich das Muskelspiel unter seinem T-Shirt.

»Ach nein? Sie stammt aus *Greystone*, Hayden. Dem feindlichen Lager. Oder hast du das vergessen, seit du mit ihr zusammenlebst? Sie mag ja ganz hübsch sein, aber ich wette, sie wartet nur auf eine Gelegenheit, dir die Kehle durchzuschneiden und nach Hause zu fliehen, um all unsere Geheimnisse auszuplaudern.«

Mir kam in den Sinn, wie negativ er wohl reagiert hätte, wenn er gewusst hätte, wer meine Familie war. Wenn er schon dermaßen sauer auf mich war, nur weil ich – wie die ganze Zeit über ja schon klar gewesen war – aus Greystone kam, wollte ich nicht erleben, wenn er je herausfand, wer ich tatsächlich war.

Hayden machte einen weiteren Schritt auf ihn zu. Sein Körper war angespannt; offensichtlich hatte er Mühe, seinen Zorn zu zügeln. Wie gern hätte ich ihm jetzt die Hand auf den Rücken gelegt, um ihn zu beruhigen, aber angesichts der vielen Augenpaare, die uns beobachteten, war das wohl keine Option. Sie hatten gesehen, wie wir uns an den Händen gehalten hatten, aber das konnte man immer noch so deuten, dass Hayden mich gezwungen hatte, in seiner Nähe zu bleiben. Vielleicht war das sogar tatsächlich seine Absicht gewesen – trotz der zusätzlichen verborgenen Bedeutung dieser Geste.

»Weißt du überhaupt, was sie getan hat, Barrow? Wie viele Leben sie gerettet hat oder wie sehr sie uns hier schon geholfen hat? Niemand hat sie zu alldem gezwungen, aber sie hat es trotzdem getan. Du hast keine Ahnung, wovon zum Teufel du überhaupt redest. Ich schlage also vor, du hältst den Mund, bevor ich ihn dir schließe«, zischte Hayden. Er schien persönlich beleidigt zu sein, weil Barrow mich verunglimpft hatte. Selbst ich fand, dass er in diesem Augenblick ziemlich einschüchternd wirkte. Einen Moment lang wirkte Barrow verunsichert. Er blickte nicht mehr ganz so wütend drein und wich einen Schritt vor Haydens Schatten zurück, denn der Abstand zwischen ihm und dem Anführer des Camps betrug jetzt nur noch wenige Zentimeter.

»Schon gut, schon gut«, lenkte er ein. Haydens Hände waren immer noch an seiner Seite zu Fäusten geballt, und er funkelte ihn zornig an. »Ich will damit doch nur sagen ..., dass du nicht vergessen darfst, wer sie ist, Hayden.«

»Hab ich verstanden, danke«, blaffte Hayden sarkastisch. »Geh jetzt lieber nach Hause, Barrow.«

Seine Worte waren eher Befehl als Vorschlag, und so schnell hätte niemand gewagt, ihm zu widersprechen.

Manchmal vergaß ich, dass Hayden nicht ohne Grund der Anführer Blackwings war, doch in diesem Augenblick kam es mir geradezu abwegig vor, dass mir das jemals entfallen war. Sein Ton strahlte offensichtliche Autorität aus, und seine Körpersprache zeugte davon, wie sehr er die Dinge unter Kontrolle hatte. Barrows kümmerlicher Versuch, ihm zu trotzen, wurde im Keim erstickt – obwohl er mehr als doppelt so alt war wie Hayden selbst.

Hayden starrte ihn wütend an, und Barrow zog sich zurück. Er schlang sich das Gewehr über die Schulter und schüttelte ganz leicht den Kopf, eine Geste, die niemandem entging. Offensichtlich glaubte er Hayden nicht, brachte aber nicht den Mut auf, sich ihm weiter zu widersetzen. Hayden blieb reglos stehen, siedend vor Wut und mit grimmigem Blick.

»Meine Herren«, raunte Kit, der jetzt zum ersten Mal überhaupt etwas sagte. Es fiel mir schwer, den Blick von Haydens offensichtlich angespannten Schultern abzuwenden. Doch ich riss mich von ihm los und sah Kit an, der vor Überraschung die Augen aufgerissen hatte.

»Was?«, fauchte Hayden und deutete mit dem Kopf anklagend in Kits Richtung.

»Nichts, entspann dich, Kumpel«, antwortete Kit und hob abwehrend die Hände. Er umklammerte immer noch die Waffe mit der rechten Hand, obwohl die Angreifer längst fort waren. »Barrow ist eindeutig zu weit gegangen.«

Ich war erstaunt, dass Kit sich auf Haydens Seite schlug. Immerhin war er anfangs nicht gerade mein größter Fan gewesen, aber ich freute mich, dass er sich mittlerweile offenbar mit mir arrangiert hatte. Da er nicht Barrows Meinung zu sein schien, vertraute er mir womöglich mehr, als ich dachte.

»Was du nicht sagst«, murmelte Hayden grimmig. Unwirsch fuhr er sich mit der Hand durchs Haar, wie immer, wenn er gestresst war. Wieder flammte der Impuls in mir auf, zu ihm zu eilen und ihn zu trösten, aber ich unterdrückte ihn.

»Was glaubst du, haben sie gewollt?«, mischte sich Dax nun ebenfalls in die Unterhaltung ein. Ein Schmutzstreifen verlief über seiner Wange, und ein dunkelblauer Fleck bildete sich an seinem Kinn. Offenbar hatte er einen Schlag einstecken müssen.

»Keine Ahnung«, antwortete Hayden immer noch angespannt. Er drehte sich um und warf mir einen kurzen Blick zu, bevor er die Augen wieder abwandte und Kit fixierte.

Das war gelogen. Hayden wusste genau, warum sie gekommen waren, aber er konnte es ihnen nicht sagen, ohne die Tatsache preiszugeben, dass sie um meine Anwesenheit hier wussten. Mir kam der Gedanke, dass er es ihnen irgendwann würde sagen müssen, aber mir war klar, dass er den Zeitpunkt selbst wählen wollte, um die Kontrolle zu behalten. »Zumindest ist niemand verletzt worden, stimmt's?«

»Äh, doch! Man hat mir ins Gesicht geschlagen«, widersprach Dax, deutete auf sein Kinn und zog die Augenbrauen hoch. Ich prustete vor Lachen. Die drei Männer wandten sich zu mir um, und ein Grinsen umspielte Dax' Lippen. Er freute sich, zur Stimmungsaufhellung beigetragen zu haben.

»Sorry«, murmelte ich leise und deutete mit einer lässigen Handbewegung auf sein Gesicht.

»Findest du das etwa witzig?«, scherzte er und zog zum Spaß eine wütende Grimasse.

»Nein, schau mir doch mal ins Gesicht. Absolut nicht witzig«, antwortete ich leichthin und deutete auf die blauen Flecken, die auch meine Haut bedeckten. Seltsam, dass sie nicht wehtaten, aber wahrscheinlich war mein Körper zu sehr auf den Schmerz in meinen Rippen fixiert, um noch etwas anderes wahrzunehmen.

»Da hat man dich aber ganz schön in die Mangel genommen«, meinte Kit, als registriere er es jetzt zum ersten Mal. »Krass.«

Er klang zutiefst beeindruckt, und ich musste grinsen. Ich war stolz auf meine Fähigkeit, zu kämpfen und mich selbst zu verteidigen. Nur weil ich eine Frau war, sollte man mich noch lange nicht für schwach halten. Ich konnte austeilen und einstecken, genau wie jeder x-beliebige Mann.

»Danke«, antwortete ich zufrieden. Erst in diesem Augenblick bemerkte ich, dass Hayden Kit wütend musterte, als ob ihm der neuerdings freundliche Ton nicht passte, den er mir gegenüber anschlug. Erst vor ein paar Sekunden war er noch erfreut gewesen, weil Kit ihm die Stange gehalten hatte, doch jetzt wirkte er wieder sauer. Sein Blick glitt kurz zu mir hinüber, und er ertappte mich dabei, wie ich ihn beobachtete. Er blinzelte und bemühte sich um eine gleichmütige Miene. Mühsam unterdrückte ich ein Grinsen über seine Eifersucht.

Sie war total unbegründet, befriedigte mich aber trotzdem. Ich sah sie nicht zum ersten Mal aufblitzen, aber mit jedem Mal freute ich mich mehr darüber. Sie kam mir so trivial und normal im Vergleich zu unserer Welt vor, was sie umso erfüllender machte.

Der arme Hayden hatte an diesem Abend eine ziemlich emotionale Achterbahnfahrt hinter sich, die eigentlich ganz und gar auf mich zurückzuführen war. Ich hatte ein schlechtes Gewissen, weil ich die Wirkung genoss, die ich auf ihn hatte. Aber immerhin hatte er die gleiche Wirkung auf mich.

»Also, wenn es allen gut geht, kehren wir am besten nach Hause zurück«, grummelte Hayden, wobei er sowohl für mich als auch für sich selbst sprach. Er kam zu mir und packte mich am Arm, führte mich von dem Kreis fort. Automatisch riss ich mich von ihm los, obwohl sein Griff nicht schmerzhaft war. Ich fand es ätzend, wie ein Kind herumgeschoben zu werden, das musste ihm klar werden. Er blinzelte überrascht und blickte auf mich herab. Dann seufzte er resigniert.

»Bis später, Jungs«, sagte er und winkte über meine Schulter hinweg Kit und Dax zu. Beide hatten unsere stumme Kommunikation mit verblüfften Gesichtern beobachtet. Wahrscheinlich wunderten sie sich, dass Hayden mir so ohne weiteres nachgab, nachdem er wenige Augenblicke zuvor Barrow eingeschüchtert hatte, aber niemand machte eine entsprechende Bemerkung.

»Tschüss«, sagte Kit, nachdem er sich von seinem kleinen Schrecken erholt hatte.

»Tschüss, Kinder«, rief Dax leichthin, ein wissendes Grinsen auf dem Gesicht. Ich sah ihn stirnrunzelnd an, als mir seine frühere Frage in den Sinn kam.

Ihr beiden ... ihr seid also ... zusammen, oder?

Dax schien zu durchschauen, was hier vor sich ging – besser noch als ich selbst –, aber er sagte nichts mehr, während Hayden und ich ohne ein weiteres Wort in der Dunkelheit verschwanden. In eisigem Schweigen ging er neben mir her und rührte mich auch nicht mehr an, nachdem ich mich von ihm losgemacht hatte. Ich unterdrückte ein Kichern. Schließlich war seine schlechte Laune auf mich zurückzuführen. Und auf Barrow.

In der Hütte angelangt, setzte ich mich auf die Bettkante, erleichtert, endlich nicht mehr auf den Beinen zu sein. Die Tür knallte ein wenig härter zu als nötig, und offensichtlich hatte seine Stimmung sich immer noch nicht aufgehellt. Stirnrunzelnd beobachtete ich, wie er zum Tisch hinüberstapfte, um eine Kerze anzuzünden. Ich war erfreut, dass ich seine Gefühle dermaßen in Aufruhr brachte, aber dennoch ein wenig abgeschreckt, weil er so griesgrämig war, obwohl ich mich doch entschlossen hatte, bei ihm zu bleiben.

»Hayden ...«

»Magst du Kit?«, schnitt er mir in scharfem Ton das Wort ab. Die Frage überraschte mich, und ich blinzelte.

»Was?«, fragte ich verständnislos.

»Magst du Kit?«, wiederholte er in noch angespannterem Ton. Ich runzelte die Stirn, überrascht, dass er den Drang verspürte, mir eine dermaßen lächerliche Frage zu stellen. Anfangs war es ja ganz schmeichelhaft gewesen, ihn eifersüchtig zu erleben, aber jetzt wurde ich doch vom schlechten Gewissen überwältigt.

»Natürlich nicht«, antwortete ich bedächtig. Ich hoffte, sämtliche Verdachtsmomente von vornherein aus dem Weg räumen zu können.

»Bist du sicher?«, verlangte er zu wissen und funkelte mich vom anderen Ende des Raumes aus wütend an. Ich blieb auf dem Bett sitzen und verdrehte die Augen.

»Ganz genau, Hayden. Ich habe beschlossen, in Blackwing zu bleiben, obwohl mein Vater und mein Bruder hier waren, nur um Kit näher kennenzulernen.«

Er antwortete nicht, sondern musterte mich nur. Dann lehnte er sich gegen die Badezimmertür, verschränkte die Arme über der Brust und stieß einen tiefen Seufzer aus, als sei ihm gerade klar geworden, wie lächerlich er sich anhörte.

»Na ja ... ich musste einfach fragen.«

»Nein, musstest du nicht«, widersprach ich rundheraus. Ich fand es immer noch schockierend, dass er das überhaupt für möglich gehalten hatte. Es war eine Sache, ein bisschen eifersüchtig zu sein, aber eine ganz andere, wirklich davon auszugehen, dass ich etwas für Kit empfand. Er sagte nichts, aber ich spürte seinen Blick auf mir, mit dem er mich schweigend beobachtete. »Du bist paranoid.«

»Na ja, ich habe heute Abend ziemlich viel Scheiße erlebt, okay?«, antwortete er gereizt. Seine grimmige Miene entspannte sich etwas, und er lehnte den Kopf zurück an die Tür, sodass die Haut an seinem markanten Kinn spannte. Ich schüttelte den Kopf, um den Blick davon loszureißen.

»Ach, *du* hast heute Abend also eine Menge Scheiße durchgemacht?«, fragte ich ungläubig. Ich war nicht wütend, aber ich hatte das seltsame Gefühl, es mit einem trotzigen Kind zu tun zu haben. Seine Augen, die sich einen Augenblick lang geschlossen hatten, öffneten sich ruckartig, und er sah mir in die Augen.

»Nein, Shit. Tut mir leid«, antwortete er schnell. Er stieß sich von der Tür ab und machte einen Schritt auf mich zu. Dann hielt er wieder inne. »Du hattest eine erheblich schwerere Nacht als ich.«

Jetzt war es an mir zu schweigen und ihn nur mit hochgezogenen Augenbrauen zu mustern. Ich presste die Lippen aufeinander und senkte den Blick, fixierte ein Astloch im Boden.

»Es ist nur ... keine Ahnung. Ich war im Leben noch nie eifersüchtig«, bekannte er mit verletzlicher Stimme. Als ich ihn wieder ansah, hatte sein Gesichtsausdruck sich verändert. Er wirkte schmerzerfüllt und gleichzeitig verwirrt.

»Ich bin *deinetwegen* hier, weißt du«, sagte ich entschieden, beinahe schon gehässig, frustriert, dass ihm das nicht klar war. »Wegen dir. Wegen niemandem sonst, nur wegen dir.«

Plötzlich erkannte ich, was ich da gerade zugegeben hatte, ohne es wirklich zu wollen. Ich hätte es nicht zurücknehmen können, selbst wenn ich gewollt hätte. Die Worte schwebten zwischen uns in der Luft.

»Du bleibst also wirklich?«, fragte er leise, als fürchte er sich vor der Antwort. Ich seufzte, erhob mich vom Bett und ging auf ihn zu. Als er das sah, kam er mir entgegen, hielt nur wenige Zentimeter vor mir an.

»Ja, Hayden. Ich will hier sein ... bei dir.«

Mein Magen machte einen Satz, und mein Ärger und meine Frustration verflogen, als er noch näher kam. Er übermannte meine Sinne, als ich spürte, wie seine Brust sich an meine presste und er mir die Hand sanft auf die Wange legte. Er sah auf mich herab, und ich konnte den Blick nicht abwenden, spürte, wie unsere Verbundenheit noch stärker wurde. Seine Worte waren nicht mehr als ein Flüstern, aber sie versetzten mein Herz in Aufruhr.

»Ich bin froh, dass du geblieben bist, Bär.«

Dann besiegelte er seine Worte mit einem Kuss, vertrieb sämtliche Zweifel, die sich vielleicht noch in mir geregt hatten. Hier mit Hayden zu sein, machte mich glücklicher denn je, und ich würde dieses Gefühl nicht mehr loslassen, koste es, was es wolle.

KAPITEL 5

VERTRAUT

Grace

Die Welt schien sich in unwirklichem Nebel in Zeitlupe um mich zu drehen, jede Sekunde, die verging, schien länger als die letzte zu sein. Die Zeit dehnte sich bis zur Unendlichkeit aus. Ich konnte kaum fassen, wie ich mich in diese Lage gebracht hatte, dass ich mich bereitwillig dazu entschlossen hatte, mit einem Mann in dessen Camp zu bleiben, statt mit meiner Familie nach Hause zurückzukehren. Die vernünftige Hälfte meines Ichs machte mir deshalb heftige Vorhaltungen, während die andere Seite, die ich erst kürzlich entdeckt hatte, damit beschäftigt war, sich über meine Gefühle klar zu werden. Ich war nach wie vor hin- und hergerissen und befürchtete, dass meine Entscheidung sich als schrecklicher Fehler entpuppen würde. Doch in diesem Augenblick, da sich Haydens Brust warm und leicht an meinen Rücken presste – was immer noch so neu und surreal und doch gleichzeitig auf wunderbare Weise vertraut war –, überwog die Glückseligkeit.

Mein Körper ruhte zwischen seinen Beinen, während er sich an das Kopfteil seines Bettes lehnte. Die Arme hatte er leicht um meine Taille geschlungen, wobei er sorgsam darauf achtete, meine gebrochene Rippe nicht zu berühren. Nachdem er mich geküsst hatte, hatten wir nicht mehr allzu viel gesagt, und ich merkte, dass auch er über die Bedeutung dieses Abends für uns nachdachte. Statt mich also weiter mit übermäßiger Analyse zu quälen, konzentrierte ich mich lieber darauf, wie er sich anfühlte, wie er mich hielt, wie er mir Trost spendete.

Hayden hatte die Hände über meinem Bauch verschränkt, umarmte mich von hinten, und ich spürte jeden einzelnen seiner Atemzüge als Weiten seiner Brust an meinem Rücken. Mein Kopf lag auf seiner Schulter, während meine Hände selbstvergessen über seine Unterarme strichen. Er hatte die Beine zu beiden Seiten meiner Hüften ausgestreckt, und ich hatte die Knie angewinkelt, um mich an ihm abzustützen. Mein Magen machte einen kleinen Salto, als er die Lippen leicht auf meinen Nacken presste, eine so sanfte Geste von jemandem, der sonst so hart war.

Ich schloss die Lider und genoss die Empfindung, entspannte mich sogar noch mehr. Es war beinahe so, als ob unsere Körper wie füreinander geschaffen waren, jede Wölbung, jede Höhlung schien zu denen des jeweils anderen zu passen. Ich liebte seine Hitze, die ich durch meine leichte Kleidung hindurch spürte. Er hatte das T-Shirt ausgezogen und trug nur noch Shorts, wie so oft. Bevor er mich aufs Bett und in diese Position gezogen hatte, hatte ich die Augen von seinem schlanken, muskulösen Oberkörper kaum abwenden können.

Er gab mir einen Kuss auf die Schulter. Mein Tanktop enthüllte jede Menge Haut, die sein warmer Mund erkundete. Er ließ seine Lippen dort verharren, atmete tief ein. Ich spürte, wie sie sich beim Einatmen öffneten, als wolle er etwas sagen. Doch dann schien er sich dagegen zu entscheiden, schloss sie wieder und ließ sie leicht auf meiner Schulter ruhen. Ein leises Lachen entrang sich meiner Kehle, weil er nicht mit der Sprache herausrückte.

»Was ist los, Hayden?«, forschte ich zärtlich und zeigte ihm dadurch, dass ich um seinen wie auch immer gearteten inneren Kampf wusste.

»Willst du etwas sehen?«, fragte er leise. Er löste die Hand von meiner Taille und verschränkte sie mit meinen Fingern, und zwar so, dass meine Handflächen auf seinen Handrücken lagen.

»Muss man dafür auf ein Motorrad steigen?«, fragte ich im Scherz. Ich erinnerte mich an das letzte Mal, als er mir etwas gezeigt hatte, und war neugierig. Er gluckste vor sich hin, und ich spürte seinen sanften, warmen Atem auf der Haut.

»Nein.«

»Gut. Ich glaube, dazu wäre ich heute nicht in der Lage«, antwortete ich. »Ja, ich will es sehen.«

»Okay«, antwortete er sanft.

Dann presste er mir ein letztes Mal die Lippen auf den Nacken – was mich daran erinnerte, wie verletzlich er sich vorher gefühlt hatte – und schob sich unter mir hervor. Seine große Gestalt erhob sich vom Bett, er reckte die Schultern, und seine Muskeln arbeiteten. Er war wirklich ungeheuer anmutig in seiner ganzen Kraft. Mühelos ging er zum Schreibtisch an der Wand hinüber und öffnete die unterste Schublade. Mein Herz machte einen Satz, als er das

Fotoalbum hervorzog, das ich für ihn geholt hatte, und dann noch einen, als er noch etwas anderes darunter herausholte.

Die Aufregung beim Anblick des Albums verebbte kurz wieder, als er es in die Schublade zurücklegte und sie schloss. In der Hand hatte er nun einen anderen Gegenstand: sein Tagebuch. Erneut war ich von Aufregung und Neugier wie überwältigt, doch ich bemühte mich um eine gleichmütige Miene, als er zu mir zurückkehrte. Er setzte sich auf die Bettkante und sah mich an. Die Matratze gab unter seinem Gewicht nach.

Vorsichtig hielt er es in den Händen, die Augen fest auf den abgegriffenen Einband gerichtet, als könne es gleich in Flammen aufgehen. Ich sagte kein Wort, damit er es sich nicht doch noch anders überlegte. Ich wünschte mir so sehr zu erfahren, was er dort niederschrieb, zumal er beim letzten Mal, als ich ihn gefragt hatte, extrem vage geantwortet hatte. Er hatte mir in jener Nacht enthüllt, dass er seine Eltern verloren hatte, dann aber sofort das Thema gewechselt.

»Du darfst es nicht lesen«, begann er plötzlich. Ich musterte ihn eindringlich. Er sah kurz zu mir auf, dann wieder hinunter aufs Tagebuch. »Na ja, jedenfalls nicht alles.«

»Okay«, antwortete ich ruhig. Ich war mehr als bereit, das anzunehmen, was er mir zeigen wollte. Er nickte einmal und atmete tief aus, öffnete den abgenutzten Einband, blickte unverwandt darauf. Die erste Seite wurde sichtbar. Sie war voller unleserlicher Kritzeleien, die ich nicht entziffern konnte.

»Ich habe das schon seit Urzeiten«, erklärte er. »Docc brachte es von einem Raubzug für mich mit, als ich etwa sieben war. Die ersten zwanzig Seiten oder so beinhalten nur das, was Kit, Dax und ich an diesem Tag taten, denn ich musste das Schreiben erst noch üben.«

Ich spürte, wie ein sanftes Lächeln meine Lippen umspielte. Es war beängstigend, wie leicht ich mir den jungen Hayden vorstellen konnte, der sich über dieses Buch beugte und sich darauf konzentrierte, jeden Buchstaben korrekt zu schreiben, um die Ereignisse des Tages festzuhalten. Ich hoffte, dass dieses Tagebuch voller glücklicher Erinnerungen war – wie Besuche am See und andere Dinge, die normale Kinder eigentlich tun sollten. Er hielt es mir hin, um mir das Gekritzel zu zeigen.

»Dann wurde ich älter, und mir wurde klar, dass ich eine Art Verantwortung habe, die Ereignisse festzuhalten, denn sonst schien das niemand zu tun ...« Er verstummte und überschlug ein paar Seiten. Die Handschrift schien sich vor meinen Augen zu verbessern, wurde ordentlicher und gleichförmiger, je weiter er blätterte. »Also notierte ich die Erinnerungen, die ich an meine Eltern habe.«

Mein Herz krampfte sich in meiner Brust zusammen, und unwillkürlich holte ich tief Luft. Jetzt war mir klar, was er dort aufgezeichnet hatte: Dinge, an die er sich aus der Zeit vor dem Krieg erinnerte, wie sie aussahen, wie sie gestorben waren ... Ich war seinetwegen unendlich traurig. Schon in jungen Jahren hatte er etwas Derartiges aufzeichnen müssen, nur weil er nicht vergessen wollte.

Mein Blick wanderte von den Seiten zu ihm hin. Er beobachtete mich eindringlich, und ein leises, unglückliches Lächeln umspielte seine Lippen. Ich fand keine Worte, die der eigentlichen Tragik des Augenblicks gerecht geworden wären, aber ich streckte die Hand aus und legte sie ihm sacht aufs Knie. Mit dem Daumen streichelte ich seine Haut, die sich warm anfühlte, und wieder spürte ich einen kleinen Funken, der meinen Arm hinaufzuckte. Er presste die Lippen aufeinander, dann sprach er weiter.

»Als ich anfing, an Überfällen teilzunehmen, sah ich die Menschen mit eigenen Augen sterben ..., und das schrieb ich ebenfalls nieder«, sagte er und blätterte ein paar Seiten weiter. Er hatte den Blick wieder von mir abgewandt, und ich studierte seine Züge, den offensichtlichen Schmerz, den er zu verbergen versuchte. Dann landeten meine Augen wieder auf den Seiten.

»Oh Hayden ...«, sagte ich leise. »Darin hast du jeden festgehalten, den du verloren hast, stimmt's?«

Er sah mich nicht an und deutete mit einem Kopfnicken auf die Liste. Sie bestand aus zwei Spalten: In der ersten stand ein Name, die zweite enthielt eine kurze Beschreibung. Ich wurde blass, nachdem ich ein paar gelesen hatte, und mein Herz zog sich wegen der Menschen, die ich nie kennenlernen würde, schmerzhaft zusammen.

John Garrity – Überfall in der Stadt
Maria Fedderson – Angriff durch Greystone
Bernard Olsen – Angriff durch Whetland
Violetta Arendt – Überfall in der Stadt
Sergio Koffman – Überfall auf Greystone

Die Liste ging immer weiter, kam mir endlos lang vor. Er hatte noch mehr Seiten umgeblättert, war schließlich zum Ende gelangt, und erschüttert stellte ich fest, dass ich den Tod des letzten Opfers selbst miterlebt hatte.

Helena Trodder - Angriff durch Greystone

Vielleicht war ich ja überempfindlich, aber es kam mir so vor, dass Greystone viel häufiger auf der Liste auftauchte als jeder andere, sogar häufiger als die Stadt. Irrationale Schuldgefühle überfielen mich, als mir klar wurde, wie viele Leben meine Heimat diese Menschen gekostet hatte. Bei dem Gedanken, dass ich vielleicht sogar selbst dazu beigetragen hatte, überlief es mich kalt. Es war nicht unwahrscheinlich, dass mindestens ein Name meinetwegen auf dieser Liste stand.

Plötzlich wurde mir übel, weil mir Bilder von Leichenbergen vor Greystone in den Sinn kamen, unzählige Gesichter, die zwar unbekannt waren, aber dennoch ihre Wirkung nicht verfehlten. So viele Menschen waren gestorben, und wofür? Nur, weil sie zu überleben versuchten und diejenigen versorgen wollten, die sie liebten? Das Gemetzel kam mir so unnötig vor, so sinnlos, und plötzlich verstand ich nicht mehr, wie unsere Welt so aus den Fugen hatte geraten können, dass es so weit gekommen war.

Greystone und Blackwing waren aus gutem Grund erbitterte Feinde, und den Beweis hatte ich hier deutlich vor Augen. Viel zu viele Menschen waren auf beiden Seiten getötet worden, um einander vergeben zu können. Hayden war der erste Mensch, den ich je getroffen hatte, der die Notwendigkeit verspürte, darüber gewissermaßen Buch zu führen. Die quälende Wahrheit hallte in meinem Kopf wider. Und zum ersten Mal wurde mir die entsetzliche Realität, mit der ich aufgewachsen war, so richtig klar: Wir verloren unsere Menschlichkeit.

»Hey«, sagte Hayden sanft und riss mich aus den Tiefen meiner düsteren Gedanken. Ich blinzelte und sah ihn wieder an. »Ich wollte dich nicht aufregen.«

Ein heißer Blitz zuckte meinen Arm hinauf, als er die Hand auf meine legte und mir mit dem Daumen über den Handrücken strich.

»Es ist nur … das ist so krank, oder? Was ist unser Leben doch für ein Schlachtfeld geworden?«

Keine Ahnung, woher das kam; normalerweise war ich ein positiver Mensch, beharrte darauf, dass es immer noch Dinge gab, derentwegen man glücklich sein und sich freuen konnte, aber der sichtbare Beweis, wie viele Menschen sinnlos ermordet worden waren, und zwar aus nur einem einzigen Camp, ließ diese Einstellung plötzlich lächerlich naiv erscheinen.

Hayden sah mich stirnrunzelnd an und legte das Tagebuch in seinen Schoß. Dann beugte er sich zu mir vor, seine Hand immer noch auf meiner. »Nein, Grace, du hast es selbst gesagt. Es gibt noch so vieles, wofür wir leben können, auch wenn das Leben … brutal ist.«

»Brutal«, wiederholte ich langsam, schmeckte dem Wort nach. Es passte zu unserer Welt, schien aber der Tatsache, wie barbarisch sie geworden war, nicht gerecht zu werden.

»Sieh mal hier, es ist doch nicht alles schlecht, weißt du?«, fügte er hinzu und drückte meine Hand. Dann ließ er sie los und griff wieder nach dem Tagebuch. Er blätterte bis zur Mitte und überflog die Seite, bevor er es umdrehte, damit ich die Zeilen lesen konnte. Mit dem Finger tippte er auf die Stelle, an der ich anfangen sollte.

Habe Jett heute zu seiner ersten Unterrichtsstunde im Schießen genommen. Es lief grauenvoll. Der Junge hat keinen Funken Naturtalent, war aber die ganze Zeit über glücklich und total begeistert. Nächste Woche wird er zehn, und Maisie hat ein paar Zutaten für einen Kuchen ergattert. Bei einem Überfall gestern habe ich einen Spielzeug-Helikopter gefunden, den ich ihm schenke. Hoffe, er gefällt ihm.

Bei diesem kurzen Auszug musste ich unwillkürlich lächeln. Und sofort kam mir die Erinnerung an genau diesen Spielzeughelikopter in den Sinn, von dem Hayden hier berichtet hatte. Ich hatte ihn in jener Nacht gesehen, als Hayden ihn nach Hause getragen hatte, nachdem er eingeschlafen war. Bis heute liebte er das Spielzeug und bewahrte es dort auf, wo er es immer sehen konnte. Ich konnte mir vorstellen, wie aufgeregt Jett sowohl über den Kuchen als auch über Haydens Geschenk gewesen sein musste, ein Bild, das das erdrückende Gewicht, das auf meinen Schultern zu lasten begonnen hatte, etwas leichter machte.

»Und hat ihm der Hubschrauber gefallen?«, fragte ich und lächelte Hayden sanft an. Er lachte leise und schüttelte den Kopf.

»Und wie. Ein Jahr lang hat er das Ding ständig mit sich herumgetragen, bis die Propellerflügel abgefallen sind. Dax hat sie wieder angeklebt, und bei meinem letzten Besuch habe ich gesehen, dass er nach wie vor an seinem Bett steht.«

»Dachte ich mir«, lachte ich. Hayden blätterte weiter um und überflog dabei den Text. Plötzlich stieß er ein prustendes Lachen aus, drehte das Buch um und zeigte mir, worum es ging.

Habe Kit und Malin dabei erwischt, wie sie hinter dem Lagerhaus miteinander schliefen. Das will ich nicht nochmal sehen.

Ich brach in Gelächter aus, durchaus etwas schockiert, dass Kit, der normalerweise so ernst war, wagemutig genug gewesen war, in einem öffentlichen Gebäude Sex zu haben.

»Und du hast sie *erwischt?!*« In seinen Augenwinkeln bildeten sich kleine Fältchen. Er lachte und nickte.

»Ja, es war nicht zu übersehen. Sie waren so laut, dass die Leute schon glaubten, dort sei ein Tier gefangen, deshalb musste ich hingehen und nachsehen. Ein gefangenes Tier hätte ich allerdings durchaus vorgezogen«, sagte er, schüttelte den Kopf und lachte erneut in sich hinein.

Ich grinste, freute mich darüber, dass trotz des äußeren Scheins hier nicht immer alles dermaßen ernst war. Es gab bei all den schlechten Erinnerungen auch gute, und die menschliche Natur blieb bestehen, auch wenn unsere Welt sich verändert hatte.

»War ziemlich traumatisch«, fügte Hayden leichthin hinzu, bevor er erneut weiterblätterte. Mein Herz machte einen Satz, als ich meinen eigenen Namen unter den Worten entdeckte. Wir hatten die neuesten Seiten erreicht. Er hielt sich nicht lang genug hier auf, dass ich den Text lesen konnte, aber ich war noch zwei weitere Male sicher, meinen Namen dort zu entdecken. Als er auf der letzten Seite angekommen war, neigte er das Buch sich selbst zu, sodass ich gar nichts sehen konnte.

»Das ist ... fantastisch, Hayden«, sagte ich leise und aufrichtig. Die Luft zwischen uns schien elektrisch aufgeladen, und wieder einmal war es, als sei die ganze übrige Welt verschwunden.

»Ach ja?«

Ich nickte ernsthaft und fuhr ihm erneut mit dem Daumen übers Knie. »Ja. Die Tatsache, dass du dir die Zeit genommen hast, so viel aufzuzeichnen ... das Gute und das Schlechte ... das ist einfach fantastisch. Die Menschen müssen das wissen.«

»Deshalb mache ich es ja – damit die Menschen nicht vergessen, was geschehen ist ... wer wir waren.«

»Das ist bewundernswert, Hayden.«

Er schwieg ein paar Sekunden lang und sah wieder auf die Seite hinunter, schien wieder mit sich zu kämpfen. Dann holte er tief Luft und sah mir in die Augen. Ich erwiderte seinen Blick. Dann drehte er das Buch langsam zu mir um. Ich sah ein einzelnes Wort und keuchte, als ich es erkannte.

Bär.

Mein Herz pochte bei diesem Anblick wie wild in meiner Brust. Es war so eine einfache Geste, nur ein einziges Wort, aber die Tatsache, dass ich in seinem Tagebuch Erwähnung gefunden hatte, und zwar anscheinend mehr als einmal, führten mir vor Augen, wie real meine Gefühle für ihn mittlerweile waren. Überdies hatte es den Anschein, dass er sie erwiderte.

Mittlerweile trennten uns nur noch wenige Zentimeter. Doch nun verschwand auch dieser Abstand, denn ich beugte mich vor, um meine Lippen auf seine zu pressen. Indem er mir dieses einzelne Wort auf der letzten Seite zeigte, machte er sich verletzlich. Die Geste sprach Bände, und ich konnte die geradezu greifbare Spannung, die die Luft um uns herum erfüllte, nicht ignorieren.

Er reagierte sofort, legte das Tagebuch neben uns aufs Bett und erwiderte den Kuss. Warme Hände umfingen meine Wangen, und seine Lippen passten sich meinen perfekt an. Dieser Kuss besaß eine Sinnlichkeit, die bislang nicht vorhanden gewesen war. Ich spürte, wie jede Zelle meines Körpers zum Leben erwachte, als seine Lippen meine sanft öffneten, um mich noch inniger zu liebkosen. Er tat es nicht übereilt, aber dennoch spürte ich eine Dringlichkeit, die sich von meinen Lippen auf meinen ganzen Körper ausbreitete.

Meine Handflächen landeten nun beide auf seinen Knien, berührten seine Haut, denn der Stoff seiner Shorts war an seinen Schenkeln hinaufgerutscht. Er beugte sich weiter vor, sodass er mir noch näher war. Sanft drängte sich seine Zunge zwischen meine Lippen, und eine seltsam berauschende Benommenheit erfasste meinen Geist. Mein Körper übernahm die Führung.

Mit sanftem Druck verlagerte Hayden sein Gewicht und legte mich aufs Bett. Sacht landete mein Rücken auf der Matratze, und Haydens Körper folgte, schwebte über mir, stützte sich ab, um mich mit seinem Gewicht nicht zu belasten. Selbst jetzt, in der Hitze des Augenblicks, war er sich meiner Verletzung bewusst und überaus vorsichtig.

Ein leises Keuchen entrang sich mir, als Haydens Hüften zwischen meinen Schenkeln landeten. Der Druck sandte einen Funkenflug durch meinen Körper. Seine Hände umfingen meinen Kopf, während ich die Arme um seinen Nacken schlang und ihn zu mir herabzog. Erneut küssten wir uns,

Haydens Zunge stieß leicht gegen die meine, während ich die Hände in seinem Haar vergrub. Ich wollte ihn noch näher an mich ziehen, umklammerte die Strähnen und hob den Kopf von der Matratze, gefangen in einem leidenschaftlichen Kuss.

Das einzige Gewicht, das auf mir ruhte, war das zwischen meinen Beinen. Ich sehnte mich nach dem Druck, nach der Hitze, wusste aber, dass wir nicht weitergehen konnten. Der Schmerz in meinen Rippen war zwar durch die Endorphine, die mich durchfluteten, beinahe vollkommen verschwunden, wenn er sich tatsächlich auf mich gelegt hätte, wären sie dennoch unerträglich geworden.

Mein Herz raste, als Hayden leicht an meiner Unterlippe nagte, sie wieder losließ. Für den Bruchteil einer Sekunde sahen wir uns in die Augen, und ich entdeckte die Andeutung der Lust in seinem Blick. Dann senkte er den Kopf und liebkoste meinen Hals. Heiße Küsse regneten auf meine Haut herab, und sofort neigte ich den Kopf zur Seite, um ihm besseren Zugang zu gewähren. Flatternd schlossen sich meine Augenlider, als ich spürte, wie seine geöffneten Lippen über meine Haut glitten, seine Zunge hervorschoss und darüberleckte. Dann wiederholte er seine Liebkosungen ein paar Zentimeter tiefer.

Er beschrieb einen Pfad aus feuchten Küssen an meinem Hals hinab, bedeckte jedes Fleckchen meiner Haut bis hin zum Schlüsselbein. Dort knabberte er daran und ließ dann die Zunge darüberfahren, um das leichte Brennen zu kühlen. Ich konnte absolut keinen klaren Gedanken mehr fassen, sondern überließ mich ganz und gar den Empfindungen meines Körpers. Weiche Haarsträhnen glitten durch meine Finger, während meine Hände seinen Nacken erkundeten und wie aus eigenem Antrieb über seine Schultern und seinen Rücken hinabwanderten.

Jeder Kuss, den er auf meine Haut gab, ging ein wenig tiefer, womit er mir Stück für Stück die Fähigkeit raubte, die Kontrolle zu bewahren. Ich spürte, wie die Matratze sich bewegte, als Hayden nach unten glitt. Er stützte sich jetzt auf einem Ellbogen ab, während er die andere Hand unter den Saum meines Shirts gleiten ließ. Ich keuchte leise, als ich spürte, wie sie sich wieder nach oben schob und Stück für Stück meinen Bauch enthüllte.

Genau wie schon zuvor musterte er den dunklen Bluterguss an meinen Rippen, während er über mir schwebte. Sein Gesicht war nun auf gleicher Höhe mit meinem Bauch, während ich ihn wahlweise beobachtete oder in der Dunkelheit versank, sobald sich meine Augen gegen meinen Willen schlossen.

Dann jedoch zwang ich mich, nach unten zu sehen, dorthin, wo Haydens Lippen meinen Bauch berührten. Er hatte das Shirt bis zu meinem BH hinaufgeschoben, sodass nur nackte Haut zu sehen war. Dunkles Haar fiel ihm in die Stirn, als er weiter nach unten rückte. Wieder und wieder berührte sein Mund meine Haut und nahm mir etwas von dem Schmerz, der darunter lauerte. Seine Lippen wanderten immer tiefer an meinem Bauch hinab, bis sie an den Hüftknochen angelangt waren und auf den Bund meiner Shorts stießen.

Langsam, quälend langsam schob er die Hände zwischen

meinen Beinen die Schenkel hinauf und ließ die Finger unter dem Hosenbund abtauchen. Er hielt inne, wartete, ob ich ihn aufhalten würde. Ich biss mir auf die Lippe, zwang mich, normal zu atmen, und nickte unmerklich, gab ihm stumm die Erlaubnis weiterzumachen. Er verzog die Lippen zu einem verschmitzten Grinsen, und sein Blick brannte sich in mich hinein. Dann senkte er die Lippen erneut auf meine Haut herab, wahrscheinlich um sie mir bis auf den Knochen zu versengen.

Bedächtig zog er an meinen Shorts und meinem Unterhöschen, zog beides unerträglich gemächlich Zentimeter um Zentimeter herunter und enthüllte mich so seinem Blick. Seine Küsse folgten dem Verlauf des Hosenbundes, pressten sich auf jeden gerade entkleideten Teil. Er lehnte sich zurück, als die Kleidungsstücke meine Schenkel entlangglitten, um sie mir ganz und gar ausziehen zu können. Mein Herz pochte so laut, dass ich das Rascheln des Stoffes, der zu Boden fiel, kaum wahrnahm.

Er hielt mich fest und wandte sich meinem inneren Schenkel zu. Dort wanderten seine Lippen bedächtig nach oben, dorthin, wo ich so verzweifelt nach ihm verlangte. Mit den Daumen beschrieb er winzige Kreise auf meinen Hüften. Seine Zunge schoss hervor, befeuchtete meine Haut; jede Sekunde kam mir wie eine Qual vor, und im Stillen bat ich darum, die Hitze seines Mundes auf mir zu spüren.

Er war nah, *so nah*, dem Ort, an dem ich ihn so sehr brauchte, und ich spürte, wie er ein letztes Mal die Lippen dort kräuselte, wo meine Hüfte in mein Becken überging. Tief atmete ich ein, wappnete mich. Sein heißer Atem flutete über mich hinweg, als er innehielt, seine grünen Augen zu mir emporwandern ließ, mich ansah.

»Du musst ganz leise sein, Grace«, raunte er. Seine Stimme entfachte loderndes Feuer in meinem ganzen Körper. Sie triefte vor Lust, und das leise, aber unbändige Verlangen darin reichte, um mir jegliche Kontrolle zu rauben, noch bevor er mich überhaupt berührt hatte.

»Okay«, hauchte ich mühsam. Als einzige Vorwarnung wölbte er die Augenbrauen, dann fuhr er mit der flachen Seite seiner Zunge an meiner Mitte entlang.

Prompt sank mein Kopf nach hinten auf die Matratze, und schon spürte ich, wie die Zunge erneut über mich hinwegwogte. Mein Atem ging ohnehin schon stoßweise, doch nun wurde er flach, denn er presste sie an meine Klitoris, übte einfach Druck auf meine Nervenenden aus. Jede winzige Bewegung seiner Zunge sandte eine Woge der Lust durch mich hindurch; jede Berührung erschütterte mich bis ins Mark.

Meine Hände, die nutzlos neben mir gelegen hatten, nachdem er nach unten gerückt war, krallten sich verzweifelt in die Bettdecke unter mir, während ich meine Hüften daran zu hindern versuchte, sich aus eigenem Antrieb zu bewegen. Haydens Zunge umwirbelte meine Klitoris, sanfte Kreise, die jenen Druck intensivierten, der sich in meiner Magengrube aufgebaut hatte. Er legte die Handflächen auf meine Hüften, drückte sie sanft nach unten, während seine Zunge mich erbarmungslos quälte.

Ein ersticktes Stöhnen entfuhr meiner Kehle, während seine Lippen den empfindlichen Knoten umschlossen und sanft daran saugten. Ich wäre beinahe auf der Stelle gekommen. Meine Brust hob und senkte sich krampfartig, und das Stöhnen, das ich zu unterdrücken versucht hatte, brach sich Bahn, aber ich konnte nichts daran ändern.

»Ruhig, Grace«, raunte Hayden an meiner Haut. Das tiefe Rumpeln seiner Stimme ließ mein Innerstes erbeben.

»Shit, okay«, keuchte ich und versuchte, mich zusammenzureißen.

Ich schloss ganz fest die Augenlider und versuchte, keinen Laut von mir zu geben, als er erneut die Zunge über meine Mitte gleiten ließ, diesmal ungeduldiger und drängender als zuvor. Abwechselnd ließ er Zungenrücken und Zungenspitze über meiner Klitoris kreisen. Seine Hände drängten meine bebenden Hüften fester hinab.

Meine Hände begannen zu zittern. Es reichte nicht, die Decken zu umklammern, um das Surren in meinem Innern zu unterdrücken. Ich gab den Versuch auf, mich zu beherrschen, und gab nach, verwob meine Hände verzweifelt in Haydens Haar, während er sich zwischen meinen Schenkeln regte – zu viel Hitze, zu viel Druck, zu viele köstlich-qualvolle Bewegungen seiner Zunge. Ich konnte einfach nicht widerstehen.

So fest wie jetzt hatte er meine Hüften bis zu diesem Zeitpunkt noch nie umfangen. Sie versuchten, sich ihm entgegenzustemmen, wurden aber wieder nach unten gedrückt. Vergeblich versuchte ich, das bislang lauteste Stöhnen zu unterdrücken. Es brach aus mir hervor, als Haydens Zunge ein letztes Mal über mein Innerstes fuhr, seine Lippen sodann meine Klitoris umschlossen und er darüberleckte. Ich stürzte kopfüber in den Abgrund.

Meine Hände in seinem Haar erbebten, und ich hatte einen Schleier vor den Augen, als der Orgasmus meinen Körper erschütterte, jede einzelne Zelle und jeden einzelnen Nerv erfasste, bis ich vollends in absolutem Genuss versank. Ich konnte nur noch keuchen, bekam kaum noch Luft, rang um Atem.

Schließlich kam ich wieder auf den Boden der Tatsachen und spürte, wie Hayden meine nun sehr empfindlichen Nerven ein letztes Mal mit seiner Zunge umkreiste, bevor er mir einen sanften Kuss auf die Hüfte gab. Ich schnappte nach Luft, als er sich von mir löste, mich immer noch hie und da küsste, bis er sich neben mich legte. Sein Gesicht war gerötet, und seine Augen wirkten wild und lebendig, als er auf mich herabblickte, mehr als begeistert, dass ich dermaßen euphorisch war.

Er gab mir einen Kuss in die Höhlung unter meinem Ohr, ließ seinen Mund davor verharren.

»Wirklich leise warst du aber nicht, Bär«, raunte er.

Ich stieß ein winziges Lachen aus, war immer noch viel zu überwältigt von dem, was er gerade getan hatte, um verlegen zu sein. Es kam mir vor, als singe jede einzelne Zelle meines Körpers vor Freude, jubelte im Nachglühen meines Hochgefühls. Ich fühlte mich leicht wie eine Wolke, und ich wollte nur eines: in diesem Augenblick mit Hayden schwelgen – für immer.

KAPITEL 6

QUÄLEN

Hayden

Meine Brust presste sich an ihren Rücken, und ich spürte jeden Zentimeter ihres Körpers wie einen Stromstoß. Die Haut an ihrem Hals, wo ich das Gesicht vergraben hatte, war weich, und ihre Hand blieb selbst im Tiefschlaf mit meiner verwoben.

Grace schlief tief und fest, war offenbar erschöpft nach dem, was ich mit ihr gemacht hatte, und unwillkürlich sonnte ich mich in der Befriedigung, dass ich ihr einen so schnellen Schlaf beschert hatte. Die Erinnerung daran, wie sie auf meinen Mund reagiert hatte, trieb mich in den Wahnsinn. Unwillkürlich spürte ich, wie ich die Lippen an ihrer weichen Haut erneut kräuselte und sie dort ein paar Sekunden lang verharren und dann langsam nach oben wandern ließ.

Ein leises Summen entrang sich ihrer Kehle, und sie regte sich, zog meine Hand näher an ihre Brust. Ich konnte mich einfach nicht zurückhalten, sondern ließ die Lippen weiter an ihrem Nacken hinaufwandern. Die sachte Veränderung ihrer Atmung zeigte mir, dass sie erwachte, und ich nutzte die Gelegenheit und knabberte leicht an ihrem Hals, was mir ein weiteres befriedigtes Summen einbrachte.

»Graaace«, hauchte ich ihr leise ins Ohr und biss sanft hinein.

»Hmm«, machte sie leise. Ich lächelte, denn ihre Augen schlossen sich fest, als wolle sie unbewusst meine Lippen abwehren. Ihre Stimme war heiser und leise: »Was machst du denn da?«

»Nichts«, antwortete ich unschuldig. Ich entwand ihr meine Hand und ließ die Finger sanft an ihrer Seite entlanggleiten, so sacht, dass sich auf den nackten Stellen eine Gänsehaut bildete. Ihr Tanktop war immer noch bis zur Brust hinaufgeschoben, sodass die blauen Flecken deutlich zu sehen waren.

»Blödsinn«, murmelte sie. Meine Hand berührte nun ihre Hüfte und drückte sie zärtlich, bevor sie sie mit der ihren einfing und fest umschloss, als wolle sie mich zum Aufhören bewegen. Ich grinste und küsste sie erneut auf die Kehle, genoss es allzu sehr zu wissen, dass sie bereits wieder auf mich reagierte.

»Dir auch einen guten Morgen«, sagte ich. Ich konnte mich nicht erinnern, beim Aufwachen jemals so zufrieden gewesen zu sein. Überraschend drehte sie sich in meinen Armen um, sodass sie auf dem Rücken zu liegen kam. Ich löste die Lippen von ihrer Haut, ließ den Arm jedoch liegen, sodass er nun auf ihrem Bauch ruhte. Sie musterte mich aus misstrauisch verengten Augen und studierte mein Gesicht.

»Was ist los mit dir?«, fragte sie anklagend, als sie mein Grinsen bemerkte.

»Nichts«, antwortete ich aufrichtig. Sie runzelte die Stirn und tat, als blicke sie skeptisch drein.

»Sicher?«

»Ja, warum?« Ich lachte leise.

Ihre grünen Augen schienen im sanften Licht zu funkeln, das in die Hütte drang, und auf ihren Wangen war immer noch eine Spur jenes Glühens von der vorherigen Nacht zu sehen. *Mein Gott, sie war so verdammt schön.*

»Du siehst so ...« Sie unterbrach sich und schien nach den richtigen Worten zu suchen, während sie mein Gesicht betrachtete. »... glücklich aus.«

»Darf ich denn nicht glücklich sein?«, fragte ich, und mein Grinsen wurde breiter. Ich fand es amüsant, dass meine Glücksgefühle sie anscheinend etwas misstrauisch machten. Sie schüttelte den Kopf.

»Natürlich darfst du das. Es ist nur so anders. Aber schön«, schloss sie und lächelte nun endlich ebenfalls. Ich hob die Hand und spielte mit dem Saum ihres Tanktops. Sacht berührten meine Knöchel die Haut an ihrem Bauch, und sie sog ganz leise den Atem ein.

»Hmm, stimmt«, pflichtete ich ihr bei. Eine ungeheure, ungezügelte Leichtigkeit durchflutete mich, als ich den Kopf hinabsenkte und meine Lippen auf die ihren presste. Ein paar Sekunden lang erwiderte sie den zärtlichen Kuss, dann löste ich mich von ihr.

»Und jetzt raus aus den Federn. Ich bin am Verhungern, immerhin habe ich seit letzter Nacht nichts mehr genossen«, meinte ich und biss mir auf die Lippe, um das Grinsen zu unterdrücken, das sich unweigerlich Bahn zu brechen drohte. Ihre Wangen röteten sich, und sie blieb wie angewurzelt liegen, als ihr die Zweideutigkeit meiner Bemerkung aufging.

»Hayden! O mein Gott. Ich erkenne dich ja kaum wieder«, rief sie ungläubig auflachend. Ihre Wangen waren jetzt flammend rot, und ich brach in lautes Gelächter aus. Ich fand meine eigene Bemerkung total witzig und ihre Verlegenheit mehr als süß. Sie schob sich beschämt das Haar hinters Ohr, dann setzte sie sich vorsichtig auf und schob die Decken fort, zuckte angesichts des Schmerzes, der ihre Rippen durchfuhr, leicht zusammen. Sie warf mir ein weiteres Grinsen zu und hielt so meine Sorgen im Zaum. Zu lachen fühlte sich so gut an, auch wenn es über etwas so Dummes war.

»Das musste einfach raus«, antwortete ich und lachte noch einmal herzhaft. Dann wollte ich ins Bad gehen. Grace jedoch schnitt mir den Weg ab. Sie schob sich aus dem Bett und erreichte die Tür als Erste.

»Nein, nach so einer Bemerkung habe ich es verdient, als Erste dran zu sein«, meinte sie mit schiefem Grinsen. Sie schlüpfte ins Bad und wollte die Tür schon hinter sich schließen. Doch dann streckte sie noch einmal den Kopf heraus: »Perversling.«

Damit schlug sie die Tür zu, und schon wieder lachte ich aus vollem Halse. Es gefiel mir, dass sie mich nicht ernst nahm, und dass sie mit mir lachen konnte, auch wenn meine Bemerkung sie ein wenig verlegen gemacht hatte. Ich fühlte mich leicht wie eine Feder, leichter als seit Jahren. In dieser Stimmung wandte ich mich zur Kommode um, um mich anzukleiden.

Etwa zwanzig Minuten später liefen wir auf die Kantine zu, um zu frühstücken. Dort schien erheblich mehr los zu sein als gewöhnlich, und ich hatte das eindeutige Gefühl, etwas ziemlich Wichtiges vergessen zu haben. Mehrere Grüppchen aus drei bis vier Leuten eilten vorüber, schwatzten aufgeregt miteinander und trugen seltsame Gegenstände an unbekannte Orte. Einige begrüßten mich durchaus, während wiederum andere zu beschäftigt schienen, um mich überhaupt zu bemerken.

»Sind die Leute heute besonders ... aufgeregt, oder bilde ich mir das nur ein?«, fragte Grace und runzelte verwirrt die Stirn, als drei Mädchen, die ein paar Jahre jünger waren als wir, beinahe kreischend vor Vergnügen an uns vorbeieilten.

»Ist mir auch schon aufgefallen«, murmelte ich. Mein Blick landete auf zwei älteren Männern, die ein großes Fass in die Mitte des Camps trugen.

»Ist irgendetwas los?«, fragte sie jetzt und sah ebenfalls zu den bewussten Männern hinüber.

»Keine Ahnung«, bekannte ich. Sie prustete los. Mit großen Augen sah ich auf sie hinab.

»Ich dachte, du trägst hier die Verantwortung? Solltest du dann nicht wissen, was los ist?«, sagte sie, kicherte untypisch und stupste mich sanft in die Rippen. Ich grinste.

»Vorsicht, Greystone«, sagte ich und erwiderte den Knuff, wobei ich darauf achtete, ihrer gebrochenen Rippe nicht zu nahe zu kommen. Ich hatte sie beinahe zwingen müssen, die Schmerzmittel zu nehmen, denn sie hatte behauptet, sie gar nicht zu brauchen. Erst als sie sich ihr Shirt nicht selbst hatte anziehen können, hatte sie endlich nachgegeben und sie geschluckt.

»Wirklich? Immer noch?«, fragte sie. Keine Ahnung, ob sie beleidigt war oder nicht. Aber immerhin blieb die Andeutung eines Lächelns auf ihrem Gesicht. Ich beschloss, das Thema fallenzulassen, und nahm mir vor, so etwas nicht noch einmal zu sagen. Sie war vielleicht nicht beleidigt gewesen, aber gefallen hatte ihr diese Neckerei auch nicht. *Shit.*

Den restlichen Weg zur Kantine legten wir schweigend zurück. Sie war seltsamerweise ziemlich leer, da die meisten Leute draußen herumrannten. Im Augenblick frühstückten nur zehn Menschen hier, zu denen auch Maisie zählte, die hinter der Theke stand.

»Grace, Hayden«, rief sie gut gelaunt und nickte uns zu. »Seid ihr beiden auch schon ganz aufgeregt wegen heute Abend?«

Endlich fiel mir wieder ein, was los war. Maisie hatte mich schon vor zwei Wochen danach gefragt, aber ich war abgelenkt gewesen und hatte zugestimmt, ohne richtig zuzuhören. Eine gewisse Gefangene nahm meine Gedanken stärker in Anspruch, als ihr zustand, weshalb mir die Konzentration auf andere Themen schwerfiel.

»Ja, definitiv. Wie läuft es denn?«, fragte ich und tat, als sei mir nie etwas entfallen. Grace stand schweigend neben mir, ahnungslos.

»Na ja! Ich bin schon seit Tagen am Kochen, und Perdita hat jede Menge Schnapsfässer fertig gemacht. Jetzt müssen wir nur noch aufbauen, dann kann es losgehen!« Maisie glühte beinahe vor Aufregung, und überrascht merkte ich, dass ihre Begeisterung ansteckend wirkte.

»Klingt toll. Sag Bescheid, wenn du noch irgendetwas brauchst«, sagte ich und nickte, als ich den Teller entgegennahm, den sie mir reichte. Grace tat es mir lächelnd gleich.

»Danke. Denkt einfach daran, dass ihr heute Abend in die Mitte des Camps kommt, wenn der Spaß losgeht!«, sagte Maisie fröhlich. Dann winkte sie uns zum Abschied kurz zu. Grace und ich nickten und wandten uns den Tischen zu.

»Also«, sagte Grace, als sie sich mir gegenüber an den klapprigen Holztisch setzte. »Was ist los?«

»Ich hatte es total vergessen, aber Maisie schmeißt eine Party. Ja, so könnte man es nennen. Sie hat mich schon vor Wochen gefragt, aber ich hatte es bis eben völlig verdrängt.«

»Eine Party?«, wiederholte sie. Die Idee schien sie ziemlich zu verblüffen. »Weshalb?«

»Ich weiß es wirklich nicht. Sie fand wohl einfach nur, dass es hier in letzter Zeit ziemlich ... ernst zuging und dass wir ein bisschen Ablenkung vertragen könnten. Früher hat sie so etwas einmal im Monat organisiert, aber jetzt hatten wir schon eine ganze Weile kein Event mehr wie dieses. Wir hatten einfach nicht genug Vorräte«, erklärte ich. Bei einer dieser »Partys« vor etwa einem Jahr hatte ich Kit und Malin im Lagerbereich ertappt.

»Klingt doch eigentlich lustig«, überlegte Grace und grinste, bevor sie einen Bissen nahm.

»Ja, wahrscheinlich«, antwortete ich schulterzuckend. Ich hatte nie allzu viel Spaß daran gehabt, denn ich war immer zu sehr damit beschäftigt gewesen, auf meine Schützlinge aufzupassen. Wenn die meisten Campbewohner die Nacht über auf den Beinen waren und hausgebrannten Schnaps tranken, war es wichtiger denn je, dass ich für die Sicherheit der mir anvertrauten Menschen sorgte. »Perdita brennt dann immer diesen Schnaps. Er ist ziemlich widerlich, aber die Leute betrinken sich trotzdem. Am Ende der Feier wird es also ziemlich interessant. Schmeckt wie eine Mischung aus Wein und Whiskey.«

»Wer ist Perdita?«, fragte Grace, als versuchte sie sich daran zu erinnern, ob sie ihr schon einmal begegnet war oder nicht.

»Du kennst sie noch nicht«, sagte ich, schüttelte den Kopf und biss schnell ab. Ich schluckte herunter, bevor ich fortfuhr. »Sie ist etwa fünfundachtzig und ein bisschen durchgeknallt, aber sie kann super mit Sprengstoff umgehen, was recht praktisch ist. Und ...«

Grace hatte auf ihr Essen hinabgesehen, doch jetzt fuhr ihr Kopf in die Höhe, und sie sah mich an, weil ich nicht weitersprach. »Und?«

»Sie hat all meine Tattoos gemacht«, sagte ich und beobachtete sie aufmerksam. Ihre Augen weiteten sich ein wenig. Dann betrachtete sie die Muster, die meinen linken Arm zierten. Wahrscheinlich fragte sie sich schon länger, woher ich die Tätowierungen hatte, aber sie hatte mich nie darauf angesprochen.

»Du lässt dich von einer leicht durchgeknallten, fünfundachtzigjährigen Frau, die Sprengstoff herstellt, tätowieren?«, fragte sie, und ihre Lippen verzogen sich zu einem Grinsen.

Ich zuckte mit den Schultern. »So formuliert, klingt das ganz schön übel. Aber ja. Im Grunde schon.«

»Und wie macht sie das?«, fragte Grace neugierig.

»Vornehmlich mit Nägeln und Tierblut.«

Ihre Augen weiteten sich, und ihr fiel die Kinnlade herunter. »*Was?* Echt jetzt?«

»Nein«, antwortete ich lachend. »Sie hat eine Tätowiermaschine. Hat das verdammte Ding mitgenommen, als die Stadt zerstört wurde, und dafür gesorgt, dass sie weiterhin funktioniert.«

»Du Mistkerl«, meinte sie und schüttelte grinsend den Kopf.

Eine Welle des Glücks durchflutete mich, während ich sie so fröhlich lachend mir gegenübersitzen sah. Ich kannte mich selbst nicht mehr, genoss ihren Anblick: Ihre Wangen glühten ganz leicht, und immer wenn sie mich ansah, schienen ihre Augen aufzuleuchten. Es war so surreal, sich nur wegen eines anderen Menschen so glücklich zu fühlen, in solch einem alltäglichen Augenblick. Ich wünschte mir, dass dieses Gefühl niemals wieder verschwand.

Sie schien meine wehmütigen Überlegungen zu erahnen, denn das schwache Grinsen verblasste, und sie blickte ernster drein. Ich hätte liebend gern gewusst, was ihr jetzt durch den Kopf ging. Ihr Atem ging schneller. Auch sie hatte also tiefer gehende Gedanken. Als säßen wir in einer Blase, die jeden Augenblick platzen konnte.

Doch unser gemeinsamer Moment währte nicht lange, denn zu meiner Linken erschien jemand.

»Hayden!«

Grace zuckte leicht zusammen und blinzelte, als merke sie erst jetzt, dass sie – genau wie ich – in eine Art Trancezustand verfallen war. Ich versuchte das schwache Gefühl der Enttäuschung zu ignorieren, als ich spürte, wie die Spannung zerrann. Ich wandte mich zu unserem Störenfried um und entdeckte einen sehr aufgeregt wirkenden Jett. Ich widerstand dem Impuls zu seufzen und lehnte mich zurück. Ich hatte gar nicht gemerkt, dass ich mich so weit vorgebeugt hatte. Auf der anderen Seite des Tisches tat Grace es mir gleich. Auch sie war mir also ganz nah gewesen.

»Hey Jett«, begrüßte ich ihn lässig.

»Freust du dich schon auf heute Abend? Maisie hat mir versprochen, dass ich aufbleiben darf, bis es dunkel wird!«, rief er begeistert. Bei früheren Partys hatte Maisie ihn gezwungen, schon bei Sonnenuntergang in die Hütte zurückzukehren mit dem Hinweis, dass es zu gefährlich für ihn sei, sich so spät noch draußen herumzutreiben.

»Wirklich?«, fragte ich überrascht. Er nickte ganz aufgeregt und hüpfte buchstäblich auf und ab.

»Ja! Grace, freust du dich auch?«, fragte er. Immer noch schien er ein wenig Angst vor ihr zu haben, denn seine Augen weiteten sich, trotzdem blickte er sie entschlossen an. Wahrscheinlich war er jetzt nicht mehr ganz so misstrauisch ihr gegenüber, denn sie hatte ihn vor einem Eindringling aus Whetland gerettet. Mir fiel auf, dass er keinen Verband mehr um den Hals trug. Nur eine dünne Linie erinnerte noch an diesen Vorfall.

»Ich weiß nicht genau, wie das alles läuft, aber klar, natürlich freue ich mich«, antwortete sie und warf ihm ein Grinsen zu.

»Du wirst schon sehen! Es macht echt total viel Spaß.«

Liebevoll sah sie Jett an, lächelte breit und ließ sich von seiner Begeisterung mitreißen.

»Na ja, dann kann ich es kaum erwarten«, versicherte sie ihm fröhlich.

»Ich muss wieder los. Man hat mir die Aufgabe übertragen, die Stühle aufzustellen«, verkündete er stolz und strahlte Grace an, bevor er wieder zu mir herübersah. Schnell wandte ich den eigenen Blick von Grace ab und nickte ihm ermutigend zu.

»Klingt gut, kleiner Mann.«

»Hayden«, quengelte er, denn dieser Spitzname passte ihm so gar nicht. Ich glückste.

»Na gut, sorry. Klingt gut, Jett. Dann lauf mal los.«

»Bis später!«, rief Jett, grinste ebenfalls breit und sprintete dann förmlich zur Kantine hinaus.

»Dieses Kind. Ich schwöre ...«, murmelte ich. Doch ich sprach nicht weiter. Ich schaufelte den Rest meiner Mahlzeit in den Mund, und Grace lachte leise. Auch ihr Teller war mittlerweile leer. »Fertig?«

Sie nickte, nahm – ebenso wie ich – ihren Teller und ihr Besteck und brachte alles zum Abwasch. Gemeinsam kehrten wir nun nach draußen zurück, wo weiterhin ordentlicher Trubel herrschte. Die Aufregung war förmlich greifbar. Die Menschen waren damit beschäftigt, alles aufzubauen, sodass das Zentrum unseres Camps sich vor unseren Augen verwandelte.

»Sollen wir helfen?«, fragte Grace.

»Wahrscheinlich schon«, antwortete ich achselzuckend.

Der Nachmittag verging wie im Fluge, während wir scheinbar endlos viel Zeug zum Zentrum schafften. Stühle, Holzklötze und auch ansonsten alles, worauf man sich setzen konnte, ebenso einige Tische aus der Kantine für die zahllosen Speisen, für die Maisie sich abgerackert hatte. Das erste Fass Schnaps, das wir schon zuvor gesehen hatten, schien sich zu vervielfältigen. Drei weitere wurden herbeigeschafft, das letzte von Kit und Dax, die ebenfalls total aufgedreht waren. Riesige Holzscheite wurden für das spätere große Lagerfeuer in der Mitte aufgetürmt, Laternen wurden überall verteilt, um in der Dunkelheit für Licht zu sorgen. Sehr zu Graces Verärgerung achtete ich darauf, dass sie nichts tat, was ihr Schmerzen bereitete.

Sehr schnell brach der Abend an, und Maisie wies Jett, Kit und Dax an, das Essen aufzutragen, während Grace und mir die Aufgabe zufiel, alles auf den Tischen zu arrangieren. Schon trafen die ersten Leute ein, und es dauerte nicht lange, da hatten sich sämtliche Bewohner Blackwings außer denen, die Wachdienst hatten, im Zentrum eingefunden. Die Stimmung war bereits ausgelassen und wurde immer fröhlicher, als die Musik einsetzte. Einige hatten ihre Instrumente aufgebaut und fingen an zu spielen, was nicht nur unterhaltend war, sondern auch zur Entspannung der Atmosphäre beitrug.

Es dauerte nicht lang, und die Party begann. Die Menschen aßen und tranken, liefen aufgeregt durch die Gegend, während Kit ein riesiges Freudenfeuer entzündete, das die Umgebung im schwindenden Tageslicht in seinen sanft glühenden Schein tauchte. Plötzlich tauchte Grace neben mir auf, während ich ein wachsames Auge auf die Feiernden warf. Sie kehrte gerade von ihrem letzten Gang in die Küche zurück.

»Wow«, meinte sie nur und sah sich erstaunt um. »Du hast Recht gehabt: Das ist tatsächlich ein rauschendes Fest.«

Ich lachte leise und betrachtete die Szenerie. Menschen

jeglichen Alters genossen die Party. »Ja. Ist wirklich prima, dass Maisie das organisiert. Es ist so ... normal. Es tut den Leuten gut, wenn sie sich auf etwas Normales freuen können.«

»Stimmt. So etwas hatten wir in Greystone nie«, antwortete sie leise. Ich sah auf sie hinab. Ihr Gesicht wurde vom Feuerschein beleuchtet. Ein winziges, knappes Grinsen umspielte ihre Lippen, und ich musste mich zurückhalten, um ihr nicht den Arm um die Schultern zu legen.

Zu viele Menschen, Hayden.

»Na ja, jetzt bist du ja hier«, sagte ich zärtlich und konnte den Blick nicht von ihrem Gesicht abwenden. Als spüre sie, wie ich sie beobachtete, wandte sie sich langsam zu mir um und sah mich an. Ihr Blick durchfuhr mich wie ein Stromstoß, und wieder musste ich mich körperlich daran hindern, näher an sie heranzurücken.

»Hayden!«

Verdammt.

Mühsam schluckte ich den Ärger über diese neuerliche Unterbrechung herunter. Ich musste gar nicht hinsehen, um zu wissen, wer es war.

»Ja, Jett, was kann ich für dich tun?«, sagte ich ein wenig gröber als beabsichtigt. Grace warf mir einen tadelnden Blick zu. Jett schien leicht in sich zusammenzuschrumpfen, als ich mich zu ihm umwandte.

»Ich, äh, ich wollte, dass ihr mitkommt und mit mir tanzt«, murmelte er jetzt nicht mehr ganz so aufgeregt; dann deutete er vage über die Schulter. Ich musterte die ausgelassen tanzende Schar. Doch ich war immer noch ungehalten und wollte gerade eine scharfe Antwort geben, da schnitt Grace mir das Wort ab.

»Ich tanze mit dir, Jett«, sagte sie warmherzig und lächelte ihn liebevoll an. Sein Gesicht leuchtete sofort auf, und seine Wangen wurden rot.

»Echt?«, fragte er mit vor Nervosität ganz hoher Stimme.

»Klar, komm schon«, antwortete sie gut gelaunt. Sie zog ihn fort und warf mir über die Schulter hinweg noch einen schnellen Blick zu, so kurz, dass ich ihn kaum deuten konnte, obwohl mir das Lächeln auf ihrem Gesicht nicht entging. Ich seufzte, enttäuscht, dass sie mir schon wieder entzogen wurde. Dann überblickte ich die Menge, und meine Augen landeten auf Kit und Dax, die am Rand saßen, in den Händen jeweils ein Glas mit Schnaps. Ich ging zu ihnen hinüber und setzte mich auf den freien Stuhl links neben Dax.

»Hey«, begrüßte er mich und rülpste. Ich warf ihm einen skeptischen Blick zu, den er mit sehr breitem Grinsen erwiderte.

»Hey, Saufnase«, sagte ich, denn sein Zustand ließ keinen Zweifel aufkommen. »Hast keine Zeit verschwendet, was?«

»Das würde ja auch keinen Spaß machen«, antwortete er mit schlauem Grinsen. Seine Augen fielen auf meine Hände. Ich hatte mir keinen Drink genommen. »Wo ist dein Glas?«

»Hier«, mischte Kit sich ein und reichte mir einen Becher, der randvoll mit einer dunklen, rotbraunen Flüssigkeit war. Angesichts des fauligen Geruchs, der ihm entstieg, krauste ich die Nase.

»Danke«, murmelte ich und trank zögerlich einen Schluck. Die Flüssigkeit brannte sich ihren Weg durch meine Kehle.

Sie kam der Qualität des Zeugs, das Dax bei unserem Beutezug in der Stadt gefunden hatte, nicht annähernd nahe. Aber für einen selbstgebrannten Schnaps war er dann doch nicht so übel. Dax schien seinen zumindest zu genießen.

»Jedenfalls, wie ich schon sagte: Du hast ja keine Ahnung, wie schwer es ist, mit den Hosen um die Knöchel zu rennen ...«, wandte Dax seine Aufmerksamkeit wieder Kit zu und kehrte zu einer Geschichte zurück, deren Anfang ich verpasst hatte. Trotz des vielversprechenden Starts konnte ich mich nicht darauf konzentrieren. Wieder landete mein Blick auf Grace.

Sie hielt Jetts Hände umfangen und schwenkte die Arme hin und her. Ihr Grinsen war so breit, dass ihr wahrscheinlich schon die Wangen wehtaten. Wie unglaublich schön sie im sanften Licht aussah! Ihr blondes Haar hatte sich schon vor einer ganzen Weile aus dem Pferdeschwanz gelöst und floss ihr über die Schultern, während sie sich zur Musik wiegte und dafür sorgte, dass sowohl sie selbst als auch Jett sich passend zum Rhythmus bewegten. Ihr Körper bewegte sich fließend, auch wenn sie nur zum Spaß tanzte. Fasziniert beobachtete ich, wie sie den Kopf lachend zurückwarf, als Jett wie aus dem Nichts den Clown spielte.

Dann hob sie den Arm an ihrer gesunden Seite hoch und wirbelte Jett herum. Der Saum ihres Shirts rutschte nach oben und enthüllte einen nackten Streifen Haut an ihrem Bauch. Der Bluterguss kam kaum ins Blickfeld, dann glitt das Shirt wieder hinab.

Die Welt um mich herum schien zu verschwinden. Jede Bewegung, die sie machte, erinnerte mich an die Art, wie sie sich gestern Abend unter meinem Mund gewunden hatte. Jedes Lachen und Lächeln, das über ihr Gesicht glitt, rief mir ins Gedächtnis, wie ihre Lippen sich geöffnet und sie nach Luft geschnappt hatte, während ich sie mit meiner Zunge wahnsinnig machte. Bei ihrem Anblick kamen mir jede Menge schmutziger Gedanken. Es war unvermeidlich.

Sie war so unglaublich schön und gleichzeitig so umwerfend sexy, eine äußerst wirkmächtige Kombination, die mir mit Sicherheit zum Verhängnis werden würde.

Ehe mir klar war, was ich tat, ließ ich meinen Drink kurzerhand fallen und sprang auf. Sie tanzte zwar weiter mit Jett, sah mir aber unverwandt in die Augen, war eindeutig abgelenkt.

Die Menschen, an denen ich vorüberging, versanken im Nebel. Mein Herz pochte wie wild, als ich endlich bei ihr angelangt war und hinter ihr stehenblieb. Sie sah immer noch Jett an, und doch erstarrte sie und hielt den Atem an, als ich die Brust an ihren Rücken presste. Jett merkte gar nichts von meinem plötzlichen Erscheinen, sondern tanzte weiter. Auch dass Grace seine Hände losgelassen hatte – wie erstarrt, als meine Finger auf ihrer Hüfte landeten –, schien ihm nicht aufzufallen. Er tänzelte davon, abgelenkt von einer neuen Tanzpartnerin, die ebenfalls auf der Tanzfläche erschienen war.

»Komm mit mir«, flüsterte ich Grace ins Ohr. Meine Lippen berührten federleicht ihre Ohrmuschel, und ich spürte, wie sie erschauerte. Auch merkte ich, dass ihr Herz schneller pochte als sonst, während ihr Rücken weiter dicht an meiner Brust lag.

111

»Okay«, hauchte sie.

Kaum einen Atemzug später hatte ich die Hand auch schon auf ihren Arm gelegt, ließ sie hinabgleiten und ergriff ihre Hand, verwob unsere Finger miteinander und zog sie schweigend durch die Menge. Keiner schien uns Beachtung zu schenken; alle waren viel zu sehr mit ihren Drinks und dem Tanz beschäftigt. Ich richtete die Augen nach vorn auf die Bäume, die das Camp begrenzten und die genau hinter dem das Zentrum umgebenden Gebäudering standen, zu ungeduldig, um den ganzen Weg nach Hause zurücklegen zu wollen.

Keiner von uns sagte etwas, während wir uns schnell durch die dunkle Landschaft bewegten. Das Licht des Lagerfeuers drang nicht bis hierher. So entfernten wir uns immer weiter von der Menge. Schließlich erreichten wir die Waldgrenze, und ich zog sie mit mir in den dunklen Schatten, wo uns niemand sehen konnte.

»Hayden, wa...«

Doch ich schnitt ihr das Wort ab, indem ich heftig herumwirbelte und meine Lippen auf die ihren prallen ließ, wobei ich ihr Gesicht leidenschaftlich mit beiden Händen umfangen hielt. Sie reagierte sofort. Funken explodierten in meinem Innern, setzten eine Kettenreaktion in Gang und weckten meinen ganzen Körper. Ihre Arme schlangen sich um meinen Nacken, und sie zog mich dichter zu sich heran. Ich konnte nicht anders. Ich drängte sie nach hinten, bis ihr Rücken gegen den dicken Baumstamm stieß, hinter dem wir uns befanden und der uns vor den Blicken der Feiernden verbarg.

Den ganzen Tag hatte ich mir das hier schon verzweifelt gewünscht, war beinahe wahnsinnig geworden. Doch jetzt gab ich nach, ließ es zu. Der gestohlene Augenblick in der Dunkelheit reichte aus, um mir wieder Leben einzuhauchen. Ich küsste sie hungrig, mein Körper verlangte so sehr nach ihr. Wir hatten vergangene Nacht eine gefährliche Tür geöffnet, und irgendwie wusste ich, dass dies nur der Beginn einer verzweifelten Sehnsucht war, die ich immer wieder würde befriedigen wollen.

KAPITEL 7

UNERSÄTTLICH

Grace

Hayden küsste mich hungrig, innig, immer intensiver, ließ
seine Zunge über die meine gleiten. Mein Körper presste sich
flehentlich gegen seinen. Ich lehnte mich gegen den Baumstamm, um ihm meine Hüften entgegenzuschieben. Ich vergrub die Hände in seinem Haar und zog leicht dran, was ihn
umso mehr ermutigte. Mein Herz klopfte unregelmäßig, als
seine Hände mein Gesicht losließen und an meiner Seite entlangfuhren, wobei er sogar in diesem erhitzten Zustand darauf achtete, meine Rippen zu meiden.

Die raue Borke kratzte an meiner Haut, als Hayden mich
gegen den Stamm drängte, ein scharfer Kontrast zu der Hitze
seines Körpers vorn. Seine Lippen passten sich den meinen
auf vollendete Weise an, und die feuchte Hitze seiner Zunge
traf auf meine. Dieser Kuss war so inbrünstig, genau das, wonach ich mich unbewusst gesehnt hatte.

Ich keuchte heftig, als Hayden die Lippen von meinem
Mund löste und sie gierig an meinem Hals entlangwandern
ließ, so viel von meiner Haut in sich aufnahm, wie er konnte,
mit seinem schmerzhaft schönen Mund. Seine Hände landeten auf meinen Hüften, umklammerten sie durch den Stoff

meiner Shorts hindurch. Er drängte sich noch dichter an mich, rieb mich dichter gegen die Borke des Baumes. Ich spürte einen nadelfeinen Schmerz an der empfindlichen Haut meines Halses, an der er heftig gesaugt hatte. Ich versuchte das Stöhnen zu unterdrücken, scheiterte aber, und so entfuhr es mir in die warme Nachtluft hinaus.

»N-nicht«, keuchte ich mühsam. Das Letzte, was wir brauchen konnten, war ein deutlich sichtbarer Knutschfleck als Beweis unseres Treibens. »Das würden doch alle sehen.«

Haydens warmer Atem strich über meinen Hals hinweg, als ich scharf ausatmete. Offensichtlich frustriert löste er die Lippen von meiner Haut.

»Ist mir egal«, murmelte er und knabberte an meinem Hals genau unter meinem Ohr. Dann nahm er das Ohrläppchen zwischen die Zähne. Sein Hirn war von der offensichtlichen Lust, die er in diesem Augenblick spürte, völlig umnebelt, aber seine unverblümten Worte sandten einen Stromstoß durch meinen ganzen Körper, den ich bis in die Zehen spürte.

Es war nicht meine Absicht gewesen, ihn in diesen Zustand zu versetzen, aber trotzdem war ich unwillkürlich dankbar dafür. Es war unerwartet, zügellos und absolut heiß.

Ich konnte nur kurz einatmen, bevor seine Lippen erneut auf den meinen landeten. Wieder tauchte seine Zunge in meinem Mund ab. Er löste die Hand von meiner Hüfte und ließ sie über die Vorderseite meines Oberschenkels gleiten. Ohne zu zögern, schlüpfte seine Hand zwischen meine Beine, übte Druck auf meine Mitte aus und sandte eine heiße Woge der Lust durch mich hindurch.

Sosehr ich Haydens drängende Berührung genoss, die offensichtliche Wölbung zwischen uns entging mir während unseres Kusses trotzdem nicht. Ich benötigte all meine Selbstbeherrschung, um meine Hände von Haydens Nacken zu lösen und seine Handgelenke zu packen. Doch meine Bemühungen, seine Hand fortzuziehen, stießen auf Widerstand.

»Grace ...«

Ich hinderte ihn an weiteren Protesten, indem ich ihn ungeduldig küsste. Endlich gelang es mir, seine Hand fortzuziehen.

Bevor ich es mir anders überlegen konnte, griff ich zwischen uns und ließ die Hand über seine Vorderseite gleiten, wo ich die offensichtliche Rundung spürte. Er packte meine Hüfte fester, versuchte, mich an sich zu ziehen, sehnte sich nach noch mehr Berührung, denn meine Hand war nun wieder verschwunden, fuhr am Bund seiner Jeans entlang. Schnell gelang es mir, Knopf und Reißverschluss zu öffnen. Haydens Atem flutete stoßweise auf mich herab, und er beobachtete mich aufmerksam.

Ich beugte mich vor, berührte wieder seine Lippen mit den meinen und ließ die Hand langsam über den Bund seiner Boxershorts gleiten. Er drängte mich nur noch fester gegen den Baum. Nachdem ich die Hand unter den Stoff seines Shirts hatte wandern lassen, nahm ich seinen Schaft in die Hand. Er keuchte vernehmlich, als ich sie wieder löste, um sein Shirt nach oben zu schieben. Dann beugte ich mich hinab und presste die Lippen auf seinen harten, flachen Bauch. Schließlich kniete ich vor ihm nieder, befand mich immer noch zwischen ihm und dem Baum.

»Das musst du nicht tun«, flüsterte er, seine Stimme triefend vor Lust und der Hoffnung, dass ich trotz seiner Worte weitermachen würde. Ich beugte mich vor und presste die Lippen auf seinen Hüftknochen, ließ sie dort ein paar Sekunden lang verharren, während ich genug Stoff packte, um ihn von seinem engen Gefängnis zu befreien.

»Ich will es aber«, antwortete ich direkt.

Ich sah ihm ein letztes Mal in die Augen, dann holte ich tief Luft und ließ die Zunge an seinem gesamten Schaft entlanggleiten. Kaum hatte ich die Spitze mit den Lippen umschlossen, atmete er über mir scharf aus.

»Mein Gott, Grace«, murmelte er mit tiefer und heiserer Stimme und wand sich unwillkürlich. Ich sah, wie viel Spannung sich in ihm aufgebaut hatte, und wagte mich weiter voran, nahm noch mehr von ihm in den Mund. Ich streichelte seine Schenkel und ließ ihn mit fließenden Bewegungen aus meinem Mund hinaus- und wieder hineingleiten.

Mit jeder meiner Saugbewegungen wurde er über mir immer rastloser.

Ich wollte, dass er das Gleiche empfand, was ich empfunden hatte, allerdings durchaus aus egoistischen Motiven. Mein Bedürfnis, ihn in den Abgrund zu stürzen, war so überwältigend, dass ich an nichts anderes mehr denken konnte.

Er unterdrückte ein leises Stöhnen, was mich noch weiter ermutigte. Ich nahm so viel wie möglich von ihm in den Mund. Jedes Mal, wenn ich mich zurückzog, sog ich die Wangen ein. Hayden biss sich heftig auf die Unterlippe und schloss unwillkürlich die Augen. Doch dann zwang er sich, sie wieder zu öffnen, um mir zuzusehen.

»Oh, Shiiit«, stöhnte er. Jedes Wort traf mich wie ein Blitzschlag, erregte mich, drängte mich weiterzumachen. Mit der linken Hand hielt ich immer noch seinen Schenkel fest, während meine rechte sein Glied ergriff und umschloss. Damit kümmerte ich mich um jenen Teil, der nicht in meinen Mund passte. Ich spürte, wie sein Körper unkontrolliert zuckte, wie er sich zu widersetzen versuchte. Ich steigerte meinen Rhythmus und ließ die Zunge um die Spitze kreisen, erforschte jede Unebenheit seines Schafts.

Er war eindeutig kurz davor zu kommen, hatte Mühe, tief Luft zu holen, und war nicht in der Lage, seine mahlenden Hüften stillzuhalten. Er rammte die Faust gegen den Baumstamm, um die Kontrolle über seinen Körper wiederzuerlangen, aber erfolglos. Ich spürte, wie seine Muskeln sich unter meiner Hand anspannten, während ich die andere beständig und im gleichen Takt wie meinen Mund an ihm entlanggleiten ließ.

»Grace. Ich ...«

Doch er sprach nicht weiter. Scharf sog er plötzlich den Atem ein, und sein Körper spannte sich an. Ich machte weiter, bis er fertig war. Ein letztes Mal leckte ich an seinem Glied entlang, dann zog ich mich zurück. Ich hatte gerade noch genug Zeit, um ihm die Hose wieder hochzuziehen und seine nun sehr empfindliche Männlichkeit zu bedecken, da wurde ich bereits hochgerissen. Haydens Hände packten mich und drängten mich gegen den Baum.

Dann prallten seine Lippen auf die meinen. Er küsste mich ungestüm, ohne Rücksicht darauf, wo mein Mund noch vor wenigen Sekunden gewesen war. Er nagelte mich an dem

Baumstamm fest, presste sich gegen jeden einzelnen Zentimeter meines Körpers, ohne mir jedoch Schmerzen zu bereiten. Als er sich von mir löste, glühte sein Gesicht. Eine wunderschöne Röte überzog seine Wangen. Unwillkürlich musste ich leicht grinsen, mehr als zufrieden mit mir selbst, weil ich ihn dermaßen elektrisiert hatte. Er ragte nur wenige Zentimeter über mir empor und versuchte, wieder zu Atem zu gelangen.

»Du bringst mich noch um«, keuchte er. Ungläubig schüttelte er den Kopf, und ich grinste nun noch breiter – zufriedener.

»Nicht mit Absicht«, antwortete ich halb auflachend, halb ausatmend. Auch seine Mundwinkel verzogen sich zu einem Lächeln, dann nahm er kurz die Unterlippe zwischen die Zähne. Noch einmal atmete er ungläubig aus, bevor er ein letztes Mal näher rückte und mich mit der Hand an meiner Wange zu sich heranzog.

Ich hatte gerade die Augen geschlossen, um den sanften Kuss zu genießen, als er sich wieder löste, nur wenige Zentimeter von meinen Lippen entfernt.

»Wir müssen zurück«, sagte er zögernd. Seine Stimme klang enttäuscht, aber natürlich hatte er Recht. Wir waren schon viel zu lange fort, und wenn wir uns noch länger in der Dunkelheit versteckten, wurde das mit uns viel zu offensichtlich.

»Ja, okay«, stimmte ich mit langsamem Nicken zu. Er sah mich noch ein paar Sekunden lang an, blickte aus nächster Nähe zwischen meinen Augen hin und her, dann ließ er die Hand von meinem Gesicht sinken. Sie glitt an meinem Arm entlang, und ich wurde von glückseliger Wärme durchflutet, als er nach meiner Hand griff. Zögernd wandte er sich ab und zog mich zurück zum Camp.

Von dem riesigen Freudenfeuer inmitten des Lagers ging ein sanfter Schein aus, sodass wir es zwischen den Hütten und Bauten, durch die wir uns hindurchschlängelten, leicht ausmachen konnten. Hayden ließ meine Hand nicht los. Sein Daumen beschrieb sanfte Kreise über dem meinen, und ich spürte seinen immer noch schnellen Pulsschlag. Ich wagte einen Blick zu ihm empor, wollte noch einmal die Schönheit betrachten, die ihm die erlösende Befreiung beschert hatte.

»Was?«, fragte er mit einem Mal. Er musste mir nicht einmal den Kopf zuwenden, um zu wissen, dass ich ihn anstarrte. Ein kurzer Blick, ich war ertappt. Grünes Leuchten im schwachen Feuerschein. Die Andeutung eines Lächelns breitete sich auf seinem Gesicht aus.

»Weißt du eigentlich, wie ungemein attraktiv du bist?«, fragte ich unverblümt und sämtliche Vorsicht in den Wind schlagend. Ich war zu beschwingt von dem, was gerade passiert war, um mich zurückzuhalten.

Hayden schnaubte vor Lachen und warf mir einen skeptischen Blick zu. Dann zog er die Augenbraue hoch und sah im Gehen weiterhin auf mich herab. »Klar. Wohl kaum.«

Bei dieser Antwort blieb mir der Mund offen stehen. Das konnte ihm doch unmöglich entgangen sein. Manchmal bewegte er sich sogar so, dass ich schon vermutete, er wolle mich absichtlich ins Schwitzen bringen.

»Ich meine es ernst. Du bist einfach so ...« Ich hielt inne, suchte nach dem richtigen Wort. »Wunderschön.«

Hayden gluckste leise und drückte meine Hand. »Nein, Grace. Das bist du.«

Ich konnte nur leise keuchen und angesichts seiner Bescheidenheit ungläubig den Kopf schütteln. Mittlerweile hatten wir den äußeren Rand der Feiernden erreicht. Ich hatte wegen seines Kompliments Schmetterlinge im Bauch und spürte, wie die Wärme mein ganzes Herz durchdrang. Unvorstellbar, dass er sich seiner Attraktivität nicht bewusst war, aber eigentlich auch nicht weiter überraschend.

Mittlerweile hatten wir die Ausläufer der Party passiert, und Hayden ließ meine Hand los. Sofort sehnte ich mich nach der Verbundenheit, obwohl ich natürlich verstand, warum er jetzt darauf verzichtete.

Wir durchschritten mehrere Grüppchen von Leuten, eine ausgelassener als die andere. Alle entspannten sich und genossen das Fest. Gelächter, fröhliches Kindergeschrei, akustische Musik und sogar Gesang hallten in die dunkle Luft hinaus, verliehen dem glühenden Camp festlichen Glanz. Wie auf Wolken schwebte ich durch die Menge.

»Hayden! Grace! Wo wart ihr denn?«

Ich wandte mich um und entdeckte Jett, der aufgeregt auf uns zulief und in nur einem Meter Entfernung stehenblieb. Er war leicht verschwitzt und hatte einen Schmutzstreifen unter dem Auge, trotzdem wirkte er vollkommen begeistert darüber, dass er immer noch draußen sein durfte. Ich spürte, wie ich rot wurde. Nicht auszudenken, wenn Jett gewusst hätte, was wir gerade getrieben hatten. Eine schreckliche Vorstellung.

»Keine Sorge, kleiner Mann. Du warst doch auch ohne uns

ziemlich beschäftigt«, erwiderte Hayden betont locker und betrachtete ihn eingehend. »Was hast du denn gemacht?«

»Dax hat ein Spiel angefangen, aber dann war er irgendwann zu betrunken, um weiterzuspielen, also musste ich für ihn einspringen«, antwortete er breit grinsend vor Stolz und blähte die Brust. Ich musste mir krampfhaft das Lachen verkneifen; ich konnte mir schon vorstellen, in welchem Zustand sich Dax gerade befand.

»Natürlich hat er zu viel getrunken.« Hayden lachte leise. »Dann lauf zurück – du kannst deine Mitspieler schließlich nicht im Stich lassen, oder?«

»Nein, Sir!«, rief Jett aufgeregt. Ich musste unwillkürlich lächeln, weil Hayden ihn bei der Anrede »Sir« ausnahmsweise einmal nicht korrigierte. Jett drehte sich auf dem Absatz um und rannte auf die kleine Gruppe Kids zu, die ein mir unbekanntes Spiel spielten.

»Komm, lass uns den betrunkenen Dax suchen«, bat ich und grinste Hayden breit an. Er holte tief Luft, atmete wieder aus und sah mich mit aufgerissenen Augen erstaunt an.

»Aber denk dran, du wolltest es so«, witzelte er. Er deutete mit einem Kopfnicken nach rechts und setzte sich in diese Richtung in Bewegung. Ich lief neben ihm her, aber schon bald drang lautes Gelächter an unsere Ohren, und wir blieben stehen. Ich war nicht überrascht, als ein lachender Dax vor uns auftauchte. Er hatte einen Drink in der Hand und schwatzte lebhaft mit Kit, Malin, Docc und einer älteren Frau, die ich nicht kannte.

»... und dann habe ich mir geschworen, ich würde nie wieder versuchen, ein Hemd als Hose anzuziehen«, schloss Dax seinen Bericht in dramatischem Ton, während wir näher kamen. Er hob sein Glas an die Lippen und trank einen kräftigen Schluck. Dann entdeckte er Hayden und mich. Wir gesellten uns zu den anderen, die über alles, was Dax so erzählt hatte, in wildes Gelächter ausbrachen. Ein vielsagendes Blitzen funkelte in seinen Augen, als er uns beobachtete.

»Na, wie reizend von euch beiden, dass ihr uns Gesellschaft leisten wollt«, sagte er süffisant. Plötzlich erfasste mich Panik, denn mir fiel ein, wie viel Dax ohnehin schon wusste. Da befürchtete ich, dass er ein Geheimnis ausplaudern würde, das er keinesfalls ausplaudern durfte. Hayden erstarrte kurz, hatte sich aber dann schnell wieder im Griff. Die Umstehenden hatten es wahrscheinlich nicht mal bemerkt.

»Dax' Märchenstunde kann ich mir schließlich nicht entgehen lassen«, erwiderte Hayden kühl.

»Ich fürchte, du hast die spannendste Geschichte verpasst, mein Sohn«, sagte Docc, dessen tiefe Stimme trotz seines leisen Lachens immer noch gelassen klang.

Ich spürte, dass mich jemand beobachtete, und sah mich um. Ein Paar tiefbrauner Augen richtete sich auf mich, umrahmt von faltiger Haut und dünnem, weißen Haar. Als ich ihr in die Augen sah, warf sie mir ein beinahe zahnloses Lächeln zu.

»Die Nacht ist voller Geflüster, nicht wahr?«, sagte sie plötzlich, als hätte sie nicht im Geringsten auf die Unterhaltung der Umstehenden geachtet. Ich blinzelte, ebenso überrascht wie verwirrt.

»Äh ...« Ich hatte keine Ahnung, was ich auf diese Bemerkung antworten sollte, und sie starrte mich weiter an.

»Grace, das ist Perdita. Perdita, das ist Grace«, stellte Hayden uns einander vor und ersparte mir auf diese Weise eine Antwort.

»Schön, dich kennenzulernen«, antwortete ich höflich und lächelte sie zaghaft an.

»Das Flüstern der Nacht spricht die Wahrheit, meine Liebe«, antwortete sie, nickte mir weise zu und schloss die Augen. Vor Verwirrung klappte mein Unterkiefer herunter. Doch schnell schloss ich ihn wieder.

»Klar«, stimmte ich zu, ohne zu wissen, was sie damit sagen wollte. Hayden beugte sich zu mir herab und flüsterte mir ins Ohr:

»Achte nicht darauf – solche Dinge sagt sie häufig, und keiner weiß, was sie meint.«

»Ah«, machte ich nur und nickte. Ich erinnerte mich, dass sie Hayden zufolge nicht ganz bei Trost war. Es war also nicht verwunderlich, dass sie unverständliches Zeug vor sich hin brabbelte.

»Aber sie ist eine von der ganz krassen Sorte, nicht wahr, Perdita?«, sagte Dax und grinste sie breit an. Sie antwortete nicht, nickte aber feierlich und schloss die Augen. Als sie sie wieder öffnete, fixierte sie Hayden.

»Hayden, du wirkst in dieser Flüsternacht ziemlich erfrischt.«

Wieder röteten sich meine Wangen. Diese Worte ergaben *durchaus* einen Sinn, und ich betete darum, dass die anderen es nicht ebenfalls kapierten.

»Ich glaube, jetzt brauche ich etwas zu trinken«, wechselte Hayden abrupt das Thema. Beinahe auf der Stelle beugte sich Kit auf seinem Stuhl vor und reichte ihm einen Becher. Malin stand hinter ihm und massierte ihm leicht die Schultern, während sie still und glücklich alle anderen beobachtete.

»Glaub mir, der wird dir heute Abend auch nicht helfen«, witzelte Kit ironisch grinsend. »Willst du auch was, Grace?«

»Klar«, antwortete ich und nahm den Becher entgegen, den er von dem Tisch nahm, um den die Gruppe sich versammelt hatte. Ich schnüffelte an der trüben Flüssigkeit und wünschte sogleich, ich hätte es nicht getan, denn der Geruch versengte mir die Nasenlöcher. Trotzdem wappnete ich mich und nippte daran. Der Schnaps war bitter und scharf mit einer leichten Obstnote, anders als alles, was ich je getrunken hatte, aber unzweifelhaft ein starkes Gesöff. Ich schniefte etwas, bemühte mich, keine Miene zu verziehen, denn immerhin beobachtete mich die gesamte Gruppe.

»Schmeckt gut«, log ich, weshalb die ganze Mannschaft, einschließlich Hayden, in schallendes Gelächter ausbrach.

»Nein, tut er nicht, aber er wirkt«, meinte Dax fröhlich und trank noch einen Schluck. Ich grinste, nippte ebenfalls noch einmal, wobei es beim zweiten Mal keineswegs leichter war als beim ersten.

Die Stimmung veränderte sich, als die Musik wieder einsetzte und die Leute mit den Instrumenten eine lebhafte Melodie anstimmten. Es handelte sich um ein paar Akustikgitarren und eine Geige, und ihr Klang hallte durch das gesamte Camp wider. Einige zuckten erschrocken zusammen, als Dax plötzlich aufsprang und dabei sein halbes Glas verschüttete.

»Los jetzt. Alle mitkommen. Wir tanzen«, befahl er. Er packte die beiden Personen, die ihm am nächsten waren, also Perdita und Hayden, und versuchte, sie mit sich zu ziehen. Perdita folgte ihm eifrig, streckte den Finger in die Höhe und bewegte ihn im Takt zur Musik. Aber Hayden widersetzte sich.

»Nein danke«, sagte er und schüttelte den Kopf. Überrascht beobachtete ich, wie Kit sich von Malin mitziehen ließ, ein mildes Lächeln auf den Lippen. Sogar Docc, von dem ich erwartet hätte, dass er ebenfalls sitzen bleiben würde, ließ sich von Dax zu der schnell größer werdenden Menschenmenge zum Tanz bewegen.

»Kommt schon! Alle machen mit. Ihr müsst auch«, rief Dax und warf die Arme mit einer dramatischen Geste in die Luft. Der Rest der Gruppe war bereits mit den Tanzenden verschmolzen, sodass nur noch Hayden, Dax und ich übrig waren.

»Ich muss gar nichts, ich trage hier die Verantwortung«, widersprach Hayden mit leicht überheblicher Miene. Dax schnaubte hörbar und tat Haydens Ausrede mit einer Handbewegung ab.

»Dein Mädchen will tanzen. Ist doch so, Grace, oder?«, meinte Dax beiläufig, woraufhin sich gleichzeitig Panik und Hochgefühl in mir breitmachten. Ich widerstand dem Impuls, ihm ein *Psst!* zuzuraunen.

»Dax ...«, begann Hayden und sah sich hektisch um, ob niemand ihn gehört hatte.

»Versuch gar nicht erst, es abzustreiten«, schnitt ihm Dax das Wort ab. Hayden seufzte, protestierte aber nicht. Dax grinste selbstgerecht. »Nun, wie ich schon sagte, dein Mädchen will tanzen.«

Mein Herz machte einen Satz angesichts der einfachen Tatsache, dass Hayden Dax' Behauptung nicht länger widersprach. Und in einem Anfall von Übermut ergriff ich nun das Wort.

»Komm, tanz mit mir, Hayden.«

Haydens Blick, der zwischen Dax und der Menge hin und her gewechselt war, richtete sich nun auf mich. Er runzelte die Stirn, verschränkte die Arme und beobachtete mich.

»Ich tanze aber nicht«, antwortete er nur.

»Achtung! Du hattest deine Chance, Kumpel. Jetzt gehört sie mir!«, rief Dax aus, hakte mich unter und führte mich ohne viel Federlesens von Hayden fort. Alles ging so schnell, dass ich gerade noch einen überglücklichen und amüsierten Blick zurückwerfen konnte, und schon war ich auf der Tanzfläche. Ich lachte laut auf, als Dax sich einmal um sich selbst drehte und mich mit sich riss.

Mein Körper wurde von ihm fortgeschleudert, und das Einzige, was mich daran hinderte, auf der Erde zu landen, war seine Hand, die meine fest umfangen hielt. Mit der anderen fuchtelte er dramatisch herum und machte bei alldem ein allzu ernstes Gesicht, als sei dies die Vorstellung seines Lebens. Als er den anderen Arm hinter meinen Rücken legte und mich nach hinten neigte, so tief, dass ich spürte, wie mein Haar den Boden berührte, hatte ich schon Angst, dass sein restlicher Drink auf mir landen würde. Plötzlich war ich extrem dankbar für die schmerzlindernden Mittel, die ich zuvor eingenommen hatte.

Ich lachte Tränen über Dax' unbeholfene Tanzversuche, und endlich gab er seine gespielte Ernsthaftigkeit auf und grinste breit. Tatsächlich war einiges von meinem Schnaps auf meiner Kleidung gelandet, und mir war ganz schwindelig, aber das kümmerte mich nicht. Als die flotte Melodie verklang, hatte ich dann endlich eine Entschuldigung, mich von Dax' chaotischen Tanzversuchen zurückzuziehen.

»Wusste ich doch, dass das funktioniert«, meinte er schließlich höchst zufrieden. Verwirrt wandte ich den Kopf zur Seite, wusste nicht genau, worauf er anspielte. Da spürte ich ein Paar Hände leicht auf meiner Taille. Dax warf mir ein letztes Grinsen zu. »Viel Spaß, Leute.« Dann entfernte er sich.

Eine liebliche Melodie ertönte, und ich wurde von Dax zu Hayden umgedreht. Große, zärtliche Hände legten meine Handgelenke um seine Schultern, dann platzierten sie sich erneut auf meiner Taille und zogen mich sanft an ihn. Er war so nah, aber nicht nah genug, um Verdacht zu erregen. Ich bemerkte es kaum, aber überall fanden sich die Tanzenden zu Paaren zusammen, die sich zu dem langsamen Lied hin und her wiegten. Und so verschmolzen wir unbemerkt mit der Menge.

»Ich dachte, du tanzt nicht?«, fragte ich leise und lächelte zu ihm empor. Mein Herz pochte wie wild.

»Tue ich auch nicht. Nur für dich, Bär.«

KAPITEL 8

NOSTALGIE

Grace

Haydens heiße Hände an meiner Taille versengten mir durch die Kleider hindurch die Haut, während wir uns langsam zur Musik bewegten. Ich widerstand dem Impuls, ihn näher zu mir heranzuziehen, sondern ließ die Arme nur lose um seinen Nacken liegen. Beinahe kam ich mir albern vor, weil ich schon wieder Schmetterlinge im Bauch gehabt hatte, als er eben vor mir stand, aber ich glühte vor Freude.

Tue ich auch nicht. Nur für dich, Bär.

Jedes Mal, wenn er diesen Kosenamen benutzte, wurde mir ganz warm ums Herz, ein Gefühl, das sich mit jeder Wiederholung steigerte. Ich sah zu ihm auf und konnte mein Lächeln kaum unterdrücken, mehr als überrascht und begeistert, dass er seine »Ich tanze nicht«-Regel nur meinetwegen gebrochen hatte.

»Ich hätte gedacht, dass du schlechter darin bist«, bekannte ich leise. Ein sanftes Lächeln umspielte seine Lippen, und seine Augen brannten sich förmlich in mich hinein.

»Ist doch nicht so schwer, oder?« Seine Stimme war leise und tief, sodass nur ich sie in dieser Menge hören konnte, die Gott sei Dank nicht auf uns achtete und selbstvergessen weitertanzte. Seine Hände glitten weiter hinab und blieben auf meinen Hüften liegen. Und der leichte Druck, den er nun ausübte, um mich noch ein wenig näher zu sich heranzuziehen, entging mir keineswegs.

»Wahrscheinlich nicht«, gab ich ebenso leise wie er zu. Uns trennte vielleicht noch eine Handbreit, und die Menschen um uns herum begannen zu verblassen. Die Musik verwob sich zu einem kaum wahrnehmbaren Nebel, und es schien nichts anderes mehr zu geben als Hayden. Wie so oft hatte ich das Gefühl, in einer Blase mit ihm zu verschwinden.

»Hast du dich heute Abend amüsiert?«, fragte er. Ein geisterhaftes Lächeln lag auf seinem Gesicht, während er mich aufmerksam musterte.

»Ich amüsiere mich noch immer«, antwortete ich und grinste sogar noch breiter. Ich konnte förmlich sehen, wie sich seine Gedanken überschlugen, obwohl ich keinen einzigen durchschaute. Mein Herz legte an Tempo noch etwas zu, als er mich sogar noch dichter zu sich heranzog, meinen Oberkörper an seinen, und den Kopf an mein Ohr hielt. Ich spürte sein Kinn sacht an meiner Schläfe und sog unwillkürlich den Atem ein.

»Ich möchte dich jetzt so gern küssen.«

Mein Herz schlug heftig gegen meine Rippen, als er noch einen Augenblick länger an meinem Ohr verharrte. Jede einzelne Zelle meines Körpers schrie mir förmlich zu, dass ich ihn fester umarmen sollte, ihm einen Kuss auf den Hals geben, mich zurückneigen und seine Lippen küssen sollte – *irgendetwas*. Aber ich wusste, dass ich das nicht durfte. Auch wenn ich mich gerade in ihm zu verlieren drohte, hatte ich nicht vergessen, dass wir uns inmitten eines Camps voller Menschen befanden, die nichts von unserer Verbindung wussten.

»Küss mich später«, flüsterte ich mit dem Mund an seiner Schulter.

Er seufzte tief, bevor er dann zu einem weniger verdächtig aussehenden Tanzstil mit mehr Abstand überging. Er sah mir in die Augen, und süße Schauer rieselten mir über den Rücken. Als flösse jeder Gedanke, jedes Gefühl in diesen einen Blick. Ich war sicher, dass er etwas sagen wollte, aber mit sich kämpfte, ob er es wirklich aussprechen wollte.

Eine plötzliche Bewegung zu meiner Linken brach den Bann. Dax wirbelte vorüber, Perditas Hände in den seinen. Sie tanzten viel zu schnell für den Rhythmus des Liedes. Ein lächerlich breites Grinsen zierte sein Gesicht. Er bewegte sich mit ihr zu uns herüber und neigte sie so spontan nach hinten, dass ich schon befürchtete, er werde ihren zarten Körper zerbrechen. Dann wandte er uns den Kopf zu und hielt mitten in der Bewegung inne.

»Hände«, meinte er, zwinkerte uns zu und warf einen Blick dorthin, wo Hayden mich festhielt. Mit diesen Worten flitzte er wieder davon, peitschte Perdita nach oben und fegte sie zurück in die tanzende Menge.

Sowohl Hayden als auch ich blickten auf meine Taille hinab. Haydens Hände waren gefährlich tief hinabgerutscht und hielten mich viel zu fest. Sofort ließ Hayden sie wieder in respektable Höhen zurückgleiten und rückte ein wenig von mir ab. Ich kicherte leise, dankbar für Dax' kleine Intervention, die ich ihm aber gleichzeitig auch ein bisschen übel nahm.

»Ausgerechnet *er* weiß Bescheid ...«, raunte Hayden und schüttelte unmerklich den Kopf, während sein Blick sich auf Dax richtete. Unwillkürlich musste ich über seine offensichtliche Enttäuschung über die Unterbrechung lächeln.

»Woher weiß er es?« Dax schien die subtilen Momente zwischen Hayden und mir schon vor geraumer Zeit mitbekommen zu haben, aber ich hatte keine Ahnung, woher er eine solche Gewissheit über das, was tatsächlich zwischen uns vor sich ging, erlangt hatte. Offen gesagt schien er sogar besser darüber informiert zu sein als ich.

»Er ist ein Idiot, aber ein kluger Idiot«, meinte Hayden. »Er ahnt es schon seit längerem und ...«

»Und?«

»Und erst letztens fand er es bestätigt«, sagte Hayden geheimnisvoll.

»Er fand es bestätigt?«

»Ja.«

»Von dir«, riet ich und konnte mir das Grinsen nicht verkneifen. Hayden atmete heftig aus, bevor er mir wieder in die Augen sah.

»Ja.«

Der Song endete, und die Musiker stimmten ein flotteres Stück an. Enttäuscht spürte ich, wie Haydens Hände sich von meiner Taille lösten. Ich zog meine Arme von seinem Hals zurück und betrachtete ihn mit sanftem Tadel im Blick. Mir blieb kaum Zeit, unsere Unterhaltung einigermaßen zu verarbeiten, da deutete Hayden mit einem kurzen Kopfnicken zur Seite und ging durch die Menge voran, sodass ich ihm nur noch folgen konnte.

Entspannt bewegten sich seine Schultermuskeln unter seinem Shirt, während er sich durch die Menge schob. Erfolglos versuchte ich, einen klaren Gedanken zu fassen. Haydens Bemerkung zeigte mir, dass er Dax gegenüber zugegeben hatte, mit mir ... was auch immer zu sein ... Das machte mich wahnsinnig glücklich und brachte mich gleichzeitig vollkommen aus der Fassung. Dieses Problem – wie man eine Beziehung definierte – kam mir so unglaublich normal vor. Ich fragte mich, ob junge Frauen sich, bevor die Welt auseinanderfiel, ständig mit diesem Thema herumgeschlagen hatten.

Haydens markantes Kinn kam wieder in mein Sichtfeld, als er sich mit einem Schulterblick vergewisserte, ob ich ihm auch tatsächlich folgte. Mittlerweile hatten wir den Rand der Menge erreicht. Docc hatte das Tanzen aufgegeben, und ein paar Leute, die ich zwar wiedererkannte, aber noch nicht kennengelernt hatte, scharten sich um ihn. Er nickte Hayden und mir gelassen zu und wandte die Aufmerksamkeit dann wieder den anderen zu. Wir jedoch setzten uns auf einen Baumstamm in ein paar Metern Entfernung.

Wir hatten uns kaum niedergelassen, als Jett zum gefühlt hundertsten Mal an diesem Abend auftauchte, in der Hand ein flaches Holzstück. Er sah uns gespannt an, immer noch ziemlich schmutzig, aber zumindest etwas weniger verschwitzt als beim letzten Mal, da wir ihn zu Gesicht bekommen hatten.

»Hi Jett«, grüßte ich ihn mit sanftem Lächeln. Er sah mir in die Augen, wurde puterrot und wandte sich dann Hayden zu.

»Hi«, antwortete er leise und presste das Holzstück an seine Brust.

»Was hast du so getrieben?«, fragte Hayden. Ich hörte seinen amüsierten Unterton und merkte, wie er mir einen kurzen Seitenblick zuwarf.

»Maisie hat eine Bastelwerkstatt eröffnet«, sagte Jett und blickte mich noch immer nicht an. »Ich hab was für dich gebastelt.«

»Was denn?«, fragte Hayden geduldig. So sanft war er mit Jett noch nie umgegangen, und ich hoffte, das kam von seiner allgemein guten Laune.

Ohne ein weiteres Wort drehte Jett das Brett langsam um, sodass wir die andere Seite sehen konnten. Er beobachtete uns aufmerksam, achtete genau darauf, wie wir auf sein Werk reagierten. Vor Staunen blieb mir der Mund offen stehen. Es handelte sich offenbar um ein Bild aus Lehm.

Drei Menschen waren darauf zu sehen. Der erste war groß, hatte wilde Wellen auf dem Kopf und offenbar eine Waffe in der Hand. Die zweite Gestalt war erheblich kleiner, hatte aber ebenfalls zerzaustes Haar. Beim Anblick der dritten Figur blieb mir die Luft weg. Sie trug ein dreieckiges Kleid, was auf eine Frau schließen ließ, ebenso wie das lange Haar. Auf der Brust prangte ein großes, deutliches »G«.

»Ist nicht besonders gut«, begann Jett, als keiner von uns ein Wort sagte. »Wir hatten nur Lehm zur Verfügung, aber ich ...«

»Sind wir das, Jett?«, schnitt ich ihm das Wort ab, damit er sich nicht weiter für sein Kunstwerk entschuldigte. Er errötete erneut, und endlich gelang es ihm, mir in die Augen zu sehen. »Du, ich und Hayden?«

»Ja«, antwortete er schließlich und grinste verlegen. Ich lächelte breit und studierte das Gemälde intensiver. Alle drei Menschen hielten sich an den Händen, ihre Strichärmchen waren miteinander verbunden.

»Das ist wunderschön«, antwortete ich aufrichtig und mit vor Staunen ganz belegter Stimme. Nicht nur, dass er mich mit ihm und Hayden abgebildet hatte, die Figuren hielten einander fest. Ich hatte mit einem Mal das Gefühl, akzeptiert zu werden, und realisierte voller Freude, wie wichtig das für mich war.

Jett war verblüfft, als ich ihn spontan in die Arme nahm. Er konnte kaum sein Kunstwerk zwischen uns hervorziehen, bevor seine magere Brust an meine gepresst wurde. Ein paar Sekunden lang war er wie erstarrt, überrascht und unsicher, wie er sich nun verhalten sollte. Dann spürte ich, wie ein winziger Arm sich vorsichtig um meine Taille schlang und er die Umarmung erwiderte. Ich war überwältigt, als er nun auch den anderen kleinen Arm um mich legte und mich noch fester drückte.

Ein paar Augenblicke später löste ich mich von ihm und hielt ihn mit ausgestreckten Armen fest. »Danke.«

»W-wofür?«, stammelte er mit weit aufgerissenen Augen und gerötetem Gesicht. Ich schüttelte bedächtig den Kopf.

»Einfach nur ... danke.«

Ich konnte nicht in Worte fassen, wie viel mir diese kleine Geste bedeutete. Es hieß nicht nur, dass er mich mochte, sondern dass er mich zu einem Teil der Familie zählte, die er sich hier geschaffen hatte. Das war etwas, das ich seit dem Tag, da ich meine Heimat verlassen hatte, vermisste und wonach ich mich sehnte – das Gefühl, dazuzugehören, akzeptiert zu werden. Das Gefühl, eine Familie zu haben.

Erst als ich Jett ganz losgelassen hatte, merkte ich, dass Hayden mich eindringlich beobachtete. Sein Blick war unverwandt auf mich gerichtet, die Augenbrauen gerunzelt, die Lippen aufeinandergepresst. Ein paar Sekunden lang wirkte er gedankenverloren, dann blinzelte er und sah Jett an.

»Das ist für uns, stimmt's?«, fragte er und streckte die Hand nach dem Brett aus. Jett legte es ihm in die Hand und trat einen kleinen Schritt zurück. Er legte die Fäuste hinter den Rücken und lächelte zu Hayden empor.

»Ja! Für euch beide!«, verkündete er stolz.

»Danke. Wir werden es in meiner Hütte aufhängen, okay?«

»Wirklich?«, fragte er aufgeregt, als sei es eine Riesenehre, dass jemand sein Kunstwerk aufhängen wollte.

»Wirklich«, bestätigte Hayden und lächelte breit. »Und jetzt siehst du dich besser mal nach Maisie um. Die Party ist bald vorbei.«

Jett nickte heftig. »Okay. Bis morgen, Leute.«

»Tschüss, Jett«, konnte ich ihm gerade noch hinterherrufen, bevor er davonstürmte. Vor lauter Aufregung trugen seine Füße ihn deutlich schneller als nötig.

»Was war das denn?«, fragte Hayden. Ich spürte erneut seinen Blick auf mir und entdeckte das zärtliche Lächeln auf seinen Lippen. Plötzlich war ich etwas verlegen, weil ich so übertrieben emotional reagiert hatte.

»Es ist einfach nur ... schön, dazuzugehören«, erwiderte

ich still und warf Hayden einen kurzen Blick zu, lächelte leicht und sah dann wieder zu den Feiernden hinüber. Hayden hatte Recht gehabt, die meisten Partyteilnehmer machten Schluss für heute. Kleine Gruppen verabschiedeten sich von anderen, andere wiederum trugen Gegenstände wieder zurück an ihren eigentlichen Platz. Manche stolperten betrunken nach Hause. Die Wirkung des Schnapses machte ihre Schritte unsicher.

Plötzlich fiel mir ein mittelalter Mann auf, der sich durch die Menge bewegte. In den Armen trug er ein kleines Mädchen von etwa fünf oder sechs Jahren, dessen hellblondes Haar ihr den Rücken hinabfloss. Ihr Kopf lag auf seiner Schulter, und während er sie festhielt, strich er ihr mit der Hand leicht und beruhigend über den Hinterkopf. Offensichtlich war sie eingeschlafen. Der sanfte Kuss, den er ihr auf den Scheitel gab, machte mich plötzlich wehmütig, denn der Anblick weckte eine Erinnerung in mir.

»Dad, ich bin aber noch nicht müde«, widersprach ich schläfrig, und mein Gähnen strafte mich auf der Stelle Lügen.

»Psst, Gracie. Zeit fürs Bettchen.«

»Aber Jonah ist immer noch draußen«, murmelte ich. Mein Kopf schien viel zu schwer für meinen Körper zu sein, und ich lehnte ihn an die Schulter meines Vaters, der mich nach drinnen trug. Mit meinen acht Jahren hielt ich mich für viel zu alt, um mich noch von meinem Vater tragen zu lassen, aber ich brachte es einfach nicht fertig, ihn zu veranlassen, mich abzusetzen. Ich war wirklich extrem müde.

»Jonah ist etwas älter als du, Liebes«, antwortete er in sanft schmeichelndem Ton. Zärtlich streichelte er mir den Hinterkopf

und bugsierte uns ins Haus, wobei er rücklings durch die Tür ging. »Sei jetzt leise, deine Mutter schläft schon.«

Ich verhielt mich still und konnte kaum noch die Augen offen halten, wobei das sanfte Pochen des väterlichen Herzens mich einlullte, sodass ich nachgab. Die vertraute Umgebung unseres Heims drang durch den kleinen Schlitz meiner beinahe geschlossenen Lider, und ich sah die dunkle Masse meiner Mutter, die im elterlichen Bett schlief. Sie schien in letzter Zeit noch viel mehr zu schlafen und war immer viel zu erschöpft, um mit mir zu spielen.

»Daddy, ich bin nicht müde«, protestierte ich nochmals schwach. Wir hatten jetzt das kleine Zimmer erreicht, das ich mir mit Jonah teilte, und ich spürte, wie mein Körper sanft ins Bett gelegt wurde. Dann wurden die Decken über mich gezogen, und ich kuschelte mich trotz meiner Proteste hinein. »Ich hätte Jonah fast geschlagen.«

»Psst, ich weiß, Gracie.«

Wir waren mitten in einem wilden Spiel gewesen, in dem wir mit »Schwertern«, die in Wirklichkeit Holzstöcke waren, gekämpft hatten, und ich war kurz davor gewesen, meinen großen Bruder zu besiegen, als mein Vater eingeschritten war und ihn daran gehindert hatte, mir mit seinem Stock einen Schlag gegen die Beine zu versetzen. Ich hatte keine Angst gehabt und war wild entschlossen gewesen, es Jonah zu zeigen.

»Wirklich!«, bekräftigte ich entrüstet.

»Ja, Grace. Du wirst immer mein mutiges kleines Mädchen sein, nicht wahr?«

Ich seufzte und kuschelte mich in mein Kissen. Es war ungeheuer gemütlich, und auch wenn ich es eigentlich nicht zugeben wollte, ich war sehr müde.

»Ja, Dad. Ich werde immer mutig sein.«

»Grace?«

Ich sog scharf die Luft ein, als jemand meinen Namen rief und mich aus meinen Erinnerungen riss. Ich blinzelte heftig, dann sah ich den Mann neben mir an. Hayden.

»Sorry, was hast du gesagt?«, fragte ich und bemühte mich um einen lässigen Tonfall. Mein Herz schien meine Brust bei dieser Erinnerung förmlich zu sprengen, aber die beiden Menschen, die sie ausgelöst hatten, waren nirgends mehr zu sehen. Der Vater hatte seine Tochter erfolgreich in Sicherheit gebracht, genau wie mein eigener es vor Jahren mit mir getan hatte.

Hayden ließ mich nicht aus den Augen, und ich bemerkte sein leichtes Stirnrunzeln. Er war ein viel zu guter Beobachter, und ich fürchtete, dass ihm nicht entgangen war, wie sehr mich der Anblick der beiden aus dem Konzept gebracht hatte.

Ein paar weitere Sekunden verstrichen, in denen ich mich lässig gab, aber Hayden kaufte es mir nicht ab. Schließlich wiederholte er: »Ich habe dich gefragt, ob wir gehen können.«

»Ja!«, rief ich ein wenig zu enthusiastisch. »Ja, gehen wir.«

Er verengte ganz leicht die Augen, dann nickte er kurz. Er erhob sich mit einer eleganten Bewegung vom Baumstumpf, und ich tat es ihm gleich, lächelte sanft, als ich sah, dass er das Brett mit Jetts Gemälde in Händen hielt. Stille hüllte uns ein, als wir uns von der Menge entfernten. Wortlos nickte Hayden ein paar Passanten zum Gruße zu. Auf dem ganzen Weg durch das Camp zu seiner Hütte sagte er kein Wort.

139

Die Veränderung der Atmosphäre war jetzt greifbar. Die Traurigkeit drückte uns nieder. Trotz meiner Bemühungen konnte ich die Erinnerung nicht abschütteln, die so plötzlich aufgekommen war. Seit dem Tag, da ich mich entschlossen hatte, bei Hayden zu bleiben, hatte ich nie daran gezweifelt oder die Entscheidung bedauert, nicht eine Sekunde lang. Doch während wir nun schweigend durch das Camp schlenderten, keimte Sorge in mir auf.

Hatte ich mich richtig entschieden? Mit jedem Augenblick, den ich mit Hayden verbrachte, verstrickte ich mich tiefer und tiefer in das, was immer ich für ihn empfand. Doch durch diese Glückseligkeit verdrängte ich nur das allzu Offensichtliche: Wenn ich hierblieb, würde ich meine Familie nie wiedersehen. Mir war die ganze Zeit über bewusst gewesen, was diese Entscheidung bedeutete, aber bis zu diesem Zeitpunkt war sie nicht in meine Gefühlswelt vorgedrungen. Erinnerungen wie die, die ich gerade gehabt hatte, würden genau das bleiben: nur Erinnerungen.

Ich konnte mir keine neuen Erinnerungen schaffen; es würde keine neuen Augenblicke mehr geben, an die man gern zurückdachte, und ich würde niemals im Kreise meiner Familie auf die Vergangenheit zurückblicken können. Ein dumpfer Schmerz machte sich in meinem Herzen breit, und die Trauer, die mich erfasste, ließ sich nicht länger verdrängen. Dieses neue Leben war mir zum Zeitpunkt meiner Entscheidung so richtig vorgekommen, und größtenteils tat es das auch immer noch. Aber die Freude wurde getrübt durch die bittere Gewissheit, dass ich mein früheres Leben für immer hinter mir gelassen hatte.

Ich schluckte den Kloß in meiner Kehle herunter, als wir Haydens Hütte erreicht hatten. Er musterte mich betrübt, öffnete die Tür und stürmte hinein, als spüre er den Kummer, den ich so dringend vor ihm zu verbergen suchte. Ich hatte ein schlechtes Gewissen, als mir klar wurde, was er deshalb empfinden musste, und beschloss, mich von derlei Erinnerungen nicht verzehren zu lassen. Unter gar keinen Umständen sollte Hayden Schuldgefühle haben, weil er für meinen Entschluss verantwortlich war. Denn eines stand fest: Ohne Hayden wäre ich nie geblieben.

Ich hatte meine Entscheidung getroffen, und ich würde für alle Zeiten hier bleiben.

Hayden bewegte sich wortlos durch seine Hütte, entzündete ein paar Kerzen, die uns in warmen Schein tauchten. Seine Schultern waren sichtlich in sich zusammengesackt, und verblüfft registrierte ich, wie sehr mein Stimmungswandel ihm offenbar zu schaffen machte. Er fühlte wohl, wie deprimiert ich war. Wieder plagte mich mein Gewissen, weil ich ihm möglicherweise die Stimmung verhagelt hatte.

Hayden stand an seinem Schreibtisch und zündete auch dort eine Kerze an, wobei er mir den Rücken zuwandte. Leise tappte ich zu ihm hin und blieb hinter ihm stehen. Ich ließ meine Hand sanft seinen Rücken hinauffahren, dann schlang ich sie ihm lose um den Oberkörper. Ich beugte mich vor und drückte ihm einen leichten Kuss aufs Schulterblatt. Sogar durch sein T-Shirt hindurch spürte ich die Hitze, die er verströmte. Er legte das Streichholz wieder auf den Schreibtisch, dann umfing er meine Hände, viel fester als nötig, als wolle er verhindern, dass ich ihm entglitt.

»Hayden«, flüsterte ich leise mit den Lippen an seinem Rücken. Er löste seinen Griff und wandte sich langsam in meinen Armen zu mir um. Ich spürte den vertrauten Funken, der durch mich hindurchschoss, als seine Hände mein Gesicht zu beiden Seiten umfassten. Doch trotz aller Bemühungen konnte ich die Traurigkeit nicht beiseiteschieben. Die Erinnerung stand mir einfach noch zu deutlich vor Augen.

Es war, als habe sich ein Gewicht auf unsere Schultern gelegt, wo wir uns doch eigentlich nur erheben und frei sein wollten. Jeder Augenblick des gemeinsamen Glücks schien von etwas anderem in Frage gestellt zu werden, das Aufmerksamkeit verlangte – das war der Preis, den wir zahlten. Plötzlich empfand ich bitteren Groll gegen die ganze Welt. Warum konnten wir nicht einfach nur glücklich sein? Warum musste jedes gute Gefühl durch etwas Dunkleres erstickt werden, etwas Schwereres, das sich in den Vordergrund drängte, obwohl wir doch lediglich nach dem Licht strebten?

»Keine Ahnung, was passiert ist, Grace«, sagte Hayden schließlich. Seine Stimme klang schmerzerfüllt und schwer, als täte es ihm weh, offen zuzugeben, dass er meinen offensichtlichen Stimmungswandel bemerkt hatte. Ich wünschte, ich hätte einfach glücklich sein können, und zwar ohne das Gefühl, einen Fehler zu machen.

Ich zögerte mit der Antwort, denn ihm anzuvertrauen, wie sehr ich meinen Vater vermisste, wäre wie ein Dolchstoß in seine Brust gewesen. Ich wollte diese Sehnsucht nach meiner Familie und meiner Heimat oder der Zukunft, die ich vielleicht dort gehabt hätte, nicht haben, aber ich brachte es einfach nicht fertig, sie zu ignorieren. Ich blickte zu ihm auf.

Er biss die Zähne zusammen und runzelte die Augenbrauen, beobachtete mich mit offensichtlicher Sorge und Trauer. Ich seufzte tief, entschlossen, sämtliche Zweifel abzuschütteln. Ich wollte hier mit ihm zusammen sein, und ich war hier mit ihm auch glücklich. Es war ihm gegenüber nicht fair, mich erst für ihn zu entscheiden und dann seine Zweifel zu schüren.

»Willst du mich immer noch küssen?«, fragte ich leise. Meine Stimme war nicht lauter als ein Flüstern, so überwältigt war ich von meinen Gefühlen. Hayden fuhr sich mit den Zähnen über die Unterlippe, beobachtete mich.

»Ich will dich immer küssen, Grace.«

Mein Herz, das in dieser Nacht hin- und hergerissen gewesen war, begann bei diesem Bekenntnis zu glühen. Seine Worte waren so kühn und dennoch aufrichtig. Sanft fuhr er mit den Daumen über meine Wangen, eine Berührung, die mich bis ins Mark wärmte. Jede einzelne seiner Zärtlichkeiten ging mir durch und durch.

»Dann küss mich.«

Ich brauchte das beruhigende Gefühl seiner Lippen auf meinen, musste die Hitze spüren, die meinen Körper dabei durchströmen würde. Ich musste dieses Gefühl lebendig halten, das diesen Kuss motivierte, das meine Entscheidung nochmals stärken und meine Zweifel vertreiben würde. Ich wünschte mir inständig, mich in Hayden zu verlieren, damit mir wieder klar wurde, dass es einen Grund gab, warum ich beschlossen hatte, hier zu bleiben, hier bei ihm.

Der Zweifel, gegen den ich angekämpft hatte, klang in seinem Blick nach, und die Trauer, die ich eigentlich gar nicht empfinden wollte, spiegelte sich in seinen Zügen wider, denn er fühlte alles genau wie ich. Langsam, vorsichtig senkte er die Lippen auf meine herab, presste sie sanft darauf, damit sie sich so perfekt aneinanderschmiegten wie immer.

Und tatsächlich hatten unsere Münder sich kaum berührt, als ich schon wieder lichterloh in Flammen stand. Jeder pessimistische Gedanke und Zweifel, der mich befallen hatte, wurde vom Licht verdrängt. Es erhellte jede einzelne Körperzelle, die bis zu diesem Augenblick von dunklen, unheilverkündenden Wolken heimgesucht worden war. Der Kuss war schlicht und zärtlich, aber ich spürte ihn bis in die Zehenspitzen. Er hielt mich fest in seinen Armen, und meine Sorgen verflogen. Ich hatte also die richtige Wahl getroffen.

Die Gefühle, die er in mir auslöste, waren nicht normal, dessen war ich mir sicher. Nie zuvor war ich von einem anderen Menschen dermaßen gefangen genommen worden, und nie zuvor hatten meine Empfindungen gleichzeitig so viel Angst und ein solches Hochgefühl ausgelöst. Die Sache zwischen uns bestimmte jetzt mein Leben, und obwohl ich keine Ahnung hatte, wie es so weit hatte kommen können, war es nun einmal geschehen. Wir hatten den Anschein einer normalen Freundschaft übersprungen, hatten die normalen Meilensteine umschifft, die in einem vorigen Leben vielleicht existiert haben mochten, aber deshalb war diese Beziehung keineswegs weniger real.

In diesem Augenblick konnte ich das alles spüren – das ungeheure Verlangen, ihm nahe zu sein, das Vertrauen, das ich zu ihm gefasst hatte, ohne es wirklich zu bemerken, den quälenden Schmerz, der sich in meinem Herzen festsetzte, wenn ich mir vorstellte, von ihm getrennt zu sein. Das alles empfand ich schon seit langer Zeit und hatte mich geweigert, es anzuerkennen, aber es war unumgänglich. Die Tatsache war einfach und starrte mir direkt ins Gesicht, als ich Haydens Kuss erwiderte.

Ich liebte ihn.

KAPITEL 9

VERSPRECHEN

Hayden

Unser Kuss zog mich unweigerlich immer tiefer in seinen Bann, während ich Graces Gesicht umfasst hielt. Sie schmiegte sich sanft an mich, ihr Oberkörper an meinem, die Hände leicht auf meinen Hüften.

Heute Abend war irgendetwas geschehen, und das machte mir Angst. Ihre Stimmung hatte sich auf subtile Weise verändert, beinahe unmerklich, aber dennoch eindeutig. Von dem Augenblick an, da ich es bemerkt hatte, wurde es nur umso offensichtlicher. Jede weitere Sekunde schien noch mehr Gewicht auf meine Schultern zu laden, mich weiter niederzudrücken. *Irgendetwas* hatte sich verändert.

Den ganzen Abend über hatte sie praktisch gestrahlt, und als wir miteinander getanzt hatten, war ihre Stimmung ansteckend gewesen. Deshalb hatte ich mich trotz aller Bemühungen einfach nicht zurückhalten können, hatte einfach zu ihr gehen müssen. Sie mit Dax zusammen zu sehen, egal wie freundschaftlich und unromantisch ihr Verhältnis war, hatte eine Woge der Eifersucht in mir entfacht. Sie war so wunderschön gewesen, als sie danach mit mir getanzt hatte, dass es beinahe unmöglich gewesen war, sie nicht zu küssen;

nur ein allerletzter Rest von Verstand hatte mich daran gehindert.

Ihre glückselige Stimmung war umgeschlagen, als wir zusammensaßen. Ich wusste nicht genau, was den Umschwung verursacht oder woran sie gedacht hatte, aber irgendetwas hatte sie deprimiert, und mich gleich mit. Was ihr auch durch den Kopf gegangen war, es hatte sie ungeheuer traurig gemacht, und egal, wie sehr sie sich anstrengte, vor mir konnte sie es nicht verbergen.

Sie war mir für ein paar Augenblicke entglitten, gefangen in ihrem eigenen Kopf und in dem, was immer darin vor sich gegangen war. Das Licht, das in ihr geleuchtet hatte, wurde schwächer, und als sie schließlich zu mir zurückkehrte, war sie nicht mehr dieselbe. Unseren Rückweg hatten wir schweigsam zurückgelegt, und die Stille zwischen uns schien sich bis zur Belastungsgrenze auszudehnen, bis ich es nicht länger ertrug. Ich hatte das Gefühl, sie unweigerlich zu verlieren. Zu gewichtig waren ihre Gedanken, zu stark ihre Gefühle.

Die leise Verletzlichkeit, als sie mich bat, sie zu küssen, berührte mich darum umso mehr. Ihre Lippen pressten sich in sanfter Verzweiflung auf die meinen. Es war, als käme diesem Kuss eine ungeheure Bedeutung zu, als hätte das, woran sie gedacht hatte, diesen hier so viel wesentlicher gemacht als die anderen, die wir uns gegeben hatten.

Als sie sich von mir löste, atmete ich schwerer als sonst. Heftig und unregelmäßig pochte mein Herz gegen meine Rippen, und ich spürte eine seltsame Nervosität, die sich in meinem Magen zusammenballte. Langsam öffnete ich die

Augen, sah, dass sie es mir gleichtat und schrittweise die grünen Iris enthüllte, die ich so wunderschön fand.

Erleichterung durchflutete mich, als ich entdeckte, dass die Trauer von vorhin nicht mehr in ihren Augen stand, dass sie mich erneut glücklich anstrahlten wie schon den ganzen Abend über. Ein sanftes Lächeln umspielte ihre Lippen, und sie legte die Hände um meine Taille, um mich an sich zu ziehen. Sie sagte nichts, sondern umarmte mich nur fest. Ich brauchte einen Augenblick, um ihr zu antworten, überrascht von der Geste, aber dennoch überglücklich, sie in den Armen halten zu dürfen.

Sie sagte immer noch nichts, aber ich spürte, wie sie zufrieden seufzte und das Gesicht sacht an meine Brust schmiegte. Automatisch gab ich ihr einen Kuss auf den Scheitel, eine sanfte Geste, die mir fremd hätte vorkommen sollen, sich aber nur richtig anfühlte. Selbst ohne Worte war klar, wie emotional aufgeladen dieser Moment war.

So hielt ich sie lange Zeit fest. Keiner von uns sagte etwas. Wir kommunizierten schweigend, nur über unsere Körper, während wir eng umschlungen dastanden. Wie von selbst wanderte meine Hand ihren Rücken hinab, kehrte dann zu ihrer Schulter zurück und begann die Reise abwärts erneut. Mit jeder Sekunde wurde ihr Griff noch etwas fester. Ich hätte liebend gern gewusst, was diese Achterbahnfahrt der Gefühle ausgelöst hatte, aber ich wollte sie auch nicht unter Druck setzen oder zwingen, darüber zu reden, solange sie es nicht wollte.

Endlich löste sie sich von mir und sah mir erneut in die Augen.

»Bett?«, fragte sie schlicht und lächelte sanft zu mir empor. Meine Arme lagen weiterhin um ihre Schultern, und sie streichelte mit den Händen darüber.

»Ja.« Meine Stimme klang tiefer als sonst, was wohl auf die emotionale Belastung zurückzuführen war, die ich soeben durchlebt hatte. Immer noch schwach lächelnd nickte sie einmal, dann duckte sie sich, entwand sich meinem Griff und lief zum Bad hinüber.

Ich versuchte die Frage, warum sie sich plötzlich so verändert hatte, aus meinem Kopf zu verbannen, während ich mich aus Shirt und Jeans schälte und sie mit dem Fuß zu einem Haufen am Boden zusammenschob. Dann streifte ich ein frisches Paar Shorts über, ließ den Oberkörper jedoch frei. Grace tauchte wieder aus dem Bad auf und warf mir ein winziges Lächeln zu, bevor sie zum Bett hinüberging.

»Ich bin gleich da«, sagte ich und wandte mich ebenfalls dem Bad zu.

»Okay«, erwiderte sie.

Ein paar Augenblicke später kehrte ich zu ihr zurück. Sie hatte sich bereits unter die Decke gekuschelt, lag auf ihrer gesunden Seite und wandte das Gesicht der Bettmitte zu. Ich wanderte in der Hütte umher, um die ganzen Kerzen wieder auszupusten, tauchte uns in Dunkelheit, bevor ich ins Bett stieg. Ich spürte ihren Blick auf mir, als ich ihr gegenüber unter die Decke schlüpfte.

»Geht es dir gut, Grace?«, fragte ich leise. Eigentlich hätte ich es besser wissen müssen und sie nicht bedrängen sollen.

»Ja, warum sollte es mir nicht gut gehen?«, antwortete sie ruhig. Obwohl es so dunkel war, konnte ich aufgrund der draußen brennenden Laternen schwach die Umrisse ihres Gesichts erkennen.

»Keine Ahnung ... ich hatte nur das Gefühl ... alles lief so gut heute Abend, und dann wurdest du auf einmal so ...« Ich hielt inne, suchte nach dem richtigen Wort. »Traurig.«

Sie schwieg lange Zeit und dachte über meine Bemerkung nach. Die Stille zog sich so lange hin, dass ich schon glaubte, sie sei eingeschlafen. Doch dann sprach sie wieder.

»Du hast es also gemerkt«, meinte sie. Es klang, als habe sie das bereits vermutet.

»Natürlich«, sagte ich, beinahe beleidigt, dass sie glauben könnte, es sei mir entgangen. Ich bemerkte schließlich jegliche Regung bei ihr. Sie antwortete mir schon wieder nicht, also streckte ich die Hand aus und legte sie über die ihre, die zwischen uns ruhte. Mit dem Daumen beschrieb ich einen federleichten Pfad über ihre Knöchel, dann drückte ich sie zärtlich.

»Warum warst du traurig, Bär?«, fragte ich vorsichtig. Es tat mir weh, dass sie deprimiert war, denn ich wollte sie stets nur glücklich sehen. Während ich auf ihre Antwort wartete, ging mir die Tragweite dieser Erkenntnis auf: Ich wollte sie immer glücklich sehen. Angesichts der Umstände, wie sie hier gelandet war, kam mir das absolut verrückt vor, aber es war die Wahrheit. Die absolute Wahrheit.

Sie holte tief Luft und atmete langsam aus, bevor sie wieder sprach: »Es ist nichts, Hayden.«

Es war klar, dass sie log. Was immer diesen plötzlichen Stimmungsumschwung verursacht hatte, war definitiv nicht »nichts« gewesen, egal, wie zufrieden sie nun zu sein schien.

»Grace ...« Ich verstummte. Meine Stimme ließ keinen Zweifel daran, dass ich ihr nicht glaubte.

»Hayden ...«, imitierte sie meinen Tonfall und stieß ein leises, untypisches Kichern aus. »Ehrlich. Es ist nichts. Mir geht es wieder gut.«

»Ja, *wieder*«, murmelte ich. Es ärgerte mich, dass sie sich mir nicht anvertraute. »Ich wünschte, du würdest es mir erzählen.«

Sie seufzte tief, und überrascht spürte ich, wie sie meine Hand ergriff und meine Knöchel küsste. »Ich habe nur ... ich habe etwas gesehen, das mich an meinen Dad erinnert hat, aber ganz ehrlich, es ist schon gut.«

Die Schuldgefühle durchbohrten meine Brust wie ein Dolch. Natürlich war sie traurig geworden, nachdem sie an ihren Dad erinnert worden war. Ich wusste über ihr Verhältnis zueinander nicht allzu viel, aber anscheinend liebte sie ihn sehr. Seine Worte, als er nach ihr gesucht hatte, bestätigten, dass er das Gleiche für sie empfand. Ich fühlte mich schuldig, weil ich beschlossen hatte, sie hierzubehalten, und weil ich hoffte, dass sie blieb.

»Hayden, tu das nicht«, meinte sie in ernstem Ton. »Du darfst dir deshalb keine Vorwürfe machen.«

»Mache ich nicht«, log ich. Sie verdrehte die Augen, war anscheinend nicht überzeugt.

»Tust du wohl, das sehe ich doch. Keine Ahnung, wie oft ich es noch betonen muss, aber ich bin hier glücklich mit dir, Herc.«

Mein Herz tat einen besonders heftigen Schlag; es war, als könne sie meine Gedanken lesen.

»Du bist also glücklich?« Ich betete darum, dass sie die Wahrheit sagte, denn wahrscheinlich hätte ich es nicht verwunden, sie unglücklich zu machen.

»Ich bin glücklich. Ich liebe meinen Vater und werde ihn auch in Zukunft vermissen, und ich liebe sogar meinen Bruder ...« Sie verstummte und hielt meinem Blick in der Dunkelheit stand. Mein Magen machte einen Satz. Ich vermutete, dass sie jetzt etwas Wichtiges sagen würde.

»Aber ...?«

»Aber ich habe ja dich.«

Aus irgendeinem Grund hatte ich etwas anderes erwartet. Ich hatte gehofft, sie werde die Worte sagen, die ich bislang nur von meinen Eltern gehört hatte, aber ich hatte mich geirrt. Doch ich hatte kein Recht, enttäuscht zu sein.

»Du hast mich«, stimmte ich leise zu. Sie hatte ja keine Ahnung, wie sehr das zutraf.

»Dann bin ich glücklich.«

Ich entdeckte in ihren Augen, dass sie die Wahrheit sagte, und sah das sanfte Lächeln, das sie mir schenkte. Also schüttelte ich meine Enttäuschung ab und sagte mir, dass ich irrational reagierte. Natürlich würde sie es nicht sagen. Das hatte ich mir noch nicht verdient.

Sie würde nicht sagen, dass sie mich liebte.

»Ich habe über etwas nachgedacht«, wechselte ich das Thema, um das gefährliche Terrain, auf dem sich meine Gedanken bewegten, hinter mir zu lassen.

»Und worüber?«

»Als deine Mum gestorben ist ... hattest du Gelegenheit, dich von ihr zu verabschieden?«

Meine Worte waren vorsichtig und leichthin. Wahrscheinlich war der Zeitpunkt, um dieses Thema zur Sprache zu bringen, denkbar schlecht gewählt, denn immerhin war sie noch vor weniger als einer Stunde vom Heimweh nach ihrem Vater geplagt gewesen, aber die Frage beschäftigte mich dennoch schon eine ganze Weile.

»Ja«, antwortete sie. »An ihrem Todestag waren mein Dad, Jonah und ich alle anwesend. Keine Ahnung, wieso, aber sie wusste offenbar, dass dies ihr letzter Tag sein würde. Wir konnten uns alle von ihr verabschieden.«

»Da hast du Glück gehabt«, versicherte ich, obwohl ich wusste, dass ihr das klar war. Sie war klug genug zu bemerken, wie viel Glück sie gehabt hatte.

»Ich weiß«, antwortete sie leise. »Du konntest keinen Abschied nehmen, oder? Von beiden Eltern nicht.«

Mein Herz zog sich schmerzhaft zusammen, als die Bilder, die mich ständig heimsuchten, auch jetzt wieder vor meinem geistigen Auge auftauchten. Feuer, Bomben, Blut, Leichname, fallend, fallend, fallend, überall um mich herum. Gesichter, die ich nicht kannte, Gesichter, die ich kannte, Gesichter der Menschen, die ich liebte. Die Worte laut auszusprechen, fühlte sich an, als würde ich das alles noch einmal erleben, und die Bilder schienen niemals weniger qualvoll zu werden. Durch den erbarmungslosen Tornado der Gefühle war mein Kopf wie leer gefegt. Da berührte Grace ganz sacht meine Wange, holte mich in die Wirklichkeit zurück.

»Nein, hab ich nicht.«

Sie schwieg und wartete geduldig, ob ich weitersprechen würde. Ich holte tief Luft und versuchte, den dumpfen

Schmerz zu unterdrücken, der mich stets erfasste, wenn ich von meinen Eltern sprach. Dann kam ich mir schwach vor, so unglaublich schwach, aber ich konnte es nicht ändern.

»In der einen Sekunde waren sie beide noch da, rannten neben mir her, wollten mich in Sicherheit bringen, und meine nächste Erinnerung ist, dass mein Vater tot war. Einfach so ... im Bruchteil einer Sekunde war er fort. Wir schafften es nicht viel weiter, da war meine Mum ebenfalls tot. Und der Gedanke, dass es genauso gut mich hätte treffen können, bringt mich um den Verstand. Eine Kugel einen halben Meter weiter links oder rechts, dann wären sie vielleicht noch am Leben und nicht ich.«

Grace war näher gerückt und konzentrierte sich jetzt ausschließlich auf mich. Ich hatte in meinem ganzen Leben nur wenige Male darüber gesprochen, aber ich vertraute ihr. Und zwar voll und ganz.

Sie strich mir leicht das Haar aus der Stirn – eine beruhigende Geste. Dann schmiegte sie sich an mich, sodass ich ihre tröstliche Nähe spürte.

»Nein, Hayden, das darfst du nicht denken«, sagte sie leise. »Das hätten sie nicht gewollt. Du bist aus einem bestimmten Grund hier, und du hast dein Leben auf unglaubliche Weise genutzt, okay? Sie wären stolz auf dich, Hayden. Sehr stolz.« Dann fügte sie still hinzu: »Es tut mir so leid, dass du nicht mehr dazu gekommen bist, dich von ihnen zu verabschieden.«

Ich nickte stumm und legte leicht den Arm um sie, zog sie noch näher an meine Brust.

»Darauf wollte ich hinaus«, begann ich. »Ich bin nicht

dazu gekommen, und ich will, dass so etwas nie wieder passiert. Diese Welt, in der wir leben ... sie ist so unsicher, und man weiß nie, was passieren wird. Deshalb will ich, dass du mir etwas versprichst, okay?«

»Alles, Hayden.« Das sagte sie, ohne zu zögern, sodass mein Herz sogar noch heftiger pochte.

»Versprich mir, dass du dich immer so verabschieden wirst, als sei es das letzte Mal, denn es könnte tatsächlich das letzte Mal sein. Wenn du es mir versprichst, verspreche ich dir das Gleiche.«

Verblüfft spürte ich, wie sie sich vorbeugte und ihre Lippen plötzlich auf meine presste. Ihre Hand verharrte an meinem Gesicht, als sie mich zu sich heranzog und mich ein paar Sekunden lang küsste. Als sie sich wieder von mir löste, blieb mir der Mund offen stehen, und mein Atem ging flach.

»Du darfst nicht so denken, Hayden. Ja, diese Welt ist gefährlich, und ja, es ist höchstwahrscheinlich, dass etwas Schlimmes geschieht, aber ... du musst das Gute sehen. Du darfst dich nicht auf das Schlechte konzentrieren, sonst erstickt es dich.«

»Das tue ich nicht. Ich bin nur realistisch«, widersprach ich und runzelte die Stirn, weil sie meiner Bitte nicht nachkam. Die Vorstellung, sie zu verlieren, verursachte mir physische Pein. »Bitte versprich es mir. Ich will dich nicht verlieren, ohne mich von dir verabschiedet zu haben.«

Grace wirkte traurig, weil ich darauf beharrte, und ich merkte, dass ihre normalerweise so optimistische Einstellung dadurch gedämpft wurde, aber mir war das wichtig. Wenn ihr irgendetwas zustieß und ich niemals Gelegenheit haben würde, ihr Adieu zu sagen, wie bei so vielen anderen Menschen aus meinem Umfeld, würde ich das nie verwinden.

»Du wirst mich nicht verlieren.«

Ihre Worte konnten mich nicht trösten, entfachten jedoch einen Funkenflug in meinem Innern.

»Versprich es mir«, forderte ich leise. Mit zusammengezogenen Brauen musterte ich sie. Sie wusste genau, wie ernst ich es meinte. Also seufzte sie leise und schob mir nochmals das Haar aus der Stirn.

»Ich verspreche es.«

Eine Woge der Erleichterung durchflutete mich bei diesen Worten, und sofort beugte ich mich vor, um sie wieder zu küssen und ihr Versprechen damit zu besiegeln. Ihre Unterlippe passte perfekt zwischen meine Lippen, und ich legte ihr die Hände flach auf den Rücken, um sie an mich zu ziehen. Ich wollte keinen innigen, erotischen Kuss, sondern war mit dieser einfachen Liebkosung und der Bedeutung, die ihr zugrunde lag, vollauf zufrieden.

»Danke«, flüsterte ich, als wir uns wieder voneinander lösten. Ich hatte zu viele Menschen verloren, ohne mich von ihnen verabschieden zu können, und bei Grace würde ich das nicht zulassen. Sie war mir zu wichtig, was mich gleichzeitig erstaunte und tröstete.

»Du solltest jetzt schlafen, Herc«, sagte sie sanft lächelnd. Dann sah sie mir noch einen Augenblick lang in die Augen und schmiegte sich dichter an mich, wobei sie den Arm lose über meinen Oberkörper legte.

»Du auch, Bär.«

Ein paar Tage waren vergangen, ohne dass einer von uns auf die Enthüllungen jener Nacht noch einmal zu sprechen gekommen wäre. Bislang hatten wir noch keine Gelegenheit gehabt, das Versprechen einzulösen, das wir einander gegeben hatten. Das Camp war relativ ruhig, was mich gleichermaßen entspannte wie stresste. Es war wie die Ruhe vor dem Sturm und nur eine Frage der Zeit, bis wir auf unseren nächsten Raubzug gehen mussten. Die Vorräte wurden sicher langsam knapp, besonders nach Maisies so erfolgreichem Fest.

Während Grace und ich das Lager durchquerten, tröpfelte der Regen auf uns herab, sodass mir das Haar am Nacken klebte. Ich versuchte, nicht dort hinzusehen, wo ihr Shirt an ihrem Bauch haftete, aber dem strahlenden Lächeln, das sie immer wieder in meine Richtung warf, konnte ich unmöglich widerstehen.

»Ich mag den Regen«, sagte sie glücklich. »Dann sieht alles so sauber aus.«

»Hmm«, stimmte ich zu und riss den Blick von ihrer Brust los. Ihre Haut schimmerte im Regen. Sie trug lediglich ein dünnes Tanktop und Shorts. Ich strich mir das Haar aus dem Gesicht und ging weiter. Wir waren auf dem Weg zu Docc, damit er einen Blick auf Graces Rippen und die Fleischwunde werfen konnte.

»Hmm«, wiederholte sie und lachte, als amüsiere sie sich über meine Einsilbigkeit. Sie warf mir einen belustigten Blick zu, und unwillkürlich grinste ich zurück. Sie war seit unserer nächtlichen Unterhaltung immer unglaublich guter Laune gewesen, und mehr als einmal hatte ich sie dabei ertappt, wie sie fröhlich vor sich hin gelächelt hatte. Sie gab mir jedoch keinerlei Erklärung, und ich wollte auch nicht nachbohren und das Risiko eingehen, alles zu verderben. Immerhin wollte ich nur eins für sie: dass sie glücklich war.

Die meisten der Menschen, die wir auf dem Weg trafen, nahm ich kaum wahr. Ein herannahendes Paar jedoch fesselte meine Aufmerksamkeit. Ein Mann mittleren Alters führte ein blondes kleines Mädchen an der Hand. Beide lachten, während sie versuchten, den Pfützen auszuweichen. Sofort wanderte mein Blick zu Grace. Ihr Lächeln war verblasst.

Sie sah die beiden unverwandt an, beobachtete ihr fröhliches Beisammensein. Wie gern hätte ich sie von der Erinnerung, die sie bei diesem Anblick überkam, abgelenkt. Aber keine Chance. Sie verlangsamte ihren Schritt und verkrampfte sich immer mehr, je näher das Paar kam, wobei sie die beiden keine Sekunde aus den Augen ließ.

»... und wenn wir nach Hause kommen, dann ziehen wir dir erst mal was Warmes an. Na, was meinst du?«, sagte der Mann, als sie vorübergingen. Das kleine Mädchen antwortete etwas Unverständliches, aber ihre Stimme klang begeistert.

Am liebsten hätte ich mich umgedreht und ihnen gehörig die Meinung gesagt, weil sie Grace schon wieder an den Verlust ihrer Familie erinnert hatten. Die Schuldgefühle nagten nun schon seit ein paar Tagen an mir, egal, wie sehr ich sie zu ignorieren versuchte. Grace betonte immer wieder, wie glücklich sie war, und ganz sicher wirkte sie auch so. Dennoch wurde ihre Stimmung sofort wieder so trüb wie das Regenwetter.

»Grace«, sagte ich sanft und musterte sie eindringlich. Sie blinzelte kurz, als habe sie vergessen, wo sie war, und lächelte gezwungen.

»Ja?«

Ich runzelte die Stirn. Ihr Lächeln erreichte die Augen nicht, ein Anblick, der mir verhasst war.

»Äh, wir sind da«, sagte ich lahm. Ich öffnete die Tür und ließ sie vorgehen, erwiderte ihr kleines Lächeln, das sie mir zuwarf. Sogleich kam Docc auf uns zu.

»Grace, Hayden, hallo«, sagte er lässig und nickte. »Ihr seht aus wie zwei begossene Pudel.«

»Witzig«, sagte ich rundheraus. Ich war schlecht drauf. Grace warf mir wegen meiner unhöflichen Reaktion einen tadelnden Blick zu.

»Wie geht es dir, Docc?«, fragte sie umso höflicher.

»Gut, gut. Und deiner Rippe?«

»Deshalb sind wir ja hier«, erklärte sie. »Es geht ihr erheblich besser, und ich habe keine Schmerzmittel mehr, aber ich glaube, ich brauche auch keine mehr. Könntest du mal einen Blick drauf werfen?«

»Klar«, antwortete Docc und deutete mit der Hand auf die Bank, die ihm am nächsten stand. Grace folgte seinen Anweisungen und legte sich hin, schälte ihr nasses Shirt von ihrem Bauch und schob es sich bis zur Brust hoch, damit Docc ihre Verletzung untersuchen konnte. Ich stellte mich neben sie und sah schweigend zu, wie Docc sich über sie beugte.

Grace sah zur Decke, während Doccs Finger sanft ihre Rippe abtasteten. Grace machte ein gleichmütiges Gesicht. Offenbar war sie wild entschlossen, sich nichts anmerken zu lassen. Die Blutergüsse waren etwas heller geworden, aber unter ihrer Haut sah man immer noch einen blasslila Schimmer. Wenn ich sie fragte, behauptete sie grundsätzlich, keine Schmerzen mehr zu haben, aber ich wusste, dass sie log. Mehr als einmal ertappte ich sie dabei, wie sie zusammenzuckte, wenn sie sich zu schnell oder in die falsche Richtung bewegte. Sie zur Einnahme ihrer Medikamente zu überreden, war ungefähr so, als wolle man sie dazu bringen, Säure zu trinken. Aber irgendwann gab sie den Widerstand gegen mich dann doch auf und nahm sie. Die letzte Dosis hatte ich ihr heute Morgen verabreicht.

»Na ja, der Bruch ist natürlich noch nicht verheilt«, sagte Docc und richtete sich nach Abschluss seiner Untersuchung auf. »Aber meiner Einschätzung nach geht es gut voran. Hast du immer noch so große Schmerzen?«

»Nein ...«

»Ja«, unterbrach ich sie und warf ihr einen übellaunigen Blick zu. Sie funkelte mich an, wütend, dass ich mich eingemischt hatte. »Sie hat immer noch Schmerzen.«

»So schlimm wie am Anfang ist es aber wirklich nicht mehr«, beharrte sie. Natürlich gefiel es ihr ganz und gar nicht, verletzt zu sein, aber das änderte nun mal nichts an der Tatsache, dass sie es war.

»Aber es tut immer noch weh ...«

»Okay, ihr beiden, es reicht«, unterbrach Docc unser Gezänk. »Grace, du musst dich noch ein paar Tage schonen. Danach kannst du dich wieder ins Getümmel stürzen wie zuvor. Ich gebe dir noch ein paar Medikamente.«

»Ich brauche keine mehr«, widersprach sie, setzte sich auf

und zog sich das Shirt wieder über den Bauch. Dabei zuckte sie leicht zusammen, was ihre Behauptung Lügen strafte.

»Hayden wird dafür sorgen, dass du sie einnimmst, nicht wahr, mein Sohn?«, sagte Docc und warf mir einen kurzen Blick zu.

»Ja, mach ich.«

Ihrem Blick nach zu urteilen schien sie stinksauer zu sein, dass Docc und ich uns gegen sie verbündeten. Ich zuckte mit den Schultern. Sie schnaubte vernehmlich, nickte aber.

»Na gut.«

»Super. Aber ich habe noch etwas auf dem Herzen ... Hayden, ich fürchte, wir brauchen wieder neues Material. Maisie, Barrow und mir gehen die Vorräte aus.«

Mir sank das Herz, als Docc das Unvermeidliche aussprach. Ich hatte ja gewusst, dass früher oder später wieder ein Raubzug auf uns zukommen würde. »Hast du eine Liste?«

»Hier«, sagte er nickend, langte in seine Tasche und zog ein Blatt Papier heraus. »Könnt ihr noch heute Abend losziehen?«

Ich faltete das Papier auseinander und überflog die Liste der notwendigen Utensilien. Dann nickte ich. »Ja, sollte gehen.«

»Danke. Dann sage ich mal Dax und Kit Bescheid, ja?«

»Klingt gut. Sag ihnen, sie sollen in einer halben Stunde fertig sein.«

Grace dankte Docc für die Pillen, die er ihr gegeben hatte, und wir traten aus der Krankenstation wieder hinaus in den Regen. Schnell liefen wir den Pfad zurück auf meine Hütte zu.

»Wohin gehen wir denn diesmal?«, fragte sie mit lauter Stimme, um den immer stärker werdenden Regen zu übertönen.

»›Wir‹ gehen nirgendwohin«, antwortete ich entschieden.

»Was?«, fragte sie ungläubig.

»Du kommst nicht mit.«

»Was? Hayden, aber natürlich begleite ich dich«, widersprach sie. Ich spürte, dass sie mich ansah, marschierte aber unbeirrt weiter, den Blick fest auf meine Hütte gerichtet, die soeben in Sichtweite kam.

»Nein. Du bist immer noch verletzt, und ich will nicht riskieren, dass es schlimmer wird.«

»Hayden ...«

»Nein! Du kommst nicht mit, Grace. Das ist mein letztes Wort.«

Mittlerweile hatten wir meine Hütte erreicht, und ich stieß die Tür auf, aber Grace bewegte sich keinen Zentimeter, sondern blieb störrisch davor stehen. Der Regen prasselte auf sie herab. Sie kochte vor Zorn, funkelte mich an und hatte die Arme fest vor der Brust verschränkt.

»Komm rein, Grace.«

»Nein.«

Ich atmete entnervt aus und fuhr mir mit der Hand durchs Haar. »*Bitte* komm rein?«

»Hayden, ich will dich *begleiten*«, sagte sie entschlossen. Offensichtlich meinte sie das ernst.

»Und *ich* will, dass du hierbleibst. Du bist verletzt. Das hat Docc dir doch *gerade* erst noch versichert.«

Sie sah mir einige Sekunden lang in die Augen. Ihr Kinn

war verkantet, ihre Augen loderten, und sie hielt meinem Blick stand. Ich seufzte, trat wieder einen Schritt zur Tür hinaus in den Regen, baute mich vor ihr auf. Sie legte den Kopf in den Nacken und blickte zu mir empor, das klatschnasse Haar klebte ihr am Kopf und umrahmte ihr Gesicht.

»Bitte bleib hier«, bat ich mit nun sanfterer Stimme. Mein Blick war ein stummes Flehen, und schließlich merkte ich, wie ihre harte Schale Risse bekam. Sie löste die Arme vor ihrer Brust und ließ die Schultern hängen, als sie schließlich nachgab.

»Na schön«, gab sie sich geschlagen. Ich seufzte erleichtert und nickte. Dann ergriff ich leicht ihre Hand und zog sie hinein.

Drinnen streifte sie überraschend sofort ihr durchweichtes Shirt ab und warf es etwas heftiger als nötig auf den Boden, als sei sie frustriert von meiner Anweisung. Sie ging zur Kommode hinüber, zog ein frisches, trockenes T-Shirt heraus, zog es sich über den Kopf, sodass ich ihre nackte Haut nicht mehr sehen konnte. Dann warf sie mir einen herausfordernden Blick zu und entledigte sich auch ihrer Shorts, die natürlich ebenfalls triefnass waren. Während sie sie an ihren Beinen hinabgleiten ließ, hielt sie meinen Blick.

Ich schüttelte den Kopf und schnaubte frustriert. Dann wandte ich mich von ihr ab, versagte mir die Show, die sie absichtlich abzog, um mich zu quälen. Mutmaßlich als Rache, weil ich sie veranlasste hierzubleiben.

»Das ist nicht nett«, sagte ich barsch.

»Sorry«, sagte sie, aber es klang nicht allzu überzeugend.

»Ich will einfach nur vermeiden, dass du noch einmal verletzt wirst, okay? Nicht, weil ich glaube, dass du nicht klarkommst. Nur, damit du in Sicherheit bist«, erklärte ich.

Sie stieß einen tiefen Seufzer aus, kam zu mir herüber und stellte sich vor mich hin. »Ich weiß, Hayden.«

Zärtlich umfing ich ihr Gesicht mit beiden Händen, zog sie zu mir heran. »Weißt du noch, was du versprochen hast?«

»Hayden ...«

»Du hast es *versprochen*«, erinnerte ich sie scharf.

Da ließ sie ihren Groll fahren und schlang mir die Arme um die Taille. »Auf Wiedersehen, Hayden. Pass bitte auf dich auf«, sagte sie. »Wir sehen uns, sobald du wieder zurück bist.«

Mein Herz pochte ein wenig heftiger, als ich langsam den Kopf senkte und meine Lippen auf die ihren presste. Meine Hände ruhten immer noch sacht auf ihren Wangen. Ich küsste sie noch ein paar Sekunden länger, dann zog ich mich zurück.

»Warte auf mich, und ich komme zu dir zurück, Bär. Ich verspreche es.«

KAPITEL 10

ANGST

Grace

»Warte auf mich, und ich komme zu dir zurück, Bär. Ich verspreche es.«

Ich war ziemlich sicher, in meinem ganzen Leben noch nie schönere Worte gehört zu haben, die dazu auch noch mir galten. Ich spürte das Gewicht dieses Versprechens, die Entschlossenheit in seiner Stimme. Er wollte seinen Schwur halten, aber dennoch stieg Beklemmung in mir empor. Diese ganze Geschichte gefiel mir überhaupt nicht.

»Das solltest du auch«, flüsterte ich. Wie verwundbar das klang! Seine Hände lagen warm an meinen Wangen, sein Gesicht war nur wenige Zentimeter von meinem entfernt.

»Werde ich. Bleib einfach hier, okay? Zieh nicht auf eigene Faust los.«

»Unmöglich. Wenn ich untätig hier herumsitzen muss, raste ich aus.« Verärgert runzelte er die Stirn.

»Du bist nicht sicher, wenn du allein hier draußen herumstromerst.«

Ich verdrehte die Augen und lächelte leicht. »Ich habe vielleicht eine gebrochene Rippe, aber ich bin durchaus in der Lage, mich selbst zu beschützen.«

»Das bezweifle ich nicht, aber du bist immer noch verletzt. *Versuch* doch wenigstens, hierzubleiben«, sagte er eindeutig unglücklich über meine mangelnde Kooperation. Er seufzte tief und vernehmlich. Ich spürte, wie seine Muskeln unter meinen Händen arbeiteten, die auf seinen Hüften ruhten.

»Wie lange wirst du fort sein?« Seine Antwort würde entscheidende Auswirkungen auf meine Reaktion haben.

»Wahrscheinlich bin ich schon heute Abend wieder da. Ich bin nur ein paar Stunden weg.«

»Und wohin geht ihr?«, forschte ich, und mir war ganz flau vor Nervosität.

Er schwieg lange, als überlege er, ob er es mir überhaupt erzählen solle. Ich hatte schon den Mund aufgemacht, um ihn nochmal zu einer Antwort aufzufordern, als er dann doch beschloss, mir reinen Wein einzuschenken.

»In die Stadt.«

Mein Magen zog sich schmerzhaft zusammen. In die Stadt. Na toll. So ungefähr jeder einzelne Ausflug, den wir in die Stadt unternommen hatten, war mit irgendwelchen Komplikationen verbunden gewesen oder hatte schrecklich geendet. Diese Information konnte das Unwetter in meinem Kopf wohl kaum besänftigen. Im Gegenteil: Ich spürte, wie noch mehr dunkelgraue Wolken sich aufzutürmen begannen.

Das Brummen des Truck-Motors draußen riss uns aus dem Bann, der uns beide stets zu erfassen schien. Hayden fuhr mit den Daumen sacht über meine Wangen, und ich umfing seine Taille fester, zog ihn noch näher zu mir heran.

»Ich muss los«, flüsterte er. Er war nur ein oder zwei Zentimeter von mir entfernt, und sein Widerstreben war offensichtlich. Er wollte mich nicht allein lassen, aber er würde es tun, denn das war seine Pflicht. Ich holte tief Luft und stellte mich auf die Zehenspitzen, um ihm einen sanften Kuss zu geben. Er senkte den Kopf, und seine Schultern beugten sich ebenfalls herab.

»Komm zu mir zurück«, flüsterte ich. Ich hatte die Augen geschlossen, weshalb die Welt dunkel war. Meine Lippen bewegten sich an den seinen, sodass ich jede einzelne Silbe unserer Unterhaltung nicht nur hörte, sondern spürte. Zu viele Gefühle durchströmten mich: Angst, Sorge, Widerstreben, Entschlossenheit, Liebe – alles zu einer wirbelnden Masse verwoben, die mir den Atem raubte.

»Das werde ich, Grace«, versprach er.

Schließlich öffnete ich die Lider wieder. Noch einmal ließ er die Daumen über meine Wangen gleiten, dann riss er sich los. Über die Schulter hinweg warf er mir noch einen letzten Blick zu, dann schritt er zur Tür. Ich hörte den Motor weiter brummen und dazu das lästige Hupen des ungeduldigen Fahrers.

Haydens Hemd raschelte an seinem Rücken. Der leichte Stoff bedeckte die definierten Muskeln und die gezackten Narben darunter. Ich sah, wie sich sein Haar im Nacken kräuselte, bemerkte, wie es aufflog, als er noch einmal mit der Hand hindurchfuhr. Er streckte die Hand aus, um die Tür zu öffnen und die Hütte zu verlassen. Um mich zu verlassen.

Dann schloss sich die Tür hinter ihm, trennte uns offiziell, und sofort hatte ich einen Kloß im Hals. Er war immer noch da, nur wenige Meter von mir entfernt, aber kaum war die Tür geschlossen, hatte ich das Gefühl, dass er fort war und dass ich nichts tun konnte, um ihn zu beschützen. Es passte mir gar nicht, von ihm getrennt zu sein, schon gar nicht, wenn er auf einen gefährlichen Raubzug ging, während ich mich in seiner Hütte verstecken musste. Meine gerade entdeckten Gefühle schienen mit voller Kraft auf mich einzustürzen, und ich kämpfte gegen den Drang an, ihm hinterherzulaufen.

»Ich liebe dich«, flüsterte ich leise. Zu leise, denn er war nicht mehr hier, und die gedämpften, erschreckenden Worte waren zu schwach, um die physische Barriere zwischen uns zu durchdringen, ebenso wie die emotionale um mein Herz.

Es fühlte sich seltsam an, das laut auszusprechen. Ich konnte die Menschen, zu denen ich es bisher gesagt hatte, an einer Hand abzählen, und sie alle gehörten zu meiner Familie. Meine Mutter, mein Vater, ein- oder zweimal auch mein Bruder, das waren die einzigen, die jemals so eine Äußerung von mir gehört hatten, obwohl selbst das selten vorkam. Diese Liebe unterschied sich allerdings von der, die ich für Hayden empfand. Familiäre Liebe war etwas, das Kinder an Eltern und Geschwister aneinanderband, und sie war stark, ungeheuer stark, aber sie war unzweifelhaft anders als das, was ich jetzt empfand.

Diese Liebe für Hayden war tiefgehender als alles, was ich je gefühlt hatte. Ich fand es sogar richtig anstrengend, so viel für jemanden zu empfinden, insbesondere, da ich vorher nur an mich selbst hatte denken müssen. Es weckte so viele Wünsche in mir: ihn in Sicherheit zu wissen, ihm die endlose Last auf seinen Schultern zu erleichtern, ihn glücklich zu machen – nie hätte ich mir träumen lassen, dass ich jemals so eine Erfahrung machen würde, geschweige denn, dass ich es mir sogar wünschte.

Aber ich brachte es trotzdem nicht über mich, es auszusprechen. Das Rumpeln des Trucks war verklungen. Er war fort, und meine geflüsterten Worte hingen in der Luft, ungehört von dem einzigen Menschen, für den sie gedacht waren.

Haydens Bemerkungen hallten erbarmungslos in meinem Kopf wider, nährten die Angst, die in dem gleichen Augenblick an mir zu nagen begonnen hatte, da er zur Tür hinausgegangen war. Er hatte darauf bestanden, dass ich mich versteckte, mich in seiner Hütte einschloss wie ein verängstigtes kleines Mädchen. Ich wusste, dass er mich nicht so sah - nicht eine Sekunde lang hatte er mir Anlass zu dem Verdacht gegeben, dass er mich für schwach hielt. Aber dennoch konnte ich diese Gedanken nicht abschütteln. Es war mir verhasst, wegen einer Verletzung zurückgelassen zu werden und den Menschen, die mir mittlerweile so teuer waren, weder helfen noch sie beschützen zu können. Das einzig Tröstliche war, dass ich Hayden so wichtig war, dass er meine Sicherheit nicht aufs Spiel setzen wollte.

Der Regen prasselte auf das Dach seiner Hütte, und jedes einzelne Klopfen der Regentropfen steigerte meine Anspannung. Haydens letzter Kuss kribbelte noch auf meinen Lippen, als ich mich zwang, ins Bett zurückzukehren. Meine Bewegungen waren steif und unnatürlich, denn seit Hayden gegangen war, hatte ich wie gelähmt an ein und demselben Fleck gestanden. Mit einem tiefen Seufzer warf ich mich aufs Bett und fuhr unwillkürlich zusammen, als ich auf die

Matratze prallte und ein scharfer Schmerz meine Seite durchfuhr.

Offenbar hatte Hayden auf geheimnisvolle Weise mitbekommen, dass ich immer noch Beschwerden hatte, auch wenn ich bei Docc die Coole gespielt hatte. Ja, der Schmerz hatte nachgelassen und war mittlerweile erträglicher, aber dennoch war er da. Die Kombination aus Ruhe und Medikamenten, die Docc mir verordnet hatte, hatte Wunder gewirkt, und ich vermutete, dass ich mich in ein paar Tagen sogar noch besser fühlen würde. Ich gab es nur ungern zu, aber Hayden hatte Recht. Ich musste diesen Überfall auslassen.

Ich starrte die Decke an, versuchte mich abzulenken, indem ich das seltsame Flickwerk von einem Dach musterte. Aber es funktionierte nicht. Ich konnte mich nur auf das konzentrieren, was Hayden und die anderen gerade taten. Wie lange waren sie nun schon fort? Fünf Minuten? Zehn? Schon jetzt hatte ich das Gefühl, dass Stunden vergangen waren, obwohl das definitiv nicht stimmen konnte. Wahrscheinlich hatten sie noch nicht mal den Wald hinter sich gelassen.

Dieser Tag würde ganz schön lang werden.

Ich drehte mich auf die Seite und schnaubte frustriert, weil die Zeit nicht vergehen wolle. Ich musste nur bis zum Anbruch der Nacht durchhalten, dann würde er zu mir zurückkehren. Es kam mir merkwürdig vor, dass ich so dachte. Er würde zu *mir* zurückkehren, nicht einfach nur ins Camp. Merkwürdig, aber richtig. Immerhin hatte er es selbst so formuliert.

Warte auf mich, und ich komme zu dir zurück, Bär.

Er würde zurückkehren. Der Überfall würde gut laufen, und er würde zurückkehren.

Ich seufzte erneut tief und bemühte mich, daran zu glauben. Bilder vergangener Raubüberfälle, die ich mit ihm bestanden hatte, Bilder, die ich auf Raubzügen vor meinem Leben in Blackwing gesehen hatte, zuckten mir durch den Kopf, vermischten sich miteinander zu einem erschreckenden Wach-Alptraum, dessen Hauptfigur nun mal Hayden war. Vor meinem geistigen Auge sah ich, wie er erschossen oder mit Knüppeln oder Fäusten brutal zusammengeschlagen wurde. Egal, wie fest ich die Lider schloss, die Bilder wollten nicht verschwinden.

Ohne bewusste Entscheidung setzte ich mich ruckartig im Bett auf. Unter keinen Umständen konnte ich Haydens Wunsch nachkommen und in der Hütte bleiben, allein mit meinen Grübeleien. Hier wurde ich noch wahnsinnig. In meinem Magen schien mittlerweile ein ganzer Felsbrocken zu sitzen, ein Gefühl, das im Laufe der Zeit sicher nur noch schlimmer werden würde.

Ehe ich mich's versah, marschierte ich wieder hinaus in den strömenden Regen, sodass die trockenen Klamotten, die ich gerade erst übergestreift hatte, erneut durchweicht wurden. Innerhalb weniger Sekunden klebte mir das Haar am Kopf, während ich den Weg entlang eilte. Ich wusste nicht so genau, wo ich hinwollte, aber das war mir auch egal. Ich musste nur weiterlaufen. Am liebsten wäre ich jetzt losgerannt, um einen klaren Kopf zu bekommen, aber das hätten meine Rippen nicht mitgemacht. Ich sehnte mich nach dem Tag, an dem ich wieder mit dem Training beginnen konnte, denn sicher hatte ich einiges an Kraft eingebüßt.

Ich achtete nicht großartig darauf, wohin ich lief. Meine Beine trugen mich ziellos durchs Lager. Da hörte ich plötzlich eine gedämpfte Stimme, die mir durch den Regen hindurch etwas hinterherrief.

»Wo willst du denn hin?«

Ich wandte mich um und sah Barrow zwischen zwei Hütten stehen. Der Regen prasselte auf ihn nieder, was seine grimmige Miene nur noch betonte.

»Ich will zu Docc«, log ich glattzüngig. Ich ging weiter, wollte ihn abschütteln, aber er folgte mir und ging neben mir her.

»Bist du nicht eine Gefangene? Wo ist Hayden?«

»Bei einem Überfall«, antwortete ich knapp und ignorierte Frage Nummer eins.

»Also lässt er dich jetzt einfach so allein hier herumspazieren?«, forschte er und warf mir einen wütenden Seitenblick zu. Ich blickte weiterhin starr geradeaus.

»Normalerweise nicht«, antwortete ich. Ich wusste, in welche Richtung seine Überlegungen gingen, und ich wollte bestimmt nicht, dass Barrow meinetwegen an Haydens Führungsqualitäten zweifelte. Ich atmete scharf ein, als er mich plötzlich herumriss, sodass ich ihm ins Gesicht sehen musste. Er hatte meinen Arm erheblich fester als nötig gepackt, und seine Finger gruben sich in meine Haut. Wütend funkelte ich zu ihm empor und versuchte, mich loszureißen.

»Irgendwas stimmt nicht mit dir. Ich traue dir keine Sekunde lang über den Weg«, warf er mir in bitterem Ton vor. Ich ruckte erneut an meinem Arm, aber er ließ einfach nicht los.

»Ich habe seit dem Tag, da ich hier angekommen bin, nichts verbrochen«, gab ich zurück. So langsam wurde ich wütend. Ich machte ihm keinen Vorwurf daraus, dass er mir nicht traute; immerhin stammte ich aus einem feindlichen Camp. An seiner Stelle hätte ich womöglich ähnliche Bedenken gehabt, aber es frustrierte mich, dass ihm total entgangen zu sein schien, was ich bislang für Blackwing geleistet hatte. Er musste ja nicht gerade mein bester Freund werden, aber Feindschaft war ebenso wenig angebracht.

»Ich glaube, dass du uns etwas verheimlichst, und ich befürchte, dass deshalb eines Tages viele von uns ihr Leben lassen müssen«, sagte er mit tödlich ruhiger und leiser Stimme. Ich hielt seinem Blick stand und unterdrückte den Impuls, ihm mein Knie in den Schritt zu rammen. Schließlich wusste ich nicht so genau, ob ich eine Chance gegen ihn hatte, solange ich nicht hundertprozentig fit war. Er funkelte mich an und packte meinen Arm noch fester. Einen Streit mit Barrow anzufangen, während mein einziger wahrer Verbündeter fort war, war keine kluge Idee.

»Barrow!«

Als er seinen Namen hörte, erstarrte er und wandte den Blick ab, um durch den dichten Regen zu spähen. Mein Blick folgte dem seinen, und ich entdeckte Docc.

»Lass das Mädchen gehen, Barrow«, sagte er ruhig. Seine Stimme war tief und sanft wie immer, besaß aber eine natürliche Autorität, die man unmöglich ignorieren konnte. Abgesehen von Hayden war mir noch nie jemand begegnet, dem man so schnell gehorchte wie Docc. Barrow ließ meinen Arm los und trat einen Schritt zurück. Ich warf ihm einen weiteren wütenden Blick zu und verschränkte die Arme vor der Brust.

»Irgendwas verschweigt sie uns. Das *weiß* ich einfach«, murmelte Barrow verbittert. Docc musterte ihn kühl.

»Ich bin davon überzeugt, dass es jede Menge gibt, was sie uns nicht erzählt, aber das macht sie nicht gleich zur Gefahr.«

Dankbarkeit durchflutete mich, weil Docc mir zu Hilfe kam. Barrow brummelte noch etwas, das ich über das Rauschen des Regens hinweg nicht verstand, dann warf er mir einen letzten grimmigen Blick zu und kehrte in die Richtung zurück, aus der wir gerade gekommen waren. Ich drehte mich zu Docc um und blinzelte im Regen zu ihm auf.

»Danke.«

Ich ließ mir zwar nicht gern helfen, trotzdem war seine Anwesenheit jetzt ein Segen.

»Du solltest nicht hier draußen herumlungern«, antwortete Docc, meinen Dank ignorierend. »Komm, wir schaffen dich nach drinnen, ja?«

Ich nickte und gab mir Mühe, mir nicht wie ein gescholtenes Kind vorzukommen, als ich ihm in die Krankenstation folgte. So langsam fragte ich mich, ob er diesen Ort jemals verließ, denn er schien sich einfach immer dort aufzuhalten. Keiner von uns sagte etwas, während wir die Pfade entlanggingen, die sich aufgrund des erbarmungslosen Regens in Schlammwüsten verwandelt hatten. Erst nachdem wir drinnen waren und er mir ein Handtuch gegeben hatte, um mich abzutrocknen, sprach Docc wieder.

»Du solltest in Haydens Hütte bleiben«, sagte er zu mir. Ich erinnerte mich wieder an Haydens Abschiedsworte, was die Sorge, von der ich vorübergehend abgelenkt gewesen war, wieder auflodern ließ.

»Ich habe es einfach nicht mehr ausgehalten«, antwortete ich aufrichtig. Dann setzte ich mich auf einen Hocker an einem kleinen Arbeitstisch, und er nahm auf der gegenüberliegenden Seite Platz. Er musterte mich eindringlich. Ich hingegen versuchte, einen lässigen Eindruck zu machen, und rubbelte mir das Haar trocken. Es hatte wenig Sinn, denn ich war schon wieder bis auf die Haut durchnässt, also gab ich meine Versuche auf und legte das Handtuch auf den Tisch.

»Du machst dir Sorgen um Hayden«, meinte er bedächtig. Ich blinzelte irritiert, und einen Augenblick lang blieb mir die Luft weg.

»Äh, nein ... um alle«, antwortete ich. Das war einerseits die Wahrheit, andererseits aber auch eine Riesenlüge. Natürlich wünschte ich mir, dass alle unversehrt zurückkehrten, aber mein erster Gedanke galt nun mal nicht den anderen, sondern Hayden. Docc sah mich weiterhin aufmerksam an.

»Hmm.«

Ich wusste nicht, was ich noch sagen sollte. Mit jeder Sekunde, die verging, schien es offensichtlicher zu sein, was ich empfand. Ich spürte die Spannung, die an mir nagte, und der Knoten in meinem Magen schien größer denn je.

»Sie kommen doch heute Abend zurück, oder?« Ich konnte die Frage nicht zurückhalten, musste es einfach nochmal bestätigt wissen. Docc nickte langsam.

»Wenn alles glattläuft, dann ja. Sie müssten in ein paar Stunden zurück sein.«

Ich seufzte tief und nickte ebenfalls, senkte den Blick auf den Tisch zwischen uns. Nur ein paar Stunden. Mehr Zeit musste ich bis zu seiner Rückkehr nicht totschlagen.

Immer noch spürte ich Doccs Blick auf mir. Sicherlich stand mir die Sorge ins Gesicht geschrieben. Docc war ein sehr kluger Mann und ließ sich von meinen Lügen nicht hinters Licht führen, aber ich brachte es einfach nicht über mich, mich zu meinen Gefühlen zu Hayden laut zu bekennen.

»Es geht mich nichts an, aber ich möchte etwas dazu sagen, wenn du nichts dagegen hast«, sagte Docc nun bedächtig und hatte sofort meine volle Aufmerksamkeit.

»Ganz im Gegenteil«, sagte ich und machte eine lässige Handbewegung, presste dann aber die Finger gegen die Schläfe. So langsam machte sich ein dumpfer Kopfschmerz bemerkbar; der Stress des Wartens hatte bereits körperliche Auswirkungen.

»Hayden hat jemanden wie dich verdient, der sich um ihn kümmert. Der Junge hat es ganz schön schwer, und ich glaube, du bist genau das, was er braucht.«

Mir blieb der Mund offen stehen, und ich atmete zittrig aus. Doccs Worte machten mich sprachlos – sein Blick war ruhig und gelassen, während meiner sicherlich ebenso intensiv wie erschrocken war.

»Du musst mir nichts erklären, und offen gesagt will ich es auch gar nicht wissen, aber es ist offensichtlich, dass du ihm viel mehr bedeutest, als dir klar ist.«

»Ich habe nicht ... ich bin nicht ...«, stammelte ich. Keine Ahnung, wie ich auf seine kühne Behauptung reagieren sollte. Seine Lippen verzogen sich zu einem sanften Lächeln, und er schüttelte langsam den Kopf.

»Du musst nicht antworten. Ich wollte dir das nur mitteilen. So, wie wär's, wenn du mir jetzt hilfst, hier ein bisschen aufzuräumen?«

Ich blinzelte, überrascht von dem abrupten Themenwechsel, aber dann brachte ich ein Nicken zustande. Das alles war ziemlich viel für mich. Mir war klar, dass ich Hayden viel bedeutete, aber nun, da Docc es laut ausgesprochen hatte, kam es mir noch viel realer vor. Meine Gedanken wanderten zu jenem Tag zurück, da Hayden mich genau in diesen Raum getragen hatte und mich stärker unterstützt hatte, als ich mir je hätte träumen lassen, und das, ohne sich einen Deut um Doccs Anwesenheit zu scheren. Wenn man bedachte, wie das aus Doccs Perspektive gewirkt haben musste, war seine Äußerung von eben kein Wunder.

Mit der Erinnerung an Haydens liebevolle Zuwendung kehrte auch die Sorge wieder zurück. Ich schaffte es einfach nicht, sie zu verdrängen, stand aber auf, um Docc zu einem Schrank zu folgen, wo er mir zeigte, wie ich die Ampullen nach Medikamenten-Klasse ordnen sollte. Er schnitt das Thema Hayden nicht mehr an, ebenso wenig wie ich, aber dennoch ging es mir nicht aus dem Kopf. Fast eine Stunde stummen Sortierens und Etikettierens war vergangen, bevor ich das Schweigen in dem Versuch brach, das Bild loszuwerden, wie Hayden einen besonders blutigen Tod starb, ein Bild, das mich unentwegt heimsuchte.

»Ist Docc eigentlich dein richtiger Name?« Das fragte ich mich schon eine ganze Weile, hatte aber nie Gelegenheit gehabt, ihn darauf anzusprechen.

»Nein. Ich heiße Doccrie«, sagte er beiläufig und holte eine Handvoll Ampullen aus einem Korb, den er herübergetragen hatte. Mit verengten Augen las er das Etikett, bevor er eine davon auf das Regal stellte.

»Doccrie?«, wiederholte ich nachdenklich. Es kam mir seltsam vor, ihn anders zu nennen als Docc. »Du warst ein Arzt namens Doccrie?«

»Glaub mir, die Ironie ist meinen Kollegen nicht verborgen geblieben«, antwortete er mit leisem Lachen. »Die Kurzform Docc wurde mir im Studium verpasst, und seitdem ist es dabei geblieben.«

Ich lachte auf – gefühlt zum ersten Mal seit Jahren. Überrascht merkte ich, dass es die Nerven beruhigte. Es kam mir etwas unnatürlich vor, aber ich fühlte mich dennoch etwas besser. Unglücklicherweise waren Docc und ich jetzt fertig. Ohne Ablenkung kehrten meine Gedanken sofort wieder zu Hayden zurück. Ich fragte mich, was er wohl gerade tat und ob es ihm gut ging.

Meine Hände zuckten, während ich mich um Ruhe und Vernunft bemühte, aber es fiel mir schwer. Egal, was ich tat, ich konnte einfach nicht aufhören, mir vorzustellen, wie Hayden getötet, verletzt, gefangen genommen oder Ähnliches wurde. Jegliches denkbare Unglück, das ihm möglicherweise zustoßen konnte, ging mir durch den Kopf, und ich hatte mir beinahe schon erfolgreich eingeredet, dass er schon tot war, als Docc meine Überlegungen unterbrach.

»Gehen wir was essen«, schlug er vor und musterte mich eindringlich. Ich nickte und folgte ihm zur Tür.

Das Abendessen war ziemlich trostlos. Wir sprachen nur wenig, und meine Anspannung und Angst wuchsen. Trotz seiner Bemühungen waren Doccs Ablenkungsversuche erfolglos. Sie waren mittlerweile über drei Stunden fort, und als Docc und ich die Kantine verließen, war es bereits dunkel. Das Essen schmeckte wie Sand, und ich hatte nicht viel mehr als ein paar Bissen heruntergewürgt, bevor ich aufgegeben und akzeptiert hatte, dass mein Magen sich zu einem festen Knoten zusammengezogen hatte.

»Dauert es jetzt nicht schon lang genug? Sollten sie nicht längst zurück sein?«, konnte ich mich nicht länger enthalten zu fragen. Docc begleitete mich zurück zu Haydens Hütte. Er bestand darauf, mich für die Nacht dort unterzubringen. Hektisch fuhr ich mir mit der Hand durchs Haar, während wir darauf zugingen. Auch das erinnerte mich wieder an Hayden, der, sobald er gestresst war, die gleiche Angewohnheit hatte.

»Bald, ja. Obwohl es manchmal halt länger dauert als erwartet, das weißt du doch.« Wie konnte er nur immer so ruhig bleiben? Ich selbst war mittlerweile ein nervöses Wrack. So schnaubte ich nur vernehmlich, als wir schließlich an Haydens Hütte anlangten.

»Jetzt geh hinein und ruh dich etwas aus. Wenn du so weitermachst, wirst du noch krank vor Sorge. Hör auf damit«, sagte Docc freundlich und warf mir ein mitfühlendes Lächeln zu. »Das sind harte Jungs. Sie werden es schaffen.«

Ich nickte und schloss ein paar Sekunden lang die Augen,

versuchte, ihm zu glauben. Er hatte Recht: Sie hatten schon unzählige Raubzüge hinter sich gebracht und waren immer zurückgekehrt. Diesmal würde es nicht anders sein.

»Danke, Docc. Für alles.«

»Jederzeit, Kind. Jederzeit.«

Mit diesen Worten nickte er kurz und wandte sich um, um in die Nacht hinauszugehen. Der strömende Regen hatte sich in einen leichten Nebel verwandelt, der im Schein der Laternen das Camp in ein unheimliches Licht tauchte. Ich machte die Tür hinter ihm zu, schloss sie ab und ging zu Haydens Bett hinüber. Doch dann fiel mir Barrow wieder ein. Ohne zu zögern, holte ich das Messer heraus, das ich in meiner Kommodenschublade verstaut hatte, und legte es mir unters Kissen.

Meine Kleider waren immer noch ungemütlich feucht, also drapierte ich sie über die Lehne von Haydens Schreibtischstuhl. Während ich mich bettfertig machte, schienen sich die Sekunden in die Länge zu ziehen. Ich wünschte mir nur eines: dass Hayden zurückkehren und mich fest in die Arme schließen würde. Ich wollte hören, wie der Überfall gelaufen war und welche sarkastischen Bemerkungen Dax vielleicht hatte fallenlassen. Ich wollte hören, dass Kit so vernünftig und effizient gehandelt hatte wie immer. Ich wollte Hayden sagen, wie viel ich für ihn empfand.

Das war es, was mich am meisten belastete, als ich ins Bett kroch – die Tatsache, dass er vielleicht nicht zurückkehren würde und ich zu viel Angst gehabt hatte, es ihm zu sagen. Es war beinahe, als hätte ich einen Teil des Versprechens, das wir einander gegeben hatten, nicht gehalten. Wenn er jetzt nicht zurückkam und ich ihm nie mehr sagen konnte, wie ich fühlte ...

Ich schauderte, entsetzt von diesem Gedanken. Er *würde* zurückkehren. In ein oder zwei Stunden wäre er wieder da, dann war alles wieder normal. Oder zumindest so normal, wie es überhaupt in dieser Situation sein konnte. Dann würde dieser entsetzliche, herzzerreißende Schmerz nachlassen, und ich konnte wieder glücklich mit ihm sein.

Aber es vergingen weitere ein oder zwei Stunden und immer noch kein Lebenszeichen. Ich brauchte all meine Selbstbeherrschung, um im Bett zu bleiben, und mehr als einmal musste ich mich geradezu körperlich zurückhalten, um nicht zum Turm zu rennen und nach ihnen Ausschau zu halten. Durch Doccs Einmischung hatte ich eben Glück gehabt, und obwohl ich durchaus Zutrauen zu meinen Verteidigungsfähigkeiten hatte, wusste ich, dass es nicht klug gewesen wäre, mich draußen herumzutreiben. Allein. Bei Nacht.

Drei Stunden waren nun vergangen, in denen ich im Bett gelegen hatte. Mein Nacken hatte sich total verspannt, weil ich so verkrampft dagelegen hatte, und in meinem Kopf hatte sich ein pulsierender Kopfschmerz festgesetzt.

Nach insgesamt fünf Stunden im Bett, acht oder neun, seit sie losgefahren waren, konnte ich nicht länger still liegen. Ich stand auf und begann in der Hütte auf und ab zu laufen. Meine Füße trugen mich in gerader Linie vor und zurück, vor und zurück, bis ich schon befürchtete, einen Pfad in den Fußboden gegraben zu haben. Ich rang besorgt die Hände und verfluchte im Stillen Hayden, weil er mich veranlasst hatte hierzubleiben.

Wenn er je zurückkehrte, würde ich ihm gehörig die Meinung geigen, weil er mir das hier zugemutet hatte.

Als die Sonne langsam aufging, hatte ich den Überblick verloren, wie viele Stunden vergangen waren. Eins stand fest: Es waren viel zu viele. Meine Beine schmerzten vom stundenlangen Hin- und Herlaufen, und mein Kopf fühlte sich an, als müsse er mir bald von den Schultern fallen, aber ich konnte nichts tun. Noch nie im Leben war ich dermaßen nervös gewesen, und ich betete darum, nie mehr so empfinden zu müssen. Nie wieder würde ich bei einem Überfall zurückbleiben, denn dieser emotionale Aufruhr war zehnmal so anstrengend wie jeglicher körperlicher Schmerz.

»Wahrscheinlich bin ich schon heute Abend wieder da«, murmelte ich bitter vor mich hin. So weit war es jetzt also schon mit mir gekommen: Ich führte Selbstgespräche.

Die Sonne stand jetzt hoch am Himmel und strömte durch die Fenster, als wolle sie mich wegen meiner eindeutig nicht-sonnigen Stimmung verspotten. In Sorge und Nervosität mischte sich nun auch Zorn. Ich war wütend auf mich selbst, weil ich auf Hayden gehört hatte, wütend auf Hayden, weil er länger brauchte, als er gesagt hatte, und wütend auf die ganze Welt.

»Warum dauert das so lange?«, fragte ich niemanden im Speziellen. Ich knickte um und stolperte, richtete mich aber sofort wieder auf. Dann warf ich dem Boden einen strengen Blick zu und widerstand dem Impuls, vor Frustration vor mich hin zu knurren.

Zu behaupten, dass mir diese Situation verhasst war, wäre eine grobe Untertreibung gewesen. Ich hasste es zutiefst, so vollkommen hilflos auf seine Rückkehr warten zu müssen. Ich hasste die ätzende Angst, die meinen Magen zu zersetzen drohte. Ich hasste es, dass ich körperlich nicht in der Lage war, still zu sitzen, ohne das Gefühl zu haben, komplett den Verstand zu verlieren. Ich hasste alles.

Die Mittagszeit kam und ging, und doch schritt ich immer noch in der Hütte auf und ab. Ich gab es auf, nach irgendeiner Art von Ablenkung zu suchen. Der Masochist in mir beschloss, sich in der Anspannung zu suhlen. Je mehr Angst ich bekam, umso entschlossener wurde ich, das niemals wieder zuzulassen. Hin und wieder wurde mir schwarz vor Augen, weil meine Gedanken so ungeheuer dunkel waren. Ich wehrte mich gegen die Vorstellung, dass Hayden nicht zurückkehren würde, denn sobald ich mir das ausmalte, wurde mir schwindelig, und ich fühlte mich unendlich schwach.

Es war jetzt beinahe vierundzwanzig Stunden her, dass er abgefahren war. Ein ganzer Tag war beinahe vorüber, dabei hatte es doch nur ein paar Stunden dauern sollen. Ich konnte mir jetzt nicht mehr einreden, dass nichts schiefgegangen war. Irgendetwas war passiert, und allein der Gedanke verursachte mir Übelkeit. Mein Magen drehte sich um, und ich hatte das Gefühl, das Wenige, was ich am vergangenen Tag zu mir genommen hatte, wieder von mir geben zu müssen.

Warte auf mich, und ich komme zu dir zurück, Bär. Ich verspreche es.

»Du hast es versprochen«, murmelte ich und tigerte weiter hin und her. »Komm schon, Hayden, halte dein Versprechen.«

Meine körperlichen Symptome waren jetzt schlimmer

als zuvor. Mein Herz schlug zu schnell, und meine Lungen arbeiteten zu langsam, als müsse ich um jeden einzelnen Atemzug ringen. Meine Muskeln waren voller Knoten, meine Beine waren zittrig, weil sie stundenlang hin und her gelaufen waren. Ich war sicher, dass mein Innerstes sich langsam auflöste, dass der Stress mich von innen heraus zersetzte. Eine Angst wie diese hatte ich noch nie verspürt.

Plötzlich hörte ich ein leises Rumpeln und blieb ruckartig stehen, neigte den Kopf dem Geräusch entgegen. Hatte ich mir das in meiner Verzweiflung eingebildet, oder war das tatsächlich das Brummen des Trucks, der sich näherte? Ich spitzte die Ohren, blieb reglos stehen, und tatsächlich konnte man das tiefe Brummen des Motors aus weiter Ferne vernehmen.

Ohne auch nur eine Sekunde zu zögern, rannte ich los, riss die Tür auf und sprintete aus der Hütte nach draußen. Meine Muskeln schrien protestierend auf, aber ich drängte mich weiter vor und rannte auf das Geräusch zu. Wenn ich nicht in solcher Eile gewesen wäre, wäre mir aufgefallen, dass es mittlerweile Abend war. Sie waren also mehr als einen ganzen Tag fort gewesen. Das Rumpeln des Trucks wurde noch lauter, aber ich konnte ihn noch nicht sehen, während ich zwischen den Hütten dahinraste.

Meine Lungen brannten, und meine Beine fühlten sich an, als würden sie jeden Moment unter mir nachgeben, aber ich lief weiter, und der erleichterte Seufzer, den ich ausstieß, als ich die Scheinwerfer des Trucks entdeckte, hätte mich beinahe zu Boden geworfen. Schließlich kamen das Fahrzeug und seine hellen Lichter vollends in Sichtweite. Mein Herz pochte heftig. Ich konnte immer noch kaum glauben, dass sie zurück waren. Ich musste ihn sehen. Vorher konnte ich immer noch nicht richtig atmen.

Sämtliche Spannung und Angst schien sich in diesem Augenblick auf meinen Schultern zusammenzuballen, als der Truck etwa sechs Meter vor mir zum Stehen kam. Meine Füße trugen mich hastig voran. Die Scheinwerfer blendeten mich, und erst als ich auf gleicher Höhe mit dem Truck war und durch die Fenster sah, konnte ich etwas erkennen.

Kit saß auf dem Beifahrersitz. Jede Menge Blut war auf seinen Wangen getrocknet, aber er lebte, und es ging ihm gut. Der Verband an seinem Hals war verschwunden, sodass man die gezackte Narbe sah, die er wahrscheinlich für den Rest seines Lebens behalten würde. Auf dem Fahrersitz saß Dax, der relativ unversehrt wirkte.

Aber Dax sollte nicht derjenige sein, der hinterm Steuer saß. Bei jedem unserer Überfälle war jemand anders gefahren. Jemand, dessen Abwesenheit offensichtlich war, als ich auch in den hinteren Teil des Trucks spähte. Mein Herz zersprang in viele kleine Scherben, die mein Innerstes hinabrieselten. Sie zerschnitten all meine Organe, rissen mich entzwei.

Hayden fehlte.

KAPITEL 11
GEFÜHL

Grace

Die Bilder vor meinen Augen schoben sich ineinander und verwandelten sich in einen schwindelerregenden Nebel. Zu schockiert, um mich bewegen zu können, stand ich wie gelähmt neben dem Truck. Hayden saß nicht am Steuer, Hayden war nicht auf dem Rücksitz, Hayden war nirgends zu sehen. Mein Körper schien sich gegen diesen Anblick aufzulehnen, mein Herz versuchte, meine Brust zu sprengen, und mein Magen zog sich schmerzhaft zusammen.

Das konnte nicht sein.

Das war unmöglich.

Hayden war nicht fort.

Aber es konnte sein, es war möglich, und er war fort.

Schließlich gelang es mir, die Augen von dem leeren Rücksitz loszureißen und Dax anzusehen, der aus dem Truck kletterte. Seine Miene war ernst, weshalb die Panik, die mich erfasst hatte, nur noch wuchs.

»Wo ist Hayden?«, stieß ich mühsam hervor. Meine Stimme klang schwach und erstickt, als ziehe sich meine Kehle zusammen, um sie zurückzuhalten. Dax machte einen zögernden Schritt auf mich zu und blieb wieder stehen.

»Grace ...«

Mir wurde langsam schwarz vor Augen, während ich ihn ansah. Wahrscheinlich wirkte ich wie eine Irre, aber das kümmerte mich nicht. Ich spürte, wie meine Hände zitterten, mein Atem ging unregelmäßig.

»Wo ist er, Dax?«

»Grace, hör mir doch ...«

»Nein! Sag mir einfach, wo er ist!«, schrie ich, und nun klang meine Stimme hysterisch. Dax musterte mich eindringlich und mit unergründlicher Miene, während er einen Schritt auf mich zumachte.

»Hey, lass uns einfach nur mal kurz in Ruh ...«

Aber er konnte nicht weiterreden. Ich warf ihm die Hände gegen die Brust und versetzte ihm einen harten Stoß. Er stolperte rückwärts und prallte gegen den Truck, sodass ein lautes metallisches Knirschen über das Rumpeln des Motors hinweg zu hören war, der immer noch lief. Es war mir egal, dass ich wie eine Furie wirkte oder dass dieses Verhalten bei Kit jede Menge Fragen auslösen würde, der die ganze Szene sicher mit ansah. Mich kümmerte nur eins: Ich wollte Antworten und Hayden finden.

»Wage es nicht. Wage es nicht, mir zu sagen, ich soll mich beruhigen«, schrie ich kochend vor Zorn. Meine ganze Angst, Panik, Wut, Zorn, Schrecken und Sorge brandeten in mir empor und verliehen mir jene körperliche Kraft, mit der ich erneut Dax' Brust bearbeitete.

»Wo ist er?«, verlangte ich zu wissen und funkelte ihn an. Ich zitterte am ganzen Körper, als ich die Hände sinken ließ.

»Grace ... er hat's nicht geschafft.«

Nein.

Ich stolperte zurück, fort von Dax, dessen Worte in meinem Kopf explodierten.

Nein, nein, nein, nein ...

Ich spürte, wie mir die Brust immer enger wurde. Jeder Atemzug war weniger erfolgreich als der letzte. Ich bekam keine Luft mehr. Normalerweise hätte mein Herz wie wild gepocht, wenn an seiner Stelle nichts als ein großes schwarzes Loch geklafft hätte.

Er hat es nicht geschafft.

Es war, als ob meine Sinnesorgane mir den Dienst versagten; ich hatte nur noch undeutlichen Nebel vor Augen; die Geräusche verwandelten sich in Schreie, bei denen einem das Blut in den Adern gerann, jeder so schrill und qualvoll, dass er mir wie ein Dolch dort hineinfuhr, wo mein Herz eigentlich hätte sein sollen. Die Luft, die wenige Augenblick zuvor noch warm gewesen war, fühlte sich nun eiskalt an, als versuche sie, mir die Kehle zuzudrücken, bis kein Leben mehr in mir war.

Er hat es nicht geschafft.

Dax sagte irgendetwas, wahrscheinlich meinen Namen, aber ich war zu entsetzt, um antworten zu können. Ich hatte Mühe, die Galle, die mir die Kehle hinaufstieg, zurückzuhalten, hielt mir mit der einen Hand den Bauch, die andere über den Mund. Mir war schwindelig, und Dunkelheit stieg in mir empor. Ich war kurz davor, ohnmächtig zu werden.

Ein lautes Rumpeln, das sich anders als das des Trucks anhörte, drang durch den erstickenden Nebel, der mich umhüllte. Ich blinzelte, mein Kinn bebte, und ich versuchte, Luft zu holen. Nach ein paar Versuchen konnte ich zumindest einigermaßen verschwommen sehen. Das Brummen wurde lauter. Mühsam wandte ich den Kopf, wobei meine Nackenmuskulatur protestierend aufstöhnte.

Noch rebellierten meine Augen, und immer wieder trübte sich meine Sicht. Bei dem Anblick wäre ich beinahe zu Boden gesunken. Der einzelne Scheinwerfer dieses anderen Fahrzeugs war so hell, dass er mich fast blendete, sodass nur undeutlich zu erkennen war, wer am Steuer dieses lauten Fahrzeugs saß.

Sicherlich bildete ich mir das ein.

Sicherlich war das nicht das, was ich dachte.

Sicherlich gaukelten mir meine Augen irgendetwas vor.

Aber das Quad kam immer näher, und jetzt bestand kein Zweifel mehr, wer hinter dem Steuer saß.

Hayden.

Verwirrt verengte ich die Augen zu Schlitzen, wagte nicht zu glauben, was ich da sah.

Hayden?

Ich wandte mich wieder Dax zu, der immer noch am Truck lehnte und nun ein lächerlich breites, selbstgerechtes Grinsen zur Schau trug. Er hatte die Arme über der Brust verschränkt und wirkte sehr zufrieden mit sich selbst. Ohne nachzudenken, stürzte ich mich auf ihn.

»Reingelegt«, meinte er selbstgefällig.

Ungeheurer Zorn durchflutete mich. Meine Faust hob sich wie von selbst, holte aus und rammte mit aller Macht gegen sein Kinn. Sein Kopf flog zur Seite, als mein Schlag ihn mit dumpfem Knall traf, und mit rachsüchtiger Freude sah ich, dass ihm das Grinsen eindeutig vergangen war.

»Was zum Teufel ist nur los mit dir?«, schrie ich und zitterte vor Wut, nun, da ich die Puzzleteile zusammensetzte und mir einen Reim auf das alles machte. Kit, den ich nicht wahrgenommen hatte, der aber die ganze Zeit über in der Nähe gestanden hatte, fluchte vor Überraschung laut vor sich hin.

»Mein Gott, beruhig dich, Grace, es geht ihm gut!«, meinte Dax und deutete mit einer Kopfbewegung in Haydens Richtung. Das Rumpeln des Quads wurde immer lauter. Er war fast bei uns angelangt, trotzdem konnte ich meinen zornglühenden Blick nicht von Dax lösen.

»Das war nicht lustig, Dax!«

Eine Formulierung wie »kochend vor Wut« beschrieb meine Gefühle nicht annähernd.

»Na gut, zugegeben, war ein schlechter Witz«, räumte er ein und hob begütigend die Hand, während er mit der anderen sein Kinn massierte. Er schien nicht sauer zu sein, dass ich ihn geschlagen hatte, nur überrascht. »Aber du hättest mir nicht gleich eine runterhauen müssen, verdammt.«

»Du hast Glück, dass ich nicht mehr getan habe, du kleines ...«

»Hey, was ist hier los?«

Haydens Stimme schnitt mir das Wort ab, und ruckartig fuhr mein Kopf zu ihm herum. Erst da bemerkte ich, dass das Rumpeln aufgehört hatte. Der Motor war ausgeschaltet worden, und der Fahrer kletterte vom Sitz herunter. Allerdings war meine Erleichterung darüber, dass er lebte und relativ unversehrt zu sein schien, nur von kurzer Dauer.

Wieder stürzte ich mich auf jemanden, nur diesmal war es Hayden. Ein Grinsen umspielte seine Lippen. Offensichtlich war ihm nicht bewusst, was ich gerade durchgemacht hatte. Er breitete die Arme aus, als erwarte er eine Umarmung. Je näher ich kam, umso mehr zitterte ich vor Wut. In letzter Sekunde verblasste sein Grinsen, denn ihm schien klar zu werden, dass ich nicht auf ihn zuzielte, um ihn zu umarmen.

»Grace, was ...«

»Du ...«

Stoß.

»Dummes ...«

Stoß.

»*Arschloch!*«, schloss ich und versetzte seiner muskulösen Brust erneut einen heftigen Schlag. Sehr zu meiner Enttäuschung bewegte er sich trotz meiner Bemühungen kaum.

»Was zum Teufel!«, rief er und warf einen verwirrten Blick zu Dax hinüber, der mich nur noch saurer machte. Ich war mehr als irrational und lächerlich emotional, aber ich war im Recht. Meine Wut richtete sich gegen jeden Einzelnen in meiner Nähe, ob er es nun verdient hatte oder nicht.

Sie hatten es alle verdient.

Sie waren allesamt Arschlöcher.

Ich stieß einen wütenden Schrei aus und bearbeitete Haydens Brust erneut mit meinen Händen. Das schien ihn aus seiner Erstarrung zu reißen. Er packte meine Handgelenke, um mich an weiteren Prügelattacken zu hindern. Ich kämpfte gegen seinen Griff an und versuchte, mich loszumachen.

»Lass mich *los*!«

»Nein, Grace«, antwortete Hayden mit angespannter Stimme, während er meinen Wutanfall zu zügeln versuchte.

»Hör auf«, forderte ich, versuchte mich hierhin und dorthin loszureißen, seine Hände von meinen Handgelenken zu lösen, aber er hielt mich weiter fest. Ich spürte nun, wie die Hysterie, der ich mich hingegeben hatte, sich in etwas anderes, Tieferes verwandelte.

»Nein«, widersprach Hayden, weiterhin gegen mich ankämpfend, wobei er stets darauf bedacht war, mir nicht wehzutun. Mir schnürte sich die Kehle zu, als ich versuchte, meine Hände loszureißen. Ich musste ihn stoßen, schubsen, schlagen. Ich wollte, dass er jedes bisschen Schmerz ebenfalls empfand, das ich soeben hatte durchmachen müssen, als ich ihn ein paar entsetzliche Augenblicke lang für tot gehalten hatte.

Aber mittlerweile erschlafften meine Bemühungen, meine Schläge wurden halbherziger.

»Hör auf«, wiederholte ich. Meine Stimme klang jetzt weniger ärgerlich, weniger überzeugt, und ich hatte Mühe, das Schluchzen zu unterdrücken, das sich Bahn zu brechen drohte. Hayden erwiderte meinen Blick, immer noch etwas verwirrt, aber dennoch lodernd. Als könne er spüren, dass ich kurz vor dem Zusammenbruch stand und als warte er nur auf den Augenblick, in dem ich erschöpft zu Boden sinken würde, um mich eilig aufzufangen.

»Grace, hör auf«, sagte er sanft. Mein letzter Versuch, ihm einen Stoß zu versetzen, war bislang der schwächste, und er musste nur noch leicht an meinen Händen ziehen, damit ich gegen seine Brust prallte. Kaum hatte ich nachgegeben, tat ich etwas, das ich seit meiner Ankunft in Blackwing nicht mehr getan hatte: Ich weinte.

Seine Arme umfingen mich, hüllten mich in seine Wärme ein, und ich klammerte mich an ihn. Ich ließ den Tränen freien Lauf, das Schluchzen brachte meinen ganzen Körper zum Erzittern, und meine Atmung ging unregelmäßig. Tränen benetzten Haydens Hals, wo ich das Gesicht vergraben hatte, aber er achtete nicht darauf, sondern hielt mich nur fest in seinen Armen.

»Alles gut, Bär«, flüsterte er mir zu, sodass niemand sonst ihn verstand.

Als ich den zärtlichen Kosenamen hörte, wurde das Schluchzen nur noch schlimmer, sodass ich kaum mehr Luft bekam. So schwach hatte ich mich schon seit langem nicht mehr gefühlt; im Vergleich zu dem Schmerz, den ich empfunden hatte, weil ich einen Augenblick lang glaubte, ihn verloren zu haben, war die gebrochene Rippe eine Kleinigkeit. Nach allem, was ich hier durchgemacht hatte, nach sämtlichen Entscheidungen, die ich getroffen hatte, war es diese Erfahrung gewesen, die mir den Rest gegeben und mich zum Weinen gebracht hatte.

Es war mir egal, dass Kit und Dax alles mitbekamen. Es war mir egal, dass ich mich wie eine Verrückte gebärdete. Es war mir egal, dass ich wie ein erbärmliches kleines Mädchen weinte. In diesem Augenblick zählte nur eines: Hayden war zurück, und er lebte. Er selbst schien sich übrigens an unseren verblüfften Zuschauern ebenfalls nicht weiter zu stören, denn er hielt mich weiterhin ebenso fest wie ich ihn, während er mir leise Worte ins Ohr flüsterte.

»Schon gut, Grace, es geht mir gut«, wisperte er erneut leise genug, dass nur ich ihn hören konnte. Ich vergrub das Gesicht weiter an seinem Hals und klammerte mich weinend an ihm fest. Ich zitterte so sehr, dass meine Muskeln jetzt sogar noch mehr schmerzten als eben noch von dem Stress. Hayden löste die Hand von meiner Taille und strich mir tröstend übers Haar, immer und immer wieder, um mich zu beruhigen.

Es dauerte Minuten, vielleicht auch Stunden. Keine Ahnung, wie lange wir so dastanden, ich mich an Hayden klammerte, er mich in den Armen hielt. So intensiv hatte ich seit sehr, sehr langer Zeit nicht mehr empfunden. Schließlich gelang es mir, tief, aber zittrig Atem zu holen, sodass meine Lungen sich weiteten. Ich schniefte, dann löste ich die Arme von seinem Hals, um mich ein wenig zurückzuziehen.

Hayden sah mit zärtlicher, leicht verwirrter Miene auf mich herab. Er schlang mir beide Arme lose um die Taille, und ich ließ meine von seinen Schultern herabsinken und legte sie ihm schwach auf die Brust.

»Ich dachte, du wärst tot«, murmelte ich und schüttelte ganz leicht den Kopf, als könne ich immer noch nicht so recht glauben, dass er vor mir stand.

»Wie kommst du denn darauf?«, fragte Hayden stirnrunzelnd.

»Dax sagte, du hättest es nicht geschafft.« Wieder kehrte die Wut zurück, so schrecklich war das alles gewesen. Es war mir schleierhaft, wie jemand so etwas auch nur ansatzweise lustig finden konnte.

»Was?« Hayden blieb vor Überraschung der Mund offen stehen, und er warf Dax einen irritierten Blick zu.

»Hey, ich fand's witzig«, verteidigte sich Dax. Er klang, als bedaure er es zutiefst, nachdem ich so reagiert hatte.

»Es war nicht witzig«, blaffte ich und funkelte ihn wütend an. Vage spürte ich, dass Hayden die Arme von mir löste, und ich trat einen kleinen Schritt zurück, nun, da ich mir Kits und Dax' Anwesenheit wieder bewusst war.

»Das war ziemlich beschissen, Kumpel«, meinte Kit. Er stieg vom Beifahrersitz und stellte sich neben uns. Dann schüttelte er langsam und enttäuscht den Kopf. Plötzlich ging mir auf, dass Kit deutlich mehr zu wissen schien, als er sich anmerken ließ. Anscheinend war er ein erheblich besserer Beobachter, als mir bis zu diesem Zeitpunkt klar gewesen war. Ihn schien die ganze Szene nicht im Geringsten zu schockieren, und ich fragte mich, wie ich mich nun verhalten sollte.

»Na gut, hab's kapiert! Ich hätte nicht gedacht, dass sie so ausflippen würde«, sagte Dax. Immer noch hatte er die Augen vor Überraschung weit aufgerissen. »Tut mir leid, Grace, aber immerhin hast du mir ja ordentlich eine verpasst. Wenn's hilft.«

»Du hättest noch eine verdient«, erwiderte ich.

»Dazu wird es früher oder später sowieso kommen, dann sind wir quitt«, meinte er schulterzuckend. Ein leuchtend roter Fleck hatte sich über seinem Kinn gebildet. Aber ich hatte deshalb kein schlechtes Gewissen. Er hatte es verdient, das konnte sogar er selbst nicht abstreiten.

»Gut«, murmelte ich.

»Du kannst jetzt alles wegräumen, Dax. Geschieht dir recht«, meinte Hayden und deutete mit einem Kopfnicken auf den Truck und das Quad, das sie bei dem Überfall offenbar erbeutet hatten. Ich widerstand dem Impuls, hinüberzugehen und ihm einen Tritt zu versetzen. Es war vollkommen irrational, dem leblosen Objekt die Verantwortung für Haydens Verspätung und meiner daraus resultierenden Panikattacke in die Schuhe zu schieben.

»In Ordnung«, murmelte er. Er fühlte sich offensichtlich ziemlich mies, weil sein »Witz« eine solche Wirkung auf mich gehabt hatte.

Kit sprang wieder hinters Steuer, während Dax das Quad übernahm. Beide riefen mir im Vorbeifahren einen Abschiedsgruß zu, Dax verlegen und schuldbewusst. Dann verschwanden sie den Pfad hinab und ließen Hayden und mich allein.

»Komm, Grace«, sagte Hayden zärtlich und legte mir die Hand ins Kreuz, um mich den Pfad entlangzuführen. Inzwischen war mir peinlich, wie sehr ich die Kontrolle verloren hatte, aber Hayden war zurück, und das war alles, was zählte.

Während wir schweigend zur Hütte zurückkehrten, versuchte ich, wieder einen klaren Gedanken zu fassen. Ich schwor mir, niemals wieder wartend zurückzubleiben. Ohne ein Wort betraten wir die Hütte. Ich durchquerte das Zimmer und setzte mich auf die Bettkante, zu erschöpft, um weiter stehen zu bleiben. Wie betäubt beobachtete ich, wie Hayden seine schlammverkrusteten Stiefel von sich schleuderte. Schließlich stellte er sich vor mich hin und sah zärtlich auf mich herab, während ich den Kopf zu ihm emporhob.

»Ich kann das nicht noch einmal, Hayden«, sagte ich ihm aufrichtig. Ich holte zittrig Luft, als ich spürte, wie er ganz leicht mein Kinn umfing. Er wusste genau, wie sehr mich die ganze Geschichte verängstigt hatte.

»Ich konnte dich nicht mitnehmen, Grace«, erklärte er sanft. Mit dem Daumen fuhr er über meine Unterlippe, dann hockte er sich vor mir hin. Er löste die Hände von meinem Gesicht und legte sie leicht auf meine Knie, musterte mich eindringlich.

»Ich lasse mich nie mehr auf so etwas ein, das meine ich ernst. Ich kann nicht ... Es war einfach zu hart. Du darfst mich nie wieder zurücklassen«, sagte ich. Wieder stiegen mir die Tränen in die Kehle. Ich zwang sie zurück; diese Heulerei durfte keinesfalls zur Gewohnheit werden. »Jede Sekunde, in der du fort warst, konnte ich nur daran denken, dass du getötet würdest. Es war die *Hölle*, Hayden.«

»Hey«, sagte er zärtlich, beugte sich näher zu mir heran und schob mir das Haar sanft aus dem Gesicht. »Ich hab dir doch versprochen zurückzukommen, oder?«

Ich schloss einen Augenblick lang ganz fest die Augen und atmete durch, um mein Herz zur Ruhe zu zwingen, das schon wieder wild zu pochen angefangen hatte. Ich nickte bedächtig und legte die Hand auf die seine. »Ja.«

»Ja. Und ich *bin* zurückgekommen«, sagte er leise.

Ich schluckte schwer. Sein Blick brachte mein Innerstes zum Schmelzen. Wieder stürmte alles auf mich ein; meine Angst war noch nicht verflogen. Schweigend streckte ich die Arme aus und schlang sie ihm um den Nacken, umarmte ihn erneut ganz fest. Er ließ es zu, zog mich näher zur Bettkante vor, sodass er nun zwischen meinen Schenkeln kniete.

Ohne nachzudenken, lehnte ich mich zurück und zog ihn

mit mir, sodass er über mir schwebte, als mein Rücken die Matratze berührte. Ich ließ ihn ebenso wenig los wie er mich. Sein Körper kam zwischen meinen Schenkeln zum Liegen, und ein Teil seines tröstlichen Gewichts lastete nun auf mir. Meine Rippen verursachten mir beinahe keine Schmerzen, ein klares Zeichen dafür, dass sie verheilten – und wahrscheinlich, dass ich abgelenkt war.

»Verlass mich nie wieder, Hayden«, flüsterte ich gedämpft an seinem Nacken.

»Grace ...« Er sprach nicht weiter, zögerte, mir so etwas zu versprechen.

»Bitte, Hayden«, bat ich leise und löste mein Gesicht von seinem Nacken, um zu ihm aufzublicken. »Bitte.«

Er sah stirnrunzelnd auf mich herab. Das Haar umrahmte seinen Kopf wie ein Heiligenschein, und ein paar Strähnen fielen ihm in die Stirn. Sein Blick brannte sich in mich hinein, und ihm entging nicht, wie ernst es mir war. »Ich werde dich nicht verlassen.«

Erleichterung durchflutete mich, und ich zog ihn wieder an mich, presste meine Lippen auf die seinen. Dies war unser erster Kuss seit seiner Rückkehr, und ich spürte, wie sämtliche Gefühle, die ich durchlebt hatte, in ihn hineinflossen: stille Verzweiflung und die leise Andeutung des Versprechens, das er mir gerade gemacht hatte.

Seine Bewegungen waren zärtlich und sanft, als genieße er jedes hauchzarte Wispern unserer Lippen aneinander. Ich schloss die Augen, verwob die Hände in seinem Haar, hielt ihn an mich, während seine Lippen meine sanft umfingen. Es kam mir immer noch wie ein Wunder vor, dass er zurück war, und ich schwelgte in unserer Berührung, unserem Kuss, wild entschlossen, ihn nie mehr gehen zu lassen.

Ein leises Stöhnen entrang sich seiner Kehle, während er die Lippen leicht auf meine presste, den Druck zwischen uns erhöhte, sodass die Hitze, die unter der Oberfläche gesimmert hatte, sich unmittelbar Bahn brach. Ich sehnte mich nach mehr Kontakt, nach mehr Druck. Ich brauchte die Bestätigung, dass er wirklich atmete, warm, lebendig. Ich musste es spüren.

Hayden nahm meine Lippe zwischen die Zähne und knabberte leicht daran, ließ sie wieder los, ließ den Mund sanft an meiner Wange entlangwandern. Ich spürte seinen warmen Atem am Ohr, als er leicht mein Ohrläppchen umfing. Dann die feuchte Hitze des Pfades, den er an meinem Hals hinab beschrieb. Ich wandte den Kopf zur Seite, um ihm besseren Zugang zu gewähren.

Unwillkürlich glitten meine Hände seinen Rücken hinab und packten den Saum seines Shirts. Ich begann, es nach oben zu ziehen, enthüllte seinen vernarbten Rücken Zentimeter um Zentimeter, bis der Stoff an seinen Schultern angelangt war. Endlich merkte er, was ich da tat, denn zögernd löste er die Lippen von meinem Hals, um es auszuziehen, und warf es zu Boden. Nun hatte ich freien Blick auf seinen muskulösen Oberkörper.

Er hielt einen Augenblick lang inne, dann schlängelte sich seine Hand unter mein Shirt. Seine Finger fuhren ganz leicht über meinen Bauch und meine Rippen, bevor er den Stoff packte und hinaufschob. Wieder fanden seine Lippen zärtlich die meinen, und er zog mein Shirt immer höher und höher. Als es in BH-Höhe angelangt war, löste ich die Hände von seinem Hals und ergriff die Initiative. Ich setzte mich gerade genug auf, um es mir über den Kopf zu streifen. Kaum hatte ich mich davon befreit, presste sich Haydens nackte Brust auch schon an meine.

Ich spürte die Wülste seiner Narben unter meinen Fingern, als ich sie über meinen Rücken gleiten ließ. Scharf sog ich den Atem ein, als er die Hüften an meinen kreisen ließ, diesmal erheblich zielsicherer als beim ersten Mal. Sämtliche Gefühle, sämtlicher Stress, dem ich während der vergangenen anderthalb Tage ausgesetzt gewesen war, schienen sich in Luft aufzulösen. Ich verlor mich in ihm, und jede einzelne seiner Bewegungen verringerte meine Angst.

Die Hitze zwischen uns wurde immer intensiver, ebenso wie das verzweifelte Verlangen, das sich mit jedem seiner leidenschaftlichen Küsse steigerte. Im gleichen Rhythmus, wie seine Hüften sich an mir mahlten, tauchte seine Zunge in meinem Mund ab. Eine äußerst auffällige Wölbung hatte sich zwischen uns gebildet, und freudige Erregung erfasste mich. Meine Hände streichelten seine warme Haut und landeten an seinem Hosenbund, schoben sich unter den Stoff, sodass sie zwischen uns lagen.

Ich versuchte, nicht an das erste Mal zu denken, da ich etwas in dieser Art angeregt hatte. Dieser Tag, an dem er mich in meinen Bestrebungen aufgehalten hatte, schien schon Jahre her zu sein. So vieles hatte sich seither verändert, und so viele neue Empfindungen waren entstanden, dass ich vor einer ähnlichen Zurückweisung sogar noch mehr Angst hatte als damals. Sehr zu meinem Entsetzen hielten

Haydens Lippen nun an meinen inne. Er zögerte offensichtlich, als sich meine Finger am Knopf seiner Jeans zu schaffen machten. Mir sank das Herz, als er aufhörte, mich zu küssen.

»Grace, das können wir nicht machen«, murmelte er in zutiefst enttäuschtem Ton. Ich spürte, wie eine verlegene Röte meine Wangen überzog.

»Warum nicht?«, fragte ich mit dünner Stimme.

»Wir haben ... nichts«, meinte er vage. Die Hitze in meinen Wangen intensivierte sich.

»Äh ...« Ich sprach nicht weiter, wusste nicht so genau, wie ich es ihm beibringen sollte. »Sei nicht sauer, aber ...«

Er stutzte und sah auf mich herab, der Blick wild vor Erregung. »Was?«

»Ich hab ... na ja ... mir eine Verhütungsspritze bei Docc geholt«, sagte ich und konnte ihm dabei kaum in die Augen sehen. Er blinzelte kurz und verblüfft.

»Echt?«

»Bitte sei nicht sauer«, wiederholte ich und wand mich etwas. Er musterte mich ein paar lange Augenblicke eindringlich, während mein Herz nervös pochte. Ich hatte plötzlich unheimliche Angst, dass er böse auf mich sein würde, weil ich so kühn gewesen war, weil ich es ihm nicht gesagt hatte, weil ich möglicherweise jemand anderem etwas über unsere ... Beziehung ... verraten hatte.

»Ich bin nicht sauer«, sagte er schließlich mit sanfter Stimme. Ich sah ihm forschend in die Augen. Aber er sagte offensichtlich die Wahrheit.

»Wirklich nicht?«

»Wirklich nicht«, versicherte er und schnitt mir das Wort

mit einem erneuten Kuss ab. Seine Lippen verschmolzen mit meinen, seine Hüften drängten sich wieder an mich, und ich stöhnte leise. Ich war dermaßen erleichtert, dass ich Schwierigkeiten hatte, vernünftig Luft zu holen, als ich seinen Kuss erwiderte und die Hände wieder auf seinem Kreuz ausbreitete.

Ich spürte die Hitze seiner Hand, die an meiner Seite entlangglitt und dann auf meiner Hüfte liegen blieb. Meine Haut stand lichterloh in Flammen, als er die Finger unter dem Bund abtauchen ließ und mich samt Unterhöschen auszog. Ich hob die Hüften leicht an, um ihm die Aktion zu erleichtern, und schon bald hatte ich die Kleidungsstücke ganz abgestreift, sodass ich jetzt nur noch den BH trug. Nach seiner positiven Reaktion auf meine Enthüllung wurde ich nun mutiger und machte mich erneut an seiner Jeans zu schaffen.

Er löste die Lippen von meinen, als ich den Reißverschluss öffnete und meine Hände unter den Bund gleiten ließ, um sie zusammen mit den Boxershorts seine Beine hinunterzuschieben. Dann verlagerte er sich ein wenig, um mir zu helfen. Ich spürte seinen warmen Atem auf meiner Haut, sein ungleichmäßiges Keuchen, während sein Gewicht auf mir lag. Er schob die Hand in meinen Rücken, um mich von meinem BH zu befreien, öffnete den Verschluss und zog das Stück zwischen uns hervor, sodass wir nun beide vollkommen nackt waren.

Ein letzter Kuss auf meine Kehle, dann hob er den Kopf, sah mir forschend in die Augen.

»Ist das hier ganz sicher okay für dich?«, fragte er sanft, so sanft. Ich spürte jeden Zentimeter seines Körpers, der sich an meinen presste, und merkte, wie bereit er war, sobald ich ihm die Erlaubnis gab. Noch nie in meinem ganzen Leben war etwas so okay für mich gewesen.

»Ja, ich wünsche mir das hier so sehr, Hayden«, antwortete ich wahrheitsgemäß. Meine Stimme war nicht mehr als ein Flüstern. Er hielt inne, wollte sich davon überzeugen, dass ich es tatsächlich ernst meinte.

»Bitte, ich will dich einfach nur spüren«, bat ich. Ich verlangte so verzweifelt danach, das hier mit ihm zu teilen, dass ich das Gefühl hatte, in Flammen aufgehen zu müssen, falls er es mir versagte. »Willst du es denn nicht auch?«

»Du hast ja keine Ahnung, wie sehr ich mir das wünsche, Grace«, antwortete er aufrichtig.

Sein Blick brannte praktisch ein Loch in mich hinein, während er sich mit sanftem Druck an meine Öffnung schmiegte. Meine Hüften verlagerten sich. Er atmete scharf aus, und mit einem Mal war sein Gesicht voller Lust. Ich legte ihm die Arme nochmals um den Hals, zog ihn zu mir herab, um ihn zu küssen. Eine federleichte, sekundenlange Berührung unserer Lippen, bevor ich mich nur so weit löste, um raunen zu können: »Dann zeig es mir.«

Er nickte unmerklich, küsste mich innig und ausgiebig, ließ die Zunge bedächtig über meine hinweggleiten. Mein ganzer Körper vibrierte vor Erregung, und ich befürchtete, beinahe den Verstand zu verlieren. Aber in dem Augenblick, da seine Hüften sich vorschoben um langsam in mich hineinzudrängen, fühlte sich alles richtig an. Ich keuchte, unser Kuss war mit einem Mal unterbrochen. Wir atmeten ungleichmäßig, öffneten den Mund, schlossen ihn wieder, sonst nichts. Er bewegte sich langsam, so vorsichtig, so bedächtig, bis er mich vollkommen erfüllte.

»Hayden ...«, hauchte ich, überwältigt von der wunderbaren Empfindung, wie er sich in mir ausbreitete. Langsam zog er die Hüften wieder zurück, ließ sie sanft kreisen, drängte wieder in mich hinein. Wir nahmen unseren Kuss wieder auf, den wir eben unterbrochen hatten. Er stützte sich zu beiden Seiten meines Kopfes auf die Ellbogen, wogte sanft über mich hinweg, brandete gemächlich in mich hinein und wieder hinaus, seine Brust ganz dicht an der meinen.

»Oh, mein Gott, Grace«, stöhnte er. Ich war zu keiner Antwort imstande. Jede Bewegung seiner Hüften sandte eine Feuersbrunst durch meinen Körper. Meine Hände erkundeten seinen Rücken, ertasteten die Muskeln, die ihm diese flüssigen Bewegungen ermöglichten. Wieder und wieder fluteten mir seine Hüften entgegen.

Es hatte so lange gedauert, war beinahe schon überfällig, und doch geschah es genau zur rechten Zeit. Sich früher dem hier hinzugeben, hätte es abgewertet, billig gemacht. Dadurch, dass wir bis jetzt gewartet hatten, fühlte es sich so absolut perfekt und wunderschön an, dass ich nichts hätte ändern wollen. Nun, da die Gefühle zwischen uns so stark waren, war dies der nächste, absolut folgerichtige Schritt.

Unser Rhythmus war langsam, verweilend und emotionaler als alles, was ich je empfunden hatte. Seine Lippen bewegten sich im gleichen Rhythmus wie seine Hüften, seine Bewegungen waren wunderbar, fließend. Als sollte mir jede seiner Regungen vor Augen führen, wie viel ich ihm bedeutete. Jedes Mal, wenn er in mich hineindrängte, war es schöner als beim letzten Mal, immer intensiver wurde der Druck, der sich in meiner Magengrube aufbaute, ebenso wie die Wärme, die von meinem Herzen ausstrahlte.

Hayden hob die Hand und umfing zärtlich meine Wange, ließ die Hüften langsam nach vorn branden, zog jeden einzelnen Stoß in die Länge, sodass ich mich vollends auflöste. Er küsste mich innig, hielt mich zärtlich, wiegte mich langsam. Mein Atem ging flach, war schwach, und ich versuchte, mich weiter zurückzuhalten.

Ich schlang die Beine um seine Hüfte, sodass unsere Körper einander sogar noch näher waren. Seine Hand verließ mein Gesicht, fand meine Finger, verwob sie mit den seinen, presste meinen Handrücken über meinem Kopf auf die Matratze, während er seinen Körper weiterhin sanft kreisen ließ.

»Hayden, mein Gott«, keuchte ich. Meine Lippen lösten sich von seinen, ich bäumte mich auf, legte den Kopf noch weiter in den Nacken. Er ergriff die Gelegenheit und beschrieb einen Pfad aus Küssen an meinem Hals hinab, ließ seine Zunge hie und da hervorschnellen, um meine Haut zu benetzen, wobei er die Hüften unermüdlich kreisen ließ. Ich wusste, dass ich es nicht mehr allzu lange würde aushalten können, so verheerend tief und langsam war sein Rhythmus.

»Wart ab, Grace«, flüsterte er mit angespannter Stimme und stöhnte leise. Ich schloss ganz fest die Augen, versuchte zu widerstehen, umklammerte ihn noch fester mit den Beinen. Mein Atem ging stoßweise, und der Druck in meinem Innern flehte förmlich um Erleichterung. Meine Hüften zuckten unwillkürlich, und meine Gliedmaßen erbebten.

»Ich kann nicht …« Doch dann entrang sich mir ein Stöhnen, denn Hayden tauchte tief in mir ab, stieß mich in den Abgrund. Die Erleichterung ließ meine Muskeln vibrieren, meine Arme und Beine noch stärker erzittern. Die Hitze versengte meine Adern, und ich konnte das erstickte Keuchen, das sich meiner Kehle entrang, einfach nicht zurückhalten.

Kurz dämpfte Hayden diese Laute mit seinen Lippen auf den meinen, küsste mich verzweifelt, brandete noch ein letztes Mal in mich hinein. Seine Muskeln spannten sich an, er keuchte und kam, erstarrte in mir, während er sich in mich hinein ergoss. Mit Beinen schwach wie Gelee versuchte ich ihn noch näher an mich zu ziehen, während mein Körper aus luftigen Höhen langsam wieder auf die Erde herabsank.

Nach ein paar Augenblicken ungetrübter Freude brach er schließlich über mir zusammen, stützte sein Gewicht aber auf die Ellbogen und küsste mich leidenschaftlich. So verharrte er ein paar Sekunden lang, genoss die Nachwirkungen seines Höhepunkts, während ich mich bemühte, das Zittern meines Körpers in den Griff zu bekommen. Er löste sich von mir, presste einen letzten Kuss auf meine Lippen, dann öffnete er die Augen und sah mich an.

Sein Blick loderte, und seine Haut, auf der ein dünner Schweißfilm schimmerte, schien förmlich zu glühen. Keuchend lagen wir da. Seine Miene war glückselig, etwas überrascht und fasziniert; er sah absolut fantastisch aus. Mühsam holte ich Luft, als ich spürte, wie er mir sanft das Haar aus dem Gesicht strich. Mein Herz hatte die Hundert-Stundenkilometer-Marke erreicht.

»Du bist so wunderschön, Grace.«

Ich grinste, lachte glückselig auf, immer noch nicht zu einer anderen Reaktion fähig als der, ihn zu mir herabzuziehen und ihm einen zarten Kuss zu geben. Noch nie hatte jemand derlei Empfindungen in mir ausgelöst, und ich zweifelte keine Sekunde lang daran, dass ich absolut verliebt in ihn war.

KAPITEL 12

UNWIDERRUFLICH

Hayden

Sicher war das alles nur ein Traum.

Sicher war dieses Mädchen hier vor mir nicht real.

Sicher war die Hitze, die mir durch die Adern strömte, nur ein Streich, den mir mein Kopf spielte, und nicht auf die Tatsache zurückzuführen, dass ihre Haut sich an jeden Zentimeter meines Körpers schmiegte. Es kam mir vollkommen unwahrscheinlich vor, dass das hier geschah; es war nicht geplant gewesen, ich hatte nicht damit gerechnet, eigentlich war es sogar unvorstellbar, aber es war zweifellos absolut perfekt gewesen.

Ich spürte den dünnen Schweißfilm auf der Haut, die Haarsträhnen, die mir im Nacken klebten und das heftige Pochen meines Herzens. Ich spürte die glühende Hitze, die durch meine Adern loderte und mich zu verzehren drohte, meine Glieder erfasste und mein Herz entzündete. Noch immer war ich nicht aus den luftigen Höhen wieder auf die Erde zurückgekehrt, und meine Gedanken schwirrten gleichzeitig in alle möglichen Richtungen, wobei es eigentlich immer nur um ein einziges Thema ging: Grace.

Jede Hirnzelle war sicher, dass sie noch nie schöner gewe-

sen war, als sie nun zu mir aufblickte. Eine zarte Röte überzog ihre Wangen, die im Vergleich zum glückseligen Glühen
ihrer Augen jedoch beinahe verblasste. Ich war zu fasziniert
von ihr, um mich überhaupt bewegen zu können.

»Du bist so wunderschön, Grace«, sagte ich mit vor Ehrfurcht erstickter Stimme. Ehrfurcht war unvermeidlich.
Noch nie im Leben hatte ich etwas empfunden, das dem, was
ich in ihrer Nähe fühlte, auch nur annähernd nahekam. Frühere Begegnungen dieser Art waren kühl und unverbindlich
gewesen, bestenfalls der schwache Abklatsch dessen, was
es hätte sein sollen. Man hatte die Bewegungen ausgeführt,
aber die tiefe, brennende emotionale Verbindung, nach der
ich mich unwissentlich gesehnt hatte, hatte gefehlt.

Bis heute.

Bis Grace.

Sie lachte leise auf, ein beinahe engelsgleicher Laut, der
durch die Luft wehte. Dann lächelte sie zärtlich zu mir
empor und zog mich wieder zu sich herab. Sanft küsste ich
sie auf die Lippen, und sogleich entzündete sich ein neuer
Funke, schoss durch meinen ganzen Körper, der immer noch
auf dem ihren lag. Von ihr schien eine starke, natürliche
Anziehungskraft auszugehen, die mich mehr und mehr in
ihren Bann schlug – je näher ich ihr kam, umso unmöglicher
schien es, mich ihr wieder zu entziehen.

Ich spürte noch immer, wie gut wir zusammenpassten, wie
sich unsere Körper im Gleichklang bewegt hatten; so unvermeidlich, dass man dieser Macht nicht widerstehen konnte,
obwohl das lange Herbeisehnen der erlesenste, schönste Teil
gewesen war. Als ob das Warten diesen Augenblick umso

vollkommener gemacht hätte. Ich wünschte mir nur eines: mich für den Rest meines Lebens in sie hineinfallen zu lassen. Ich wollte das tröstliche Gewicht dieser Erfahrung für immer im Herzen bewahren. Ich wollte die Welt ausschließen und mit niemandem zusammen sein als mit Grace, wollte mit ihr und durch sie den Druck und die Verantwortung des Alltags für diese kurzen Augenblicke vergessen.

Viel zu schnell löste ich die Lippen wieder von ihr. Ich war noch nicht bereit, sie loszulassen. Zögernd neigte ich noch einmal den Kopf und gab ihr einen letzten langen Kuss auf die Wange. Dann rollte ich zur Seite und kletterte aus dem Bett. Ich ging zur Kommode hinüber und zog ein paar Boxershorts heraus, ebenso wie eines meiner Shirts und ein Paar Shorts.

Ich wandte mich zu Grace um, die sich nun im Bett aufgesetzt hat, die Decke lose über der Brust, und mich beobachtete. Mit sanftem Grinsen warf ich ihr meine Kleider zu. Und grinste noch breiter, als sie sich das Shirt über den Kopf zog. Sie in meinen Klamotten zu sehen, machte mich irgendwie glücklich. Sie wand sich unter der Decke, während sie die Shorts anzog. Dann legte sie sich hin. Ohne ein Wort kehrte ich zum Bett zurück und streckte mich neben ihr aus. Sie rollte sich mit dem Arm lose über der Hüfte auf die Seite, sodass wir einander nun gegenüberlagen.

Ich suchte ihren Blick. Trotz des gedämpften Lichts in der Hütte schien das atemberaubende Grün ihrer Augen förmlich zu leuchten. Plötzlich fehlten mir die Worte, und ich konnte sie nur anschauen, wollte mir jede Einzelheit dieses vollkommen heiteren Augenblicks ins Gedächtnis prägen.

»Was?«, sagte sie mit leisem Lachen, als ich sie so ausgiebig musterte. Etwas ungläubig schüttelte ich den Kopf.

»Ich habe ... ich habe so etwas nur noch nie empfunden«, bekannte ich. Die Nachwirkungen des Hochgefühls durch das, was wir gerade miteinander getan hatten, machten mich verletzlich. Ich hatte gar keine Zeit, wegen meiner Worte nervös zu werden, denn sie antwortete sofort.

»Ich auch nicht«, flüsterte sie.

Mit den Fingerspitzen fuhr sie einer gezackten Narbe nach. Ihre Äußerung bestätigte nur, was ich bereits vermutet, aber nie gefragt hatte: Ich war nicht ihr erster Mann. Ich wusste nicht, was ich angesichts dieser Enthüllung empfinden sollte, also beschloss ich, sie einfach zu ignorieren. Sie war immerhin auch nicht meine erste Frau, und doch war sie der einzige Mensch, den ich auf dieser Welt je getroffen hatte, der überhaupt Gefühle in mir auslöste. Und das war alles, was zählte.

»Hayden ...«, begann sie und holte tief Luft. Sie senkte einen Moment lang den Blick, schien sich zu sammeln, bevor sie mir wieder in die Augen sah. »Du hast ja keine Ahnung, wie viel Angst ich hatte, als ich glaubte, dass du nicht zurückkommst.«

Ich spürte die Intensität unserer Worte zwischen uns knistern.

»Du hast keine Ahnung, wie es war, hier den ganzen Tag herumzusitzen und darauf zu warten, dass du zurückkommst, und dann sagt Dax auch noch, dass du es nicht geschafft hast. Das ... das hat mir einfach den Rest gegeben, Hayden.«

Ihre Worte waren gefährlich emotional, und ich befürchtete, dass sie wieder in jene Angst hinabgleiten würde, die ich in ihrem Gesicht gelesen hatte, als ich vorhin vorgefahren war.

»Hey, schhh«, flüsterte ich, zog sie dichter an meine Brust. Ich strich ihr zärtlich über den Kopf und spürte wieder einen winzigen Funken, als sie die zitternden Lippen an meine Kehle presste. So verletzlich wie am heutigen Abend hatte ich sie noch nie gesehen, und der Anblick zerriss mir das Herz. Schließlich holte sie noch einmal tief und schaudernd Atem und lehnte sich weit genug zurück, um mir wieder in die Augen sehen zu können.

»Ich habe dich vor heute Abend noch nie weinen sehen«, sagte ich leise. Ein schmerzhafter Anblick, aber glücklicherweise war ich sofort zur Stelle gewesen, um sie wieder aufzubauen. Zumindest hatte ich es versucht.

»Deinetwegen, Hayden«, antwortete sie ernst. »Was ich fühlte, als ich dich für tot hielt ... das hat mich innerlich zerrissen.«

Es war eine Sache, zu sehen, wie aufgelöst sie gewesen war und ihren Körper zittern zu sehen, als sie zusammengebrochen war, aber eine ganz andere, sie das jetzt sogar zugeben zu hören. Sie war immer so mutig, aber jetzt hatten wir beide mit einer anderen Form des Mutes zu kämpfen: dem Mut, zu unseren Gefühlen zu stehen. Ihr Geständnis erforderte eine ungeheure Kraft, und ich bewunderte sie dafür nur umso mehr.

»Ich will dich nie wieder weinen sehen«, sagte ich im Brustton der Überzeugung. Etwas zu spüren, weil jemand anderes litt, war eine ganz andere Art von Schmerz – tief, existentiell, schlimmer als der Schmerz, den man um seiner selbst willen empfinden konnte.

»Lass ... lass mich einfach nie wieder allein, okay? Wenn ich bei dir bin, bin ich glücklich.«

Wieder pochte mein Herz so heftig, als wolle es mir in die Kehle hüpfen. Sosehr ich es mir auch wünschte, mir fehlten die Worte, um ihr zu erklären, wie glücklich sie mich machte – glücklicher denn je.

»Ich verspreche es. Es tut mir so leid, Grace«, murmelte ich, denn ich wusste nicht, was ich angesichts der schrecklichen Stunden, die sie durchlebt hatte, anderes hätte sagen sollen. »Ernsthaft, ich habe nicht übel Lust, Dax deswegen den Schädel einzuschlagen ...«

»Lass mich das machen, das hilft bestimmt«, sagte sie mit schwachem Lachen. Ich gluckste leise und strich ihr zärtlich das Haar hinters Ohr. Sie war so stark, so unverwüstlich, so wild.

Sie war mein Bär.

»Deal«, stimmte ich leichthin zu. Sie warf mir ein winziges, zufriedenes Lächeln zu, das mich von innen heraus erwärmte. Doch dann sprach sie weiter.

»Trotzdem bin ich auch auf dich wütend«, meinte sie mit strenger Miene, als wolle sie mich ausschimpfen.

»Auf mich? Wieso das denn?«, erkundigte ich mich leichthin.

»Du hast behauptet, in ein paar Stunden zurück zu sein. Dabei hat es so viel länger gedauert«, antwortete sie anklagend.

»Ich weiß«, räumte ich ein. »Tut mir leid.«

Sie seufzte tief und ließ ihre Finger geistesabwesend über meine Brust wandern. »Aber jetzt bist du zurück. Das ist alles, was zählt. Warum hat es überhaupt so lange gedauert?«

Ich hatte eigentlich gehofft, dass sie mich das nicht fragen würde. Ich wollte vergessen, was ich gesehen hatte, es ein für alle Mal hinter mir lassen, Grace die grausamen Einzelheiten ersparen, aber ich wusste, dass das nicht richtig war. Ich wollte ihr nicht sagen, wie viele wir hatten töten müssen, wie viele Leben sinnlos vergeudet worden waren, weil wir alle zur falschen Zeit am falschen Ort gewesen waren. Und ganz sicher wollte ich ihr nicht erzählen, dass die Opfer aus ihrer Heimat stammten.

»Hayden?«, forschte Grace sanft. Die Brauen über ihren faszinierenden Augen waren gerunzelt.

Ich zögerte, als mir die Ereignisse des Überfalls durch den Kopf gingen. Anfangs war alles so gut gelaufen, und wir hatten die Hälfte der Vorräte ohne Zwischenfall einsammeln können – doch dann waren sie aus einer Gasse aufgetaucht, was sie genauso sehr überraschte wie uns. Es waren so viele gewesen, so viele, gegen die wir kämpfen mussten, so viele, die fielen, so viele Gesichter, deren Anblick, wie sie mit toten Augen in den Himmel starrten, mir auf ewig ins Gedächtnis gebrannt sein würde.

»Hayden«, wiederholte sie, jetzt ein wenig energischer. »Was ist passiert?«

»Grace ...« Ich seufzte, konnte nicht verhindern, jenen Ton anzuschlagen, den sie nun mal hasste. Den, der schlechte

Nachrichten verhieß. Ihr Gesicht spannte sich an; sie wappnete sich.

»Was? Was ist passiert, Hayden?«, forschte sie, und ihr ganzer Körper verkrampfte sich. Schuldgefühle flackerten in mir auf, denn ich wusste, dass ich ihrer glückseligen Hochstimmung ein Ende setzen würde.

»Alles lief gut, bis wir zur dritten Apotheke kamen ... Dort trafen wir auf ein paar Leute, und alle haben aufeinander geschossen. So viele sind gefallen, mindestens zehn von ihnen ...«

Ich sprach nicht weiter, schloss die Augen, als ich das Bild eines Jungen vor Augen hatte, der viel zu jung war, um an einem Raubüberfall teilzunehmen. Ein dünnes Blutrinnsal floss über seine Brust, als er zu Boden ging. Er war zu jung, zu unerfahren, zu langsam, und jetzt war er tot. Er war von irgendjemandem getötet worden, allerdings nicht von uns. Wir waren nicht nur auf eine Gruppe aus Greystone getroffen, sondern auch von ein paar Brutes ins Kreuzfeuer genommen worden.

»Als sie fort waren, kamen die Brutes, und wir saßen in diesem Gebäude fest. Wir mussten bis zum Morgen warten, um es verlassen zu können, und hatten die andere Hälfte unserer Vorräte immer noch nicht aufgefüllt. Wir fanden das Quad, also bot ich an, es zurückzufahren. Ich habe nicht mal darüber nachgedacht, wie es aussehen würde, wenn unser Truck ohne mich hier ankommen würde. Das alles hatte mich so in Anspruch genommen, dass ich nicht klar denken konnte ...«

Ich hielt inne, erinnerte mich mit grimmiger Miene an die grauenvollen Ereignisse des Überfalls. Es schien so lange her

215

zu sein, dass ich in den Ruinen der Stadt gegen so viele gekämpft hatte, denn nun war ich zufrieden, weil ich Grace in meinen Armen hielt. Sie berührte mich leicht an der Wange, und ich wandte den Kopf, betrachtete ihr glühendes Gesicht, dessen Anblick die Bilder auslöschte, die vor meinem geistigen Auge gestanden hatten.

»Wer waren ›sie‹, Hayden?«, fragte sie leise.

Ich gab keine Antwort, sondern sah sie nur stirnrunzelnd an.

»Wer?«

Immer noch schwieg ich. Mein Gesicht war schmerzerfüllt. Meine Stille bestätigte nur, was sie gewiss bereits vermutete.

»Greystone«, schlussfolgerte sie langsam. Sie blickte hastig zwischen meinen Augen hin und her. »Mein Vater ...«

»War nicht dabei«, versicherte ich ihr schnell, denn mir war klar, dass sie sich das zuallererst fragte. Ich schüttelte den Kopf und legte ihr die Hand auf die Wange, fuhr mit dem Daumen darüber, um sie zu beruhigen. »Und dein Bruder auch nicht, keine Sorge.«

Sie stieß einen leisen Seufzer der Erleichterung aus und sackte ein wenig in sich zusammen. Ich erinnerte sie nur ungern an das, was sie verloren und aufgegeben hatte, aber wenigstens wusste sie, dass diese beiden Menschen noch am Leben waren.

»Wie viele?«, fragte sie nun in gedämpftem Ton. Sie schloss die Augen, während sie auf meine Antwort wartete, schauderte, als sei ihr schon im Vorhinein klar, dass sie nicht gut ausfallen würde.

»Mindestens zehn«, antwortete ich wahrheitsgemäß. »Vielleicht sogar mehr.«

»*Zehn?*«, wiederholte sie angespannt.

Ich schürzte die Lippen und presste sie auf ihre Stirn, ließ sie dort statt einer Antwort verharren. Ich schüttelte nur den Kopf, was sie eher fühlen als sehen würde, denn sie hielt die Augen geschlossen. Überraschend zog sie sich von mir zurück, öffnete die Lider und sah mich an. Wieder ließ sie die Finger sacht an meinem Kinn entlangfahren.

»Geht es dir gut?«

Ich blinzelte verblüfft. Ich hatte ihr gerade erzählt, dass ich dazu beigetragen hatte, zehn Menschen aus ihrer Heimat zu töten, und sie wollte wissen, wie es mir ging.

»Ja«, antwortete ich automatisch. Sie musterte mich eindringlich, und ihr Blick brannte sich förmlich in mich hinein. Nach ein paar Sekunden schüttelte sie unmerklich den Kopf.

»Nein, tut es nicht«, urteilte sie. Ich bemühte mich um einen neutralen Gesichtsausdruck, während sie mich weiter begutachtete, aber es nützte nichts. Die Schuldgefühle fraßen mich auf wie immer; an manche Dinge würde ich mich niemals gewöhnen können, und das Töten gehörte dazu.

»Du hasst es, das weiß ich«, sagte sie leise. »Die Gewalt, das Töten ... das alles hasst du.«

Wieder gab ich keine Antwort. Ich konnte es nicht abstreiten, warum also irgendetwas sagen? Es kam mir so absolut sinnlos vor, dass so viele ihr Leben lassen mussten; wieso sollte der Überlebenswillen des einen Menschen Vorrang vor dem Leben eines anderen haben? Was war der maßgebliche Faktor? Nach links statt nach rechts und ins Kreuzfeuer zu treten? Es gab keine Gerechtigkeit mehr auf der Welt, nur das ungeschriebene Gesetz der sadistisch grausamen Gefilde, in die wir geworfen worden waren.

»Du hast etwas so viel Besseres verdient als diese Welt, Hayden.«

Ich hatte zwischen uns ins Leere geblickt, doch nun wandte ich ihr ruckartig wieder den Blick zu. »Sag das nicht. Ich bin nicht verdienstvoller als alle anderen, okay?«

Sie schüttelte sanft den Kopf. »Ich wünschte, du würdest erkennen, wie unglaublich du bist. Du hast wirklich keine Ahnung.«

Aber sie täuschte sich. Wenn ich nur halb so gut gewesen wäre, wie sie dachte, hätte ich mich durchgerungen, ihr die eine Information zu geben, die ich ihr vorenthielt. Es war der eine Satz, den ich gehört hatte und der mich vor ihrer Ankunft hätte warnen können, wäre ich nicht so überrascht gewesen. Und jetzt schien er mich zu verhöhnen, zu verspotten, weil ich zu viel Angst hatte, ihn ihr zu sagen, weil ich wusste, was er mit ihr machen würde, was sie dann würde tun wollen.

Celts Krankheit wird schlimmer. Wir brauchen die Medizin, bevor sie zu weit fortgeschritten ist.

Wenn das stimmte, was ich gehört hatte, bevor das Chaos über uns hereinbrach, dann war ihr Vater sehr krank. Ich brachte es einfach nicht über mich, ihr das zu sagen. Ich war schwach, selbstsüchtig, gierig und weit von dem entfernt, was sie in mir sah.

»Ich wünschte, ich könnte der Mann sein, für den du mich hältst, Grace«, sagte ich leise. »Ich wünschte, ich könnte das für dich sein.«

»Das bist du doch schon. Was bist du doch für ein Starr-kopf ...«, murmelte sie und schüttelte sanft den Kopf. Die Andeutung eines Lächelns umspielte ihre Lippen, und sie vergrub die Finger wieder in meinem Haar, fuhr tröstend hindurch.

Ein paar Augenblicke lang sagte keiner von uns ein Wort, jeweils gefangen in einer Sackgasse, in der wir uns beide im Recht wähnten. Tief im Innern war mir klar, dass sie sich irrte. Wäre ich stark gewesen, hätte ich sie schon vor langer Zeit gehen lassen, aber das war ich nicht. Ich hatte mich an mein verzweifeltes Verlangen, meine selbstsüchtigen Triebe geklammert, hatte sie gegen ihren Willen hier festgehalten und hatte sie gebeten zu bleiben, als sie schließlich vor der Wahl gestanden hatte zu gehen. Meine Freude über ihre Ent-scheidung war nur ein Beweis für meinen schwachen Cha-rakter, denn es war reiner Egoismus, so glücklich darüber zu sein, dass sie so viel aufgegeben hatte, um bei mir zu blei-ben. Bei mir, der jemanden wie sie nicht eine Sekunde lang verdient hatte.

Ich war nicht ganz sicher, wann es geschehen war, aber sie hatte etwas mit mir gemacht, hatte mich verändert und die kalte Eisschicht um mein Herz zum Schmelzen gebracht. Davon gab es kein Zurück. Je mehr ich mich dem widersetzt hatte, umso heftiger hatte es mich erwischt, bis ich nur noch ein Häufchen Elend war, in tausend Stücke zersprungen, bis sie mir wieder das Gefühl gegeben hatte, ganz zu sein, nur um und dann aufs Neue zu bersten. Ich war zerbrochen, auf wunderschöne Weise zerbrochen, und doch gleichzeitig so ganz und gar vollständig.

Trotz all meiner Lügen und Versuche, ihr etwas anderes weiszumachen, hatte sie meine Maske mit Leichtigkeit durchschaut. All der Blödsinn, dass mir niemand etwas bedeutete, wurde beinahe sofort entkräftet, als sie die Überzeugungen in Frage stellte, mit denen ich aufgewachsen war. Damals hatte ich fest daran geglaubt. Doch dann war sie aufgetaucht und hatte sie komplett zum Einsturz gebracht, und zwar allein schon dadurch, dass ich so für sie empfand.

Genau wie ich alles für die Menschen in meinem Camp getan hätte – für Jett, Dax, Kit, Docc, Maisie, jeden anderen –, so hätte ich auch alles für Grace getan. Und wenn ich ganz ehrlich zu mir selbst war, dann war ich sogar zu noch mehr bereit. Ich hätte alles für sie geopfert, jeden Preis gezahlt, um sie in Sicherheit zu wissen. In einem Punkt hatte ich also Recht gehabt: Wenn Menschen einem etwas bedeuteten, so machte einen das schwach. Ich war jetzt schwächer denn je, denn ich stellte ihr Leben über meines. Und doch war ich gleichzeitig niemals stärker gewesen.

Wir zogen eine gewisse Stärke aus unseren Gefühlen, und das hätte ich mir nie träumen lassen. Sie machte meine Seele hell, forderte mich heraus, brachte mir so viel mehr bei, als selbst mir wahrscheinlich in diesem Augenblick klar war. Das zwischen uns war eine unbestreitbare Tatsache, und es war so stark, dass kein noch so großer Widerstand meinerseits es hätte aufhalten können. Sosehr ich dagegen angekämpft hatte, ihm widerstrebt hatte, versucht hatte, es zu ignorieren, es ließ sich nicht leugnen.

Grace hatte mein Herz gefangen genommen, und ich war unzweifelhaft und unwiderruflich verliebt in sie.

KAPITEL 13

ENTSCHLOSSEN

Grace

Ich lehnte mich an die Außenmauer der Kantine und schnaubte frustriert. Der Schatten des Daches spendete mir Kühle. Eigentlich hatte ich helfen wollen, doch man hatte mich hierhin verbannt und konnte nur tatenlos zusehen, wie die drei Jungs einen kleinen Zaun für Maisies Hühnergehege errichteten. Der alte war kaputtgegangen, und beinahe waren die Tiere entwischt, hätten Jett und einige andere jüngere Bewohner Blackwings sie nicht wieder eingefangen.

Kaum hatte ich einen großen Zaunpfosten hochgehoben und ihn zu ihnen hinübergetragen, da hatte Hayden mich praktisch ausgeschimpft und mir mitgeteilt, dass ich aufgrund meiner Rippe nicht mithelfen dürfe. In den vergangenen paar Tagen hatte ich eigentlich keine Beschwerden mehr gehabt. Ich war froh darüber, denn nun würde ich mich endlich wieder dem Training widmen können. Ich wusste Haydens Sorge um mich durchaus zu schätzen, doch so langsam wurde sie mir doch etwas zu viel und gab mir das Gefühl, nutzlos zu sein.

Aber vorläufig musste ich mich damit begnügen, Hayden bei der Arbeit zuzusehen. Er hatte schon vor längerer Zeit sein T-Shirt abgestreift, sodass er jetzt nur ein paar schwarze Sportshorts und Tennisschuhe trug. Ein feiner Schweißfilm zierte seine Haut. Die dunklen Tattoos traten umso schärfer hervor, doch seine Narben waren meinem Blick verborgen. Fasziniert beobachtete ich das Muskelspiel an seinen Armen und seiner Brust, während er den Pfosten in den Boden rammte, und hatte Mühe, ihn nicht die ganze Zeit über anzustarren.

»Grace«, rief er plötzlich und musterte den Zaun stirnrunzelnd.

»Ja?«

»Könntest du mir die Nägel da bringen?«

»Klar«, antwortete ich und stand auf, um die Schachtel zu meinen Füßen aufzuheben und sie zu Hayden hinüberzutragen. Er wischte sich mit der Hand über die Stirn, dann warf er mir ein Grinsen zu, als er die Nägel entgegennahm.

»Danke.«

»Hmm. Wenn ich dir helfen würde, wären wir umso schneller fertig«, bot ich hoffnungsvoll an.

»Ja, dann wären wir wirklich viel schneller fertig«, stimmte jemand ein paar Meter weiter zu.

Dax wagte es doch tatsächlich, das Wort an mich zu richten. Sein zaghaftes Grinsen verwandelte sich jedoch in eine Grimasse, als er meinen unwilligen Blick auffing, und er widmete sich wieder seiner Arbeit. Er hatte mich noch nicht richtig um Verzeihung gebeten; die halbherzige Entschuldigung, als Hayden und ich heute Morgen angekommen waren, war ziemlich spärlich ausgefallen.

»Vorsicht, Kumpel«, warnte Hayden.

Seine Stimme klang humorvoll, aber sein Unterton ließ keinen Zweifel daran, dass auch er ihm nicht vergeben hatte. Ich hörte, wie Kit Dax etwas zumurmelte, und mit einem tiefen Seufzer stand Dax vom Boden auf, auf dem er gekniet hatte. Er kam langsam auf uns zu, als seien wir zwei Kobras, die jederzeit zubeißen konnten.

»Hört mal, Leute, es tut mir wirklich leid«, beteuerte er. Sein Blick wanderte hastig zwischen Hayden und mir hin und her, die eine geschlossene Front gegen ihn bildeten. Ich spürte, wie Hayden mir kurz an die Schulter stieß, als er ein wenig näher rückte.

»Entschuldige dich nicht bei mir – sondern bei ihr«, antwortete Hayden scharf.

Dax seufzte erneut und sah mir in die Augen. Automatisch verschränkte ich die Arme vor der Brust und sah ihn mit erwartungsvoll hochgezogener Augenbraue an.

»Grace, ich entschuldige mich. Ich weiß, dass es nicht witzig war, und ich hätte mir das sparen sollen. Ich weiß ehrlich nicht, was da in mich gefahren ist. Aber ich hätte auch nie gedacht, dass du so reagierst. Es tut mir so leid.«

»Ich versteh einfach nicht, warum du das gemacht hast, Dax. Du weißt doch …« Ich verstummte. Ich fand die ganze Situation höchst unerfreulich. Der quälende Schmerz war zwar verschwunden, aber ich war immer noch stinksauer, weil er mir so etwas zugemutet hatte, auch wenn es tausend Mal gut geendet hatte. Ich holte tief Luft und schüttelte den Kopf, um mich wieder auf ihn zu konzentrieren. »Du wusstest doch, dass mich das treffen würde.«

»Stimmt«, bekannte er ernst. Er sah aus wie ein geprügelter Hund, und ich hatte ein wenig Mitleid mit ihm. Doch mein Groll behielt die Oberhand. »Es tut mir wirklich leid.«

Ich spürte, wie Hayden mich eindringlich beobachtete, während ich über Dax' Entschuldigung nachdachte. Ich mochte ihn wirklich und wollte nicht wütend auf ihn sein. Trotzdem war sein Verhalten beschissen gewesen.

»Willst du ihn nochmal schlagen? Für mich wäre das okay«, fügte Hayden hinzu, und seine Stimme klang ein klein wenig amüsiert.

»Bitte nicht, mein Gesicht ist mein Kapital, und du hast mir doch schon eine verpasst«, antwortete Dax leichthin. Er legte die Hände zusammen, als bäte er um Gnade. Ich zögerte zwar, musste aber jetzt doch leise kichern.

»Schon gut, Dax. Mach so etwas einfach nie wieder, sonst schlag ich dich grün und blau.«

»Ich werde ganz sicher nie wieder den Fehler machen, euch beiden einen Streich zu spielen«, versicherte er und breitete die Hände aus, als wolle er sich ergeben. Dann riss er die Augen auf und sah zwischen uns beiden hin und her, wich zum Spaß noch einen Schritt zurück. Hayden gluckste ebenfalls vor sich hin und schüttelte den Kopf.

»Du bist ein Idiot.«

Ganz meine Meinung! Dax war in der Tat ein Idiot. Aber er war immer gut gelaunt. Letztlich musste man ihn einfach gernhaben. Er warf uns ein letztes Lächeln zu, bevor er wieder zu Kit zurückkehrte, um weiter am Zaun zu arbeiten. Hayden schlug noch ein paar Nägel ein. Als er sich wieder aufrichtete, lächelte er mir angespannt zu. Ich erwiderte das Lächeln, fand aber, dass seines ein wenig gezwungen wirkte.

»Sollen wir wieder nach Hause gehen? Kit und Dax können den Rest allein fertig machen.«

»Ja, klingt gut«, stimmte ich zu. Wir verabschiedeten uns von Kit und Dax und machten uns auf den Weg zu Haydens Hütte. Der Abend nahte bereits, und die Sonne stand schon ziemlich tief am Himmel.

Bei unserem Gespräch mit Dax war Hayden durchaus etwas aus sich herausgegangen, aber nun hatte er sich anscheinend wieder in sein Schneckenhaus zurückgezogen. Seit seiner Rückkehr von dem Raubzug und der Nacht vor ein paar Tagen, in der wir endlich miteinander geschlafen hatten, hatte sich etwas an ihm verändert. Ich konnte nicht so recht sagen, was es war, und manchmal verbarg er es beinahe vollständig vor mir, aber er war anders. Er war schweigsam, noch schweigsamer als sonst, und häufig ertappte ich ihn dabei, wie er mich entweder anstarrte oder in die Ferne sah, als sei er mit den Gedanken ganz woanders.

Bedauerte er unsere gemeinsame Zeit? Deprimierte ihn das, wollte er vielleicht sogar alles rückgängig machen? Ich schaffte es einfach nicht, derlei Zweifel abzuschütteln, insbesondere dann nicht, wenn er so unerklärlich schweigsam und in sich gekehrt war. Mein Magen revoltierte ein wenig, als wir endlich die Hütte erreicht hatten.

»Ich gehe jetzt duschen«, verkündete er gleichmütig. Er warf mir ein winziges Lächeln zu und verschwand hinter der Tür, ließ mich erneut mit meinen Grübeleien allein.

»Okay«, antwortete ich. Es war so seltsam, dass wir erst vor ein paar Tagen intim miteinander gewesen waren, jetzt aber kaum miteinander reden konnten. Als hätte er sich in Gedanken verbarrikadiert, um mich auszuschließen.

Ich hörte das Wasser hinter der Tür rauschen und ließ mich mit leisem Seufzer auf Haydens Bett fallen. Ich war hin- und hergerissen, einerseits wollte ich Hayden geradeheraus fragen, was los war, und nicht mehr wie ein verängstigtes kleines Mädchen um ihn herumschleichen, andererseits fürchtete ich mich vor dem, was er zu sagen hatte.

Ich hatte so gut wie keine Erfahrung mit Situationen wie dieser und wusste nicht, wie ich mich verhalten sollte. Meine Gefühle für ihn hatten sich nicht verändert. Ich war sicher, dass es Liebe war. Aber sein Verhalten ängstigte mich so sehr, dass es total abwegig gewesen wäre, ihm das jetzt zu sagen.

Ich fuhr zusammen, als die Badezimmertür sich öffnete. Im Türrahmen stand ein noch leicht feuchter Hayden, der sich ein Handtuch um die Taille geschlungen hatte. Wassertröpfchen glitzerten auf seiner Brust, und das Haar klebte ihm in nassen Strähnen ums Gesicht. So ging er zur Kommode. Wieder so ein angespanntes Grinsen, dann wandte er sofort den Blick ab, sodass ich es nicht mal erwidern konnte. Ich wandte den Kopf ab, als ich aus dem Augenwinkel wahrnahm, wie er das Handtuch abstreifte. Es kam mir falsch vor, ihm beim Anziehen zuzusehen, solange er so distanziert war.

Auf dem Rücken liegend sah ich zur Decke empor und versuchte mir einzureden, dass alles in Ordnung war. Das nagende Gefühl in meinem Magen wollte jedoch nicht verschwinden, und auch meine Gedanken hörten nicht auf zu kreisen. Deshalb war ich überrascht, als die Matratze sich leicht herabsenkte, weil Hayden neben mir ins Bett stieg. Er legte sich auf die Seite und sah mich an, seufzte tief.

Ich spürte, wie sein Arm sich um meine Taille schlang und wie er mich an die Brust zog und so zurechtrückte, dass ich ihn ansehen musste. Plötzlich war mein Gesicht nur noch wenige Zentimeter von seinem entfernt, und er sah mich unverwandt an. So nah waren wir einander schon seit Tagen nicht mehr gewesen. Unwillkürlich entfuhr mir ein erschrockenes Keuchen.

»Hi«, sagte er leise. Ich spürte einen Anflug von Verwirrung, war aber mehr als bereit, diesen Stimmungswechsel zu akzeptieren, wenn er nur endlich wieder mit mir sprach.

»Selber hi«, antwortete ich. Seine warme Hand strich langsam meinen Rücken auf und ab.

»Ich, äh, mir ist klar, dass ich mich in letzter Zeit etwas seltsam verhalten habe«, sagte er, was mich schon wieder überraschte.

»Ist mir nicht entgangen«, sagte ich sanft. Ich legte die Hand leicht auf seinen Brustkorb und ließ den Daumen langsam über seine Haut gleiten, wobei ich gelegentlich eine Erhebung oder eine Narbe ertastete. »Warum?«

Er hielt inne, runzelte leicht die Stirn, hielt meinem Blick stand. »Keine Ahnung. Mir geht wohl im Augenblick ziemlich viel durch den Kopf.«

»Ich wünschte, du würdest es mir sagen, Hayden. Vielleicht kann ich dir helfen?«

Wieder schwieg er ein paar Augenblicke lang und dachte über meine Worte nach. »Da gibt es etwas, das ich nur ganz allein entscheiden kann.«

Ich war verwirrt. Seine Worte waren rätselhaft. Wie gern hätte ich die Zeit zurückgedreht und dieses Gefühl von vor ein paar Tagen wiederbelebt – diese absolute Sicherheit, dass ich auf jeden Fall an seiner Seite sein sollte, und dieses unvergleichliche Glücksgefühl, das damit einherging – aber solange er so bedrückt war, kam mir das unmöglich vor.

»Ich möchte mit dir einen Ausflug machen«, sagte er plötzlich und ließ mich immer noch nicht aus den Augen. »Kommst du mit?«

»Ja«, antwortete ich spontan. Vielleicht war das ja ein Schritt in die richtige Richtung. Ein winziges Lächeln umspielte seine Lippen, und er nickte bedächtig.

»Jetzt?«, fragte er.

»Ja, wenn du willst.«

Er sagte nichts, sondern nickte nur noch einmal, bevor er die Arme von mir löste. Eine Woge der Enttäuschung erfasste mich, dass es so bald schon wieder vorüber war, aber ich sagte mir, dass das, was immer wir jetzt tun würden, ihm hoffentlich Erleichterung bringen und etwas von seiner Anspannung vertreiben würde.

Er kehrte erneut zur Kommode zurück und zog sich ein schwarzes T-Shirt über den Kopf. Dann schob er die Füße wieder in seine Tennisschuhe. Die Waffe wurde aus ihrem Versteck geholt und am Rücken in den Hosenbund seiner Shorts gesteckt. Ich erhob mich vom Bett und folgte ihm zur Tür. Seine Hand lag schon auf dem Türgriff, als er sie zurückzog und sich langsam umwandte, um mich zu küssen.

Dieser Kuss war voller Verzweiflung, und doch machte er nicht den Versuch, ihn leidenschaftlicher werden zu lassen. Als er sich schließlich von mir löste, fiel ich gegen seine Brust, als sei ich vom Druck seiner Lippen auf meinen zu abhängig, um noch aufrecht stehen bleiben zu können. Ich atmete scharf ein, weil der Kuss beendet war, und öffnete die Augen. Er ragte nur wenige Zentimeter über mir empor, die Hände noch immer an meinem Gesicht. Wie betäubt sah ich zu ihm empor.

»Fertig?«, fragte er mit tieferer Stimme als sonst. Unser melancholischer Kuss hatte offenbar auch ihm zugesetzt. Ich nickte langsam.

»Ja.«

Er fuhr einmal mit dem Daumen über meine Wange und lächelte mich sanft an. Dann ließ er die Hand sinken und wandte sich ab, um die Hütte zu verlassen. Draußen gingen wir nebeneinander einen Pfad entlang, der uns aus dem Camp hinausführte. Wieder war er schweigsam. Die Stille lastete schwer auf meinen Schultern und drohte mich zu ersticken, zumal ich schon so lange dagegen ankämpfte.

Wir tauchten im Wald ab, ließen Blackwing hinter uns. Mit jedem schweigsamen Schritt schien meine Selbstbeherrschung immer mehr dahinzuschwinden. Verzweifelt klammerte ich mich an das Gefühl, wie Hayden mich eben noch festgehalten hatte. Wie gern hätte ich ihm etwas von seiner Last abgenommen, damit er wieder glücklich sein konnte.

»Wo gehen wir hin?«, fragte ich vorsichtig.

»Das wirst du schon sehen.« Er war kurz angebunden, bot keine weitere Erklärung, schritt einfach voran.

Eine halbe Stunde verging ohne ein weiteres Wort, und der angstvolle Knoten in meinem Magen wuchs ins Unermessliche. Vor lauter Grübeln hatte ich gar nicht mitbekommen, welche Richtung wir eingeschlagen hatten.

Hayden ging jetzt langsamer, dann blieb er in einem relativ unspektakulär aussehenden Teil des Waldes stehen. Verwirrt sah ich mich um; ich konnte nichts Außergewöhnliches entdecken, und da ich nicht wusste, wo wir waren, konnte ich auch ansonsten keine Schlüsse ziehen.

»Wo sind wir?«, fragte ich. Er stand wenige Meter entfernt und beobachtete mich eindringlich und mit finsterer Miene. Sein verkantetes Kinn warf einen dunklen Schatten auf seinen Hals, seine Schultern waren sichtlich angespannt.

»Wir befinden uns am Waldrand vor Greystone«, erklärte er langsam. »Du kehrst nach Hause zurück, Grace.«

Es war, als würde ich aus zwei Richtungen gleichzeitig von einem Sattelschlepper angefahren. Sämtliche Luft entwich aus meinen Lungen, und ich japste. Schwindel erfasste mich. Ich glaubte, mich jeden Moment übergeben zu müssen.

»Was?«

»Du kehrst nach Hause zurück.«

Seine Worte waren kalt, unbeteiligt, gefühllos, genau wie sein Blick. Er verschwamm vor meinen Augen. Ich schüttelte den Kopf. Mein Körper reagierte mit Widerwillen, obwohl mein Geist seine Worte noch gar nicht richtig erfasst hatte.

»Nein«, rief ich ungläubig. Er sah mich weiter mit diesem harten Gesichtsausdruck an. Wie schrecklich! Diese Miene hatte er auch während meiner ersten Tage in Blackwing zur Schau getragen. Damals war ich nicht mehr als eine Gefangene für ihn gewesen, eine Schuld, die er begleichen musste, bevor er keine Gelegenheit mehr dazu hatte.

»Doch, das wirst du«, sagte er energisch. »Du wirst gleich diese Wälder verlassen und nach Hause rennen. Du wirst ihnen erzählen, dass wir dir stets die Augen verbunden haben und dass du nichts gesehen hast, und du wirst *nach Hause* gehen.«

»Nein, Hayden, ich will nicht ...«

»Dein Pech«, schnitt er mir scharf das Wort ab. Wenn überhaupt möglich, war sein Blick jetzt noch kälter. So anders, so unglaublich anders als noch vor wenigen Tagen. Was einst so zärtlich und liebevoll gewesen war, war nun hart, eisig, abweisend.

Es war offensichtlich: Er wollte mich nicht länger bei sich haben. Ich konnte mich nicht zurückhalten, machte einen winzigen Schritt auf ihn zu. Als ich sah, wie er vor mir zurückwich, sank mir das Herz.

»Hayden, wenn es darum geht, was geschehen ist ... es tut mir ...«

»Du solltest einfach gehen, Grace«, unterbrach er mich erneut.

»Warum? Warum jetzt?«, fragte ich und spürte nicht nur Schmerz, sondern auch Verwirrung und den demütigenden Stich der Zurückweisung.

Er antwortete nicht, und jede Sekunde, die ohne Antwort verstrich, legte mindestens ein weiteres kiloschweres Gewicht auf meine Schultern, zog mich physisch zu Boden.

»Wenn das eine Art gerechte Strafe sein soll, weil du Schuldgefühle hast, mich hier festgehalten zu haben ... dann tu das nicht. Ich habe mich aus freien Stücken entschieden hierzubleiben. Ich habe mich entschieden, bei dir zu bleiben«, sagte ich leise. Meine Stimme klang schwach und dünn, obwohl ich mich so sehr bemühte, stark zu bleiben. An seinem Kinn zuckte es. Er biss die Zähne aufeinander und blickte mir weiterhin fest in die Augen.

»Du hast dich falsch entschieden«, sagte er rundheraus. Seine ausdruckslose Stimme verwandelte jede einzelne Zelle meines Körpers zu Eis.

»Nein, das stimmt nicht«, widersprach ich verzweifelt, kopfschüttelnd, meine Stimme nicht lauter als ein Flüstern.

Ich machte noch einen Schritt auf ihn zu und registrierte ein klein wenig erleichtert, dass er nicht noch einmal zurückwich. Mein Herz pochte noch heftiger gegen meinen Brustkorb. Ich konnte den Blick nicht von ihm abwenden. Er hatte die Arme fest über der Brust verschränkt wie eine Sperre, und sein kalter, wütender Blick traf auf meine verletzten Augen.

»Ich will hier bei dir sein. Ich will nicht zurück«, sagte ich wahrheitsgemäß. Die Gefühle, die ich zu unterdrücken versuchte, schnürten mir die Kehle zu. Meine Stimme klang angespannt und leise.

Wir waren komplett gegensätzlich: Eiskalt zerstörte Hayden mein Herz mit jedem harten Wort, das er sagte, während ich gefährlich schwach war, kurz vor dem Zusammenbruch und mich verzweifelt an den letzten Rest meiner Kraft klammerte.

»Du kehrst zurück«, sagte er grob. »Du hast in der Sache kein Mitspracherecht.«

Ich schüttelte leidenschaftlich den Kopf. »Ich kann nicht zurück, Hayden, ich lie...«

»Nicht«, rief er scharf dazwischen. Zum ersten Mal flackerte ein Gefühl über sein Gesicht, dann verbarg er es sofort wieder hinter seiner schroffen Fassade. Seine Worte klangen gefährlich leise und trieften vor Anspannung. »Wage nicht, das zu mir zu sagen.«

»Ich verlasse dich nicht. Ich weiß nicht, was los ist oder warum du das tust, aber ich weiß, dass du es nicht ernst meinst ... du *kannst* es nicht ernst meinen«, sagte ich voller Verzweiflung. Ich konnte nur beten, dass das, was ich sagte, stimmte. Mit unvermindert kalter Miene starrte er auf mich herab, die Andeutung eines Gefühls, die ich zu sehen geglaubt hatte, war vollkommen verflogen.

»Ich sage es jetzt zum letzten Mal: *Geh!*«

Kalt lief es mir den Rücken hinunter, zerschmetterte meine Knochen und meine Organe gleichermaßen. Mein Herz schien schon zu zerstört zu sein, um überhaupt noch reagieren zu können. Es pochte nur kläglich in meiner Brust, als habe jedes seiner Worte es wie ein Dolch durchbohrt. Übrig war nur noch ein verstümmelter Klumpen aus Fleisch und Blut, der mir keine Kraft mehr geben konnte.

Wie gelähmt stand ich da, schnappte krampfartig nach Luft. Ich sah zu ihm auf, entsetzt, ungläubig, voller unendlichem Schmerz, doch er zeigte keinerlei Mitgefühl. Blitzartig verschwand seine Hand hinter dem Rücken; ich stand nur einen halben Meter von ihm entfernt und sah mich mit einem Mal dem Lauf einer Waffe gegenüber, die direkt auf mein Herz gerichtet war.

Fassungslos, schockiert und wütend wich ich einen winzigen Schritt zurück.

»Das ist kein Witz, Grace. Geh. Sofort.«

Ich erkannte ihn beinahe nicht wieder, so grimmig war seine Miene. Noch nie zuvor hatte ich diese Seite an ihm kennengelernt: kalt, grausam und absolut gefährlich auf jede erdenkliche Weise. Der Hayden, den ich kannte und liebte, hätte mich nie mit der Pistole bedroht, und doch stand er hier und richtete eine tödliche Waffe auf mich.

»Du wirst mich nicht erschießen«, sagte ich, wenn auch nicht ganz so zuversichtlich, wie ich gern geklungen hätte. Ich schluckte schwer, als ich das leise, metallische Klicken hörte. Mit einer kleinen Daumenbewegung hatte er die Kugeln ins Patronenlager befördert.

Das war nicht mein Hayden.

»Probier's aus.«

Eine Träne, die ich bis dahin gar nicht bemerkt hatte, hinterließ eine heiße, nasse Spur auf meiner Wange. Das war es also. Er wollte mich wirklich und wahrhaftig nicht mehr an seiner Seite haben und war sogar bereit, mich zu erschießen. Sein Blick zauderte keine Sekunde lang, als ich langsam den Kopf schüttelte, zu schockiert, um noch etwas anderes fühlen zu können. Ich wich einen Schritt zurück. Meine Kehle war wie zugeschnürt, mein Herz in viele tausend Scherben zersprungen.

»Richte Herc aus, dass ich mich verabschiedet habe, ja?«

Noch einmal glitt irgendetwas über sein Gesicht – der Anflug eines Gefühls, aber dann sah ich wieder nur seine kalte, harte Maske. Ich drehte mich um. Mit unsicheren, unnatürlichen Schritten machte ich mich in Richtung Greystone auf den Weg und ließ den blutigen Klumpen meines Herzens im Staub zu seinen Füßen liegen, wo es hingehörte.

KAPITEL 14

QUAL

Hayden

Qual.

Unerträgliche Qual.

Eine andere Formulierung wäre dem, was ich empfand, nicht gerecht geworden. Doch Worte waren leer und sinnlos. Ich hatte nur getan, was getan werden musste. Mit einem letzten, entsetzten, herzzerreißenden Blick hatte sie sich abgewandt und jene Worte gemurmelt, die mir wie ein weißglühender Speer direkt ins Herz gefahren waren.

Richte Herc aus, dass ich mich verabschiedet habe, ja?

Sie hatte mir das Versprechen, uns stets voneinander verabschieden zu wollen, ins Gesicht geschleudert. Sie hatte mich damit verletzen wollen, an meinen letzten Rest von Menschlichkeit appellieren wollen, der vielleicht trotz meiner Versuche, es hinter einem kalten Äußeren zu verbergen, übrig geblieben war – und hatte Erfolg damit gehabt. Es war, als hätte sie gesagt, dass sie mich gar nicht kannte, als hätte der Mensch, der ihr mittlerweile so viel bedeutete, meine körperliche Hülle verlassen. Ich war ihr fremd, meine groben Worte und kalte Verhaltensweise hatten genau die Wirkung gehabt, die ich beabsichtigt hatte – sie von mir wegzustoßen.

Sie war nun schon beinahe eine ganze Stunde fort. Aber ich stand immer noch wie angewurzelt da. Unfähig, mich zu bewegen, zu denken, zu atmen. Das Einzige, was ich zu tun vermochte, war zu fühlen. Ich fühlte, wie mein Herz vor Qual zu Staub zerfiel, fühlte den fauligen Schmerz in meinem Magen, die Eiseskälte, die sich in meinen Knochen festgesetzt hatte, sobald ich angefangen hatte, mit ihr zu reden.

Sie war die einzige Frau, die ich je geliebt hatte, deshalb war das hier das Schlimmste, was ich je durchgestanden hatte. Das Kämpfen, das Stehlen, das Töten, das alles kam mir wie ein Kinderspiel vor im Vergleich dazu, wie schwer es war, Grace ziehen zu lassen. Allein ihren Namen zu denken, quälte das hoffnungslos zerfleischte Herz in meinem Innern nur noch mehr. Sie würde es niemals verstehen, aber alles, was ich getan hatte, hatte ich für sie getan. Alles war nur zu ihrem Besten, wofür ich mit meinem Verlust bezahlte.

Seitdem mir klar geworden war, dass ich sie liebte, wusste ich, dass ich es tun musste. Ich hatte viel zu lang gebraucht, um den Mut aufzubringen, und meine selbstsüchtige Schwäche hatte mich daran gehindert, das Richtige zu tun. Ich wünschte es mir zu sehr, begehrte sie zu sehr, und beinahe hätte ich es nicht getan, aber nach tagelangem Seelenkampf hatte ich schließlich eine Entscheidung getroffen: Ich würde das tun, was für sie richtig war, und sie ziehen lassen. Es war zu ihrem eigenen Besten, auch wenn sie das vielleicht noch nicht erkannte.

Jede einzelne Sekunde, die ich mit ihr verbracht hatte, nachdem wir zusammengekommen waren, war auf atemberaubende Weise einzigartig und gleichzeitig absolut erschreckend gewesen – ein lebendes, atmendes Paradoxon, das irgendwann unweigerlich auseinandergerissen werden musste. Es war, als hätte ich die Uhr ticken hören können, jede Sekunde, die verging, mahnte mich immer eindringlicher, dass ich gierig und schwach war, weil ich sie für mich behielt, obgleich ich wusste, was auf dem Spiel stand, wovon sie wiederum selbst keine Ahnung hatte.

Jeder Augenblick, den sie mit mir verbrachte, war einer weniger, den sie mit ihrem Vater würde verbringen können, bevor das Unweigerliche geschah und sie ihn für immer verlor; es war mein eigener egoistischer, verzweifelter Wunsch, mit ihr zusammen zu sein, der sie von ihm fernhielt.

Sie hatte meine Angst offensichtlich mitbekommen, und ich hasste mich dafür, sie glauben zu machen, dass sie etwas falsch gemacht hatte. Aber wie sollte ich die Kraft aufbringen, den Menschen, den ich so wahnsinnig liebte, ziehen zu lassen? Wie sollte ich dieses quälenden Pulsierens im Herzen Herr werden, das sich jedes Mal regte, wenn ich sie ansah, berührte, sie küsste – weil ich wusste, dass die Gelegenheiten, dies noch einmal zu tun, gezählt waren?

Noch einmal hatte meine Schwäche die Oberhand gewonnen; gegen meinen Willen hatte ich sie ein letztes Mal geküsst, bevor ich unsere beiden Herzen unwiderruflich zerbrach. Jedes bisschen Liebe, das ich für sie empfand, floss hinein. Ohne dass ich das beabsichtigt hatte, hätte das Gefühl uns beide beinahe überwältigt. Ich musste es tun; ich musste ihr einen Abschiedskuss geben. Ich wusste, dass es ihr gegenüber nicht fair war – ihr einen so gefühlvollen Kuss zu geben und sie dann zum Gehen zu zwingen.

Die Wanderung zu diesem Ort, an dem ich nun immer noch wie erstarrt stand, war der absolute Härtetest gewesen. Jeder Schritt, den wir machten, fühlte sich an, als komme die Klippe, von der wir unweigerlich springen mussten, näher und näher. Es war mir so schwergefallen, nicht ihre Hand zu halten, nicht wieder umzukehren und in die entgegengesetzte Richtung zu rennen, ihr nicht zu sagen, wie sehr ich sie liebte und wie sehr es mich schmerzte, das zu tun. Ich wünschte mir nichts sehnlicher, als mich für immer mit ihr zu verstecken, uns vor dem Grauen und Kummer dieser Welt zu schützen. Aber das war unmöglich.

Sie hatte es verdient, ihren Vater vor seinem Tod noch einmal zu sehen, und nur so konnte ich ihr das ermöglichen. Ich konnte ihr nicht sagen, dass er krank war; dieses Gewicht konnte ich nicht auf ihre Schultern laden und sie schon wieder zwingen, sich zwischen ihrem Vater und mir zu entscheiden. Sie hatte schon einmal wählen müssen und war daran beinahe zerbrochen. Ich konnte und wollte ihr das nicht noch einmal antun.

Alles hing also von meiner Fähigkeit ab, ihr überzeugend klarzumachen, dass sie mir nichts bedeutete, dass ich sie nicht wollte, nicht liebte. Das musste sie mir abnehmen, sonst würde sie niemals gehen. Indem ich vorgab, sie nicht zu lieben, traf ich diese Entscheidung für sie. Sie würde weder Unentschlossenheit noch Beklemmung verspüren, weil sie ging, und auch keine Schuldgefühle haben, weil sie ihrem Vater vor mir den Vorzug gab. Ich liebte sie zu sehr, um ihr die Wahl selbst zu überlassen, und ich liebte sie zu sehr, um ihr Reue oder ein schlechtes Gewissen zuzumuten für eine Entscheidung, die sie eigentlich besser niemals hätte treffen müssen.

Eine größere Lüge hatte ich in meinem ganzen Leben noch nicht erzählt, und es war die reine Qual gewesen, aber sie hatte mir geglaubt. Wie hatte sie mir glauben können, wo es doch so schreiend offensichtlich war, wie sehr ich sie liebte? Wie konnte sie nur eine Sekunde lang bezweifeln, dass meine ganze Welt mittlerweile nur noch um sie kreiste? Wie konnte sie nicht erkennen, dass ich mit jedem einzelnen Atemzug immer nur an ihre Sicherheit dachte, daran, ihr Überleben zu sichern, sie zu lieben?

Aber es hatte funktioniert. Sie war auf meine Lügen hereingefallen, und zwar ganz und gar, und wie beabsichtigt hatte ich sie am Boden zerstört. Wenn sie gewusst hätte, wie sehr ich sie liebte und wie sehr ich sie brauchte, wäre sie niemals gegangen. Jedes Wort, das ich sprach, war nicht nur ein Dolch in mein eigenes Herz, sondern auch in das ihre. Jede Bitte, die sie äußerte, zerriss mir das Herz, und beinahe wäre es um meine Entschlusskraft geschehen gewesen.

Die schlimmste Prüfung aber war es gewesen, dass sie jenen Satz begonnen hatte, nach dem ich mich schon so lange gesehnt hatte. Ich hatte mir so lange gewünscht, dass sie es aussprach, und nun hatte ich sie unterbrechen müssen, bevor die Worte ganz heraus waren. Ich hätte sie nicht ertragen, konnte sie nicht ansehen, während für sie eine Welt zusammenbrach. Diese Worte aus ihrem Mund hätten mich entzweigerissen. Ich ertrug es nicht, sie sagen zu hören, dass sie mich liebte, ohne mein Wort zu brechen und das zu zerstören, was ich für sie zu tun versuchte.

Grace hatte das Glück, immer noch einen Vater und einen Bruder zu haben, und dessen würde ich sie nicht berauben. Eine Familie war heutzutage eine Seltenheit, und die hatte ich ihr genommen, indem ich sie darum gebeten hatte zu bleiben.

Sie hatte es für uns beide nur umso schwerer gemacht, indem sie sich geweigert hatte zu gehen, aber das war immerhin etwas, das ich so sehr an ihr liebte. Sie war stark, zäh, trotzig. Sie war tougher als jeder, den ich kannte, und ich bewunderte ihre Hartnäckigkeit und Tapferkeit. Sie hatte so vieles verdient, was ich ihr nicht geben konnte, aber eines konnte ich eben doch für sie tun: Ich konnte ihr ihre Familie zurückgeben.

Sie mit einer Waffe zu bedrohen, hatte mich fertiggemacht. Nie im Leben wäre ich in der Lage gewesen, sie zu erschießen. Eher hätte ich die Waffe gegen mich selbst gerichtet. Das hatte dem Fass den Boden ausgeschlagen, die letzte Warnung, bevor sie zum Abschied die Worte gesprochen hatte, die mich am Boden zerstört hatten, und gegangen war. Aber wenigstens hatte sie nicht wirklich geglaubt, dass ich sie erschießen würde.

Letztlich hatte ich gewonnen, aber wie ein Sieg fühlte sich das gar nicht an; eher wie eine vernichtende, seelenzerstörende Folter, als sei mein ganzer Körper ins Feuer geworfen worden, um dort zu verkohlen, bis ich nicht mehr war als ein unkenntlicher, schwarzer Haufen aus Fleisch, Blut und Knochen.

Ich hatte den Überblick verloren, wie lange sie nun schon fort war, und doch konnte ich mich immer noch nicht vom

Fleck rühren. Wenn ich mich nur drei Meter vorwärtsbewegte, konnte ich ihre Heimat sehen. Ich würde den Ort sehen, an den sie zurückgekehrt war, nachdem ich sie dazu gezwungen hatte, und würde zusammenbrechen. Zu wissen, dass sie dort war, nur auf Armeslänge von mir entfernt, und doch nichts daran ändern zu können, das war eine entsetzliche Prüfung, die ich nicht bestehen konnte, wenn ich mich noch einen Zentimeter vorwärtsbewegte. Mit jedem bisschen Selbstbeherrschung, das mir noch geblieben war, gelang es mir schließlich, die Füße vom Boden loszureißen und mich umzudrehen. Mein unnatürlich steifer Gang führte mich fort von der einzigen Frau, die ich je geliebt hatte.

Sie ist daheim, wo sie hingehört. Sie wird ihren Vater sehen, bevor es zu spät ist. Das kannst du ihr geben, Hayden.

Zu diesen Gedanken zwang ich mich, als ich unsicheren Schrittes nach Blackwing zurückkehrte. Die Bäume um mich herum schienen zu schwanken, und wahrscheinlich stolperte ich erheblich häufiger als nötig, aber es war nicht zu ändern. Eine fremde Macht schien die Kontrolle über meinen Körper zu haben, ohne zu wissen, wie man ihn einigermaßen flüssig und natürlich bewegte. Nur meine leere Hülle lief weiter. Ich spürte nichts als den niederschmetternden Schmerz einer Trennung, zu der ich doch eigentlich gar nicht die Kraft gehabt hatte.

Sie wird Zeit mit ihrem Vater verbringen können. Sie muss sich nicht entscheiden. Sie wird niemals Reue empfinden, weil sie dich verlassen hat, denn sie glaubt, dass du ihre Liebe nicht erwiderst.

Immer und immer wieder wiederholte ich im Geiste diese Gedanken. Ich musste mich selbst beständig davon überzeugen, das Richtige getan zu haben, sonst wäre ich sogleich und mit fliegenden Fahnen wieder zu ihr zurückgekehrt.

Du musstest es tun. Es gab keine andere Möglichkeit. Es ist das Beste für Grace.

Ich stieß mit dem Zeh gegen einen Stein, stolperte und konnte mich in letzter Sekunde an einem Baumstamm festhalten, bevor ich mich aufrichtete und weiterlief. Die scharfe Kante der Borke schmerzte an meiner Haut, aber ich spürte nichts, sondern sah nur die Blutströpfchen aus meiner Haut sickern. Der emotionale Schmerz blendete alles andere aus und war viel zu weit fortgeschritten, um von einer mickrigen Wunde an der Hand verdrängt werden zu können.

Du liebst sie. Du liebst sie mehr, als dir selbst bewusst ist. Du musstest sie ziehen lassen. Für sie.

Die Welt schien sämtliche Farben verloren zu haben, während ich mich durch die Wälder bewegte. Das Grün schien trüber, das Braun schmutziger, das Blau des Himmels grau und trostlos. Was früher leicht und entspannt geklungen hatte, hörte sich nun hohl und leer an, als sei ich in ein riesiges Vakuum gezogen worden, das der Welt sämtliche Schönheit genommen hatte. Wie passend, da auch jegliche Schönheit aus meinem eigenen Leben gewichen war.

Noch nie hatte ich mich emotional erschöpfter gefühlt als in dem Augenblick, da ich wieder in Blackwing anlangte. Ich registrierte nichts und niemanden, war zu sehr von meinem eigenen Kummer in Anspruch genommen, um mich um irgendetwas anderes kümmern zu können. Meine Beine trugen mich automatisch zu meiner Hütte zurück, die nun von ihrem Bild heimgesucht werden würde, von ihrem Duft, von dem Klang ihres Lachens, der noch in der Luft schwebte. Sie würde mich in dem Augenblick, in dem ich sie betrat, förmlich einhüllen; der Masochist in mir sehnte sich danach; wenigstens blieb mir diese Erinnerung an sie.

Ich war beinahe daheim und wollte mich eigentlich den ganzen restlichen Tag mit meinen Sorgen einigeln, als eine gebeugte Gestalt vor mir auftauchte und mir den Weg versperrte. Dünnes weißes Haar umrahmte ihr faltiges Gesicht, als sie seelenruhig zu mir aufblickte.

»Tut weh, wenn dein Licht erstickt wird, nicht wahr?«, sagte Perdita bedauernd. Ich blinzelte überrascht. An ihre unsinnigen Äußerungen war ich durchaus gewöhnt, aber diese hier traf ins Schwarze, als könne sie mich geradewegs durchschauen, als könne sie fühlen, was *ich* fühlte. Mein Licht, meine Grace, war tatsächlich gelöscht worden, sodass mein Leben nun dunkel, leer und hoffnungslos war.

Ich gab keine Antwort. Im Augenblick war mir nicht nach Konversation, schon gar nicht, wenn die Äußerung meines Gegenübers so verstörend zutreffend war. Ich versuchte, ihr auszuweichen, aber sie trat mir erneut in den Weg.

»Oh, ja, es schmerzt, erstickt zu werden.«

»Ja ...«, murmelte ich und hielt ihrem ruhigen Blick für den Bruchteil einer Sekunde stand, bevor ich sie erneut umrundete. Mehr konnte ich jetzt nun wirklich nicht ertragen.

Ich legte die verbleibenden Schritte zu meiner Hütte zurück und warf mich härter als nötig gegen die Tür. Kaum war ich eingetreten, schlug ich sie schnellstens hinter mir wieder zu, schloss das Licht aus, das beharrlich hereinströmte. Ich wollte Dunkelheit, vollkommene Dunkelheit, wenn diese auch nicht annähernd so schwarz war wie die in meinem Innern.

Ich ging zum Bett hinüber und setzte mich auf die Bettkante. Sofort musste ich daran denken, dass sie noch vor wenigen Stunden hier gelegen hatte, mich aufmerksam beobachtet hatte, bevor ich mich zu ihr gelegt und sie an mich gezogen hatte. Was hätte ich dafür gegeben, sie ein letztes Mal in den Armen halten zu können, ihren Herzschlag und die Hitze ihres Körpers zu spüren. Was hätte ich nicht für die Gelegenheit gegeben, ihr zu sagen, dass ich sie liebte.

Ich seufzte tief, beugte mich vor und stützte den Kopf in die Hände. Meine Ellbogen gruben sich in meine Knie, während ich die Erinnerungen zu verdrängen versuchte, die mich erbarmungslos heimsuchten. Der Kreis dieser seltsamen Reise hatte sich geschlossen, und ich war wieder am Ausgangspunkt. Ich war immer noch der Anführer Blackwings, Grace war zu Hause, und im Camp war alles wie immer, nur ich war anders – so vollkommen anders.

Grace hatte mich verändert. Durch sie hatte ich Dinge gespürt, die ich noch nie empfunden hatte, obwohl sie doch eigentlich natürlich und menschlich waren: Glück, Freude, Verlässlichkeit, Vertrauen, Liebe. So viele Dinge, die ich, ohne es überhaupt zu wissen, vermisst hatte, hatte ich in ihr gefunden, und doch stand ich wieder am Anfang: allein, kalt, leer.

Durch sie hatte ich mich wie ein Mensch gefühlt. Sie hatte meine Schwächen geliebt und mir gezeigt, dass das, was ich für Schwäche gehalten hatte, vielmehr ein Zeichen von Menschlichkeit war. Sie hatte zugelassen, dass ich mich auf sie stützte, hatte mich geöffnet, hatte mich herausgefordert. Sie vereinte alles, was ich auf dieser Welt so verzweifelt nötig hatte, in einer einzigen atemberaubenden, wunderschönen Person.

Meine Kehle war trocken und eng, als müsse sie jeden Augenblick bersten. Ich spürte, wie ich zusammenbrach, machte aber nicht den Versuch, es aufzuhalten. Ich würde diesen Schmerz annehmen, diesen allumfassenden, unerträglichen Schmerz, wenn ich dadurch dafür sorgen konnte, dass Grace bei ihrer Familie sein konnte. Für sie – und nur für sie – würde ich diesen Schmerz ertragen, in der Gewissheit, dass sie verdient hatte, was zu geben mich beinahe umgebracht hätte.

Plötzlich klopfte es an meiner Tür. Das Geräusch riss mich aus meinem inneren Aufruhr, doch ich bewegte mich nicht, um aufzumachen. Ich ignorierte es und drückte die Handflächen sogar noch tiefer in die Augenhöhlen. Kleine weiße Lichter zerbarsten hinter meinen geschlossenen Lidern, konnten aber ein zweites Pochen an meiner Tür nicht verhindern.

»Geh weg.«

Meine Stimme klang angespannt und heiser, als hätte ich seit Jahren nicht mehr gesprochen.

»Hayden, mach auf.«

Dax.

»Geh weg, Dax«, wiederholte ich, diesmal etwas energischer. Ich hatte absolut keine Lust, Dax etwas vorzuspielen, aber noch viel weniger Lust, ihm zu erklären, warum Grace plötzlich verschwunden war. Bis jetzt hatte ich noch keinen einzigen Gedanken daran verschwendet, wie die Camp-bewohner auf diese Neuigkeit reagieren würden, und auch jetzt kümmerte es mich herzlich wenig. Die Vorstellung, deshalb attackiert zu werden, war mir sogar beinahe willkommen. Bei etwaigen Handgreiflichkeiten konnte ich vielleicht sogar etwas von meinem derzeitigen Schmerz loswerden.

»Ich will dich nur schnell was fragen, dann gehe ich wieder!«, rief er. Offensichtlich war ihm nicht klar, was auf der anderen Seite der Tür vor sich ging. Ich hatte niemanden in meine Pläne eingeweiht, also war er komplett ahnungslos.

»Nein, Dax ...«

Trotz meines Protests öffnete sich nun die Tür. Kurz flackerte Wut in mir auf, weil er mir nicht gehorchte, doch die wurde durch das erdrückende Gewicht der Trauer gleich wieder gedämpft. Ich blieb reglos sitzen, den Kopf in den Händen, vorgebeugt auf meiner Bettkante.

»Hey, was ist los?«, fragte Dax gut gelaunt. Die negativen Schwingungen waren noch nicht bis zu ihm vorgedrungen.

»Verschwinde, hab ich gesagt.« Meine Worte klangen etwas undeutlich und furchtbar düster.

»Ich wollte dich fragen – warte«, unterbrach er sich. »Wo ist Grace?«

Beim Klang ihres Namens riss meine Brust förmlich auf, und ich war ziemlich sicher, dass sich dort, wo einst mein Herz gewesen war, nun eine klaffende, blutende Wunde befand. Mühsam richtete ich mich auf, nahm die Hände vom Gesicht und legte sie in den Schoß. Dax stand reglos im Türrahmen. Hinter ihm fiel die Tür zu und schloss erneut einen Großteil des Lichts aus.

»Zu Hause.«

Dax blinzelte überrascht, dann runzelte er höchst verwirrt die Stirn.

»Was meinst du mit ›zu Hause‹?«

»Ich meine, sie ist nach Hause zurückgekehrt, Dax. Sie ist fort«, blaffte ich. So langsam riss mir der Geduldsfaden.

»Sie ist fort?«, wiederholte er. Er war vollkommen fassungslos.

»Ja, Dax, sie ist verdammt nochmal fort, okay?«

Mit jedem Mal, da ich es aussprach, wurde es realer und bohrte sich tiefer und tiefer in meine wunde Seele.

»Aber ... wie ... was ...?«, stammelte er bestürzt.

»Ich habe sie gehen lassen.«

»Und ... das fand sie gut?«, fragte er langsam. Er machte ein paar Schritte auf mich zu und ließ sich dann in einiger Entfernung neben mir aufs Bett sinken. Ich spürte seinen Blick auf mir, starrte aber mit leeren Augen weiter geradeaus.

»Nein, ich musste sie mit vorgehaltener Waffe dazu zwingen.«

Ich kann immer noch nicht glauben, dass du ihr das angetan hast, Arschloch.

Ich schüttelte den Kopf, um die Erinnerung zu vertreiben. Ich hatte so handeln müssen, sonst hätte sie mir nie geglaubt und wäre nie gegangen.

»Aber *warum*? Warum jetzt? Und warum die Waffe?«, fragte Dax. Ich spürte, dass er mich mit offenem Mund anstarrte, ignorierte ihn aber. Ich konnte ihm nicht die ganze Wahrheit sagen, ohne ihm zu verraten, wer ihr Vater war, aber er musste seinen Namen nicht erfahren.

»Ihr Vater liegt im Sterben«, sagte ich also nur. Dax würde verstehen, wie gewichtig diese Information war und welche Bedeutung sie für mich hatte. Ich hatte meine Eltern sterben sehen, aber Dax konnte sich an die seinen gar nicht erinnern. »Ich konnte nicht zulassen, dass sie zwischen uns beiden wählen muss. Denn egal, für wen sie sich entschieden hätte, sie hätte sich schuldig gefühlt, weil sie einem von uns den Vorzug gegeben hätte. Das konnte ich ihr nicht antun.«

»Oh«, machte er nur ernst. Er schwieg eine ganze Weile und ließ die Information auf sich wirken. »Du hast also auf dein Glück verzichtet, damit sie ihren Vater noch einmal sehen kann?«

Ich seufzte und stützte die Stirn wieder in die Hände. Darauf musste ich keine Antwort geben. Mein Schweigen war Bestätigung genug. Jegliches Aufflackern von Glück war von dem Augenblick erstickt worden, als ich sie zum Gehen veranlasst hatte.

»Mein Gott ...«, murmelte Dax. »Verdammt selbstlos. Keine Ahnung, wie du das schaffst.«

»Es tut so verdammt weh, Dax.«

Bei diesem Bekenntnis zog meine Brust sich so schmerzhaft zusammen, dass ich kaum noch Luft bekam. Wieder antwortete er nicht, sondern saß nur nachdenklich da. Mein Herz pochte schwach, schien gar nicht mehr richtig funktionieren zu können.

»Du liebst sie, nicht wahr?«, sagte Dax nun leise. Es war eher eine Feststellung, als eine Frage. »Du liebst sie wirklich und wahrhaftig.«

Ich atmete zitternd und schaudernd ein und nickte, den

Kopf weiterhin in den Händen, weil ich die Welt ausschließen wollte. Die Dunkelheit vor meinen Augen schien immer noch heller zu sein als mein Gefühlsleben. O ja, ich liebte sie wirklich und wahrhaftig.

»Wow«, sagte Dax leise. Ich vermutete, dass er ungläubig den Kopf schüttelte, konnte ihn aber nicht sehen. »Einfach nur ... wow. Es tut mir so leid, Kumpel.«

»Ja«, murmelte ich tonlos. Ich schloss die Augen noch fester, drückte sie noch intensiver gegen meine Handballen, aber es nützte nichts.

»Wenn einer aus unserem Lager es verdient hat, glücklich zu werden, dann bist du es. Ich bin nur so ... keine Ahnung. Ich wünschte, es wäre anders für dich gelaufen, Kumpel. Wirklich.«

»Danke.« Meine Stimme war, wenn überhaupt möglich, sogar noch tonloser als zuvor. Mir fehlten die Worte, ich war erschöpft, leer. Absolut und unwiderruflich leer.

Dax schlug mir einmal auf die Schulter. Ich fuhr zusammen und nahm die Hände vom Gesicht.

»Sorry«, murmelte er. »Wenn du irgendwas brauchst ... sag Bescheid, ja? Das hier solltest du nicht allein durchstehen müssen, wie es sonst deine Art ist.«

»Okay«, versicherte ich, wusste aber, dass ich log. Ich würde weder ihn noch sonst irgendjemanden um Hilfe bitten. Ich würde mich diesem Schmerz ganz allein stellen. Er würde mich von innen zerfressen, aber ich würde ihn ertragen.

Er nickte kurz, dann presste er mit traurigem Gesicht die Lippen aufeinander und atmete tief aus. Er warf mir einen letzten, deprimierten Blick zu, dann ging er zum Ausgang, murmelte noch ein leises »Auf Wiedersehen«, bevor er hinausschlüpfte und die Tür hinter sich schloss.

Obwohl dies das Schmerzhafteste war, was ich je getan hatte, bereute ich es nicht eine Sekunde lang. Grace war zu Hause, wo sie hingehörte, und sie hatte es verdient, ihren Vater vor seinem Tod noch einmal zu sehen. Das war das Beste, was ich für sie tun konnte, auch wenn es mich innerlich zerriss.

Genau so würde mein Leben von jetzt an sein. Kein Glück, keine Wärme, nichts Verspieltes mehr. Niemand, der mein Leben heller machte, niemand, der mir beibrachte, das Schöne in der Welt zu sehen. Und am entsetzlichsten war, dass es keine Liebe mehr geben würde, denn es gab auch keine Grace mehr.

Keine Liebe. Keine Grace. Kein Bär.

KAPITEL 15
BETÄUBT

Grace

Ich hatte noch gar nicht richtig verstanden, was gerade geschehen war, als ich steifen Schrittes auf Greystone zuging. Es gab keine Worte für das, was ich fühlte, dessen war ich mir sicher. Das war also die Erklärung für Haydens seltsame Stimmung während der vergangenen paar Tage. Damit hatte er mir endgültig das Herz gebrochen. Seine Worte und sein Verhalten ließen keinen Zweifel daran, dass er mich nicht mehr bei sich haben wollte und mich schon gar nicht so liebte, wie ich mir eingeredet hatte.

Er hatte mir nie versichert, mich zu lieben, und auch ich hatte meine Gefühle nie in Worte gefasst, aber irgendwie war ich immer davon ausgegangen, dass er es einmal aussprechen würde. Ein winziger, hoffnungsvoller Teil hatte geglaubt, er würde das sagen, was ich so unbedingt zu hören wünschte. Ich hätte mich nicht schlimmer täuschen können.

Hayden liebte mich nicht so, wie ich ihn liebte. Er liebte mich überhaupt nicht.

Ich hätte irgendetwas fühlen sollen – Schmerz, Verletztheit, Verlegenheit, *irgendetwas*. Aber ich fühlte nichts. Ich war taub. Hohl. Ich war eine leere Hülle, die dem Ort entgegenwankte, an dem ich aufgewachsen war, keinen Gedanken daran verschwendend, welche Erklärung ich für mein Wiederauftauchen geben sollte. Nach allem, was ich durchgemacht hatte, konnte mein Hirn jetzt nicht noch mehr Informationen verarbeiten. Ich wusste, dass der Schmerz irgendwann einsetzen würde, aber er blieb noch in Deckung, wartete und wuchs, bis der richtige Augenblick gekommen war, um mich ganz und gar zu verschlingen.

Eigentlich hätte ich mich dem Camp vorsichtig nähern sollen, hätte mich zunächst bemerkbar machen sollen, um nicht erschossen zu werden, aber die Leere in meinem Kopf machte jeglichen vernünftigen Gedanken unmöglich. Ich näherte mich mittlerweile dem äußeren Rand des Camps, der von halbkreisförmig angeordneten Gebäuden markiert wurde. Mit jedem Schritt, der mich von Hayden fortführte, schien das seltsame gefühllose Gewicht auf meinen Schultern anzuwachsen.

Das Surren einer Kugel wenige Zentimeter links von meinem Kopf riss mich aus meiner Benommenheit. Instinktiv warf ich mich zu Boden. Mit einem Schnauben, das eine dumpfe Schmerzwelle durch meine Seite sandte, landete ich im Schmutz. Dann hob ich den Kopf, um zu sehen, welcher Idiot auf mich geschossen hatte. Ich konnte den Betreffenden nicht erkennen, aber zwischen zwei Hütten stand eine schemenhafte Gestalt, die offensichtlich eine Waffe auf mich richtete.

»Nicht schießen, du Idiot!«, schrie ich stocksauer. Der Schatten zögerte und senkte einen Augenblick lang die Waffe, dann hob er sie wieder.

»Wer bist du?«, rief die Stimme unsicher.

»Grace«, spie ich hervor.

»Grace wer?«

»Grace Cook.«

Die Person gab keine Antwort, aber ich hörte gedämpfte Schritte, die auf mich zueilten. Ich stieß mich vom Boden ab und richtete mich auf. Die Welle der Wut verebbte genauso schnell, wie sie gekommen war. Wieder fühlte ich mich wie betäubt.

Blicklos starrte ich die Person an, die sich mir näherte. Schon bald erkannte ich einen von Celts engsten Vertrauten. Es war Harvey, etwa sechzig Jahre alt mit extrem grauem, zerzaustem Haar.

»Grace, o mein Gott. Ich dachte, du wärst tot«, sagte er mit ehrfürchtiger Stimme und starrte mich an.

»Offensichtlich nicht«, antwortete ich tonlos. Seltsam, denn innerlich war ich vollkommen abgestorben.

»Wo bist du gewesen?«, wollte Harvey wissen und sah mich immer noch ungläubig an – als hätte er einen Geist gesehen.

»Ich muss zu meinem Vater«, sagte ich, seine Frage ignorierend. Mit den gleichen ruckartigen, unnatürlichen Bewegungen wie zuvor ging ich an ihm vorbei.

»Warte, Grace ...« Er verstummte, und ich ging unbeirrt weiter. Ich hatte ein wahnsinnig schlechtes Gewissen, weil ich weder erleichtert noch glücklich darüber war, wieder zu Hause zu sein, und verzweifelt darauf hoffte, dass mein Vater mich aus dieser Gefühlslage befreien würde. Meine Familie wiedersehen zu können, war das einzig Positive, nachdem Hayden mich so vollkommen zugrunde gerichtet hatte.

Ich wanderte durch das Camp, das sich seltsam und fremd anfühlte mit seinen kalten, abweisenden Gebäuden und der geradlinigen Anordnung. Die kahle Landschaft, die kahlen Hütten, das alles passte zu meiner inneren Leere. Es fühlte sich an, als sei es weit entfernt, unnatürlich, falsch.

Wahrscheinlich hätte ich mir jetzt irgendeine Geschichte oder Erklärung ausdenken müssen, aber dazu hatte ich keine Kraft. Ich spürte nur, wie die leere Weite meinen Körper erfasste und die niederschmetternde Taubheit mein Hirn durchdrang. Eigentlich recht passend: Hatte ich nicht eine monatelange Gefangenschaft hinter mir? Und wäre eine Gefangene nicht in jeglicher Hinsicht gebrochen? Ich fügte mich blendend in diese Rolle ein.

Ich war noch nicht allzu weit gekommen, als jemand meinen Namen rief, eine Mischung aus Schock und Erleichterung in der Stimme.

»Grace?«

Ich wandte mich langsam um, konnte mich dank der leeren Hülle, in die mein Körper sich verwandelt hatte, nicht schneller bewegen. Jonah.

Er gab mir gar keine Gelegenheit zu antworten, sondern nahm mich in seine starken Arme – zu fest, zu grob, als wüsste er gar nicht, wie man einen Menschen richtig umarmte. Mir war kalt, obwohl dies vermutlich die liebevollste Geste war, die er mir gegenüber jemals gezeigt hatte. Ich brachte es einfach nicht über mich, sie zu erwidern, und ließ die Arme nur schlaff herabhängen.

»Du lebst«, murmelte er erleichtert. »Ich wusste es!«

Schweigend ließ ich seine Umarmung über mich ergehen Blicklos sah ich über seine Schulter; matt und bar jeden Gefühls wartete ich darauf, dass er mich wieder losließ. Ich wünschte mir inständig, etwas zu empfinden – ein Aufblitzen von Glück oder Erleichterung –, aber ich fühlte immer noch gar nichts, obwohl das hier mein Bruder war.

»Du lebst«, wiederholte er. Seine Stimme war kaum mehr als ein Flüstern.

Ich fühle mich aber nicht lebendig.

Jonah legte mir die Hände auf die Schultern und hielt mich mit ausgestreckten Armen fest. Ich betrachtete das Grün seiner Augen, die üblichen Bartstoppeln an seinem Kinn, das hellbraune Haar. Wie lang war es her, dass ich ihn so aus der Nähe gesehen hatte? Drei Monate? Es kam mir vor, als seien es nur ein paar Tage gewesen und gleichzeitig ein ganzes Leben. Meine Welt hatte sich vollkommen verändert.

»Ich habe dich so sehr vermisst«, sagte er aufrichtig. Das war wahrscheinlich das Netteste, was er je zu mir gesagt hatte. Meine schockierende Rückkehr schien ihn zur Ehrlichkeit zu bewegen.

»Ich habe dich auch vermisst«, brachte ich mühsam hervor. Meine Stimme klang angespannt und heiser, als hätte ich seit Tagen nichts mehr gesagt. Er starrte mich weiterhin in erschrockenem Staunen an, die Hände fest auf meinen Schultern. Einen Augenblick lang spürte ich einen winzigen, fast unmerklichen Funken der Freude in der Magengrube, der kurz darauf jedoch sofort wieder von Kälte und Gefühllosigkeit erstickt wurde.

»Wir müssen dich zu Celt bringen«, sagte er, als komme ihm meine Anwesenheit jetzt erst richtig zu Bewusstsein.

Seltsam, dass sowohl Jonah als auch ich selbst unseren Vater viel häufiger »Celt« als »Dad« nannten. Sicherlich redeten die meisten Kinder ihren Vater nicht mit dem Vornamen an, aber uns war das immer normal vorgekommen. Gleichzeitig erinnerte diese Gewohnheit auch an unser kaltes, gleichgültiges Miteinander. Nachdem ich so viel Zeit mit Hayden verbracht und erkannt hatte, was Familie ihm wirklich bedeutete, kam es mir falsch vor, meinen Vater mit dem Vornamen anzusprechen.

Ich nickte langsam, brachte keinen Ton heraus, als er mich losließ und mich in die Richtung schob, in die ich bereits unterwegs gewesen war. Obwohl ich monatelang fort gewesen war, fiel mir einfach nichts ein, was ich hätte sagen können. Als hätte man mir jegliches Leben förmlich aus dem Körper gesogen, schneller, als ich es je für möglich gehalten hätte.

»Ich kann nicht glauben, dass du da bist«, murmelte Jonah. Keine Ahnung, ob er mit mir sprach oder einfach nur laut dachte, also ignorierte ich seine Bemerkung. Ich hätte ohnehin keine zusammenhängende Antwort formulieren können.

Ich hasste mich dafür, dass ich so empfand – dass ich so ungern hier war, viel lieber woanders gewesen wäre. Was für ein schrecklicher Mensch war ich doch, weil ich immer noch zu Hayden zurücklaufen wollte, obwohl er mir das angetan hatte. Was für ein schrecklicher Mensch war ich doch, weil ich keine Freude darüber empfand, meinen eigenen Bruder wiederzusehen. Vielleicht hatte ich diese Trostlosigkeit ja verdient.

Ich hatte ein merkwürdiges Déjà-vu, als wir an Celts Büro anlangten. Erinnerungen an die Nacht, in der ich Hayden in meinem eigenen Camp zum ersten Mal gesehen hatte, zuckten mir durchs Hirn: Wie ich ihn erwischt hatte, nachdem ich ein lautes Scheppern im Gebäude gehört und dann entdeckt hatte, dass er nicht allein war. Wie ich ihn laufen gelassen hatte. Wie Jonah mir Vorwürfe gemacht hatte, weil ich ihn hatte ziehen lassen, und mich als schwach bezeichnet hatte. Wie er es Celt erzählt hatte. Ich erinnerte mich an die Wut, die ich empfunden hatte, weil er angedeutet hatte, ich sei nicht so stark wie jeder andere. Und an die Entschlossenheit, sobald sich die Gelegenheit bot, das rückgängig zu machen, was ich getan hatte, und mich reinzuwaschen.

Allein schon der Gedanke kam mir jetzt lächerlich vor. Unter gar keinen Umständen hätte ich ahnen können, dass ich mich so heiß und innig in den Mann verlieben würde, den ich in jener Nacht beinahe getötet hätte, nur um jetzt unwiderruflich von ihm zerstört zu werden. Natürlich wäre ich niemals in der Lage gewesen, ihn umzubringen. Obwohl ich momentan total am Boden lag, fand ich, dass jeder einzelne Augenblick, der mich zu ihm geführt hatte, es in jeglicher Hinsicht wert gewesen war.

Ein lautes Klopfen an der Tür riss mich aus den Gedanken, die erbarmungslos in meinem Kopf umherwirbelten, und ich blinzelte, um mich auf das vor mir Liegende zu konzentrieren.

»Herein«, rief er leise von drinnen. Jonah warf mir einen Blick zu, den man beinahe als Lächeln hätte bezeichnen können, dann stieß er die Tür auf. Er ging voraus, sodass ich hinter seiner großen Gestalt zunächst verborgen war.

»Celt«, sagte er leise. Ich konnte um Jonah herum sehen; Celt hielt den Kopf gesenkt und studierte etwas, das wie eine Landkarte aussah. Er presste sich die Fingerspitzen an die Schläfe, als habe er Kopfschmerzen.

»Augenblick«, antwortete er, ohne aufzublicken. Leise schloss ich die Tür hinter mir. Ich schwieg auch weiterhin. War auf tragische Weise wie betäubt.

Eine gefühlte Ewigkeit lang studierte Celt die Karte, dann seufzte er tief und fuhr sich mit der Hand übers Gesicht, schloss dabei die Augen. Anschließend legte er die Hände auf den Schreibtisch, öffnete die Lider jedoch immer noch nicht, als wolle er sich seine Gedanken für später einprägen. Doch endlich sah er zu Jonah hinüber, dann sofort nach hinten ... und entdeckte mich.

»Grace«, flüsterte er mit fassungsloser Miene und starrte mich mit offenem Mund an. Zum ersten Mal seit meiner Ankunft tat mein Herz einen glücklichen, heftigen Schlag – ich war also doch noch lebendig. Er saß wie angewurzelt auf seinem Stuhl und fixierte mich ein paar Sekunden lang, bis er aufsprang.

»Grace«, wiederholte er und umrundete eilig seinen Schreibtisch. »Mein kleines Mädchen.«

Mit diesen Worten kam er auf mich zu und nahm mich in die Arme, hielt mich ganz fest. Diese Berührung, diese eine Umarmung war alles, was nötig war, um die Mauer, die meine Gefühle in Schach gehalten hatte, zum Einsturz zu bringen. Sie trafen mich wie eine Woge, rissen mich körperlich mit sich, sodass ich erstickt aufschluchzte. Das Einzige, was mich daran hinderte, auf dem Boden zusammenzubrechen, war die Umarmung meines Vaters. Durch ihn gestützt, gelang es mir schließlich, die Arme um seinen Oberkörper zu schlingen.

»Dad«, würgte ich hervor, meine Worte durch seine Schulter gedämpft, und schluchzte herzzerreißend. Ich fühlte mich benommen, die ganze Welt schien sich um mich zu drehen und mich mit sich reißen zu wollen, damit ich zu Staub zerfiel und zu Boden rieselte. Heiße Tränen strömten mir über die Wangen, und ich hatte das Gefühl, dass man mir ein Loch in die Brust gerissen hatte, denn nun spürte mein Herz die ganze Macht meines Schmerzes. Die Betäubung war verflogen.

»Schon gut, Gracie, jetzt bist du in Sicherheit«, sagte er liebevoll.

Er hielt mich fest und ließ mich an seiner Schulter weinen, wobei er meine Tränen falsch deutete. Offen gesagt wusste ich auch gar nicht so genau, was ich fühlte. Der entsetzliche Schmerz, dass ich Hayden verloren hatte, hatte wie erwartet endlich eingesetzt, aber andere Gefühle spielten ebenfalls eine Rolle. Erleichterung, das Aufflackern eines gewissen Glücksgefühls und ein winzig kleiner Fetzen Liebe, weil ich wieder mit meinem Vater und Bruder vereint war.

Ich schniefte, versuchte, mich lange genug zusammenzureißen, um Atem zu schöpfen. Meine Kehle brannte vor Anstrengung, und meine Augen waren mit Sicherheit blutunterlaufen und geschwollen, aber das kümmerte mich nicht. Dies war nur ein Vorgeschmack der Qualen, die noch auf mich warteten, dessen war ich mir sicher.

Schließlich ließ Celt mich los und wich weit genug zurück, um mit sanftem, erschrockenem Lächeln auf mich herabzublicken. Beruhigend streichelte er meine Schultern, so wie er es in meinen Jugendtagen getan hatte, wenn ich mich über Jonah oder etwas anderes aufgeregt hatte. »Jetzt bist du wieder da, wo du hingehörst, Grace.«

So fühlte es sich aber gar nicht an. Selbst jetzt verspürte ich den deutlichen Drang, wieder nach Blackwing zurückzukehren. So vieles war dort geschehen, ich hatte mich so sehr verändert. Eigentlich sollte ich dort sein. In Blackwing, bei Hayden.

Aber das war jetzt keine Option mehr. Der Kreis hatte sich geschlossen, und ich war wieder in Greystone. Und doch war alles, absolut alles, vollkommen anders.

»Hier, setz dich erst mal. Du hast sicher eine Menge durchgemacht«, sagte er liebevoll und drückte mich auf einen Stuhl gegenüber von seinem. Jonah, der bislang schweigend dabeigestanden hatte, setzte sich auf einen weiteren Stuhl neben mich, während mein Vater zu seinem eigenen zurückkehrte. Er sah mich über den Schreibtisch hinweg zärtlich an und schob mir seine Tasse hin.

»Hier, trink einen Schluck. Ich habe ihn gerade erst gekocht, aber jetzt hast du ihn nötiger als ich«, murmelte er. Ich blickte auf den Tee hinab und erinnerte mich sofort an den Abend, als Hayden für Jett und mich heißen Kakao zubereitet hatte. So eine einfache Erinnerung – etwas Neues zum ersten Mal zu probieren –, aber sie ragte als einer der glücklichsten Augenblicke heraus, die ich in Blackwing erlebt hatte, weil es sich so normal angefühlt hatte.

»Nein danke«, erwiderte ich leise. Ich fühlte mich zu schwach, um überhaupt die Tasse anheben zu können.

Ich spürte die Blicke der beiden Männer auf mir und wusste, dass sie sich sehr beherrschen mussten, um mich nicht mit tausend Fragen gleichzeitig zu bestürmen. Ich saß mit leerem Gesicht da, nicht in der Lage, die überwältigenden Gefühle wieder einzudämmen, nun, da ich sie einmal zugelassen hatte. Als Erster brach Jonah das sekundenlange Schweigen.

»Du warst in Blackwing, stimmt's?«

Mein Herz pochte schwach, als ich den Namen hörte, und ein dumpfer Schmerz machte sich in meinem Bauch breit. Wenn schon allein der Name »Blackwing« das mit mir anstellte, wollte ich gar nicht wissen, was geschehen würde, wenn mir das, was Hayden zu mir gesagt hatte, erst mal richtig zu Bewusstsein kam. Minuten schienen zu vergehen, bevor ich schwach nicken konnte und damit seine Behauptung bestätigte.

Selbst jetzt, nach allem, was ich durchgestanden hatte, beschloss ich, keinerlei Informationen über Blackwing preiszugeben. Es war mir egal, was sie fragen oder denken würden. Ich würde ihnen nichts sagen und damit jeden, der mir am Herzen lag, in Gefahr bringen. Hayden mochte mich nicht lieben, ich mochte ihm nichts bedeuten, aber das hieß noch lange nicht, dass ich ihm ein Leid zufügen wollte. Ihm nicht und auch keinem der unzähligen anderen Menschen, die ich liebgewonnen hatte. Dax, Kit, Docc, Maisie, Jett ...

Jett.

O Gott.

Jett würde es ganz sicher nicht verstehen, schließlich konnte ich es ja selbst nicht. Das Bild, das er für Hayden und mich gemacht hatte, blitzte vor meinem geistigen Auge auf. Als Strichmännchen hielten wir einander an den Händen, wie eine richtige Familie. Er würde am Boden zerstört sein, und bei diesem Gedanken brachen die Reste meines Herzens erneut entzwei.

»Grace?«

»Was?«, antwortete ich, denn ich hatte die Frage nicht gehört. Ich blinzelte und versuchte, mich wieder auf das Gesicht meines Vaters zu konzentrieren in der Hoffnung, dass etwas von dem winzig kleinen, guten Gefühl, das ich eben gehabt hatte, zurückkehren und diesen ungeheuren Schmerz vertreiben würde.

»Was ist passiert?«, fragte mein Vater liebevoll. Ich holte tief Luft, sodass meine brennenden Lungen sich weiteten. Was war *nicht* passiert, das war wohl die bessere Frage.

»Ich ...« Ich verstummte wieder, versuchte mich daran zu erinnern, wie alles begonnen hatte. Ich musste vorsichtig sein, sehr vorsichtig, um Blackwing vor Vergeltungsmaßnahmen zu schützen.

Celts grüne Augen, die meinen eigenen so ähnlich waren, ließen mich nicht los, während ich darüber nachdachte, was ich sagen sollte. Erst in diesem Augenblick fiel mir auf, dass er anders aussah. Ich musterte ihn eindringlich, registrierte die Unterschiede zwischen dem Mann aus meiner Erinnerung und dem, der da jetzt vor mir saß. Ich war zwar eine Weile fort gewesen, aber keineswegs lang genug, um eine solch drastische Veränderung zu begründen.

»Geht es dir gut?«, fragte ich seine Frage ignorierend und sah ihn stirnrunzelnd an. Jonah rutschte unruhig auf seinem Stuhl hin und her, und Dad blinzelte. Doch dann glätteten sich seine Züge wieder.

»Mir geht es gut. Also, warum erzählst du uns nicht, was passiert ist?«, antwortete er ruhig. Er sagte mir nicht die Wahrheit, das war offensichtlich. Er war dünner, erheblich dünner als vor meinem Verschwinden. Seine vormals festen Muskeln waren verkümmert, und sein Gesicht war ausgezehrt, sodass er ausgemergelt und eingefallen wirkte.

»Aber ...«

»Alles zu seiner Zeit. Und nun erzähl uns, was du durchgemacht hast.« Sein Ton war gelassen, und mit einem stummen Nicken ermutigte er mich zum Reden. Ich würde ihm also meine Version der Geschichte erzählen, damit er endlich zugab, was ihm fehlte.

»Bei diesem Überfall in der Stadt mit Jonah wurde ich angeschossen«, begann ich. Unwillkürlich warf ich meinem Bruder einen Seitenblick zu. Er reagierte nicht auf die Andeutung, dass er mich zurückgelassen hatte.

»Sprich weiter«, forderte Celt mich freundlich auf.

»Und H... sie haben mich gefunden«, erklärte ich. Beinahe wäre mir Haydens Name herausgerutscht, aber ich konnte mich gerade noch verbessern. »Sie brachten mich in ihr Camp und hielten mich dort gefangen.«

Na bitte. Die Kurzversion einer langen Geschichte. Fast keine Details, aber im Grunde die Wahrheit.

»Aber du warst angeschossen«, hakte Jonah nach. »Wieso bist du nicht verblutet?«

»Jemand hat die Wunde genäht«, bekannte ich zögernd.

»Wo hat man dich festgehalten? Hast du irgendetwas gesehen? Weißt du, wie es dort läuft? Wie bist du entkommen?«, drängte Jonah und beugte sich ungeduldig auf eine Antwort wartend vor.

Entkommen. Ha.

»Jonah«, tadelte Celt. »Sie war Monate fort. Jetzt setz sie nicht so unter Druck. Sie wird uns alles erzählen, sobald sie bereit dazu ist.«

Werde ich nicht.

»Gut, wo haben sie dich festgehalten?«, stieß er zwischen zusammengebissenen Zähnen hervor, offensichtlich frustriert, dass ich mich nicht kooperativ zeigte.

»Keine Ahnung«, antwortete ich störrisch. »Ich habe nichts gesehen.«

»Du warst über drei Monate dort und hast nichts gesehen?«, meinte Jonah skeptisch und musterte mich misstrauisch.

»Nein.«

Meine Stimme war tonlos, und ich zwang mich, den Schmerz, der meinen ganzen Körper erfasst hatte, zu ignorieren. Jedes Wort, das ich sagte, war eine weitere Folter, und ich spürte bereits, wie der nächste Zusammenbruch sich anbahnte.

»Aber ... ich habe dich mit ihm gesehen!«, platzte Jonah heraus, dessen Verdrossenheit jetzt die Oberhand gewann. »Du warst in Begleitung ihres Anführers, und du bist einfach dort herumgelaufen. Nicht gefesselt, nicht mit verbundenen Augen, einfach so. Du musst einfach irgendwas gesehen haben.«

Ich versuchte, auf diese Aussage nicht zu antworten. Ich musste lügen. »Ich durfte ausschließlich zu ihrer Kantine gehen, um etwas zu essen. Ich habe nichts gesehen.«

»Aber doch sicher etwas gehört ...«

»Das reicht jetzt«, schnitt ihm Celt kurzerhand das Wort ab. Jonahs Augen, die mich bis dahin aufmerksam gemustert hatten, fuhren zu seinem Vater herum. Er lehnte sich zurück und stieß einen frustrierten Seufzer aus.

»Sie war drei Monate im Camp unserer Feinde. Wir wären dumm, wenn wir nicht versuchten, so viele Informationen wie möglich aus ihr herauszubekommen«, meine Jonah. »Denk doch nur, wie wir die nutzen könnten!«

»Sie hat eine Menge durchgemacht. Es besteht keine Veranlassung, sie heute Abend unter Druck zu setzen. Schließlich muss sie total erschöpft sein.«

Sie sprachen über mich, als sei ich gar nicht anwesend, was mich daran erinnerte, wie Hayden das am Anfang ungefähr eine Woche lang mit anderen Bewohnern Blackwings ebenfalls gehandhabt hatte. Bei dem Gedanken durchfuhr mich erneut ein stechender Schmerz.

»Sie könnte uns zumindest erzählen, wie der Anführer so drauf ist«, schnaubte Jonah. Ich konnte nicht verhindern, dass ich bei seinen Worten physisch zusammenzuckte. Glücklicherweise waren die beiden Männer viel zu sehr damit beschäftigt, einander anzusehen, um es zu bemerken.

»Nicht heute Abend«, erklärte Celt. »Grace, wir schaffen dich jetzt erst mal nach Hause. Du musst dich ausruhen.«

»Warte, und was ist jetzt mit *dir*?«, fragte ich nervös. Vor Sorge über sein eingefallenes Gesicht, das ich über den

Schreibtisch hinweg musterte, runzelte ich unwillkürlich die Augenbrauen. Er seufzte tief und schenkte mir ein sanftes Lächeln.

»Mach dir keine Sorgen um mich. Wir schaffen dich jetzt erst einmal ins Bett und unterhalten uns dann morgen, okay?«

Irgendetwas war hier faul. Offensichtlich ging es ihm ganz und gar nicht gut, aber ich hatte einfach nicht die Kraft, um ihm zu widersprechen. Der Schmerz, gegen den ich ankämpfte, hatte sich in meinem Magen festgesetzt und riss an meinem Herzen, kämpfte um Beachtung und wollte sich in meiner Gefühlswelt durchsetzen, damit ich seine volle Wucht spürte. Ich würde ins Bett gehen, aber dort wohl kaum Ruhe finden. Nicht das Wissen, dass ich die absolute Hölle durchmachen würde, jagte mir Angst ein – vielmehr dass ich diese Höllenqualen beinahe willkommen hieß.

Ich nickte schwach, hatte keine Einwände gegen den Vorschlag meines Vaters.

»Das ist mein Mädchen«, sagte er sanft und stand auf. Ich folgte den Männern schweigend, als sie nach draußen vorangingen. Es war noch nicht allzu spät, aber die Sonne stand schon tief. Der Abend nahte. Ich war fix und fertig. Physisch, mental und emotional total erschöpft.

Die wenigen Menschen, die wir auf dem Weg trafen, waren wahrscheinlich erschrocken, mich zu sehen, aber ich beachtete niemanden, während ich mechanisch hinter meiner Familie herging. Das glückliche Wiedersehen war überschattet. Es war egoistisch von mir, so zu empfinden, aber ich konnte es nicht abschütteln.

Wir näherten uns dem Haus, das wir eigentlich miteinander teilten, in dem wir uns aber nur selten zur gleichen Zeit aufhielten. Celt verbrachte die meisten Abende im Büro, arbeitete und plante zusammen mit den anderen führenden Köpfen Greystones. Jonah hingegen war meist im Camp auf Patrouille unterwegs. Jeder lebte, wenn irgend möglich, sein eigenes Leben.

Mein Vater ging über den Flur voraus, der zu meinem Zimmer führte – dem gleichen Raum, den ich schon bewohnte, seit ich ein kleines Mädchen war. Damals hatte ich ihn mir mit Jonah geteilt. Jetzt war ich dort allein, denn Jonah hatte einen anderen Teil der kleinen Hütte bezogen, aber es fühlte sich gar nicht mehr an wie mein Zimmer. Was mir früher so vertraut und anheimelnd vorgekommen war, war jetzt fremd und geheimnisvoll, als wohnte hier eine junge Frau, die ich noch nie gesehen hatte. Ich kam mir wie ein Eindringling in ihre Privatsphäre vor.

Jonah war im Türrahmen stehengeblieben und beobachtete mich aufmerksam, während mein Vater hinter mich trat und mir sanft die Hand auf die Schulter legte, um mich zu sich umzudrehen. Er warf mir noch ein verhaltenes Lächeln zu, bevor er die Hand wieder sinken ließ. In Greystone pflegte man sich nur in Ausnahmesituationen zu berühren, wie zum Beispiel nach der Rückkehr aus einem feindlichen Camp nach monatelanger Abwesenheit. Celt schien der Einzige zu sein, der jemals auch nur ein winziges bisschen Zuneigung gezeigt hatte.

»Schlaf dich erst mal aus. Wir unterhalten uns morgen«, sagte er liebevoll. Ich nickte.

»Ich bin froh, dass du wieder zu Hause bist, Gracie«, sagte
er inbrünstig. Er war offensichtlich immer noch etwas erschrocken, dass ich wieder da war, aber andererseits auch
definitiv erleichtert und erfreut, wie seine Miene deutlich
zeigte.

»Ich auch, Dad«, brachte ich mit gezwungenem, schwachen Lächeln mühsam heraus. Ich wusste nicht so recht, ob
es eine Lüge war oder nicht. Er warf mir noch einen letzten
zärtlichen Blick zu, dann ging er zu Jonah, der nach wie vor
an der Tür stand. Dieser rief mir ein leises »Gute Nacht« zu,
dann verließen die beiden mich und schlossen die Tür hinter sich. Ich hoffte, dass ich nach einer gewissen Eingewöh-
nungsphase doch froh sein würde, wieder zu Hause zu sein.

Zu Hause.

Was für ein merkwürdiges Wort. Was für ein merkwürdiges, perverses, unvorstellbar heimtückisches Wort. Wer
entschied denn, wo man zu Hause war? Welchen Anforde-
rungen musste der Ort gerecht werden, an dem man daheim
war? Wie sollte ich jemals sicher wissen, wo mein Zuhause
war?

Derlei Gedanken trafen mich wie ein Hieb, und blind stolperte ich rückwärts, bis meine Beine mit der Bettkante kolli-
dierten, und ich darauf zusammenbrach. Ohne Vorwarnung
kehrten die quälenden Schluchzer von vorhin mit zehnfa-
cher Intensität zurück. Erstickte Schreie entrangen sich
meiner Kehle, und ich ließ meinen Tränen freien Lauf. Ver-
nichtender Schmerz, wie ich ihn noch nie zuvor empfunden
hatte, schien jede einzelne Zelle meines Körpers zu versengen, zerfetzte sie in kleine Schnipsel, um anschließend nur

noch tiefer und tiefer in mein Sein einzudringen, bis er ein Loch genau durch mich hindurch gebrannt hatte.

Ich kannte die Antwort auf meine Fragen. Zu Hause war dort, wo man sich geborgen fühlte. Wo man ohne jeden Zweifel genau wusste, was von einem erwartet wurde und wer man sein sollte. Zu Hause war dort, wo man das Bestmögliche lebte und wo man es schaffte, dass andere mit einem selbst zusammen besser wurden; man konnte dort wachsen, lernen, lachen, spielen. Zu Hause war man sicher, glücklich, am Leben. Zu Hause war dort, wo man geliebt wurde.

Mein Zuhause war Hayden. Das Zusammensein mit ihm war die einzige Zeit in meinem Leben gewesen, in der ich die bestmögliche Version meiner selbst gewesen war. Ich hatte die Freiheit gehabt, ganz und gar ich selbst zu sein, ohne von meiner Umgebung unter Druck gesetzt zu werden. Ich war frei gewesen, so zu leben, wie man meiner Meinung nach leben sollte. Wenn ich mit Hayden zusammen war, war ich glücklicher als jemals in meinem ganzen Leben, daran gab es nichts zu rütteln. Ich hatte mich als Mensch stärker weiterentwickelt, als ich es mir je hätte träumen lassen.

Die Liebe, die ich für Hayden empfand, blieb bestehen, beharrlich und brennend in meinen Adern, als wolle sie mich wegen dem, was ich verloren hatte, verspotten. Der Schmerz fuhr mir mit aller Gewalt wie ein Blitz durchs Herz, zerfetzte es und begann dann gleich wieder von vorn, um mich hernach noch heftiger in die Mangel zu nehmen. Alles, was geschehen war, war absolut brutal. Aber die größte Pein verursachte mir das unleugbar Offensichtliche: Hayden erwiderte meine Liebe nicht.

Zu Hause sollte eigentlich ein Ort sein, wo man sich am glücklichsten und am vollständigsten fühlte. Mein Problem bestand nicht darin, dass ich nicht wusste, wo mein Zuhause war; mein Problem war, dass ich es durchaus wusste, es aber für immer verloren hatte.

KAPITEL 16

HEIMTÜCKISCH

Grace

Zehn Tage.

Die zehn Tage, die ich jetzt in Greystone war, kamen mir wie eine Ewigkeit vor. Die Zeit schien sich langsamer dahinzuziehen, als ich je für möglich gehalten hätte, und verwirrende Taubheit und alles verschlingende Qual wechselten sich in Wellen miteinander ab. Die wenigen einigermaßen glücklichen Augenblicke waren diejenigen, die ich mit meinem Vater verbrachte. Aber die waren rar gesät.

Er schien mir beschäftigter als in meiner Erinnerung, schloss sich mit ein paar Vertrauten und Jonah stundenlang in seinem Büro ein, um erst nachts wieder aufzutauchen und gleich darauf ins Bett zu gehen. Ständig hatte er dunkle Ringe unter den Augen, und er schien mit jedem Tag dünner zu werden, als sieche er vor meinen Augen dahin. Ich wurde den nagenden Verdacht, dass irgendetwas mit ihm nicht stimmte, einfach nicht los, aber er weigerte sich immer noch, mir auf entsprechende Fragen eine Antwort zu geben.

Er speiste mich stets mit einem »*Später, Gracie*« ab und legte mir dann beruhigend die Hand auf die Schulter. Dass er das Thema offensichtlich mied, machte mich nur umso besorgter.

Mir entging keineswegs, dass Jonah sich zwar alle Mühe gab, nett zu mir zu sein, seine Freundlichkeit aber nicht von Herzen kam. Seine Worte waren übertrieben förmlich, und sein Lächeln wirkte gezwungen, aber immerhin bemühte er sich. Unser Verhältnis war schon immer angespannt gewesen: Wir waren seit jeher Konkurrenten gewesen, und jeder von uns hatte der oder die Beste sein wollen. Mehr denn je wurmte mich heute seine offensichtliche Überzeugung, dass ich als Frau schwächer als er war.

Egal, was ich tat oder wie sehr ich mich bemühte, mich abzulenken, ich konnte meine Gedanken einfach nicht von Hayden losreißen. Unaufhörlich fragte ich mich, was er wohl tat, ob er in Sicherheit war, wie es ihm ging. Dass ich trotz seines Verhaltens immer noch darüber nachgrübelte, hielt ich für Schwäche. Aber ich konnte es nicht ändern: Ich wünschte mir nun mal inständig, für ihn da sein und ihm etwas von der Last seiner täglichen Aufgaben abnehmen zu können. Immer wieder hielt ich mir vor Augen, dass er nun wieder allein klarkommen musste, denn natürlich würde er sich von niemandem helfen lassen. Bei diesem Gedanken schlug mein Herz dumpf gegen meine Rippen, und der niemals nachlassende Schmerz in meiner Brust schien wieder ein wenig heftiger zu werden.

»Grace?«

Ich blinzelte, konzentrierte mich auf das Gesicht vor mir. Hellblaue Augen, umrahmt von wunderschönen langen braunen Wellen, starrten zurück. Meine einzige Freundin,

Leutie, saß mir gegenüber, während ich in der mageren Portion herumstocherte, die ich herunterzuwürgen versuchte.

»Sorry, was hast du gesagt?« Ich versuchte, meiner Stimme einen normalen Klang zu geben, und unterdrückte den schweren Seufzer, der sich Bahn zu brechen drohte.

»Ich habe dich gefragt, ob du fertig bist«, antwortete sie gutmütig.

Gegensätzlicher als Leutie und ich hätten wohl kaum zwei Menschen sein können. Sie war liebevoll, sanft, ernsthaft und wirklich schön, alles Eigenschaften, die mir fehlten. Oder zumindest, die mir gefehlt hatten, bis ein gewisser Jemand Dinge in mir zum Vorschein gebracht hatte, von deren Existenz ich keine Ahnung gehabt hatte. Bevor ich Hayden kennenlernte, war mir allein schon der Gedanke, dass ich fürsorglich oder sanft zu jemandem sein könnte, vollkommen abwegig erschienen. Er hatte diese Seite in mir geweckt. Er hatte mir das Gefühl gegeben, schön zu sein, obwohl ich das vorher nie im Leben auch nur annähernd in Betracht gezogen hätte. Doch diese Zeiten waren jetzt vorbei, und nach und nach zog ich mich wieder in mein eiskaltes Schneckenhaus zurück.

»Ja«, antwortete ich und schob mir eilig das Haar hinters Ohr, bevor ich aufstand, um meinen Teller zurückzubringen. Ich hatte ein schlechtes Gewissen, weil ich das Essen verschwendete, aber seit meiner Rückkehr hatte ich einfach keinen Appetit mehr.

Wir verließen das Gebäude, in dem wir gegessen hatten, und schlenderten leise durch das Camp. Wieder einmal hatten Jonah und Celt sich im Büro verschanzt. Ich fand es merkwürdig, dass sie so viel mehr Zeit darin verbrachten als sonst, aber dann rief ich mir ins Gedächtnis, dass ich ja seit über drei Monaten fort gewesen war. Ich hatte vergessen, wie Greystone funktionierte.

»Also«, meinte Leutie leichthin. »Wie fühlst du dich heute?«

»Gut«, antwortete ich automatisch.

Sie versuchte nun schon seit ein paar Tagen, mich zum Reden zu bewegen, und ich wusste, dass sie das nur aus Sorge um mich tat, aber ich brachte es einfach nicht über mich, ihr irgendetwas zu erzählen. Ich konnte die Hände nicht dafür ins Feuer legen, dass sie mich nicht verraten würde, also schwieg ich lieber.

Wir begaben uns in den Schatten unter den wenigen Bäumen, die in unserem Camp wuchsen, und setzten uns ins kühle Gras.

»Es geht dir *nicht* gut, Grace«, widersprach sie sanft. Sie kannte mich einfach zu gut, als dass ich es vor ihr hätte verbergen können. Außerdem lieferte ich keine besonders überzeugende Vorstellung. Sie hatte Recht: Es ging mir nicht gut.

»Ich will einfach nicht darüber reden, okay?«, antwortete ich etwas aggressiver als geplant. Sie zuckte ein wenig zurück, als hätte ich sie angeschrien. Dann schluckte sie schwer.

»Das musst du auch gar nicht, aber ... kannst du mir nicht einfach erzählen, was passiert ist? Sie haben dich nicht ... gefoltert oder so was, oder?«

Ich unterdrückte den Impuls, verächtlich zu schnauben. Ich war gefoltert worden, das ja, aber erst, als ich mit einem vollkommen zerfetzten Herzen nach Greystone zurückgekehrt war.

»Nein, Leutie«, versicherte ich ihr bedächtig.

Vor Erleichterung riss sie die Augen auf. Dies war ein weiterer Aspekt, der uns deutlich voneinander unterschied: unsere Erfahrung mit der Brutalität unserer Welt. Ich war bei mehr Raubzügen dabei gewesen und hatte mehr Menschen getötet, als ich zählen konnte, während sie das Lager nie verlassen hatte. Sie war – ein besseres Wort fiel mir nicht ein – schwach, aber gleichzeitig besaß sie eine so positive Lebenseinstellung, dass man sich einfach von ihr mitreißen lassen musste. Sie war der Grund, warum ich teilweise immer noch das Gute in der Welt sah, was ich in Teilen auch Hayden unbedingt hatte vor Augen führen wollen.

Hayden.

Ach.

Hör auf, an ihn zu denken, Grace.

»Haben sie dir wehgetan?«, forschte sie sanft. Ich spürte, dass sie mich genau beobachtete, obwohl sie woanders hinsah. Ich zögerte, pflückte ein paar Grashalme neben meinem Bein.

»Nein«, antwortete ich leise.

»Wie ist es dort? Ist es so wie hier?«, fragte sie. Offenbar gewann ihre Neugier jetzt doch die Oberhand.

»Ich sagte, ich will nicht darüber reden, okay? Lass es gut sein«, blaffte ich. Dann seufzte ich frustriert. Jonahs Fragen hatte ich in den letzten Tagen erfolgreich ausweichen können, und jetzt stürzte sich auch noch Leutie auf mich. Dazu hatte ich keine Lust.

»Okay, okay, sorry«, sagte sie herzlich. »Es ist nur ... du bist der einzige Mensch, der von so einer Geiselnahme wiedergekommen ist, weißt du?«

Geisel. Das Wort klang seltsam, wenn ich es im Geiste wiederholte, und traf absolut nicht zu. Ich war eine Gefangene gewesen, das schon, aber keine Geisel. Nicht ein einziges Mal hatten sie überhaupt in Erwägung gezogen, mich irgendwie gegen Greystone zu verwenden. Zumindest Hayden hatte das nicht getan. Vom ersten Tag an hatte er mir nur vergelten wollen, dass ich sein Leben verschont hatte.

»Ich weiß«, antwortete ich, ohne mir die Mühe zu machen, sie zu korrigieren. Je weniger ich erzählte, umso besser.

»Es ist gut, dass du ausgerechnet jetzt zurückgekommen bist, ganz ehrlich. Angesichts von Celts Krankheit und all dem«, sagte sie beiläufig und lehnte sich gegen den Baumstamm. Zum ersten Mal blickte ich sie aufmerksam an.

»Was?«

Sie sah mich plötzlich an, und ihre Augen weiteten sich, als ihr klar wurde, dass ich keine Ahnung hatte. »Wie bitte?«

»Was meinst du damit? Celt ist krank?«, fragte ich und setzte mich gerade hin. Ich hatte ja gewusst, dass irgendetwas nicht stimmte, es hätte mich also nicht überraschen sollen, aber sie das laut aussprechen zu hören, war dennoch beängstigend.

»O mein Gott, Grace. Es tut mir so leid. Ich dachte, du wüsstest Bescheid«, plapperte sie hastig weiter und legte mir die Hand aufs Knie, was mich augenscheinlich trösten sollte.

»Nein, er hat mir nichts gesagt«, erwiderte ich scharf. Meine Worte klangen gehetzt, und schnell sprang ich auf die Füße. Ich eilte bereits davon, als ich ihr noch über die Schulter hinweg zurief: »Ich muss gehen.«

»Warte, Grace ...«, rief sie mir hinterher. Doch ich konnte sie schon beinahe nicht mehr hören, so weit war ich bereits entfernt. Ich musste es aus seinem Mund hören.

Hütten und Menschen sausten vorüber, als ich durchs Camp sprintete. Meine Muskeln arbeiteten, und meine Lungen brannten, weil sie das aufgrund der mangelnden Bewegung in der letzten Zeit nicht mehr gewohnt waren. Wenn Leutie versucht hatte, mir zu folgen, hatte ich sie weit hinter mir gelassen; sie hatte noch nie mit mir mithalten können. Die Angst stieg immer höher und höher, als ich schließlich in Celts Büro anlangte. Mein Atem ging erheblich heftiger, als es hätte der Fall sein sollen. Ich machte mir gar nicht die Mühe zu klopfen, sondern warf mich gleich gegen die Tür und platzte hinein.

Drinnen war es erheblich dunkler als draußen, und meine Augen brauchten einen Augenblick, um sich an das schummrige Licht zu gewöhnen, bevor ich Celt entdeckte, ebenso wie Jonah und einige andere Männer, die sich um den Schreibtisch scharten und unzählige Karten und andere Papiere studierten. Die Köpfe sämtlicher Anwesenden flogen zu mir herum, als ich die Tür hinter mir zuschlug.

»Grace, was ...«

»Bist du krank?«, schnitt ich meinem Vater das Wort ab.

»Grace ...«

»Bist du *krank*?!« Ich schrie beinahe. Meine Brust hob und senkte sich, und ich starrte ihn an, die Stirn heftig gerunzelt und die Hände an meinen Seiten zu Fäusten geballt.

»Würden die Herren uns einen Augenblick entschuldigen?«, sagte Celt, meine Frage ignorierend. Ich holte zittrig Luft und versuchte, Ruhe zu bewahren, als sich alle an mir vorbeischlängelten, auch Jonah. Die Tatsache, dass keiner widersprach, ängstigte mich wahnsinnig. Jonahs grüne Augen hefteten sich auf meine und wirkten für einen Augenblick höchst niedergeschlagen. Dann ging auch er zur Tür hinaus, die sich hinter ihm schloss. Das war kein gutes Zeichen.

Wir waren allein, und die Stille schien um uns herum anzuwachsen, während ich darauf wartete, dass er etwas sagte. Es war offensichtlich, dass er gesundheitlich angeschlagen war. Er war bleich, gefährlich bleich, was die dunklen Ringe unter seinen stark geröteten Augen umso stärker hervortreten ließ. Aufgrund des Gewichtsverlustes zeichneten sich seine Wangenknochen scharf darunter ab.

»Grace, vielleicht solltest du dich hinsetzen«, bot er freundlich an.

»Nein, Dad, sag es mir einfach«, bat ich mit dünner, schwacher Stimme. Ich wartete darauf, dass er bestätigte, was ich eigentlich schon wusste. »Keine Ausflüchte mehr, bitte.«

Er sah mich lange und mit unglücklichem Gesicht an.

»Ja, Grace, ich bin krank.«

Bei dieser Bestätigung wurde meine Brust ganz eng, und mir blieb die Luft weg. Er durfte nicht krank sein – er war unser unbeugsamer Anführer, unser unerschrockener Befehlshaber. Er war mein unverwüstlicher Vater.

»Was fehlt dir?«, stieß ich mühsam hervor. Ich zwang mich, die Tränen zurückzuhalten, die schon wieder in mir hochstiegen. Ich hatte das Gefühl, in der letzten Woche mehr geweint zu haben als in meinem ganzen bisherigen Leben.

»Wir vermuten, dass es sich um eine Endokarditis handelt«, antwortete er langsam. Ich spürte, wie das Blut aus meinem Gesicht wich, als mir klar wurde, was das bedeutete: Er litt an einer Infektion der Herzinnenhaut, was in unserer Welt fast immer tödlich war.

»Aber haben wir denn keine Antibiotika? Können die nicht helfen ...«

»Nein, Liebes«, sagte er ruhig und schüttelte bedächtig den Kopf. »Ich fürchte, dafür ist es zu spät. Ich weiß, dass du das verstehst. Du bist ja ein kluges Mädchen.«

»Aber – nein, du – du darfst nicht so einfach aufgeben, Dad«, bat ich. Jetzt rannen mir die Tränen doch über die Wangen. Meine Stimme klang verzweifelt und dünn.

»Ich gebe nicht auf. Ich akzeptiere nur, was sowieso geschehen wird«, sagte er, trat näher und legte mir die Hände sacht auf die Schultern.

»Nein, es muss doch etwas geben, das wir tun können ...«

»Es gibt nichts, Grace. Das weißt du. Wir leben jetzt in anderen Zeiten, und ich habe es akzeptiert.«

Ich schloss die Lider, um die Tränen zurückzuhalten. Sosehr ich widersprechen und kämpfen wollte, ich wusste, dass er Recht hatte. Es war nicht zu übersehen, dass er immer schwächer wurde. Die verdächtigen Anzeichen konnte man nicht ignorieren: Gewichtsverlust, Blässe, die Schwellungen an Armen und Beinen, die grundsätzlich mit Herzversagen einhergingen, alles. Mehr Beweise waren eigentlich nicht nötig, aber ich konnte es nicht akzeptieren. Er durfte nicht sterben – er war Celt, mein tapferer, unverwüstlicher Vater. Ein solcher Mann konnte doch unmöglich sterben.

Aber das würde er. Wir wussten es beide.

Ihm blieb nicht mehr viel Zeit.

Ein zittriges Schluchzen, das eher wie ein Keuchen klang, drohte mich zu zerreißen, dann warf ich mich in seine Arme. Er fing mich auf, umarmte mich innig, wenn auch ganz sicher nicht so fest wie gewohnt. Er war schwach, so unglaublich schwach, was sich in allem zeigte, was er tat. Ich schluchzte an seiner Schulter.

Ich hatte ihn gerade erst wieder zurück, und nun würde ich ihn erneut verlieren.

Perfektes Timing, in der Tat.

»Du darfst nicht sterben, Dad«, bat ich schwach. Meine Worte an seiner Schulter klangen gedämpft. Tränen strömten mir die Wangen herab, und ich klammerte mich an ihm fest. »Ich bin doch gerade erst zurückgekommen. Du darfst nicht sterben.«

»Sch, Grace«, raunte er. Er machte sich nicht einmal die Mühe zu widersprechen.

»Du darfst nicht ...«

»Still, ist schon gut«, sagte er leise. Seine Stimme aber klang angespannt, als ob auch er gegen die Tränen ankämpfte. »Du bist doch gerade noch rechtzeitig zurückgekommen. Noch ein paar Tage länger, und ich hätte mich noch nicht mal von dir verabschieden können.«

Gerade noch rechtzeitig.

Kurz flackerte Verwirrung in meinem Hirn auf, während ich ihn umarmte und noch mehr Tränen vergoss.

Gerade noch rechtzeitig.

Wie wahrscheinlich war es, dass Hayden beschlossen hatte, mich nach Hause zu schicken, weil mein Vater sterben würde?

Nein, Grace. Du träumst.

Hayden konnte das unmöglich wissen. Meine Rückkehr nach Greystone war reiner Zufall, dessen war ich sicher. Wie hätte er davon erfahren sollen?

Er konnte es nicht wissen, du dumme Kuh. Er wollte dich einfach nur nicht mehr bei sich haben.

Ich verscheuchte die irrationalen Gedanken und umarmte meinen Vater noch fester. Die vorstehenden Knochen seiner schwachen, dünnen Gestalt waren deutlich spürbar. Herzzerreißendes Schluchzen erschütterte meinen Körper. Schmerz und Angst machten mich blind für weitere Überlegungen. Ich würde nicht mehr allzu häufig Gelegenheit haben, meinen Vater auf diese Weise im Arm zu halten. Schon in wenigen Tagen würde er vermutlich fort sein.

Das war alles. Ein paar Tage noch. Nur wenige Tage, bis mein Vater, der einzige Mensch, dem es gelungen war, mich nach meiner Rückkehr glücklich zu machen, tot sein würde. Nur noch ein paar Tage, bevor ich wirklich alles verloren haben würde.

Hayden

Mit grimmiger Miene stapfte ich durch das Camp. Zu behaupten, dass ich schlechte Laune hatte, seit ich Grace zur Rückkehr nach Hause gezwungen hatte, wäre die Untertreibung des Jahrhunderts gewesen. Und alle merkten es. Sobald die Leute mich erblickten, gingen sie mir aus dem Weg, damit das wütende Unwetter meiner Stimmung sich nicht auf ihrem Haupt entlud.

Seit meiner Unterhaltung mit Dax hatte ich kaum mit jemandem gesprochen. Danach hatte ich auch keine Gefühle mehr gezeigt, sondern mich komplett von jedermann zurückgezogen. Ich war nur noch ein Schatten meiner selbst, und mir fehlte jegliche Geduld. Die einzige Emotion, zu der ich noch fähig war, war Wut. Mein gebrochenes Herz machte sich in unfairem, heimtückischem Zorn Luft.

Ich machte gerade meine übliche Runde, als jemand es wagte, sich mir zu nähern. Der kleine Körper tauchte neben mir auf, und ich spürte den ängstlichen Blick, den er zu mir emporwarf. Trotzdem starrte ich blicklos geradeaus.

Verschwinde, Kleiner. Bring dich vor mir in Sicherheit.

»Hayden«, quiekte Jett nervös. Er musste förmlich rennen, um mit meinem strammen Tempo Schritt zu halten.

»Was?«, fauchte ich. Ich konnte nicht anders. In den letzten Tagen blaffte ich einfach jeden an.

»Ich habe mich gefragt ...« Er verstummte, stellte meine nicht vorhandene Geduld auf die Probe. »Wo ist Grace?«

Allein der Klang ihres Namens stieß tausend Dolche in

meinen Körper, durchdrang jeden Zentimeter meines Selbst und zerfetzte mich. Ich zwang mich zu einem neutralen Gesichtsausdruck.

»Fort.«

»Aber ... warum? Hat es ihr hier nicht gefallen?«, fragte er leise und eindeutig traurig. Das winzige Schuldgefühl, das in mir aufkeimte, wurde sofort von dem Schmerz in meinem Innern erstickt. Natürlich war mir klar, zu welchem Schluss er gekommen war: Grace gefiel es hier nicht, was bedeutete, dass sie auch ihn nicht mochte und gehen wollte. Aber ich konnte mich einfach nicht aufraffen, ihn eines Besseren zu belehren.

»Ich habe sie nach Hause geschickt«, sagte ich kurz angebunden.

»Warum?«

Seine Fragen gingen mir auf die Nerven, und ich musste die Zähne zusammenbeißen, um ihn nicht anzuschreien. »Darum.«

»Aber ... ich dachte, du magst sie? Und dass sie uns mochte? Ich dachte, wir wären wie eine Fami...«

»Eine was? Eine Familie?«, blaffte ich. Ich konnte mich einfach nicht mehr beherrschen. »Mach dir nichts vor, verdammt nochmal! Wir sind keine Familie, und waren auch nie eine. Und jetzt hau ab.«

Als ich ein leises Fiepsen neben mir hörte, wandte ich ihm den brennenden Blick zu. Mit schlechtem Gewissen beobachtete ich, wie Jetts Gesicht sich unglücklich verzog. Tränen rannen ihm die Wangen herab, und er schluckte schwer, als er vor mir zurückwich.

»Tut mir leid«, würgte er hervor, die Stimme erstickt von Tränen. Dann drehte er sich auf dem Absatz um und rannte in die entgegengesetzte Richtung davon.

Ich seufzte vernehmlich und hasste mich selbst, weil ich ihn verletzt hatte, aber er musste es wissen. Er war zu weich, zu schwach, und er musste erkennen, dass das Leben nicht nur eitel Sonnenschein war. Die Welt war beschissen, mit beschissenen Menschen und beschissenen Situationen. Menschen bekamen nicht immer das, was sie sich wünschten, und je eher er das lernte, umso besser.

Mit wutverzerrter Miene langte ich im Zentrum des Camps an. Überrascht und verärgert sah ich, dass sich dort eine größere Menge versammelt hatte. Nach Menschen stand mir im Augenblick nun wirklich nicht der Sinn. Ich hatte gerade beschlossen, sofort kehrtzumachen und allen auszuweichen, als jemand meinen Namen rief.

»Hayden!«

Ich biss die Zähne zusammen, mein Kinn verkantete sich, meine Nasenlöcher weiteten sich. Ich atmete heftig aus und rang um Ruhe. Neuerdings fiel es mir ungeheuer schwer, meine Gefühle im Zaum zu halten. Meine Füße trugen mich in die Mitte der Menschenmenge zu der Person, die meinen Namen gerufen hatte. Es war Barrow, der mir mit verengten Augen entgegensah.

»Was?«, sagte ich, meine Stimme düster, tief und tonlos. Tödlich.

»Willst du uns das alles nicht mal erklären?«, verlangte er in barschem, anklagenden Ton und funkelte mich an. Ich bemerkte, dass die versammelte Menge in gespanntes Schweigen verfallen war und uns lauschte. Plötzlich gesellte sich dem ständigen Schmerz in meinem Magen ein Gefühl des Unbehagens hinzu.

»Was erklären?«, blaffte ich.

»Das weißt du doch genau«, rief er scharf. Ich spürte unzählige Augenpaare auf mir, hielt den wütenden Blick aber unverwandt auf Barrow gerichtet. Ja, ich wusste, was er meinte. Offensichtlich sprach er über Graces Abwesenheit, ein Thema, das ich bislang hatte meiden können, und auch jetzt hatte ich nicht vor, freiwillig mit irgendwelchen Informationen herauszurücken.

»Wenn du etwas zu sagen hast, dann spuck's aus«, rief ich herausfordernd. Beinahe genoss ich den Gedanken an eine Konfrontation, um etwas von meiner erbarmungslosen Wut loszuwerden.

»Na ja, offensichtlich fehlt hier eindeutig eine gewissen Gefangene, und ich weiß, dass ich nicht der Einzige bin, dem das aufgefallen ist«, sagte er grimmig und warf einen dramatischen Blick in die Runde, als suche er nach jemandem, der nicht da war: Grace.

»Kluges Kerlchen«, schoss ich zurück, und Wut brauste in meinen Adern. »Noch irgendwelche anderen scharfsinnigen Beobachtungen, die du mit uns teilen willst?«

»Ich frage mich nur, was du mit ihr gemacht hast. Immerhin ist sie der Feind.«

»Ich glaube, ich bin weder dir noch sonst irgendjemandem Rechenschaft schuldig, Barrow. Muss ich dich daran erinnern, wer der Anführer dieses Camps ist?« Ich ballte unwillkürlich die Hände zu Fäusten, und meine Stimme klang eindeutig drohend, was jeglichen Versuch, cool und beherrscht zu erscheinen, zunichtemachte.

»Was für ein Anführer bist du, wenn wir dir nicht trauen können? Was verbirgst du vor uns, hm? Wo ist deine hübsche kleine Gefangene hin?«, forschte er. Ein paar Leute nickten. Auch sie verlangten nach einer Erklärung. Es kam mir seltsam vor, dass meine sonstigen Verbündeten – Dax, Kit, Docc, irgendjemand, der mich unterstützt hätte – allesamt nicht anwesend waren.

»Du traust dich ja was!«, knurrte ich. Ich war jetzt fuchsteufelswild. Wie konnte er es wagen, mich vor so vielen Leuten herauszufordern?

»Ich bin nicht derjenige, der Geheimnisse vor seinem Camp hat«, rief er anklagend und kniff die Augen nur noch mehr zusammen.

»Habe ich auch gar nicht«, spie ich hervor, obwohl das gelogen war. »Sie ist fort, das ist alles. Es gibt nichts zu besprechen.«

»Du streitest also nicht ab, dass du den Feind hast gehen lassen, nachdem sie *monatelang* hier war? Nachdem sie so viele wichtige, möglicherweise tödliche Informationen über uns gesammelt hat, hast du sie einfach ziehen lassen?«

Ein entsetztes Raunen ging bei dieser Andeutung durch die Menge. Sie hatten ja keine Ahnung, dass Grace niemals irgendeinen von uns verraten würde. Ich hatte keinerlei Zweifel daran, dass wir so sicher waren wie eh und je, aber diese Menschen konnten das nicht wissen. Sie vertrauten darauf, dass ich für ihre Sicherheit sorgte, und in ihren Augen hatte ich sie jetzt alle in die Löwengrube geworfen.

Ich trat einen Schritt vor, blieb nur wenige Zentimeter vor Barrow stehen, und mein Blick brannte sich in den seinen hinein. »Du hast keine Ahnung, wovon du sprichst, Barrow. Ich schlage also vor, du hältst besser die Klappe. Wir sind in keiner größeren Gefahr als vor einer Woche, und du machst hier ein Fass auf, das nicht geöffnet werden müsste. Mach dir das Leben nicht selbst schwerer, als es ist, indem du dich wie ein kompletter Idiot aufführst.«

Er schnaubte verächtlich und stieß ein fast unhörbares, vernichtend höhnisches Auflachen aus. »Du bist nichts weiter als ein kleiner Junge.«

»Und du ein Feigling, weil du mich vor Menschen herausforderst, die gar nicht wissen, was los ist«, rief ich. Ich warf den Kopf zurück und lachte kalt und ungläubig auf.

»Und wessen Schuld ist das? Sollten sie nicht Bescheid wissen, was ihr Anführer so im Schilde führt?«

Die Menge raunte zustimmend. Man schien mit Barrow einer Meinung zu sein. Vor Wut wurde mir beinahe schwarz vor Augen.

»Sie sollten wissen, dass ich für ihre Sicherheit sorge. Alles andere spielt keine Rolle«, erklärte ich entschieden.

»Warum hast du sie dann gehen lassen, hmm? Keinen Bock mehr aufs Vögeln?«

Mein Gehirn hatte die Worte kaum verarbeitet, als mein Körper auch schon reagierte. Unwillkürlich schoss meine Faust durch die Luft und traf mit abscheulichem Rums gegen sein Kinn, sodass er in die entgegengesetzte Richtung geschleudert wurde und hinfiel. Ich spürte gar nicht, dass meine Knöchel schmerzten, sondern stand nur siedend vor

Zorn wie angewurzelt da. Mein Atem ging stoßweise, und ich hatte seltsame Blitze vor den Augen, als ich mich zwang, mich umzudrehen und von Barrow fortzumarschieren, der am Boden lag.

Ein höhnisches Lachen übertönte das erstaunte Keuchen und leise Flüstern der Menge, die augenblicklich verstummte. Ich sah mich nicht um, sondern ging weiter, denn sonst hätte ich ihm mit Sicherheit noch einen Schlag verpasst.

»Ach ja, Hayden«, rief er gut gelaunt und spöttisch, obwohl er immer noch im Schmutz lag.

Mit einem unglaublich tiefen Seufzer schloss ich mühsam die Augen, um meine Beherrschung wiederzuerlangen. Dann blieb ich stehen und drehte mich wieder zu ihm um. Ein breites Rinnsal aus Blut sickerte aus seinem Mund, und ein leuchtend roter Fleck zeigte sich über seinem Kinn. Er stützte sich ab und setzte sich auf, sah mich mit düsterer Belustigung an.

»Willst du ihnen das Beste etwa verschweigen?«, fragte er mit hinterhältiger Freude in der Stimme. Ich stand wie erstarrt da, mein Herz pochte wie wild, und meine Lunge fühlte sich an wie zerfetzt.

»Letztens bei einem Überfall habe ich etwas sehr Interessantes erfahren ...«, begann Barrow und achtete aufmerksam auf meine Reaktion. Ich schäumte und konnte mich vor lauter Zorn weder rühren noch sprechen.

»Unser Hayden hier hat unsere Feindin nicht nur mit mehr Informationen ziehen lassen, als sie je zu träumen gewagt hätte ... Sie entpuppt sich zu alldem auch noch als jemand sehr Wichtiges.«

Nein.

»Unsere kostbare Grace stammt da drüben nämlich aus einer ziemlich bedeutsamen Familie ...«, fuhr er fort. Die Zuhörer lauschten ihm in gebanntem Schweigen.

Halt den Mund!

»Wisst ihr, sie ist nämlich die Tochter ihres Anführers, und Hayden hat ihm den Schlüssel zu ganz Blackwing gegeben.«

KAPITEL 17
AUSSCHLAGGEBEND

Grace

Ich hatte das Gefühl, dass meine ganze Welt um mich einstürzte, als ich die kalte, feuchte Hand meines Vaters zu fest umklammerte. In den beiden Tagen, seit er mir von seiner Krankheit erzählt hatte, hatte sich sein Zustand so rapide verschlechtert, dass ich das Gefühl hatte, die Sekunden zu zählen, bis er für immer von mir gegangen sein würde. Er war jetzt nur noch ein Schatten jenes Mannes, an den ich mich erinnerte. Ich beobachtete ihn, hatte zu viel Angst, den Blick von ihm abzuwenden, befürchtete, dass er sterben könnte, ohne dass ich es bemerkte.

Noch nie in meinem ganzen Leben hatte ich mich dermaßen hilflos gefühlt wie in den vergangenen beiden Tagen. Man konnte einfach nichts tun, und endlich hatte ich das genauso akzeptiert wie er. Kein Medikament der Welt hätte ihn mehr der Schwelle zum Tod entreißen können, und an Operationen war unter diesen Umständen nicht einmal im Traum zu denken. Man konnte nur noch warten – dasitzen und voller Kummer und Leid auf den Moment warten, da er seiner Krankheit erliegen und mich hier zurücklassen würde – ganz allein.

Wie sollte ich nur ohne meinen Vater weiterleben? Nach allem, was ich durchgemacht hatte, war er der eine Sonnenstrahl, der letzte Rest von Glück. Unsere gemeinsame Zeit war kurz und fieberhaft, denn die furchtbare Krankheit saugte ihm alles Leben aus. Ich war gerade rechtzeitig gekommen, um ihn zu verlieren.

Jetzt saß ich an seinem Bett, genau wie die ganzen letzten vierundzwanzig Stunden über, seit er zu schwach geworden war, um überhaupt noch laufen zu können. Ich hielt seine Hand zu fest, konnte nicht anders in dem verzweifelten Versuch, ihn mir nicht entgleiten zu lassen. Doch Muskelkraft konnte das unvermeidliche Ende nicht aufhalten, und wir wussten beide, dass es bevorstand.

Er war jetzt wach. Seine Beschwerden raubten ihm den Schlaf, aber seine Augen waren geschlossen, und sein Atem ging flach. Ein feiner Schweißfilm bedeckte sein blasses, eingefallenes Gesicht, und seine Brust hob und senkte sich viel zu schnell. Erst hüllte ich ihn in so viele Decken, wie wir finden konnten, dann schälte ich sie wieder von seinem schweißnassen Körper herunter. Keine Ahnung, wie es für ihn am angenehmsten war. Doch egal, was ich sagte oder tat, er behauptete beharrlich, es gehe ihm gut.

Jonah wartete nebenan. Er ertrug den Anblick nicht, wie unser Vater diese Welt immer weiter verließ, und hatte sich bereits verabschiedet. Ich hingegen konnte nicht wegsehen. Irgendwie war ich Hayden für das hier sogar dankbar. Seine Entscheidung, egal aus welchem Grund er sie getroffen hatte, hatte es mir zumindest ermöglicht, meinen Vater vor seinem Tod noch einmal zu sehen. Was für ein glücklicher

Zufall, dass er mich ausgerechnet jetzt gezwungen hatte zu gehen. Ich hielt es nach wie vor für einen Zufall, weigerte mich, eine Alternative auch nur annäherungsweise in Betracht zu ziehen. Das hätte mich noch fertiger gemacht.

»Grace«, flüsterte mein Vater mit dünner und atemloser Stimme.

»Ja?«

»Ich bin so froh, dass du zurück bist.«

»Ich auch, Dad«, stimmte ich leise zu und kämpfte mit den brennenden Tränen, die mir die Kehle hinaufstiegen. Ich war den ganzen Tag schon kurz davor gewesen, in Tränen auszubrechen, und würde sie bestimmt nicht mehr lange zurückhalten können. Seine Augen öffneten sich mühsam, und er sah mich an.

»Ich möchte einfach nur, dass du weißt, wie stolz ich auf dich bin, Gracie«, sagte er mit erstickter Stimme.

»Dad, nicht, ist schon gut«, antwortete ich leise und atmete zittrig und kopfschüttelnd ein. Wie sollte ich es nur schaffen, mich von ihm zu verabschieden?

»Nein, ich muss dir das jetzt sagen«, widersprach er schwach. Eigentlich wollte er entschlossen dreinblicken, aber seine Augen waren und blieben kraftlos. Selbst dazu war er zu geschwächt. »Ich bin so stolz auf dich. Du bist so stark. So stark. Du bist zu jung, um das durchmachen zu müssen, was du durchgemacht hast, und es tut mir leid, dass du auch durch mich in diese Lage kamst. Du bist zu jung, um eine solche Last auf deinen Schultern zu tragen.«

Er holte mühsam Luft; das Sprechen schien ihn anzustrengen. Tränen traten mir in die Augen, sodass sein bleiches

Gesicht vor mir verschwamm. Mühsam versuchte ich sie zurückzuhalten.

»Du hast zu gar nichts beigetragen«, versicherte ich, und mein Herz zog sich zusammen. Ich schniefte kurz, dann fuhr ich fort: »Ich wollte es, das weißt du. Ich wollte an Raubzügen teilnehmen und kämpfen. Du hast keinen Anteil daran, Dad. Versprochen. Du hast mir nur erlaubt, so zu sein, wie ich sein wollte.«

Das musste ich ihm einfach sagen. Er musste wissen, dass er mir nicht das Leben ruiniert hatte, indem er zugelassen hatte, dass ich meine Jugend auf diese Weise verbracht hatte. Er musste wissen, dass er mich dadurch stärker gemacht hatte, härter, besser. Ich war dankbar für alles, was er mich hatte tun lassen, denn das machte mich zu dem Menschen, der ich war. Schwäche war das Letzte, was ich mir zuschulden kommen lassen wollte, und er hatte dafür gesorgt, dass ich alles andere als schwach war.

»Immer so stark«, flüsterte er mit dünner Stimme. Er musterte mich mit schmerzerfülltem Blick, und sein Atem schien noch flacher als eben zu gehen. »So wunderschön und mutig und stark.«

»Stark bin ich deinetwegen«, antwortete ich. Beim letzten Wort brach meine Stimme. Tränen rannen mir die Wangen hinab, und meine Kehle schnürte sich schmerzhaft zusammen.

»Versprich mir, dass du so bleibst. Das Leben auf dieser Welt wird immer schwieriger, deshalb musst du mir unbedingt versprechen, dass du so bleibst, wie du bist«, sagte er mit sogar noch leiserer Stimme. Doch seine Augen brannten sich förmlich in die meinen hinein. Alle zwei bis drei Sekunden machte er eine Sprechpause, als koste das Reden ihn ungeheure Mühe.

»Was meinst du damit?«, würgte ich mit erstickter Stimme hervor.

»Versprich ... versprich mir einfach, dass du stark bleibst.«

Seine Worte klangen zwar leise, aber beharrlicher denn je. Ich wollte keine Zeit damit verschwenden, ihm zu widersprechen oder weiter nachzuforschen.

»Ich verspreche es, Dad.«

»Das ist mein Mädchen«, sagte er und entspannte sich endlich wieder etwas. Seine Augen schlossen sich. »Mein kleines Mädchen. Bin so froh, dass ich dich ein letztes Mal sehen durfte.«

»Dad ...«, flüsterte ich, bevor sich ein weiteres Schluchzen Bahn brach. Ich konnte förmlich sehen, wie das Licht in ihm erlosch. Seine Haut wurde, wenn überhaupt möglich, noch blasser. »Dad, bitte, ich liebe dich ...«

»Ich liebe dich auch, Gracie.«

Seine Stimme war kaum mehr zu hören. Auch der letzte Rest von Farbe begann aus seinem Gesicht zu weichen, und sein Griff um meine Hand wurde erheblich lockerer.

»Ich werde immer bei dir sein«, murmelte er leise und öffnete die Augen gerade genug, um mir in das tränenüberströmte Gesicht zu sehen. Ich nickte und atmete zittrig ein.

»Ich weiß, Dad«, brachte ich mühsam heraus. Mein Kinn zitterte, während ich stumm vor mich hin weinte. Die einzigen Laute, die ich von mir gab, waren meine unsicheren, keuchenden Atemzüge, während die Tränen einfach nicht versiegen wollten.

»Ich liebe dich«, wiederholte ich atemlos, blinzelte die Tränen fort, die mir die Sicht nahmen. Still rannen sie meine Wangen hinab und fielen auf unsere ineinander verschränkten Hände. Langsam trieb er davon. Ich wusste, dass es so war; ich hatte es schon viel zu häufig miterlebt.

»Ich liebe dich so sehr, Dad.«

Ich konnte nicht aufhören, es immer und immer wieder zu sagen. Ich hatte es gar nicht oft genug in meinem Leben ausgesprochen, und er musste es jetzt einfach hören.

»Ich liebe dich«, versicherte er mit dünner Stimme, hielt meinen Blick noch einen Augenblick lang fest und schloss dann wieder die Lider. »Meine wunderschöne Tochter ... ich liebe dich.«

Schmerzhaft pochte mein Herz, als er einen letzten Atemzug aushauchte, und seine Brust erschlaffte. Verschwommen nahm ich wahr, dass sie sich nicht noch einmal hob, sodass kein Sauerstoff mehr in seine Lungen gelangte. Jegliche Farbe war aus seinem Gesicht gewichen, war von düsterem Grau ersetzt worden, und er lag ganz still da. Meine Hand hatte er losgelassen. Die winzige Flamme des Lichts, die sich in ihm ans Leben geklammert hatte, war erloschen; er war nicht mehr als eine kalte, leere Hülle.

Er war fort.

Ich schloss ganz fest die Augen, um den Anblick auszublenden, und mein Kopf landete auf seiner Brust. Tränen liefen über meine Wangen. Aber dieses Weinen jetzt war anders als das alles erstickende, nervenzerfetzende Schluchzen von vor ein paar Tagen; dies waren Tränen der Trauer, der Akzeptanz, und sie erschütterten mich auf stille Weise, sodass nur mein Kinn zitterte.

Das war's also. Kein Dad mehr. Kein Hayden mehr. Gar nichts mehr.

Die Hand meines Vaters wurde immer kälter, seine Brust lag still und leblos da, während ich ein Meer an Tränen vergoss. Die schmerzlich-kalte Taubheit von vor ein paar Tagen schien wieder um meine Aufmerksamkeit zu heischen und machte sich erneut breit. Dennoch gelang es dem Schmerz, an mir festzuhalten und mein Innerstes zu zerfetzen.

Über so etwas hatte ich vormals nie nachgedacht. Wer geht schon davon aus, in so jungen Jahren einen Elternteil zu verlieren? Wie kann man sich auf so etwas vorbereiten? Auch wenn ich das Gleiche schon einmal mit meiner Mutter durchgestanden hatte, war ich beim zweiten Mal keineswegs besser vorbereitet. Diese Endgültigkeit verursachte mir Übelkeit. Er war tot und würde nie zurückkehren.

Keine Ahnung, wie lang ich dasaß, scheinbar endlose stille Tränen vergoss und versuchte, meinen Verlust zu verarbeiten. Irgendwann kam Jonah herein und entdeckte, was geschehen war. Er holte tief Luft, trat näher und legte mir verlegen die Hand auf den Rücken. Mühsam hob ich den Kopf.

»Komm schon, Grace«, sagte er zärtlich. So sanft hatte seine Stimme noch nie geklungen.

»Nein«, widersprach ich kläglich, schniefte heftig und wischte mir mit der Hand schnell die Wange ab.

»Ich weiß, es ist schlimm, aber ... wir müssen ihn loslassen.«

»Er darf nicht tot sein«, murmelte ich tonlos und schüttelte ungläubig den Kopf. Ich konnte nicht widerstehen und ließ den Blick seinen Körper hinauf bis hin zu seinem Gesicht wandern. Heftig drehte sich mir der Magen um, als ich die graue Gesichtsfarbe, die Leblosigkeit und den leicht geöffneten Mund entdeckte, der von seinem letzten Atemzug zeugte. Ich hatte das Gefühl, mich gleich übergeben zu müssen.

»Aber das ist er«, meinte Jonah leise. Er streichelte mir noch einmal über die Schultern, dann schob er sich zwischen das Bett und mich. Leicht legte er die Hände auf meine, die wiederum immer noch die meines Vaters umfingen, und löste sanft meinen Griff.

»Dad ist tot, Jonah«, sagte ich. Meine Stimme klang hohl und tonlos. Es fühlte sich einfach nicht real an.

»Ich weiß«, antwortete er ernst. »Bitte ... lass mich das machen. Ich muss das machen.«

Ich hatte keine Ahnung, was er damit meinte, nahm aber an, dass er den Leichnam umbetten wollte. Ich hatte die letzten Augenblicke seines Lebens mit meinem Vater geteilt, also konnte ich Jonah das gewähren. Ich nickte langsam und lehnte mich seit gefühlt Tagen zum ersten Mal in meinem Stuhl zurück. Mein Rücken schmerzte, und mein Körper war ganz steif, während ich versuchte, irgendwo anders hinzusehen als auf den Körper meines Vaters. Das Bild brannte sich mir ins Gedächtnis. Ich würde es niemals vergessen.

Irgendwann schienen die Tränen versiegt zu sein, und meine Wangen waren gespannt und salzig. Jonah atmete tief ein und nahm den herzzerreißenden Anblick unseres einst so starken Vaters in sich auf, der nun leblos dalag. Mit steifen Gliedern erhob ich mich mühsam von meinem Stuhl. Ich holte tief Luft und beugte mich vor, zwang mich, dabei nicht wieder in Tränen auszubrechen.

»Ich liebe dich, Dad«, flüsterte ich so leise, dass man es fast nicht hören konnte. Ich hatte das Gefühl, am ganzen Körper zu zittern, als ich einen sanften Kuss auf seine Stirn presste: Seine Haut fühlte sich unter meinen Lippen kalt an. Ich schloss die Lider, um nicht schon wieder in Tränen auszubrechen. Dann richtete ich mich auf und wandte mich ab, konnte das Bild, das sich mir jetzt bieten würde, nicht ertragen. Ich schniefte und wischte mir mit der Hand die Nase ab, dann nickte ich Jonah zu und zwang mich, das Zimmer zu verlassen.

Ich benötigte meine ganze Kraft, um nicht zurückzublicken, war entschlossen, den Schauplatz des Todes friedlich zu verlassen. So untröstlich ich auch war, einen winzigen Hoffnungsschimmer gab es doch: Ich hatte mich verabschiedet, und dafür würde ich mein Lebtag dankbar sein. Ich hatte meinem Vater vor seinem Tod gesagt, wie sehr ich ihn liebte und wie viel er mir bedeutete, und nur das zählte.

Zittrig holte ich Luft und durchquerte das Camp. Ich war zu verstört, um mich auf irgendetwas konzentrieren zu können, aber ich brauchte Bewegung, sonst hätte mich die unglaubliche Trauer erdrückt. Meine Kehle fühlte sich an, als liege sie in Fetzen da, und mein Herz schien es gar nicht mehr zu geben. Aber immerhin waren die Tränen nun vollends versiegt. Wieder einmal überfiel mich jene allzu vertraute Betäubung.

Ich wusste nicht einmal, wohin ich ging, bis ich dort ankam, und betrachtete verwirrt die Tür, vor der ich jetzt stand. Wie oft war ich einfach hier hineingestürmt, ohne vorher Bescheid zu sagen, dass ich kommen würde? Wie oft hatte ich ihn dort über seinen Schreibtisch gebeugt gesehen, wie er in irgendwelche Papiere, Karten oder sonst irgendetwas vertieft war? Anscheinend unzählige Male.

Ohne den bewussten Entschluss zu fassen, stieß ich mit der Schulter die Tür auf und betrat das Büro. Es sah aus wie immer: dunkel, etwas chaotisch und sehr abgewrackt. Das Amtszimmer meines Vaters, das jetzt herrenlos war. Langsam betrat ich den Raum, betrachtete die winzigen Details, die mir bislang immer so normal vorgekommen waren: eine Tasse, in der sich noch ein Rest Tee befand, ein paar auf dem Schreibtisch verteilt liegende Bleistifte, zahllose Papierstapel mit Aufzeichnungen über Gott weiß was.

Besonders herausstechend jedoch war das einzelne Foto, das in einem Silberrahmen am Rand seines Schreibtisches stand, und zwar schon seit ich mich erinnern konnte. Meine Beine trugen mich zu seinem Schreibtisch hinüber, wo ich wie betäubt auf den Stuhl sank. Gerade genug Licht fiel durch die Fenster, dass man die vier lächelnden Gesichter auf dem Foto erkennen konnte.

Dies war das einzige Foto, das ich je von uns als Familie gesehen hatte, und soweit ich wusste, war dies auch die einzige Zeit gewesen, da wir vier wirklich glücklich zusammen gewesen waren. Meine Mutter und mein Vater trugen beide ein breites Lächeln im Gesicht, und mein Vater hatte meiner Mutter den Arm liebevoll um die Schultern gelegt. Sie selbst hielt mich in den Armen. Ich war vielleicht zwei Jahre alt, und man erkannte mich nur an den leuchtend blonden Haarsträhnen, die mein Gesicht umrahmten. Jonah stand vor meinem Vater und hielt eine seiner Hände mit seinen Händchen fest. Er mochte etwa sechs oder sieben sein. Sein breites Lächeln wies diverse Zahnlücken auf.

Die Hälfte der Menschen auf diesem Bild war nun schon tot.

Mit zitternder Hand nahm ich es auf und stieß dabei versehentlich gegen einen Papierstapel, der sich planlos auf dem Schreibtisch verteilte.

»Shit«, murmelte ich und ärgerte mich über mich selbst, weil ich die Unterlagen meines Vaters durcheinanderbrachte. Hastig versuchte ich, sie wieder zu ordnen. Meine zitternden Hände bewegten sich unkoordiniert, und wieder stiegen diese blöden Tränen in meiner Kehle empor.

Gut gemacht, Grace. Bring das Einzige durcheinander, was dir von ihm geblieben ist.

Mit heftigen Selbstvorwürfen machte ich mir an den Papieren zu schaffen. Endlich hatte ich alles aufgeräumt, als mein Blick auf ein erheblich größeres Blatt fiel, das unter dem Stapel lag. Ich erstarrte, blickte angespannt auf das kleine Stück des Blattes hinunter.

Kein Blatt.

Eine Karte.

Mit zitternden Fingern begann ich die übrigen unzähligen Papierstapel wegzuräumen. Ich entdeckte, dass die Karte einen Großteil des Schreibtisches einnahm. Mir wurde langsam klar, worum genau es sich handelte, und ich arbeitete immer schneller und nachlässiger. Schließlich hatte ich beinahe die ganze Schreibtischoberfläche leer geräumt, sodass das, was darunterlag, deutlich sichtbar war.

Dort auf dem Tisch, versehen mit unzähligen Anmerkungen und Symbolen, befand sich eine sehr detaillierte Karte von Blackwing.

Während ich mehr und mehr Einzelheiten in mich aufnahm, packte mich nackte Angst. Jemand hatte Pfeile gezeichnet, die von allen Seiten kamen und an bestimmten Punkten entlang der Grenze zusammenliefen. Einige Zonen des Camps waren markiert und mit fetten Anmerkungen versehen worden. Ich entdeckte Überschriften wie »Munition« oder »Lebensmittellager«, bevor ich eine ausmachte, bei deren Anblick mir das Blut in den Adern gefror: »Anführer.«

Je intensiver ich die Karte studierte, umso klarer wurde mir, worum es sich handelte. Die Linien und Pfeile, die bestimmte Begriffe miteinander verbanden, ließen keinen Zweifel aufkommen: Das hier war nicht einfach nur eine Karte, das war etwas viel, viel Schlimmeres. Es war ein Schlachtplan.

Mit lautem Knall öffnete sich die Tür, und ich zuckte zusammen, hob ruckartig den Kopf, um nachzusehen, wer das war. Langsam trat Jonah herein und erfasste die Szenerie sofort. Auf der Stelle war ihm klar, was ich da gerade entdeckt hatte. Das erklärte so vieles – warum Celt in letzter Zeit so beschäftigt gewesen war, warum er sich hier bis zum letztmöglichen Augenblick eingeschlossen hatte, warum er Informationen nur an ein paar ausgewählte Vertraute weitergegeben hatte.

Sie hatten einen Krieg geplant, und er hatte seine Nachfolger instruiert, um ihn durchzuführen, wenn er nicht mehr am Leben war.

»Was ist das?«, verlangte ich zu wissen. Meine Stimme war angespannt und leise, und ich starrte Jonah an. Jonah, der an beinahe sämtlichen Zusammenkünften teilgenommen hatte.

»Was hast du hier zu suchen?«, gab er zurück, meine Frage ignorierend. Er hatte offensichtlich nicht erwartet, mich hier zu finden, und versuchte, sich einen Reim darauf zu machen.

»Was ist das, Jonah?«

Er seufzte tief und fuhr sich mit der Hand übers Gesicht. »Es ist genau das, wonach es aussieht.«

»Ich will, dass du es aussprichst«, zischte ich. Meine Angst wuchs: Ein Angriff auf Blackwing bedeutete nicht nur, die zu attackieren, die ebenfalls kämpften, sondern einfach jeden. Männer, Frauen, Kinder, Jung und Alt – ohne Ausnahme. Wenn Greystone ohne Vorwarnung einen Krieg anzettelte, würde das Leid unermesslich sein.

Und alle würden sterben.

»Uns gehen sämtliche Vorräte aus, Grace. Immer häufiger kehren wir von unseren Raubzügen mit leeren Händen zurück ... wir wussten schließlich alle, dass die Reserven in der Stadt nicht unerschöpflich sind, stimmt's? Na ja ... und jetzt ist es so weit.«

»Also willst du einfach einen Krieg gegen Blackwing anfangen?!« Ich schrie beinahe. Gegen meinen Willen war ich laut geworden. Jonah blinzelte kurz.

»Warum kümmert dich das?« Er klang aufrichtig verwirrt.

»Weil ... das kannst du nicht machen! Weißt du nicht, was

das bedeutet? Du fängst einen Krieg gegen sie an ... und alle werden sterben. Diejenigen, die nicht sofort sterben, werden es tun, nachdem du ihnen alles Lebensnotwendige genommen hast. Es sind *Menschen*, Jonah«, rief ich drängend. Wie konnte ihm das entgehen? Wieso erkannte er nicht, wie falsch das war?

Ein kleiner Diebstahl bei einem Überfall, na gut. Hier und da ein paar Dinge nehmen, auch okay. Aber einen Krieg anfangen, um ein ganzes Camp auszulöschen?

Das war unmenschlich.

»Wir sind auch Menschen, Grace«, erinnerte er mich, und seine Miene wurde bei meinen Worten immer finsterer. »Möchtest du lieber unsere Leute sterben sehen als ihre?«

»Ich will, dass *niemand* stirbt«, erwiderte ich entschieden. Mein Kinn verkantete sich, und ich spürte, wie meine Nasenlöcher sich weiteten. Mein Atem ging unregelmäßig.

»Nun ja, irgendjemand muss nun mal sterben, weil wir nicht genug zum Leben haben. Entweder sie oder wir, Grace«, sagte er geduldig, als erkläre er das alles einer Fünfjährigen.

Auf der logischen Ebene wusste ich, dass er Recht hatte. Uns allen war klar gewesen, dass es schließlich dazu kommen würde; die Güter, die man in der Stadt plündern konnte, wurden knapp, und schon bald mussten wir uns andere Überlebensstrategien ausdenken. Dieser Zeitpunkt war jetzt gekommen.

»Nein, das darfst du nicht«, wiederholte ich kopfschüttelnd. »Du darfst sie nicht töten. Es sind gute Menschen.«

»Sie haben dich gefangen gehalten, Grace!«, brüllte er. Anscheinend hatte er meine Widersprüche satt.

»Falls es dir nicht aufgefallen ist: Ich bin noch am Leben. Sie haben mir kein Leid zugefügt und mir sogar das Leben gerettet, nachdem *du* mich zurückgelassen hattest!«, schrie ich. Ich konnte meine Wut nicht länger zügeln.

Er sah mich ungläubig an, als könne er kaum fassen, was ich da sagte. Erst blieb ihm der Mund offen stehen, dann schnaubte er höhnisch.

»Da ist irgendwas mit ihrem Anführer gelaufen, was? Ich habe dich mit ihm gesehen, und du sahst absolut nicht aus wie eine Gefangene«, klagte er mich an und verengte die Augen zu Schlitzen.

»Er ist ein guter Mensch«, erwiderte ich scharf, seine Unterstellung ignorierend.

»Er ist ein *Mörder*, Grace. Genau wie du. Genau wie ich. Er ist nicht besser als wir alle«, spie er hervor.

»Du irrst dich.« Meine Stimme war nicht mehr als ein Flüstern und klang total angespannt, als ich heftig den Kopf schüttelte. »Er ist nicht wie wir. Er ist kein Mörder wie wir.«

»Du willst das auch noch abstreiten! Aber er fügt anderen Menschen doch ein Leid zu, oder?«, zischte er.

»Ja«, bekannte ich zögernd.

»Und er hat Menschen getötet, oder?«

»Ja, aber ...«

»Gar nichts aber, Grace. Das war's. Dein toller Was-zum-Teufel-er-auch-immer-ist ist nicht besser als wir alle. Warum hat er das Leben eher verdient als wir?«

»Er hat es nicht verdient zu sterben. Keiner von ihnen hat das.«

Ich zitterte jetzt am ganzen Körper, eine Mischung aus

Angst, Wut und niederschmetterndem Verlust raubte mir sämtliche Selbstbeherrschung. Wütend funkelten wir einander an, ein Stillstand in unserem Streit, doch die Spannung im Raum umtoste uns wie ein Monsun.

»Spielt keine Rolle. Es war meine Idee. Es wird gemacht, und du kannst nichts tun, um es aufzuhalten. Jetzt bin *ich* hier der Anführer, ob es dir nun passt oder nicht«, stieß Jonah zwischen zusammengebissenen Zähnen hervor. Die Adern an seinem Nacken und an seiner Stirn traten deutlich unter seiner Haut hervor, und seine Armmuskeln waren angespannt, als er die Fäuste ballte. Auch er schien fuchsteufelswild zu sein.

»Hat Dad das auch gewollt?«, forschte ich. Ich musste wissen, ob er diesen barbarischen Plan unterstützt hatte.

»Dad ist tot«, wich Jonah meiner Frage aus und bestätigte dadurch meinen Verdacht. Dieser Krieg war nicht der Wunsch meines Vaters gewesen.

»Und wie ist es gelaufen? Hast du mit allen anderen das hier geplant, während er versuchte, euch aufzuhalten?«, klagte ich ihn scharf an.

Kaum waren die Worte heraus, wusste ich, dass ich damit den Nagel auf den Kopf getroffen hatte. Jonah antwortete nicht und starrte mich schweigend an, was nur noch eine weitere Bestätigung war. Ich schüttelte langsam den Kopf, konnte nicht glauben, dass mein eigen Fleisch und Blut so brutal und gewalttätig sein konnte. Schließlich senkte er den Blick. Ich schnaubte leise.

»Dad wäre enttäuscht von dir, Jonah.«

Er antwortete nicht. Ich warf ihm einen letzten, abfälligen

Blick zu und machte Anstalten, an ihm vorüber nach draußen zu gehen. Nachdem ich jetzt wusste, was er vorhatte, ertrug ich es nicht mehr, mit ihm im gleichen Raum zu sein. Uns umgab eine beinahe ohrenbetäubende Stille, als ich die Tür öffnete und hindurchschlüpfte. Ich erwartete, dass er etwas sagte, irgendetwas, was auch immer, zu seiner Verteidigung vorbringen würde, aber er schwieg. Er sah keine Veranlassung, das, was er offensichtlich für das Richtige hielt, zu verteidigen.

Der Himmel wurde langsam dunkel, und der Abend brach herein. Dicke Wolken wälzten sich darüber hinweg, verhüllten das strahlende Blau des Himmels, was optimal zu meiner Stimmungslage passte. Das schwache Donnergrollen in der Ferne klang bedrohlich, während ich zielstrebig durch das Camp schritt.

Das war's. Ich konnte nicht untätig danebenstehen, während diese Leute, die für mich nun wie Fremde waren, etwas so abscheulich Unmenschliches planten, dass ich einen Kloß im Magen hatte. Ich konnte nicht zulassen, dass so viele unschuldige Menschen ohne jegliche Vorwarnung abgeschlachtet wurden. Ich durfte nicht hilflos zusehen, denn immerhin gab es immer noch die Möglichkeit, etwas zu unternehmen.

Der Wind peitschte mir um den Kopf, als ich mein Tempo erhöhte. Meine Füße bewegten sich immer schneller, sodass ich jetzt nicht mehr stramm ging, sondern joggte und schließlich lossprintete. Ich preschte immer schneller voran, entschlossen, von hier fortzukommen.

Fort von Greystone.

Zurück nach Blackwing.

KAPITEL 18
VERHÄNGNISVOLL

Grace

Vor Anstrengung begannen meine Lungen zu brennen, so schnell rannte ich auf Blackwing zu. Aufgrund meiner Verletzung war es schon lange her, dass mein Körper eine solche Belastungsprobe hatte durchstehen müssen, aber so schwer es mir auch fiel, es fühlte sich zugegebenermaßen gut an, die Muskeln zu gebrauchen. Ich bewegte mich, so schnell ich konnte, durch das dichte Buschwerk über den Waldboden, und das Braun und Grün der Bäume verschwammen, als sie an mir vorbeiflogen. Ich hatte begonnen, mich inmitten dieser Bäume zu Hause zu fühlen, doch während ich nun zwischen ihnen hindurchschoss, immer weiter auf mein Ziel zu, kamen sie mir wie Hindernisse vor.

Ich hatte keine Zeit, darüber nachzudenken, ob ich die richtige Entscheidung getroffen hatte oder ob ich zurückkehren sollte; ich tat das, was getan werden musste. Egal, welche Überlegungen dahinter standen, ich konnte nicht tatenlos zusehen, wie mein Bruder den Plan fasste, ein ganzes Camp abzuschlachten. Ja, die Vorräte waren dermaßen zusammengeschrumpft, dass kaum ein einzelnes Lager davon leben konnte, aber das bedeutete noch lange nicht, dass man viele Menschenleben opfern durfte. Es war falsch und nur ein weiterer Beweis dessen, was ich in Bezug auf unsere neue Welt mittlerweile erkannt hatte: Unsere Menschlichkeit schwand immer mehr dahin.

Die Bäume kamen mir immer bekannter vor, und meine Muskeln begannen zu schmerzen, so lange war ich nun schon gelaufen. Das Adrenalin brandete durch meine Adern. Mein Herz pumpte schneller, Schweiß benetzte meine Stirn, und mein Atem drohte meine Lungen zu sprengen. Da entdeckte ich Lichter, die durch die Bäume hindurchschimmerten.

Fast angekommen.

Ich schlug jegliche Vorsicht in den Wind und preschte vom Waldrand ins Camp. Keiner war zu sehen, und ich befand mich immer noch im äußeren Bereich. Ich eilte weiter voran, sprintete an Hütten vorbei, flog die unbefestigten Wege hinab. Mittlerweile war der Abend angebrochen, die Sonne stand tief, was hieß, dass Hayden sich wahrscheinlich irgendwo inmitten des Camps befinden würde. Genau diese Richtung schlug ich ein.

Ein paar Menschen tauchten hie und da am Wegesrand auf, schauten verblüfft zweimal hin, als ich vorbeirannte. Ich beachtete sie nicht weiter, wollte nur zu Hayden gelangen und ihm vor den bevorstehenden Ereignissen warnen. Der Pfad, auf dem ich mich befand, machte eine scharfe Linkskurve, brachte mich näher zum Zentrum des Lagers. Kaum hatte ich die Kurve umrundet, lag das Zentrum des Lagers in ungefähr hundert Meter Entfernung vor mir.

Als ich ihn entdeckte, stockte mein Schritt plötzlich. Hayden stand inmitten einer Gruppe. Er wandte mir den

Rücken zu, und selbst aus dieser Entfernung konnte ich sehen, wie angespannt er war. Er hatte die Schultern nach vorn gezogen und fuhr sich nervös mit der Hand durchs Haar. Offensichtlich stand er aus irgendeinem Grund ziemlich unter Druck.

Das alles nahm ich in vollem Lauf wahr. Er war jetzt noch etwa fünfzig Meter weit weg, hatte mich aber immer noch nicht entdeckt. Genauso wenig wie die anderen Mitglieder der Gruppe, die allesamt nur auf das achteten, was da in der Mitte vor sich ging. Meine Lungen brannten, und meine Muskeln drohten so langsam nachzugeben, aber ich war beinahe da.

Noch fünfundzwanzig Meter.

Zwanzig.

Fünfzehn.

Ich öffnete den Mund, um mich bei Hayden bemerkbar zu machen, als eine große Hand sich von hinten darüberlegte und mich gewaltsam nach hinten zerrte. Ich wurde aus der Bahn gerissen, und die Mauer des Gebäudes, hinter das ich hastig gezerrt wurde, versperrte mir die Sicht auf Hayden.

Ich kämpfte automatisch gegen meinen Angreifer an – trat um mich, zerrte, kratzte, schlug –, aber es hatte keinen Zweck; ich war zu erschöpft vom Rennen, um meine volle Kraft einsetzen zu können, und wer immer mich da gepackt hatte, war viel stärker als ich. Ich schnaufte verzweifelt, meine Nasenflügel weiteten sich, weil man mir den Mund zuhielt. Ein raues, bartstoppeliges Kinn streifte meine Schläfe, als mein Widersacher sein Gesicht zu mir herabbeugte.

»Wo glaubst du denn, wo du hinwillst?«

Mir gefror das Blut in den Adern, als ich die Stimme erkannte. Wie hätte ich jemals das erste Mal vergessen können, da er mir beinahe genau die gleiche Frage gestellt hatte? Dieser niederträchtige Ton war unverwechselbar, ebenso wie die Kraft, die nötig war, um mich festzuhalten, und der kratzige Bart, der meine Haut berührte.

Soeben – nur wenige Meter vor dem Ziel – war ich auf meinen wahrscheinlich schlimmsten Feind in Blackwing gestoßen: auf Barrow.

Hayden

Ich biss heftig die Zähne aufeinander, um meine Frustration in den Griff zu bekommen. Schwärze umgab mich, als ich die Lider schloss und scharf ausatmete in dem Versuch, mich zu beruhigen. Es gab hier zu viele Menschen, zu viele Stimmen, zu viele Forderungen nach Information, die ich nicht geben konnte und wollte. Sie umringten mich, wetteiferten um meine Aufmerksamkeit und riefen meinen Namen, um mich zu einer Antwort zu bewegen.

»Wie konntest du uns so etwas antun, Hayden?«

»Sind wir jetzt in Gefahr?«

»Sie ist der Feind, Hayden.«

»Wenn wir sterben, trägst du die Verantwortung.«

»Warum, Hayden?«

Diese und andere Fragen wurden mir immer wieder entgegengeschleudert, bombardierten mich aus allen Richtungen, sodass ich ihnen nicht entgehen konnte. Seit Barrows Enthüllung war mittlerweile eine Stunde vergangen. Ich hatte versucht, die Menschen zu beruhigen und zu besänftigen, aber das schien absolut zwecklos zu sein. Niemand hörte mir zu, und die Panik, die Barrow hatte auslösen wollen, hatte in der Tat von allen Anwesenden Besitz ergriffen.

Seine Motive waren mir vollkommen klar: Er hielt mich als Anführer nicht mehr für geeignet und wollte diesen Posten selbst einnehmen. In Wahrheit hatte ich nie um diese Stellung gebeten. Ich war einfach ins kalte Wasser geworfen worden, obwohl ich zu jung, zu unerfahren und zu schwach gewesen war. Mit achtzehn ist man einfach nicht alt genug, um ein Camp zu leiten, aber in den drei Jahren, die seither vergangen waren, hatte ich mehr als genug gelernt, um für die Sicherheit meiner Leute zu sorgen.

Außerdem spielte es auch gar keine Rolle, ob ich darum gebeten hatte oder nicht: Ich war jetzt ihr Anführer, und das würde ich bis zu meinem Tod auch bleiben. Dies war meine Verantwortung, und ich würde sie nicht wegen ein paar Hindernissen und einem gebrochenen Herzen einfach so sausen lassen.

Jemand legte mir die Hand auf den Arm und zwang mich, ihn anzusehen. Es war, als träfe mich der Klang der verzweifelten Rufe plötzlich mit geballter Macht. Ich blinzelte, versuchte mich zu konzentrieren. Die Person, die mich berührte, kam in mein Blickfeld: dunkelbraune Augen umrahmt von hellbrauner Haut. Docc.

»Hayden«, sagte er ruhig. »Sie werden dir zuhören, wenn

du es ihnen erklärst. Nicht alles, nur genug, um sie zu besänftigen. Sie vertrauen dir.«

Seine Worte waren so gelassen und klangen so vollkommen anders als die der restlichen Menge, dass sie mir sofort Trost spendeten. Die schlimmen Vorwürfe, mit denen man mich konfrontiert hatte, hatten mich nur noch tiefer in die Grube der Verzweiflung und des Schmerzes gestürzt.

»Ruhe!«, brüllte ich plötzlich, konnte den ohrenbetäubenden Lärm nicht mehr ertragen. Die Menge schwieg eingeschüchtert und auf wundersame Weise sofort. Sämtliche Augenpaare richteten sich auf mich in Erwartung meiner Worte.

»Ich weiß, dass ihr alle durcheinander und sauer und verängstigt seid, aber ich verspreche euch, dass ihr in Sicherheit seid. Ja, ich habe Grace ziehen lassen, und ja, sie besitzt eine gewisse Bedeutung in ihrem Heimatcamp, aber das spielt keine Rolle. Wer von euch die Gelegenheit hatte, mit ihr zu sprechen, weiß, dass Folgendes die Wahrheit ist: Sie stellt keine Gefahr für uns dar. Sie hat für jeden hier so viel getan, hat so viele Leben gerettet, was sie gar nicht hätte tun müssen, und sie würde uns niemals verraten. Sie ist zurückgekehrt, aber sie wird nichts tun, was uns in Gefahr bringen könnte. Vertraut mir.«

Zunächst antwortete niemand, obwohl meine Worte ein paar Menschen durchaus besänftigt zu haben schienen. Sie schienen sich an Grace zu erinnern oder an die Geschichten über das, was sie getan hatte. Andere wiederum sahen mich skeptisch an.

»Hört mal, ihr wisst doch, dass ich nur eines will, nämlich

euch in Sicherheit zu wissen. Vertraut ihr darauf, dass ich dafür sorge?«, fragte ich und sah mich unter den Leuten um, die mich umringten. Erleichtert bemerkte ich, dass sie nun nickten oder zumindest nicht mehr ganz so störrisch dreinblickten. Es blieben nicht allzu viele übrig, die an meinen Fähigkeiten zweifelten. Ich wollte gerade mit der Argumentation fortfahren, als jemand meinen Namen rief.

»Hayden!«

Die atemlose Stimme kam von weit her. Sofort teilte sich die Menge und ließ einen etwas verschwitzten, extrem atemlosen Dax zu mir hindurch.

»Hayden, komm schnell«, rief er drängend, wischte sich den Schweiß von der Stirn und sah mich eindringlich an.

»Ich bin mitten in einer wich...«

»Nein, wirklich, du musst mitkommen, *jetzt*«, sagte Dax direkt und mit noch angespannterer Stimme als zuvor. Er riss die Augen auf und nickte heftig, als wolle er mich zur Eile drängen.

»Dax ...«

»Hayden!«, schrie er, jeden meiner Proteste im Keim erstickend. »Es geht um Grace.«

Beim Klang ihres Namens erstarrte ich und hatte das Gefühl, jemand habe einen Eimer mit eiskaltem Wasser über mir ausgeleert. Ohne zu zögern, stürzte ich auf Dax zu. Er wirkte erleichtert, dass ich endlich auf ihn hörte. Schnell wandte er sich um und raste in die Richtung zurück, aus der er gekommen war. Wieder bestürmten die Leute mich mit Fragen, aber ich hörte gar nicht hin, sondern eilte Dax hinterher.

Nachdem ich mich von der Menge befreit hatte, erhöhte ich mein Tempo, um Dax einzuholen.

»Was meinst du damit?«, forschte ich und folgte ihm auf seinem Weg zwischen den Hütten hindurch.

»Es geht um Grace«, wiederholte er in scharfem Ton und wurde sogar noch schneller.

»Ja, aber was ist los?« Ich wurde immer besorgter, je länger er eine Antwort hinauszögerte. Bei der Vorstellung, dass ihr etwas zugestoßen sein könnte, schlug mein Herz heftiger als seit Jahren. Dax und ich sprinteten weiter, und eigentlich war mir egal, wo es hinging.

»Barrow hat sie in seiner Gewalt.«

Plötzlich schien ich wie gelähmt zu sein. Dax' Worte trafen mich wie ein Donnerschlag.

O nein.

O nein, nein, nein, nein, nein.

Barrow, der gerade erklärt hatte, dass er genau wisse, wer sie war und was das für das Camp möglicherweise bedeuten konnte, hatte das Mädchen in seiner Gewalt, das ich mehr liebte, als ich es je für möglich gehalten hätte.

Ich brachte keine Antwort heraus, verdoppelte meine Anstrengungen, rannte immer schneller, während Dax die Richtung vorgab. Meine Hände fingen an zu zittern, meine Arme pumpten an meinen Seiten, lähmender Zorn und Angst durchfluteten mich. Wenn er ihr auch nur ein einziges Haar krümmte, würde ich ihn verdammt nochmal umbringen.

Man hörte ein paar undeutliche Schreie, verstand aber nichts. Eine männliche Stimme, eindeutig voller Zorn. Dann eine zweite, etwas tiefere Stimme, die immer lauter wurde, je näher wir kamen. Wieder waren die Worte gedämpft.

»Das kannst du nicht machen!«, schrie die erste Stimme. Sie gehörte Kit, und sie kam aus Barrows Hütte.

»Ich mache, was ich will, *Junge*«, brüllte die zweite Stimme – Barrow – als Antwort. Er hatte den Satz kaum beendet, als ich schon an der Tür angelangt war. Ohne einen Augenblick zu zögern, rammte ich meine Schulter gegen die Tür, um sie zu öffnen. Mit lautem Knall prallte sie gegen die innere Wand, und das Geschrei im Inneren verstummte.

»Du!«, spie ich ungestüm hervor, konnte mich kaum beherrschen.

Außer mir vor Zorn sah ich mich im Inneren der Hütte um. Zunächst entdeckte ich dort Barrow. Er wirbelte herum und blockierte die Sicht auf das, was hinter ihm lag, während Kit neben ihm stand, ihn wütend anfunkelte und offensichtlich kurz davor war, ihm eine zu verpassen. In blinder Wut stürmte ich auf Barrow zu. Meine Faust nahm Anlauf und schwang nach vorn, traf zum zweiten Mal am heutigen Tag auf Barrows Kinn. Der geriet ins Wanken und stolperte rückwärts gegen einen Tisch.

Ich wollte gerade einen erbarmungslosen Fausthieb-Hagel auf ihn herabregnen lassen, als ich ein leises Wimmern hörte, was meine Aufmerksamkeit auf den Menschen lenkte, dem sie eigentlich von Anfang an hätte gehören sollen. Ruckartig fuhr mein Kopf herum, und mein Blick landete auf ihr.

Mir gefror das Blut in den Adern, als ich sie sah, und eine neue Art von Furcht durchzuckte meinen ganzen Körper. Sie saß auf einem Stuhl, beide Hände mit einem dicken Seil hinter dem Rücken gefesselt, das ähnlich aussah wie das, mit dem ihre beiden Knöchel jeweils an die Stuhlbeine gebunden waren. Eine dicke Blutspur strömte an ihrer linken Wange hinab, und sie wirkte benommen.

»Hayden«, hauchte sie, und ihre Lider flatterten einen Augenblick lang schwach. Dann rollte ihr Kopf nach vorn. Sie riss sich zusammen, richtete sich wieder auf, aber offensichtlich ging es ihr alles andere als gut.

»Grace«, keuchte ich entsetzt. Doch dann fasste ich mich wieder, stürzte vor, nahm ihr Gesicht in die Hände und hockte mich vor ihr nieder. Ihre Lider flatterten erneut, dann gelang es ihr, mich anzusehen. Ihre Pupillen schienen sich mehrfach zu weiten und zusammenzuziehen, während ich sie scharf musterte.

»Grace, geht es dir gut?«, fragte ich eindringlich. Wie sehr wünschte ich mir, dass mit ihr alles in Ordnung war. Das musste einfach so sein.

»Hayden«, wiederholte sie. In ihren Augen zuckte unverkennbarer Schmerz auf, als sie mich ansah, meine Frage jedoch vollkommen ignorierte. Ich atmete scharf aus und zwang mich, Ruhe zu bewahren. »Ich muss dir etwas sagen ...«

Doch dann verstummte sie, und ihre Lider schlossen sich erneut.

»Scheiße, okay, Grace, halt durch«, rief ich drängend, ließ ihr Gesicht los und trat hinter sie, um ihre Fesseln zu lösen.

»Kit, Dax«, sagte ich geistesabwesend. »Bringt Barrow auf den Turm und fesselt ihn. Ich will nicht, dass er mit irgendjemandem redet, verstanden?«

»Ja, natürlich«, versicherte Dax sofort und packte Barrow am einen Arm, während Kit den anderen umfasste. Er war von meinem Schlag leicht benommen, kam aber langsam wieder zu sich.

»Bist du sicher, dass du ihn nicht einfach 'runterstoßen willst?«, bot Kit allen Ernstes an. Ich erwog tatsächlich, sein Angebot anzunehmen, doch dann schüttelte ich doch den Kopf.

»Nein, fesselt ihn nur, und dann sagt Docc, er soll in meine Hütte kommen«, antwortete ich entschlossen, während ich mir weiter an den Knoten zu schaffen machte. Ich stöhnte frustriert, weil meine zitternden Finger sich so schwer damit taten.

»Du Narr. Du kompletter, bescheuerter Narr«, zischte Barrow, der mittlerweile wieder reden konnte. Ich ignorierte ihn, war viel zu sehr damit beschäftigt, Graces Fesseln zu lösen, um ihm Beachtung zu schenken.

»Halt's Maul, Arschloch«, murmelte Kit, während er und Dax ihn aus der Hütte zerrten. Ich hörte, wie sie im Hinausgehen noch ein paar gehässige Bemerkungen fallenließen, dann schloss sich die Tür hinter ihnen, und man hörte nichts mehr.

Wieder drang ein leises Wimmern aus Graces Kehle, als ich es endlich geschafft hatte, ihre Arme zu befreien. Mühsam zog sie sie vor ihren Körper, massierte sich die Handgelenke und hatte offensichtlich Mühe, bei Bewusstsein zu bleiben. Ich kniete vor ihr nieder und machte mich daran, ihr rechtes Bein loszubinden.

»Was machst du hier?«, murmelte ich. Es war weniger

eine Frage als ein laut geäußerter Gedanke. Sie war nach dem, was Barrow mit ihr gemacht hatte, nicht ganz bei sich, weshalb es mich nicht überraschte, dass sie als Antwort nur leise stöhnte. Meine Finger arbeiteten fieberhaft, sodass ich den zweiten Knoten viel schneller gelöst hatte als den ersten. Dann machte ich mich an die letzte Fessel.

»Bleib wach, Grace, ich bin beinahe fertig«, murmelte ich und sah zu ihr auf. Sie war beinahe ohnmächtig. Dem Blut an ihrer Schläfe nach zu urteilen, hatte sie mindestens einen heftigen Schlag gegen den Kopf bekommen.

Dafür würde ich Barrow bei lebendigem Leibe braten.

Ein erleichtertes Seufzen entfuhr mir, als ich sie endlich komplett losgebunden hatte, obwohl meine Hände immer noch vor Zorn, Schreck und Angst zitterten. Ich konnte es nicht mal ganz fassen, dass sie da vor mir saß, geschweige denn die ganzen Gefühle begreifen, die auf mich einstürmten; jetzt zählte nur eins: sie zu versorgen.

Ich stand auf und legte ihr einen Arm um die Schultern und den anderen unter die Knie. Dann hob ich sie vom Stuhl. Ihr Kopf fiel auf meine Schulter, und sie stöhnte wieder leise und zuckte leicht zusammen. Kaum hatte ich sie auf dem Arm, ging ich zur Tür hinaus und auf meine Hütte zu.

»Grace«, sagte ich sanft, versuchte, die Panik zu unterdrücken, die in mir aufstieg, weil sie mehr und mehr zu entgleiten schien. Sie antwortete nicht, doch ihre Lider flatterten. Sie war also immer noch wach.

»Grace!«, wiederholte ich etwas energischer, als sie die Augen fest schloss, als fechte sie innerlich einen Kampf aus. Immer noch gab sie keine Antwort.

»Bär«, versuchte ich es. Meine Stimme wurde automatisch leiser, denn mein Kosename für sie traf mich wie ein Steinschlag. Grün blitzten ihre Augen auf, endlich reagierte sie. Einen Augenblick ließ ich erleichtert die Schultern sinken, denn zum ersten Mal schien sie mich bewusst anzusehen.

»Herc«, flüsterte sie schwach. Es war, als wäre sie nie fort gewesen. Mit voller Kraft brandeten meine Gefühle für sie in mir wieder empor, jetzt sogar noch stärker als an jenem Tag, als sie gegangen war.

»Du bist in Sicherheit, Grace«, sagte ich zu ihr, denn ich weigerte mich einfach, das Gegenteil anzunehmen. Mir vorzustellen, was alles passieren konnte, hätte mich vor Angst absolut gelähmt, und das durfte ich nicht zulassen, denn schließlich wollte ich sie in meine Hütte tragen.

»Hayden, ich muss dir was sagen ...«

»Sch, warte noch ein bisschen, ja? Das hat Zeit, bis es dir besser geht«, schnitt ich ihr das Wort ab. Was immer sie zu sagen hatte, konnte wohl kaum so wichtig sein wie ihre Gesundheit. »Ruh dich einfach nur aus, wir sind gleich da.«

Und so war es. Noch einmal bog ich um die Ecke, und endlich tauchte meine Hütte vor uns auf. Hastig eilte ich zur Tür. Eine Kerze, die ich vorher auszupusten vergessen hatte, warf einen warmen Schein auf das kleine Zimmer, als ich sie zum Bett hinübertrug und sanft darauflegte. Ein plötzliches, tiefes Rumpeln zeugte auf unheilverkündende Weise von dem herannahenden Unwetter.

Sie war ganz still, als ich sie auf den Rücken legte, ihren Kopf auf ein Kissen bettete. Ich setzte mich hin, beugte mich über sie, streckte einen Arm über ihrem schwachen Körper aus, sodass unsere Gesichter einander ganz nahe waren. Im Dämmerlicht fand ihr Blick den meinen. Ich wusste, dass ich es nicht hätte tun sollen, aber ich konnte meine freie Hand einfach nicht daran hindern, ihr das blutdurchtränkte Haar aus dem Gesicht zu streichen.

Wir sagten beide kein Wort, doch ich streichelte sie immer weiter. Nicht ein einziges Mal ließ ich ihren Blick los. Es war, als ob die Luft um uns herum plötzlich elektrisch aufgeladen war und uns in jene Blase hüllte, die ich so sehr vermisst hatte. Es war, als wäre gar keine Zeit vergangen und als ob es diese herzzerreißend qualvolle Trennung nie gegeben hätte.

Doch unser gemeinsamer Moment wurde unterbrochen, als die Tür plötzlich aufgestoßen wurde. Ich riss den Blick von ihr los, bereit, jedweden Angreifer niederzuschlagen. Doch es war nur Docc, der eine kleine Tasche bei sich trug. Er ignorierte mich und eilte sogleich zu ihr hin. Ohne viel Federlesens schob er mich beiseite, zwang mich, mich aufzusetzen und beugte sich über sie, um die Verletzung zu begutachten.

»Was ist passiert?«, erkundigte er sich, ohne mich anzusehen. Er kramte in seiner Tasche, holte Gaze, Kompressen, Desinfektionsmittel und Verbände heraus.

»Barrow«, zischte ich wütend. »Er hat sie gefesselt und ihr wahrscheinlich ein paar Schläge gegen den Kopf versetzt.«

Grace zuckte beim Klang meiner Stimme zusammen, doch Doccs Gestalt versperrte mir die Sicht auf ihr Gesicht.

»Du bist ein toughes Mädchen, nicht wahr?«, murmelte Docc. Er inspizierte ihre Schläfe. Ich war außer mir vor

Sorge. Automatisch streckte ich die Hand, mit der ich vormals ihr Gesicht gestreichelt hatte, nach ihrer aus und umfing sie. Ich drückte sie, hielt schweigend den Atem an, bis sie den sanften Druck erwiderte. Warm durchflutete es mein ganzes Sein. Es schien Jahrzehnte her zu sein, dass wir beide eine so einfache Geste hatten austauschen können.

Docc arbeitete schnell und schweigsam, prüfte ihre Pupillen und ihre Atmung, um innere Verletzungen auszuschließen, dann säuberte er die Wunde. Sie war jetzt beinahe bewusstlos und spürte kaum, was er tat.

»Die Wunde muss nicht genäht werden«, erklärte er und wischte das Blut ab. Dann gab er Desinfektionsmittel darauf und bandagierte sie. »Und ich glaube auch nicht, dass sie eine Gehirnerschütterung hat. Einfach nur einen ordentlichen Schlag auf den Schädel, der manchmal zu Orientierungslosigkeit führen kann.«

Ein erleichterter Seufzer entrang sich mir, und ich sackte tief genug nach unten, dass meine Lippen Graces Hand berührten. Ich ließ sie auf ihren Knöcheln verharren und schloss einen Augenblick lang die Augen, mehr als dankbar, dass sie wieder gesund werden würde. Tief einatmend setzte ich mich auf und sah Docc an.

»Danke.«

»Gern geschehen. Lass sie jetzt ein bisschen schlafen. Ich weiß, dass du gut für sie sorgen wirst«, sagte er ruhig, nickte mir noch einmal zu und packte seine Utensilien wieder ein. Dann richtete er sich auf und ging auf den Ausgang zu.

»Und Hayden«, fügte er hinzu, als er die Tür öffnete.

»Ja?«

»Lass sie nicht noch einmal gehen. Zusammen seid ihr besser dran.«

Bei diesen Worten blieb mir der Mund offen stehen. Ich wusste nicht genau, was ich erwartet hatte, aber das ganz sicher nicht. Er wartete nicht ab, bis ich mich von meinem Schock weit genug erholt hatte, um zu antworten, sondern schlüpfte zur Tür hinaus in das aufkommende Unwetter. Wir waren wieder allein.

Graces Augen waren nun wieder geschlossen und ihre Lippen leicht geöffnet; ihr Atem ging sanft und gleichmäßig. Anscheinend hatte sie den Versuch, wach zu bleiben, endlich aufgegeben.

In diesem Moment kam mir die Realität zu Bewusstsein. Grace lag hier vor mir – wenn auch ohnmächtig – in meinem Bett statt zu Hause bei ihrem Vater, wie es eigentlich hätte sein sollen. Wie ein Hammerschlag traf mich der Gedanke, dass er vielleicht nicht mehr am Leben war – aber um Graces willen hoffte ich inständig, dass ich mich täuschte.

Docc hatte das Blut abgewaschen, sodass meine Augen ihre Züge nun ungehindert in sich aufnehmen konnten, während ich meine Gedanken zu ordnen versuchte. Ich hatte so viele Fragen an sie, aber im Moment konnte ich nur daran denken, wie unglaublich es war, sie zu sehen, nachdem ich mir eingeredet hatte, sie nie wiedersehen zu können. Sie war hier, *genau hier*, und sie war am Leben.

Ich nahm wieder die gleiche Position ein wie vor Doccs Ankunft, beugte mich über sie, musterte sie und ließ die Hand sanft über ihr Gesicht gleiten. Meine Fingerspitzen ertasteten ihr Kinn, ihre Wangen, die Brauen, die Nase und schließ-

lich ihre Lippen. Alles fühlte sich noch genauso an, wie ich
es mir vor so langer Zeit eingeprägt hatte. Als sei überhaupt
keine Zeit verstrichen, seit sie gegangen war. Jeder Gedanke,
jedes Gefühl, jede Empfindung flutete zurück in mein ausge-
trocknetes, gebrochenes Herz.

Ich seufzte tief und schwer, als ich mühsam die Hand von
ihrem Gesicht zurückzog. Dann gestattete ich es mir, mich
noch weiter hinabzubeugen und ihr einen federleichten
Kuss auf die Stirn zu geben, den sie im Schlaf gar nicht spüren würde, bevor ich mich zwang, wieder vom Bett aufzu-
stehen.

Ich hatte immer noch keine Ahnung, warum sie hier war.
Falls ihre Familie noch am Leben war, änderte ihr plötzliches
Wiederauftauchen gar nichts. Dann würde ich sie womöglich
wieder zwingen müssen, sich zwischen ihrer Familie und mir
zu entscheiden.

Ich wanderte ruhelos vor dem Bett auf und ab, wünschte
mir so sehr, sie möge aufwachen und alles erklären, hoffte
aber gleichzeitig, sie möge noch viele Stunden schlafen, damit sie mich nicht wieder verließ.

Sie würde mir sagen, was sie zu sagen hatte, und dann
wieder gehen, dessen war ich sicher. Ich musste darauf vorbereitet sein, sie wieder zu verlieren.

Sehr zu meiner Überraschung rührte sie sich schon nach
ein paar Minuten wieder. Ein leises, rasselndes Stöhnen entfuhr ihrer Kehle, und sie bewegte sich im Bett. Ich eilte wieder zu ihr hin, setzte mich diesmal aber eher ans Fußende
des Bettes als genau neben sie. Am besten fing ich mit der
Trennung gleich an.

Sie runzelte ganz leicht die Stirn, als sie merkte, wie weit von ihr entfernt ich saß. Kaum hatte sie die anfängliche Desorientierung überwunden, die von ihrer Verletzung herrührte, stützte sie sich mühsam auf die Ellbogen. Jetzt sah sie konzentrierter und entschlossener denn je aus.

»Wie fühlst du dich?«, fragte ich vorsichtig und mit leiser, sanfter Stimme und musterte sie eindringlich.

»Ein wenig benommen, aber ansonsten gut«, antwortete sie und ließ mich nicht aus den Augen. »Hör zu, ich weiß, du willst mich nicht hier haben, und ich werde auch wieder gehen, aber ich muss dir unbedingt etwas sagen ...«

»Mein Gott, Grace, das hier hätte gar nicht passieren sollen.«

»Was meinst du damit?«, fragte sie verwirrt.

»Du, du ... du dürftest gar nicht hier sein«, antwortete ich langsam und wandte den Blick einen Augenblick lang ab. Dann richtete ich ihn wieder auf sie.

»Ich hab's kapiert, okay? Ich hab dir doch gesagt, dass ich wieder gehe. Aber ich muss dir sagen ...«

»Was hast du hier zu suchen?«, fragte ich. Ich konnte einfach nicht anders, als sie zu unterbrechen. Ich spürte, wie meine Gefühle mich zu überwältigen drohten, und ich fürchtete, sie nicht ein zweites Mal gehen lassen zu können, ohne dann tatsächlich zusammenzubrechen und zu sterben. »Das hier ist nicht ... du solltest daheim bei deiner Familie sein. Ich sollte dich nie wiedersehen.«

Meine Atmung ging eindeutig zu schnell, und mit feuchten Händen schlug ich mir frustriert auf die Schenkel. Sie sah mich aufmerksam an, und ich wusste, dass sie mich unterbrechen wollte, also sprach ich weiter, bevor sie es konnte.

»Du solltest nie zurückkommen. Du solltest nicht verletzt werden. Du solltest in Sicherheit bleiben, Grace. Nichts von alldem hätte passieren dürfen«, plapperte ich weiter. Ich spürte, dass es mit mir durchging, aber anscheinend konnte ich nicht aufhören. Sie hier vor mir sitzen zu sehen und nicht berühren zu dürfen, trieb mich zum Wahnsinn.

Meine Atmung ging sogar noch unregelmäßiger, als sie sich überraschend aufsetzte und näher rückte, sodass sie jetzt genau vor mir saß. Vorsichtig streckte sie den Arm aus und nahm meine feuchte Hand in die ihre.

»Hayden, ich will, dass du mir jetzt zuhörst«, sagte sie entschlossen und sah mir fest in die Augen. »Es geschieht nun mal nicht alles so, wie es soll, okay? Nach dem hier werde ich gehen.«

»Mein Gott, Grace, ich will doch gar nicht, dass du gehst.«

Das war das Letzte, was ich hätte zugeben sollen. Schließlich bemühte ich mich doch so sehr, das zu tun, was das Beste für sie war, aber ich konnte mich einfach nicht zurückhalten. Ihr stockte der Atem, als sie die Worte hörte, und sie ließ mich nicht aus den Augen.

»Nicht?«, flüsterte sie, die Stimme voller Gefühl. Sie war mir jetzt zu nah, so nah, dass ich keinen klaren Gedanken mehr fassen konnte. Mir schnürte sich die Kehle zu, als ich den Kopf schüttelte. Ich konnte diese Charade nicht länger aufrechterhalten. Unvorstellbar, dass sie weiterhin an meine Lügen glaubte. Sie glaubte immer noch, dass ich sie nicht hier bei mir haben wollte.

»Nein«, bekannte ich. »Du hast Recht. Es läuft nicht immer alles so, wie es soll.«

»Ja ...«, antwortete sie leise und wartete darauf, dass ich weitersprach. Ich entzog ihr meine Hand und umfing automatisch ihre Wange. Mit dem Daumen streichelte ich ihre Unterlippe. Sie erwiderte meinen Blick, vollkommen fasziniert von jeder Bewegung, genau wie ich von ihr.

»Du hättest nie hier sein dürfen. Du hättest die Dinge, die du gesehen hast, nie sehen dürfen. Du hättest niemals Teil dieses Camps werden dürfen ... Du hättest nie zurückkommen dürfen ... und ... ich hätte mich nie in dich verlieben dürfen.«

Na also, jetzt hatte ich es gesagt. Ich hatte den Sicherungsstift der Granate gezogen und sie einfach in die Luft geworfen, hatte sämtliche Vorsicht in den Wind geschlagen und ihr endlich, endlich gesagt, was ich für sie empfand. Sie atmete scharf ein und riss überrascht die Augen auf, während meine Rippen unter meinem Herzschlag förmlich erzitterten.

»Du liebst mich?«, fragte sie endlich so leise, dass ich sie kaum verstehen konnte.

»Ich liebe dich so sehr, dass es schmerzt, Bär.«

Es fühlte sich so gut an, es auszusprechen, mich endlich dazu zu bekennen, dass ich geradezu körperlich an mich halten musste, mich spontan noch in dieser Sekunde vorzubeugen und sie zu küssen.

»Hayden, ich liebe dich auch.«

Das Herz schlug mir bis zum Hals, und kurzzeitig bekam ich keine Luft mehr. Ihre Worte warfen mich beinahe um.

»Wirklich?«, fragte ich, zu schockiert, um ihr zu glauben. Sie verengte die Augen, und ihr Blick brannte sich in meinen hinein. Dann nickte sie.

»Von ganzem Herzen.«

Diese Bestätigung sandte glühend heiße Stromstöße durch meinen ganzen Körper. Ich beugte mich vor, sodass nun kein Abstand mehr zwischen uns herrschte. Mit der anderen Hand umfing ich ihre Wange. Dann beugte ich mich vor, hielt nur den Bruchteil eines Zentimeters vor ihren Lippen inne, um mich davon zu überzeugen, dass das hier real war.

Sie war hier, warm, lebendig und sicher, und sie liebte mich.

Das hier war real.

Ich presste die Lippen auf die ihren. Und kaum berührten wir uns, loderte es in meinen Adern, und die übrige Welt schien zu verschwinden. Ich spürte nur noch Grace und das Gefühl, das sie mir gab. Jede Zelle meines Körpers schien zu feiern, als ich sie küsste, jubelte über die Wiedervereinigung, mit der ich niemals gerechnet hätte. In diesem Augenblick zählte nur sie, und zum ersten Mal seit einer gefühlten Ewigkeit fühlte ich mich wieder vollständig.

KAPITEL 19

BEDROHUNG

Grace

Haydens Lippen fühlten sich warm auf meinen an. Sein Kuss erfüllte mich von innen nach außen, und all seine Gefühle ergossen sich in seine Liebkosungen. Ich spürte die Erleichterung, die atemlose Fassungslosigkeit und – was am wichtigsten war – die unendlich große Liebe, mit der er mein Gesicht in den Händen hielt. Meine Gedanken waren wie im Nebel versunken, sodass ich beinahe komplett in seinen Bann geriet. Doch im Hinterkopf nagte es weiterhin leise an mir, brach den Zauber, erinnerte mich daran, dass ich – so wunderbar dieses Wiedersehen auch war – aus einem bestimmten Grund zurückgekehrt war.

Es erforderte meine ganze Willenskraft, mich zurückzulehnen, meine Lippen von seinen zu lösen und leise »Hayden« zu flüstern.

»Hmm?«, machte er sanft und beugte sich erneut vor, um unseren Kuss fortzusetzen. Leicht legte ich ihm die Hände auf die Brust und schob ihn zurück. Die Berührung schien ihn zu überraschen, und schließlich öffneten sich seine Augen. »Was ist los?«

Zärtlich streichelten seine Daumen meine Wangen, und

er musterte mich besorgt, als er meinen Gesichtsausdruck wahrnahm.

»Ich muss dir erzählen, warum ich zurückgekehrt bin«, sagte ich entschlossen und zwang mich zur Konzentration.

»Nicht, weil du mich liebst?«, fragte er mit der Andeutung eines Lächelns. Mein Herz erzitterte bei seinen Worten.

»Natürlich liebe ich dich. Aber ... das ist nicht der Grund für meine Rückkehr.«

»Was dann?«, fragte er. Ein merkwürdiger Hauch von Angst glitt über sein Gesicht, und ich fragte mich, was er dachte. Er ließ die Hände sinken und legte sie auf meinen Oberschenkel, drückte sanft zu.

»Es wird etwas Schlimmes passieren ... Mein Bruder Jonah ... er plant einen Angriff auf Blackwing.« Bei diesen Worten spannte sich mein ganzer Körper an. Ich beobachtete aufmerksam, wie er reagieren würde, wartete nervös, wie er diese Nachricht wohl aufnahm. Der Schmerz über den Verlust meines Vaters durchflutete mich erneut, denn ich dachte daran, dass er das nicht gewollt hatte. Aber ich drängte ihn beiseite. Ich konnte jetzt nicht an meinen Vater denken, sonst würde ich noch vollkommen zusammenbrechen. Zuerst mussten wir uns um dieses Problem hier kümmern.

»Einen Überfall?«, fragte Hayden stirnrunzelnd.

»Nein, Hayden. Keinen Überfall. Eher ...« Ich hielt inne, suchte nach dem richtigen Wort. »Eher einen Krieg.«

Hayden blickte nun noch grimmiger drein, die Augenbrauen tief über den lodernden grünen Augen zusammengezogen. Seine Stimme war extrem beherrscht und ruhig. »Warum?«

»Weil ihnen sämtliche Vorräte ausgehen und es immer schwieriger wird, sie in der Stadt neu aufzufüllen. Er will Blackwing komplett plündern und die Überlebenden dem Tode überlassen«, erklärte ich. Hayden schwieg einen Augenblick lang und dachte über meine Worte nach.

»Sollen sie es doch versuchen«, sagte er schließlich. »Wir werden seit Jahren immer wieder angegriffen und existieren immer noch.«

Panik stieg in mir auf. Er schien nicht zu verstehen, wie ernst das hier war.

»Nein, Hayden, du hast es nicht kapiert! Sie haben Karten – regelrechte Schlachtpläne mit vorderster Frontlinie und so weiter. Das ist kein bloßer Überfall – sie wollen uns vom Erdboden tilgen.«

»Uns?«, wiederholte Hayden, blinzelte einmal und musterte mich eindringlich. Unwillkürlich seufzte ich verdrossen und verdrehte die Augen.

»Das ist nicht der richtige Zeitpunkt, Hayden. Aber ja, uns. Dich, mich, jeden, der hier lebt – sie werden alle töten, um sich das zu beschaffen, was sie brauchen. Verstehst du das? Das ist kein Spiel«, sagte ich drängend. Meine Stimme klang mehr als frustriert.

»Okay, okay«, antwortete er und drückte beruhigend meinen Schenkel. »Ich verstehe, dass es ernst ist, okay?«

Er wandte den Blick von mir ab und kaute auf seiner Unterlippe. Ich betete darum, dass die Bedeutung unserer Lage ihm so langsam zu Bewusstsein kam.

»Woher weißt du das alles?«, fragte er schließlich und sah mir plötzlich wieder in die Augen.

»Ich habe die Karten gesehen. Und als Jonah mich er-wischte, hat er alles zugegeben. Keine Ahnung, wann, aber ich weiß, wo.«

»Zeig's mir«, befahl er in scharfem Ton.

Ich freute mich, dass er endlich erkannte, wie ernst die Lage war. Ich löste die Beine voneinander und stand vom Bett auf. Der Raum verschwamm, und mein Kopf schmerzte höllisch. Barrow hatte mir einen so heftigen Schlag versetzt, dass eine kleine Beule dort wuchs und ich kurzzeitig k.o. ge-wesen war, aber das war keineswegs die schlimmste Verlet-zung, die ich je erlitten hatte. Wahrscheinlich würde es mir morgen schon wieder besser gehen.

Hayden folgte mir zu seinem Schreibtisch und holte ein Blatt Papier und einen Stift heraus, die er mir hinschob, da-mit ich ihm aufzeichnete, was ich gesehen hatte. Fieberhaft malte ich die Karte auf, so wie ich sie gesehen hatte und wie sie sich glücklicherweise in mein Hirn eingebrannt hatte. Ich skizzierte Blackwing, dann fügte ich die Pfeile und Linien hinzu, die die Treffer der Greystone-Angreifer markieren sollte. Meiner Erinnerung nach liefen von allen Seiten Linien zusammen, die dem Sieg über Blackwing dienen sollten. Ein Schauer überlief mich, als ich den letzten Pfeil zeichnete und mich aufrichtete, um Hayden einen besseren Blick zu ge-währen.

»Mist«, keuchte Hayden. Er studierte das Blatt und be-trachtete die zahllosen Vorstöße. Jetzt wurde ihm klar, dass dieser Angriff schlimmer werden würde als jeder, dem sich das Camp vorher hatte stellen müssen.

»Wie viele Menschen leben in Greystone?«

»Mindestens sechshundert«, gab ich zur Antwort. »Wenn nicht mehr.«

»*Mist*«, fluchte er wieder und fuhr sich mit einer heftigen Handbewegung durchs Haar. »Das sind erheblich mehr als wir.«

Ich schwieg, während er weiter auf die Karte starrte, die ich gezeichnet hatte. Die sichtbare Anspannung seines Körpers, die anfänglich nachgelassen hatte, war mit aller Macht zurückgekehrt. Offensichtlich war er von dieser neuen Entwicklung erheblich gestresst. Automatisch strich ich ihm mit der Hand über den Rücken, um ihn zu beruhigen, und spürte seine verspannten Muskeln.

»Wen werden sie mitbringen? Nur Plünderer, alle Erwachsenen, oder was?«

»Jeden«, sagte ich langsam. Eines war mir klar: Meinen Bruder würde es nicht kümmern, wen er in Gefahr brachte. Er würde jeden Einzelnen rekrutieren, der eine Waffe tragen konnte, egal ob Acht- oder Achtzigjährige.

»Jeden?«, fragte er ungläubig. Ihm selbst musste das wie Wahnsinn vorkommen, denn niemals hätte er seine Leute in solche Gefahr gebracht. Ein weiterer Beweis dafür, dass er besser war als der Rest von uns. Ich nickte ernst, als er mir einen Blick zuwarf.

»Okay«, meinte er wie zu sich selbst. »Du bist dir deiner Sache sicher? Es wird geschehen?«

»*Ja*, Hayden«, bekräftigte ich eindringlich. »Ich wäre nicht zurückgekehrt, wenn ich nicht sicher gewesen wäre.«

Bei diesem Bekenntnis wirkte er kurz gekränkt, aber es stimmte.

»Du hast mich fortgeschickt«, erinnerte ich ihn sanft, denn mein eigener Schmerz war mir noch frisch im Gedächtnis. Obwohl ich eben gehört hatte, dass Hayden mich liebte, wusste ich, dass ich einige Zeit brauchen würde, um über das hinwegzukommen, was er getan hatte.

»Ich weiß«, sagte er leise. Jetzt flackerte ein Ausdruck der Trauer über ihn hinweg. »Wir reden später darüber, okay? Im Augenblick ... müssen wir Pläne schmieden, um uns zu wappnen.«

Ich nickte zustimmend. Jetzt war nicht der richtige Zeitpunkt, um über unseren Schmerz zu reden. Überraschend beugte er sich vor und küsste mich fest, während er mir die Hand in den Nacken legte.

»Du hast uns gerade alle gerettet, Grace.«

Ich holte zittrig Luft, denn nun erst ging mir die Bedeutung seiner Worte so richtig auf. Er wartete meine Antwort nicht ab, sondern packte meine Hand. Mit der anderen stopfte er sich das Blatt Papier, das ich gerade gezeichnet hatte, in die Tasche, dann zerrte er mich energisch hoch und zur Hütte hinaus.

Beinahe sofort wurden wir von zahlreichen Menschen umringt, die draußen gewartet hatten. Die meisten waren sichtlich verwirrt oder erregt über irgendetwas, das vor meiner Ankunft passiert war. Mehr als nur ein paar misstrauische Blicke trafen mich, und unwillkürlich bemerkte ich auch die fragenden Blicke, die sich auf unsere miteinander verbundenen Hände hefteten.

»Hayden ...«, begann ich, als er mich hinter sich herzerrte. Ich versuchte, ihm die Hand zu entziehen, aber sein Griff wurde nur umso fester. Es schien ihn nicht zu kümmern, dass jedermann es sah, was mich gleichzeitig in Hochstimmung und Angst versetzte.

»Alle versammeln sich jetzt in der Mitte des Camps«, rief Hayden denen, die sich um uns scharten, laut zu. »Ich habe etwas Wichtiges zu verkünden.«

Seine Stimme war so voller Autorität, dass die Menschen uns sofort folgten und sogar denen Bescheid sagten, die es nicht gehört hatten. Überrascht bemerkte ich, wie plötzlich Kit neben Hayden auftauchte und uns folgte.

»Was ist los?«, fragte er hastig.

»Sag ich dir in einer Minute. Ich möchte, dass du und Dax sämtliche Leute zusammentrommelt, die nicht gerade auf Patrouille sind. Wir treffen uns in der Camp-Mitte, okay?«

»Gut«, versicherte Kit und nickte entschlossen. Dann bog er ab, um noch mehr Menschen herbeizurufen.

Mir drehte sich der Magen um, weil uns immer mehr Menschen misstrauisch beäugten. Ich konnte das Gefühl nicht abschütteln, dass es um etwas Schlimmeres ging als nur darum, dass sie Hayden und mich zusammen sahen. Barrow schien genau zu wissen, wer ich war, als er mich geschlagen hatte, aber wussten die anderen es auch ...?

Schließlich entzog ich Hayden meine Hand doch, denn ich konnte die mürrischen Blicke einfach nicht mehr ertragen. Hayden wirkte überrascht, aber das alles war allzu verwirrend. Was hatte sich in meiner Abwesenheit verändert? Warum hatte Hayden mich überhaupt gezwungen, diesen Ort zu verlassen, wenn er mich liebte? Hatte er mich damals schon geliebt oder es erst gemerkt, als ich fort war? Ich musste es wissen, aber jetzt war nicht der richtige Zeitpunkt, um nachzufragen.

»Sie wissen es«, raunte Hayden leise. Wir waren jetzt beinahe im Zentrum des Lagers angelangt, und schon bald hatte sich eine große Menschenmenge versammelt, die auf Haydens Ankündigung warteten.

»Was?«

»Sie wissen, wer du bist«, erklärte Hayden. »Barrow hat es irgendwie herausgefunden und allen erzählt.«

Ich konnte nichts mehr erwidern, als wir an der größten Menschenansammlung anlangten, die ich seit dem Freudenfeuer gesehen hatte. Dieser Tag schien Jahrhunderte her zu sein. Bekannte, freundliche Gesichter sah man nur vereinzelt. Der Rest der Menge war ruhelos und angespannt. Ich entdeckte Docc, Maisie, Kit, Dax und einige andere, die ich durchaus schon einmal gesehen hatte, deren Namen ich aber nicht kannte. Die meisten der Gesichter jedoch waren mir unbekannt oder solche, die ich nur flüchtig einmal wahrgenommen hatte.

Hayden kletterte auf eine große Kiste, die an der Wand eines Gebäudes aufgestellt worden war, und bot mir die Hand, um mich neben ihm hinaufzuziehen. Als ich neben ihm hinaufstieg, konnte ich an nichts anderes mehr denken als daran, dass all diese Menschen, jeder einzelne, mein Geheimnis kannte. Würden sie mich jetzt anders behandeln? Die Antwort lag auf der Hand. Die misstrauischen Blicke in meine Richtung sprachen Bände.

»Na gut«, rief Hayden laut, und sogleich verstummte das leise Gemurmel der Menge. Ich schluckte nervös, während ich auf seine Ankündigung wartete. Seine Schultern waren gestrafft, und ich musste mich zurückhalten, um ihn nicht zu berühren.

»Wie ihr seht, ist Grace wieder da«, begann er. Er wartete ein paar Augenblicke, bis das leise Raunen wieder verebbt war. »Ich weiß, dass ihr vor kurzem alle erfahren habt, wer ihr Vater ist ...«

War.

»Aber falls jemand deshalb besorgt sein solle, das ändert gar nichts. Nie stellte sie eine Gefahr für uns dar, und das wird sie auch nie. Und mehr als einer von euch kann das bezeugen, denn immerhin hat sie euch das Leben gerettet.«

Automatisch sah ich zu Kit hinüber und freute mich, dass dieser zustimmend nickte. Einige andere sahen ebenfalls in seine Richtung, um seine Reaktion abzuschätzen. Der Beweis war die dicke Narbe an seinem Hals.

»Wenn einige von euch sich immer noch schwertun, ihr zu vertrauen, werden sich die Betreffenden vor mir verantworten müssen. Falls jemand, und ich meine irgendjemand, sie in irgendeiner Form bedroht oder ihr ein Leid zufügt, wird er Barrow auf dem Turm Gesellschaft leisten. Ist das so weit klar?«

Haydens Stimme war voller tiefer Überzeugung und Autorität, und es fiel mir schwer, das Verlangen zu unterdrücken, das mich mit einem Mal durchflutete. Die Art, wie er die Dinge im Griff hatte und sich dessen bewusst war, war unglaublich sexy, auch wenn das jetzt natürlich kaum der geeignete Zeitpunkt für derlei Überlegungen war. Ich atmete scharf aus und schüttelte den Kopf, um wieder einen klaren Gedanken fassen zu können.

Später, Grace. Konzentrier dich.

Leises, zustimmendes Raunen kam von der Menge, obwohl ein paar weiterhin mürrische Gesichter darauf schließen ließen, dass nicht jeder so bereitwillig auf Haydens Bedingungen eingehen wollte.

»Nun, da das geklärt ist, habe ich euch etwas Wichtiges mitzuteilen, und ich möchte, dass ihr Ruhe bewahrt.«

Mein Herz pochte ein wenig schneller, während ich ängstlich darauf wartete, dass er ihnen alles erzählte. Das Unbehagen der Menschen lag förmlich greifbar in der Luft, und unruhig traten sie von einem Fuß auf den anderen. Wenn sie schon so auf die einfache Enthüllung reagiert hatten, wer ich war, wie würden sie dann die Neuigkeit aufnehmen, dass ein Angriff seitens Greystone drohte?

»Ich weiß nicht genau, wann, aber wir werden demnächst einen schweren Angriff überstehen müssen.«

Genauso gut hätte Hayden eine Bombe werfen können, so schnell erhob sich Tumult. Verwirrte, verängstigte Schreie ertönten aus sämtlichen Richtungen, während die Menschen nach mehr Informationen verlangten. Satzfetzen drangen an meine Ohren, während ich versuchte, den Einzelnen in die Augen zu sehen.

»Woher weißt du das?«

»Das ist ihre Schuld!«

»Können wir ihr vertrauen?«

»Wer will uns angreifen?«

»Warum?«

Ich biss mir auf die Lippen, damit ich die Leute nicht anschrie, sie mögen die Klappe halten und sich beruhigen. Es machte mich fuchsteufelswild, dass sie ihn nicht einmal zu Ende reden ließen, bevor sie ihn mit Fragen bestürmten.

»Hey!«, schrie Hayden plötzlich und gebot damit erneut Ruhe. »Hört mal, ich weiß, dass ihr alle Angst habt, aber was ich vorher gesagt habe, gilt auch jetzt noch. Ich sorge nun schon sehr lange für eure Sicherheit, und ich werde jetzt nicht damit aufhören, okay?«

Ein paar murmelten noch etwas vor sich hin oder seufzten, aber die meisten hielten den Atem an und warteten darauf, dass er fortfuhr.

»Grace ist zurückgekehrt, um uns zu warnen. Wenn das nicht der ultimative Beweis dafür ist, dass wir ihr trauen können, dann weiß ich nicht, welchen ihr noch braucht. Greystone wird angreifen, und zwar mit der Absicht, uns zu vernichten, aber Grace ist es zu verdanken, dass wir vorbereitet sein werden. Wir werden kämpfen, und wir werden gewinnen.«

Ich bekam eine Gänsehaut auf den Armen, während ich ihm lauschte. Seine kraftvollen Worte waren voller Gefühl. Ich wusste nicht nur, dass er es ernst meinte, ich glaubte ihm auch. Wenn ich irgendjemandem auf der Welt traute, für die Sicherheit anderer zu sorgen, dann Hayden.

»Ich will die Patrouillen rund um die Uhr verdoppeln. Ich will, dass ihr zu allen Zeiten besondere Aufmerksamkeit walten lasst. Wenn ihr etwas auch nur ansatzweise Verdächtiges entdeckt, dann erzählt es sofort mir oder einem der anderen

Plünderer. Zögert nicht. Wir werden anfangen, jeden, der es wünscht, im Umgang mit den Waffen auszubilden. Kinder und Menschen, die sich nicht selbst schützen können, stehen ab sofort unter Bewachung. Benutzt euren gesunden Menschenverstand und seid vorsichtig. Haben mich alle verstanden?«

Alle nickten, und die Panik, die so schnell aufgeflammt war, schien wieder zu verebben, weil sie Hayden und seinen Worten vertrauten. Erleichterung durchflutete mich, weil sie ihm endlich wieder Glauben zu schenken schienen.

»Es wird hart werden, daran besteht kein Zweifel, aber wenn wir zusammenhalten, dann schaffen wir das. Wir schaffen es immer.«

Ich war erstaunt, dass er immer noch so stark und beherrscht sein konnte, nachdem er so viel hatte ertragen müssen. Zweifellos war er der unglaublichste Mann, den ich je getroffen hatte.

»Gut, also: Wenn ihr Fragen habt, wisst ihr ja, an wen ihr euch wenden könnt. Bleibt also alle klug und stark.«

Mit diesen Worten nickte er einmal kurz und drehte sich zu mir um, trat ein wenig näher an mich heran, als wahrscheinlich notwendig gewesen wäre. Er wandte den Rücken der Menge zu, sodass mich die meisten nicht sehen konnten. Mit leiser Stimme, sodass nur ich es hören konnte, sprach er zu mir.

»War das okay?«, fragte er nervös und zeigte damit zum ersten Mal seit unserer Ankunft hier Nervosität.

»Du warst perfekt«, versicherte ich ihm aufrichtig. Ich packte den Saum seines Shirts und zwirbelte mir den Stoff ganz leicht um den Finger, dann ließ ich wieder los. »Das hier ist echt dein Ding, Hayden.«

»Was?«, fragte er und runzelte die Augenbrauen.

»Sie zu führen. Sie vertrauen dir sogar jetzt noch, das ist offensichtlich.«

»Das will ich hoffen«, murmelte er leise und warf einen angespannten Blick zur Seite.

Am liebsten hätte ich sein Gesicht in beide Hände genommen und es sanft wieder zu mir herumgedreht, aber ich hielt mich zurück.

»Doch, das tun sie«, sagte ich nur. Er seufzte schwer und fuhr sich erneut mit der Hand durchs Haar. Ein leichtes, wenig überzeugendes Lächeln umspielte seine Lippen, bevor er von der Kiste heruntersprang und mir wieder die Hand hinhielt, um mir ebenfalls herunterzuhelfen.

Fast augenblicklich gesellten sich Kit, Dax und Docc zu uns, die allesamt sehr besorgt aussahen.

»Was ist los, Kumpel?«, fragte Dax sofort.

»Nicht hier«, raunte Hayden. »Gehen wir ins Munitionslager.«

Alle nickten, und unsere Gruppe entfernte sich von der Menge. Wir waren keine drei Meter weit gekommen, als eine kleine Gestalt aus dem Nichts auftauchte und heftig mit mir zusammenprallte. Erst als ich spürte, wie zwei dünne Ärmchen meine Taille umfingen, ging mir auf, wer es war.

»Grace«, würgte er hervor. Seine Stimme klang erstickt, und er umarmte mich noch fester. Ein dumpfer Schmerz regte sich in meiner Rippe, aber ich ignorierte ihn, denn sie war ja ansonsten ganz gut verheilt. Auf der Stelle wurde ich von intensiven Gefühlen überschwemmt, sodass ich, ohne nachzudenken, seine dünnen, schmalen Schultern umfasste.

»Jett.«

»Du bist wieder da«, schniefte er, drückte mich ein letztes Mal, bevor er mich wieder losließ und mit tränenfeuchten Augen zu mir emporsah. Er war zu schmächtig für sein Alter, weshalb Hayden und auch alle anderen ihn vor den Schrecken unserer Welt zu bewahren suchten. Er hatte noch nicht das gesehen, was wir gesehen hatten, war nicht so ausgebildet wie wir und war nicht zu schnell erwachsen geworden wie der Rest von uns. Er war immer noch rein und kindlich, wie Kinder seines Alters in einer normalen Welt auch sein sollten.

»Ich bin wieder da«, bestätigte ich lächelnd. Ich spürte sämtliche Blicke auf uns und war überrascht, dass niemand uns zum Weitergehen drängte.

»Bleibst du jetzt für immer hier? Hayden sagte ...« Er verstummte, zuckte bei der Erinnerung zusammen. Was hatte Hayden gesagt?

»Ja, ich bleibe jetzt für immer hier«, antwortete ich. Ich war einmal gegangen und hatte nicht die Absicht, es noch einmal zu tun.

»Ich habe dich so vermisst.«

Mit weit aufgerissenen Augen blickte er mich an. Dann ließ er mich ganz los und trat mit weichen Knien einen Schritt zurück. Er war ein unwandelbarer Quell des Lichts in der Dunkelheit unserer Welt. Das hatte ich allerdings erst erkannt, als ich geglaubt hatte, ihn nie wiederzusehen.

»Ich habe dich auch vermisst, Jett.«

Er strahlte zu mir empor und wischte sich dabei hastig eine Träne ab. Ich erwiderte sein Lächeln.

»Ich muss jetzt gehen, Jett, aber ich komme später zu dir, okay? Dann erzählen wir uns alles«, versprach ich.

»Okay!«, rief er aufgeregt, so begeistert wie eh und je.

»Gut. Und jetzt lauf zu Maisie«, befahl ich und deutete zu ihr hinüber, die in ein paar Metern Entfernung wartete. Jett nickte und hüpfte einmal auf und ab. Dann stürmte er zu Maisie davon. Als ich mich umsah, stellte ich überrascht fest, dass mich alle intensiv beobachteten.

»Sorry«, murmelte ich. »Gehen wir.«

Wir setzten unseren Weg zum Munitionslager fort und waren schon bald dort angelangt. Hastig drängten wir uns hinein und versammelten uns um den einzigen Tisch. Docc entzündete eine Kerze.

»Okay, also«, begann Hayden. Er zog das mittlerweile zerknüllte Papier aus der Tasche und strich es auf dem Tisch glatt. Alle beugten sich vor und studierten es.

Ich lauschte, während Hayden schilderte, was ich ihm berichtet hatte. Seinen Vertrauten gegenüber gab er deutlich mehr Einzelheiten preis als der Öffentlichkeit. Alle warteten schweigend, bis er seinen Bericht beendet hatte.

»Bist du sicher, Grace?«, fragte Docc langsam mit tiefer und erstaunlich ruhiger Stimme.

»Ja, ich bin sicher.«

»Ich glaube, uns war allen klar, dass es nur eine Frage der Zeit war, bis es dazu kommen würde«, sagte er sachlich. »Dir ist es zu verdanken, dass wir jetzt überhaupt eine Chance haben.«

Eine feine Röte überzog meine Wangen. Es war so seltsam, ein Lob zu hören, während es sich doch anfühlte, als sei das etwas, was jeder normaler Mensch getan hätte. Ich zuckte leicht zusammen, als ich Haydens Hand im Kreuz spürte, um mich schweigend zu bestärken. Für ihn war das vor so vielen Menschen eine ziemlich ungewöhnliche Geste, aber natürlich wussten alle Anwesenden, was zwischen uns los war.

»Ich glaube, wir haben nur noch wenig Zeit, um uns vorzubereiten«, sagte ich. »Sie haben zwar noch nicht mit dem Training begonnen, aber lange kann es trotzdem nicht mehr dauern.«

»Gut, dass sie noch nicht angefangen haben«, murmelte Kit. Mit düsterer Miene und fest zusammengepressten Lippen studierte er die von mir gezeichnete Karte. »Wir brauchen so viel Zeit wie möglich.«

»Stimmt«, pflichtete Dax ihm leise bei. Seine Augen waren weit aufgerissen, und er fuhr sich mit der Hand übers Gesicht. »Wir fangen am besten gleich an. Ich werde mich heute Abend mit den Patrouille-Diensten zusammensetzen und einen neuen Dienstplan erstellen.«

»Gute Idee«, meinte Hayden nickend. Dax stieß sich vom Tisch ab und ging zur Tür. Dann blieb er noch einmal stehen und wandte sich zu mir um.

»Schön, dass du wieder da bist, Grace. Jetzt kann Hayden wieder glücklich sein.«

Vor Überraschung über diese kühne Behauptung blieb mir der Mund offen stehen, aber bevor mir eine Antwort einfiel, war er auch schon zur Tür hinausgeschlüpft. Docc gluckste leise vor sich hin und schüttelte belustigt den Kopf, bevor auch er sich zum Gehen wandte. Haydens Hand presste sich jetzt noch fester gegen meinen Rücken.

»Ich checke mal meine medizinischen Versorgungsgüter, damit alles bereit ist«, sagte er sanft. »Vorsorglich.«

»Und ich mache eine Inventarliste. Vielleicht müssen wir ja auch flüchten, bevor es zu ernst wird«, meinte Kit. Hayden stimmte beiden zu, bevor sie das Gebäude verließen, sodass Hayden und ich wieder allein waren.

Sein ganzer Körper vibrierte förmlich vor Anspannung, und er seufzte neben mir tief und vernehmlich. Ohne zu zögern, rückte ich näher an ihn heran und schlang ihm die Arme um den Nacken, umarmte ihn innig. Ich spürte seine Wärme, als er meine Taille umfasste und mich an sich zog.

Ich vergrub das Gesicht an der weichen Haut an seinem Hals und konnte einfach nicht widerstehen, presste einen kleinen Kuss an seine Kehle, bevor ich ebenfalls tief seufzte.

»Alles wird gut, Hayden«, flüsterte ich leise. Meine Lippen strichen federleicht über seine Haut. Sein Griff wurde fester, umfing mich sogar noch intensiver.

»Woher weißt du das?«, fragte er leise. Zum ersten Mal schwang Angst in seiner Stimme mit.

»Ich weiß es gar nicht«, bekannte ich. »Aber wir haben dich. Es gibt niemandem, dem ich mehr vertrauen würde, dass er für unsere Sicherheit sorgt.«

Hayden löste sich weit genug von mir, um mir eindringlich ins Gesicht zu sehen. »Du weißt, dass ich dich beschützen werde, oder? Ich werde niemals zulassen, dass dir ein Leid geschieht, Grace?«

»Ich weiß«, flüsterte ich. Ich zweifelte keine Sekunde lang

daran, dass er jedes einzelne Wort ernst meinte. »Und ich werde dich beschützen.«

Sorge glitt über seine Züge, und ich konnte seine Gedanken schon hören, bevor er noch zu protestieren anfing. Er dachte jetzt, dass ich in Gefahr geraten würde, wenn ich ihn beschützte.

»Denk nicht mal dran, es auszusprechen«, sagte ich. »Das Ganze beruht auf Gegenseitigkeit, okay? Wir beschützen einander *gegenseitig.*«

Er stieß einen tiefen, frustrierten Seufzer aus, mit dem er das, was ich sagte, akzeptierte.

»Ich liebe dich, Grace.«

Mein Herz schlug schneller und flatterte aufgeregt in meiner Brust. Ich würde mich niemals daran gewöhnen, dass er das sagte; sicher waren das die schönsten Worte, die ich jemals gehört hatte, und ich sehnte mich danach, sie immer und immer wieder zu hören.

»Und ich liebe dich, Hayden.«

KAPITEL 20

FRUSTRATION

Grace

»... ich glaube, wir haben genug Munition, um sie eine Weile fernzuhalten, aber ich mache mir Gedanken wegen unserer Lebensmittelvorräte.«

Ich stand im Hintergrund, während Hayden, Kit, Dax und Docc sich um den Tisch versammelt hatten, und versuchte, aufmerksam dem Gespräch zu folgen, aber in Wirklichkeit konnte ich nur über all das nachdenken, was zwischen mir und Hayden noch gesagt werden musste. Ja, er hatte mir versichert, mich zu lieben, aber noch immer hatte ich so viele Fragen, und es gab so viel Verwirrendes, das es noch zu klären galt. Ich wollte antworten, und ich wollte ihm sagen können, dass ich meinen Vater verloren hatte. Ich wollte seine Arme um mich spüren und mich von ihm beruhigen lassen, wie niemand sonst es zu tun vermochte, denn der Schmerz über den Verlust nagte erbarmungslos an mir.

Meine Augen glitten über Haydens Rücken hinweg, während er sich über den Tisch beugte und sich mit grimmiger Miene darauf abstützte. Er war sehr konzentriert, während ich nur daran denken konnte, wie er mich die ganze vergangene Nacht lang in den Armen gehalten hatte.

Ohne zu zögern, hatte er mich sofort an sich gezogen, nachdem wir uns hingelegt hatten. Seine Brust hatte sich an meinen Rücken gepresst, und die Arme hatte er fest um meine Taille geschlungen. Unsere Finger verwoben sich ineinander, und ich ließ mich von ihm halten. Die Hitze seines Körpers und das Pochen seines Herzens hatten mich schnell in den Schlaf gewiegt – es kam mir vor, als hätte ich seit einer gefühlten Ewigkeit mal wieder tief und fest geschlafen. Ihm wieder so nah zu sein, hatte meinem gebrochenen Herzen Linderung verschafft, aber die tiefen Risse waren geblieben, klafften immer noch und warteten darauf, wieder zusammenzuwachsen.

»Schlaf, Liebes«, hatte er geflüstert und mir einen sanften Kuss auf die Schläfe gegeben. Als wüsste er, dass ich zu erschöpft war, um über irgendetwas reden zu können. Aber trotzdem wünschte ich mir jetzt, da ich die anderen bei ihren Kriegsvorbereitungen beobachtete, wir hätten es getan. Ich versuchte, nicht zu frustriert über ihn und mich selbst zu sein, weil wir nicht miteinander geredet hatten, aber es fiel mir schwer.

Alles zu seiner Zeit, Grace.

Ich war wütend auf mich selbst, weil ich nur an diese Dinge denken konnte, die angesichts eines drohenden Krieges nun wirklich nicht oberste Priorität besaßen, aber ich konnte einfach nicht anders.

»Na gut, vorerst reicht das«, riss Hayden mich nun aus meinen Gedanken. Er richtete sich wieder auf und reckte sich, ließ die Schultern kreisen und fuhr sich mit der Hand durchs Haar. Sein Blick glitt zu mir herüber, und er warf mir ein sanftes, entschuldigendes Lächeln zu, das ich erwiderte.

»Was sollen wir jetzt also noch tun?«, fragte Kit.

»Weiterhin Wache schieben. Vielleicht jedermann an den Waffen ausbilden, dessen ihr habhaft werden könnt«, schlug Hayden vor und sah über die Schulter hinweg zu Kit und Dax hinüber, die Anstalten machten, den Raum zu verlassen.

»Ich übernehme das Training«, meinte Dax mit breitem Grinsen. Kit verdrehte die Augen und schüttelte ganz leicht den Kopf.

»Dann bleibt mir wohl nur die Patrouille«, murmelte er und gab Dax einen freundschaftlichen Schulterknuff. Dax grinste triumphierend, und sie gingen zur Tür hinaus. »Bis bald, Leute.«

»Tschüss«, rief ich ihnen hinterher. Ich winkte, als Docc an mir vorüberging.

»Wie geht es deinem Kopf?«, fragte er sanft. Hayden machte sich hinter ihm an den Papieren zu schaffen, die sie gemeinsam studiert hatten.

»Gut«, antwortete ich wahrheitsgemäß. Abgesehen von leichten Kopfschmerzen ging es mir so gut wie schon lange nicht mehr.

»Und deinen Rippen?«

»Besser denn je.« Nun, da uns ein Krieg bevorstand, musste ich so bald wie möglich wieder in Topform sein; nach wochenlanger Inaktivität aufgrund meines Rippenbruches wartete jede Menge Arbeit auf mich.

»Bist du sicher?«, fragte Docc skeptisch und zog eine Augenbraue in die Höhe.

»Ja, diesmal wirklich.« Ich lachte. »Ich spüre es nicht einmal mehr.«

»Na gut, Mädchen. Schön zu hören.«

Ich lächelte sanft zu ihm empor. Wie hatte ich es vermisst, dass er mich »Mädchen« nannte.

»Dann kann ich also wieder mit dem Training beginnen, oder?«

»Ja, das wäre wahrscheinlich eine gute Idee«, sagte er nickend.

»Gut.« Ich sah Hayden an, der gerade damit fertig geworden war, die Unterlagen vom Tisch zu räumen. »Hayden, können wir sofort anfangen? Oder hast du noch etwas anderes vor?«

»Du willst jetzt sofort anfangen?«, fragte er mit eindeutig besorgter Miene und gesellte sich zu uns.

»Ja, je eher, desto besser.«

»Wenn du sicher bist ...« Er verstummte. Dann warf er Docc noch einen Blick zu, mit dem er ihn stumm um Bestätigung bat.

»Es geht ihr gut«, versicherte Docc ihm. Mein Grinsen wurde noch breiter.

»Okay. Ja, dann können wir anfangen. Docc, schließt du das hier ein fürs nächste Mal?« Er gab Docc die Papiere, die dieser an sich nahm.

»Klar. Dann viel Spaß beim Training.«

Mit diesen Worten nickte Docc jedem von uns zu und zog sich zurück. Schon wieder blieben Hayden und ich allein zurück.

»Bist du wirklich sicher?«, vergewisserte Hayden sich

noch einmal zärtlich und sah mir forschend ins Gesicht. Ich verdrehte die Augen.

»Ja, vollkommen sicher. Ich muss einfach, sonst bin ich nutzlos, wenn es losgeht.«

»Du musst doch gar nicht kämpfen, weißt du. Ich weiß, dass dir das schwerfallen wird.«

Haydens Worte waren sanft und verständnisvoll. Und wie um sie zu untermauern, strich er mir mit der Hand eine Haarsträhne hinters Ohr. Er wirkte beinahe hoffnungsvoll, dass ich sein Angebot annehmen würde.

»Du bist verrückt, wenn du glaubst, dass ich jetzt untätig herumsitze. Du beschützt mich. Ich beschütze dich. Weißt du noch?«

Er seufzte, aber seine Lippen verzogen sich zu einem winzigen Lächeln. »Einen Versuch war es wert.«

»Klar. Können wir jetzt los?« Ich war ganz wild auf das Training und hoffte, dass die körperliche Anstrengung mich von dem Schmerz und der Verwirrung ablenken würde, zumindest bis wir über all das reden konnten.

»Ja. Was willst du tun?«

»Erst einmal gehen wir laufen«, schlug ich vor. Natürlich würde es dann nur umso offensichtlicher werden, wie schlecht ich in Form war, trotzdem war das der beste Anfang. Er nickte.

»Gut. Dann also los. Sag Bescheid, wenn du eine Pause brauchst, okay?«

Ich hätte ihm gern versichert, dass eine Atempause wohl kaum nötig sein würde, aber das entsprach nun mal nicht den Tatsachen. »Okay.«

Überrascht stellte ich fest, dass es bereits später Nachmittag war; ohne es zu merken, hatten wir uns stundenlang in diesem Gebäude aufgehalten. Hayden hob seinen Fußknöchel hinter den Schenkel, streckte die Muskulatur. Ich tat es ihm gleich. In dem weißen T-Shirt und den schwarzen Sportshorts wirkte er wie ein ganz normaler Kerl, der sich auf das Training in einer Sportmannschaft vorbereitete. Doch wir trainierten nicht aus sportlichen Motiven, sondern für den Krieg.

Nach dem Stretching begannen wir mit einem leichten Dauerlauf. Hayden führte uns durchs Camp, wobei er auf einen gleichmäßigen und relativ langsamen Rhythmus achtete, um uns aufzuwärmen. Ich wusste, dass er mich aufgrund meiner Verletzung nicht maximal belasten würde. Also erhöhte ich das Tempo selbst, um den größtmöglichen Trainingserfolg zu erzielen.

Bald schon hatten wir den Rand des Camps erreicht, und erfreut stellte ich fest, dass ich mich noch immer gut fühlte. Nachdem ich den ganzen Weg von Greystone nach Blackwing gesprintet war, hatte ich einen ziemlichen Muskelkater, doch der jetzige Lauf linderte tatsächlich etwas von dem dumpfen Schmerz. Bäume und Büsche versperrten uns den Weg, aber dann entdeckten wir einen schmalen Pfad, der sich hindurchschlängelte. Offenbar hatten andere vor uns hier ebenfalls trainiert.

»Alles in Ordnung mit dir?«, fragte Hayden und warf mir einen Seitenblick zu. Mir war bereits der Schweiß ausgebrochen, aber er wirkte immer noch vollkommen lässig und glitt mühelos neben mir dahin.

»Alles gut«, antwortete ich entschlossen. Er nickte und lief weiter. Der Weg führte nun hügelaufwärts. Mit jedem Schritt wurde es mühsamer für mich, aber ich ließ nicht locker.

Wir waren etwa eine halbe Stunde gelaufen, als Hayden anhielt, um ein wenig Atem zu schöpfen. Ein feiner Schweißfilm bedeckte seine Stirn, aber das war nichts im Vergleich zu dem Schweiß, der mir in Strömen den Körper hinabrann.

»Machen wir eine Pause«, schlug er vor, als er bemerkte, dass ich zwar nach Luft schnappte, es aber zu überspielen versuchte.

»Nein«, antwortete ich sogleich und schüttelte den Kopf. »Weiter.«

»Grace, du hast seit Wochen nicht mehr trainiert. Es ist schon in Ordnung, wenn du ...«

»Nein, Hayden! Mir geht es gut«, rief ich etwas zu scharf. So langsam bekam ich schlechte Laune, aber das war nun mal nicht zu ändern. Hayden runzelte besorgt die Stirn.

»Sicher?«

»Ja, legen wir den Rückweg einfach auch joggend zurück, okay?«

Er seufzte tief und fuhr sich mit der Hand durchs Haar. Dann nickte er. »Na gut.«

»Bestens.«

Ich atmete tief ein, dann lief ich in die Richtung los, aus der wir gekommen waren. Hayden jagte mir hinterher, holte mich schnell ein, während ich das Tempo abermals steigerte. Die Luft durchschnitt meine Lungen, jeder Atemzug brannte, und meine Muskeln protestierten heftig, aber immer noch hielt ich nicht an. Es war, als ob jeder negative Gedanke, jedes negative Gefühl mich immer weiter antrieben. Aber ich schien sie einfach nicht hinter mir lassen zu können.

»Grace«, rief Hayden neben mir. Seine Stimme klang warnend und besorgt, doch ich lief noch zügiger. Egal, wie schnell ich war, er holte mich mit Leichtigkeit ein, was mich noch mehr frustrierte. Ich ignorierte ihn.

Wir erreichten den Rand des Camps erheblich schneller, als wir für den Hinweg benötigt hatten, und eine Woge des Stolzes erfasste mich, als ich über die Grenze sprintete. Schweiß floss mir den Rücken hinab, und meine Kehle fühlte sich an, als stünde sie in Flammen, aber das Wissen, dass jeder einzelne Schritt mich stärker machen würde, hatte mich vorangetrieben. Menschen wichen hastig aus, als ich mit Hayden dicht auf den Fersen den Weg entlangrannte. Endlich kam seine Hütte in Sicht.

Mein Herz pumpte mein Blut wie wild durch meine Adern, als ich darauf zuraste, entschlossen, Hayden zu schlagen, obwohl er dicht hinter mir war. Ich hatte das Gefühl, dass meine Beine gleich unter mir nachgeben würden, doch ich preschte weiter voran. Mit dem Hochgefühl, eine besondere Leistung errungen zu haben, knallte ich die Hand gegen die Tür, wodurch ich anzeigte, als Erste angekommen zu sein. Hayden war Sekunden später ebenfalls angelangt. Ich lehnte mich gegen das Holz, legte die Hände auf die Knie und schloss die Augen, um wieder Atem zu schöpfen.

»Gewonnen«, keuchte ich, erfreut, ihn geschlagen zu haben. Meine Muskeln schienen lichterloh zu brennen, aber es war ein guter Schmerz, ein produktiver Schmerz.

»Ich wusste gar nicht, dass wir ein Wettrennen veranstalten«, antwortete Hayden, ebenfalls leicht atemlos. Er griff nach dem rückwärtigen Ausschnitt seines T-Shirts und zerrte es sich über den Kopf, sodass seine dunklen Locken sich lösten. Dann fuhr er sich mit dem Shirt über die Stirn. Schweiß schimmerte auf seiner Haut; er sah aus, als würde er glühen.

»Komm schon, trinken wir einen Schluck Wasser«, sagte er. Ich folgte ihm in seine Hütte, wo er zwei Flaschen Wasser von einem kleinen Regal nahm, von denen er mir eine reichte. Ich war noch immer ziemlich kurzatmig, als ich trank und meine trockene Kehle kühlte.

»Komm, jetzt trainieren wir weiter«, sagte ich, während ich den Deckel wieder auf die Flasche schraubte und sie auf den kleinen Couchtisch stellte. Er schleuderte seine Schuhe von sich, und auch ich zog meine aus und warf sie beiseite.

»Ich finde, für heute ist es genug«, antwortete Hayden, stellte seine eigene Flasche ebenfalls ab, entledigte sich des T-Shirts und wandte sich stirnrunzelnd zu mir um.

»Nein, komm schon, Hayden, ich muss so viel wie möglich trainieren, bevor es zu spät ist«, beharrte ich. Ich näherte mich ihm bis auf einen Meter Entfernung. Er musterte mich missbilligend, antwortete aber nicht.

»Komm jetzt«, drängte ich und boxte ihn leicht mit spielerischem Grinsen. »Ich kann es mit dir aufnehmen.«

»Das weiß ich«, stimmte er mir zu. Ich boxte ihn noch einmal sanft gegen die Brust, eigentlich mehr, um ihn zu provozieren, als um ihn zu verletzen.

»Grace ...«

»Hayden ...«, imitierte ich seinen vorsichtigen Tonfall. »Ernsthaft. Es geht mir gut, ich schwör's.«

Ich beugte mich vor, um ihn mit der Schulter nach hinten zu schubsen, und grinste zu ihm empor. Er seufzte tief, dann hob er die Hände vor sich in die Höhe.

»Du wolltest es so, denk dran«, warnte er mich in spielerisch düsterem Tonfall und begann, sich zu bewegen.

»Halt dich nur nicht zurück«, sagte ich herausfordernd. Er nickte.

»Ja, Ma'am.«

Ich grinste anzüglich, dann begannen wir einander mit erhobenen Fäusten zu umkreisen. Er hielt den Augenkontakt, wartete darauf, dass ich den ersten Schritt tat. Plötzlich erinnerte ich mich an unsere Anfänge, als wir in den Wäldern gekämpft hatten. Es hatte damit geendet, dass Hayden mich gegen einen Baumstamm gepresst und später zu Boden gedrückt hatte. Schon bei der bloßen Vorstellung lief mir ein Schauer über den Rücken. Ich erinnerte mich, wie sein Körper sich auf meinem angefühlt hatte, sogar noch bevor ich ihn richtig gekannt hatte.

»Konzentrier dich, Grace«, sagte er mit tiefer Stimme und grinste, während er geschmeidig über den Boden glitt. Ich schnaubte, dann ließ ich meine Hand vorschnellen, zielte auf seine Seite, doch er wehrte den Schlag mit dem Unterarm ab.

Sein Grinsen wurde breiter, als ich es noch einmal versuchte, mit der Linken einen Schlag gegen die Seite vortäuschte, bevor ich mit der Rechten versuchte, sein Kinn zu treffen. Beiden Vorstößen wich er mühelos aus.

Haydens Gesicht schwebte vor mir, während ich wieder

und wieder einen Treffer zu platzieren versuchte. Er wehrte die Schläge ab, tauchte unter meinen Händen ab. Manche Schläge waren wahrscheinlich auch einfach nur zu schwach, um überhaupt etwas zu bewirken. Er umkreiste mich immer weiter, machte aber keine Anstalten, mich anzugreifen.

»Komm schon, Hayden«, zischte ich, wütend, dass er es nicht versuchte. Ich holte erneut aus, diesmal zielte ich mit dem Knie auf seine Seite, nur um wieder geblockt zu werden. Der Ärger in meiner Stimme entging ihm nicht, dennoch gab er keine Antwort, sondern beobachtete mich nur aufmerksam.

»Du versuchst es ja nicht einmal«, rief ich anklagend. Mit der linken Hand holte ich zum Schlag aus und ließ sogleich die rechte folgen, landete endlich einen heftigen Hieb gegen seinen Brustkorb. Aber das brachte ihn nicht im Geringsten aus der Fassung. Er blieb unentwegt in Verteidigungsposition.

»Ich werde dich nicht schlagen, Grace«, sagte er rundheraus.

»Das solltest du aber. Andere werden nämlich kaum genauso viel Rücksicht nehmen«, rief ich heftig, schlug wieder zu, wurde wieder abgewehrt. Er schüttelte den Kopf, sah mir in die Augen, während wir uns weiter umkreisten.

»Nein.«

Ein wütendes Knurren ertönte aus meiner Kehle, als mir wieder ein Schlag misslang. Mein ganzer Groll schien auf mich einzustürmen: über Hayden, der mir nichts sagte. Über mich, weil ich nicht in der Lage war, Hayden von meinem Vater zu erzählen. Über Hayden, der sich weigerte, gegen mich zu kämpfen. Über mein Unvermögen, so zu kämpfen, wie ich wollte. Über die konstante Bedrohung durch einen bevorstehenden Krieg. Das alles verdichtete sich zu einem riesigen Wut-Ball, sodass ich voranstürzte und versuchte, ihn zu Boden zu werfen.

Tatsächlich gingen wir sogar beide zu Boden, denn ich hatte ihn überrumpelt. Doch er erholte sich schnell, rollte sich auf mich und nagelte meine Hüften mit seinen fest, während ich weitere Schläge auf ihn einprasseln ließ. Immer noch konterte er sie nicht.

»Kämpf gegen mich, Hayden, *komm* schon!«

»Nein.«

Eigentlich wollte ich meine Gefühle im Zaum halten, dennoch entrang sich ein wutentbranntes Knurren meiner Kehle. Angetrieben von meinem ganzen Schmerz, meiner ganzen Wut, wand ich mich unter ihm, drehte mich hierhin und dorthin, während er meine Hände festzuhalten versuchte. Für einen Augenblick umschlossen seine Finger meine Handgelenke, doch dann riss ich mich wieder los und rollte mich zur Seite, um ihn endlich abzuschütteln. Schnell stand ich vom Boden auf.

»Wie soll ich jemals besser werden, wenn du mir nicht hilfst?«, rief ich fuchsteufelswild. Auch er sprang jetzt wieder auf die Beine. Ich preschte voran, versetzte ihm mit aller Macht einen Stoß. Er wich ein paar Zentimeter zurück und beobachtete mich. »*Kämpf gegen mich.*«

Meine Brust hob und senkte sich krampfartig, als ich ihm noch einen Stoß versetzte, wütend darüber, dass er nicht reagierte.

»Du willst kämpfen, Grace?«, zischte er, und seine Stimme klang ganz angespannt.

Obwohl er sich nicht wirklich angestrengt hatte, atmete auch er heftig, während er mich ansah.

»Ja!«

Er schüttelte kurz den Kopf und schnaubte leise, als ich ihm einen weiteren Stoß versetzte. Wütend funkelte ich zu ihm empor, wünschte mir inständig, etwas körperliche Erleichterung von meinem Schmerz zu finden.

Sein Kinn verkantete sich. »Gut.«

Das Wort war kaum draußen, als er schon reagierte, mit Leichtigkeit meine Hände fortschlug und sich auf mich stürzte. Immer noch versuchte er mich weder zu schlagen noch zu treten, nur seine Brust prallte heftig gegen die meine, und er drängte mich nach hinten.

Er ließ nicht von mir ab, schob meinen Körper weiter, während ich seine Brust mit Schlägen bearbeitete. Doch das bewirkte überhaupt nichts. Die Luft entwich meinen Lungen, als mein Rücken plötzlich gegen die Wand prallte. Hayden hielt mich mit dem ganzen Gewicht seines Körpers dort fest. Seine Hände umfingen meine, hielten sie neben meinem Kopf fest, und sein Gesicht war nur wenige Zentimeter von meinem entfernt.

»Ist es das hier, was du willst?«, fragte er. Seine Stimme war nur noch ein gefährliches Flüstern, und grimmig sah er auf mich herab. Jeder Zentimeter seines Körpers drängte sich hart gegen meinen, sodass meine Nerven vibrierten und mein Herz wild und unregelmäßig pochte.

»Hmm?« Sein Ton war düster und frustriert. Ich keuchte,

versuchte, einen klaren Gedanken zu fassen, aber von seiner Nähe war mein Hirn wie umnebelt.

»Ja.«

Kaum hatte ich das gesagt, schmetterte er die Lippen hart auf die meinen, küsste mich grob. Mein Körper reagierte sofort. Mein Mund passte sich seinem an, während er die Zunge hineindrängte. Er löste den festen Griff um meine Hände. Kurz hielt er inne, drängte die Hüften zwischen meine Schenkel, presste sich fest an mich, ohne seinen leidenschaftlichen Kuss zu unterbrechen. Sämtliche Wut, sämtlicher Schmerz, alle Frustration schien sich nun Bahn zu brechen. Ich zerrte an ihm, vergrub die Hände in seinem Haar, riss daran, um ihn noch näher an mich heranzuziehen. Dann fuhr ich mit den Nägeln über seinen Rücken. Ich wollte ihn noch näher bei mir haben. So viel näher.

Er ließ seine Hüften an meinen kreisen, was lodernde Wellen der Lust durch mich hindurchsandte. Ich bekam kaum noch Luft. Ich spürte nichts als Hayden, dessen Mund sich hungrig über meinen hermachte. Seine Hände drückten meine Schenkel, und er schob seinen Körper nun ganz und gar zwischen meine Beine, presste mich in wilder Verzweiflung noch heftiger gegen die Wand.

Seine nackte Haut fühlte sich heiß unter meinen Händen an, die seine Brust und seine Schultern erkundeten. Ich konnte sie keine Sekunde lang stillhalten. Ich wurde getrieben von animalischem, urtümlichem Verlangen, und ich wusste, die einzige Form der Erleichterung war Hayden. Ich bäumte mich ihm entgegen, als er wieder nach oben wogte, und ein leises Stöhnen drang tief aus meiner Kehle.

»Hayden«, keuchte ich, als er die Lippen von meinen löste und sie gierig an meiner Kehle hinabwandern ließ. Er knabberte und saugte leicht daran; dann zog er sich weit genug zurück, dass ich nach dem Saum meines Shirts greifen und es mir über den Kopf ziehen konnte. Ich schleuderte es zu Boden, sodass er mich gleich wieder mit seinen harten, leidenschaftlichen Küssen bearbeiten konnte. Meine Zunge traf auf die seine, meine Hüften brandeten ihm entgegen. Immer noch hielten seine Hände meine Schenkel nach oben, presste er meinen Rücken gegen die Wand.

»Mein Gott, Grace, wie ich dich vermisst habe«, murmelte er leidenschaftlich an meinen Lippen, bevor er meine Unterlippe zwischen die Zähne nahm. Wieder ließ er die Hüften kreisen, sandte ein undeutliches Prickeln durch meinen Körper, und ich stöhnte erneut auf.

»Lass mich runter«, keuchte ich verzweifelt. Ich musste einfach alles niederreißen, was uns noch trennte. Kaum hatte er mich auf den Boden gelassen, drängte ich mich gegen seine Brust, schob ihn nach hinten, bis seine Beine gegen das Bett prallten.

Dabei ließ ich keine Sekunde von meinem leidenschaftlichen Kuss ab, fuhr mit den Händen über seinen Körper, über seine harte Brust, seinen muskulösen Bauch, bis ich den Bund seiner Shorts erreicht hatte. Ohne zu zögern, ließ ich die Hand hineingleiten und umfasste sein Glied, das bereits steinhart und bereit für mich war. Ich stöhnte leise, als ich ihn berührte, und seine Hände ballten sich in meinem Haar zu Fäusten.

Ich ertastete seine seidige Haut, und er löste sich aus meinem Haar, griff unter meinen Sport-BH, um ihn nach oben zu ziehen, weshalb wir die Lippen voneinander lösten. Ich keuchte, als er meine Brust berührte, sie zärtlich knetete, bevor er mit dem Daumen über meine Brustwarze fuhr. Es war zu viel, und viel zu viel hatte sich in mir aufgestaut, als dass ich noch mehr Zeit verschwenden wollte. Kurz dachte ich an meine Empfängnisverhütungs-Spritze, die ich vor zwei Monaten erhalten hatte. Ich hatte also noch einen Monat Zeit, bevor ich die nächste brauchte, aber das war der einzige vernünftige Gedanke, den ich fasste, bevor das verzweifelte Verlangen meines Körpers vollends die Führung übernahm.

Meine Brust hob und senkte sich krampfartig, als ich ihn losließ und den Bund seiner Shorts und Boxershorts packte, sie zu Boden stieß, um ihn endlich nackt vor mir zu haben. Alles, was ich tat, war drängend, voller Verlangen und unzweifelhaft heiß. Erneut versetzte ich ihm einen Stoß, sodass er nun auf der Bettkante landete. Er beobachtete mich keuchend und mit brennendem Blick, während ich mich meiner restlichen Kleidungsstücke entledigte, sie zu Boden gleiten und liegen ließ.

»Mein Gott, komm her«, knurrte er, griff nach meinen Händen und zerrte mich auf seinen Schoß. Meine Knie landeten nun zu beiden Seiten seiner Hüften, und ich spürte, wie er sich gegen meine Öffnung presste und mich weiterhin hungrig küsste. Seine Hände wanderten meinen Rücken hinab und legten sich auf meine Hüften, wo er gerade genug Druck ausübte, um mich auf ihn herabzuführen.

Als er in mich eindrang, mich so ganz und gar erfüllte, öffnete ich vor Ekstase den Mund, unterbrach unseren Kuss.

Ich war bislang nur ein einziges Mal auf diese Weise mit ihm zusammen gewesen, aber schon jetzt war alles so vollkommen anders. Das letzte Mal war emotional, bedächtig und süß gewesen, das heute war geprägt von heißer Verzweiflung, die aus so vielen Faktoren erwachsen war. Das hier war pure Lust, wildes Verlangen.

»O mein Gott«, keuchte ich und ließ die Hüften kreisen, spürte jeden Zentimeter von ihm, während er sich hinein-, und wieder hinausbewegte. Ich schlang ihm die Arme um den Nacken, um ihn näher zu mir heranzuziehen, und versuchte, ihn zu küssen, gab den Versuch aber wieder auf, als er die Lippen von meinen losriss und sie an meiner Kehle hinabwandern ließ. Automatisch fiel mein Kopf nach hinten, sodass ich ihm den Hals darbot. Meine Hüften wirbelten in rasendem Tempo, zogen ihn hinein und wieder hinaus. Haydens Hände liebkosten meine Seite, meinen Rücken, meine Brust, jeden einzelnen Zentimeter meines Körpers. Er beschrieb einen feuchten Pfad aus heißen Küssen meinen Hals hinab und rammte dabei tief in mich hinein.

»Shit, Grace«, keuchte er an meiner Kehle, als ich die Hüften hob und immer wieder auf ihn hinabfahren ließ. Ich überließ mich dem natürlichen Rhythmus meines Körpers, der die Flamme in meiner Magengrube im Handumdrehen in eine Feuersbrunst verwandelte. Mit jedem Stoß fiel wieder ein Teil meiner Selbstbeherrschung von mir ab. Als ob jegliches negative Gefühl in meinem Innern durch unsere gemeinsame Bewegung Erleichterung fand und in etwas verwandelt wurde, das leichter zu bewältigen war. So fuhr ich fort, mich ganz und gar in Hayden zu verlieren.

Ein lautes Keuchen entrang sich mir, als er mich plötzlich hochhob und mich rücklings aufs Bett schleuderte. Nur wenige Sekunden wurde unsere Verbindung unterbrochen, dann trieb er wieder in mich hinein, bedeckte mich ganz und gar mit seinem Körper.

Ich schlang die Beine um seine Hüfte, verschränkte sie über seinem Kreuz, um ihn näher zu mir heranzuziehen. Sein Rhythmus war verzweifelt und leidenschaftlich, und ich erbebte unter ihm, denn der Abgrund kam immer näher. Meine Hände zerrten an seinem Haar, fuhren über seinen Rücken, kneteten jeden Zentimeter seines Körpers, den ich erreichen konnte, während er sich über mir bewegte und seine Lippen an meinem Hals hinabwandern ließ.

Ich spürte, wie seine Muskeln arbeiteten, als er mit fließenden Bewegungen über mich hinwegglitt, immer mehr Hitze in mir auflodern ließ und mich immer näher an den Abgrund brachte. Mein Geist war wie umnebelt, und ich hatte meine Gliedmaßen kaum unter Kontrolle, während ich jegliche seiner Bewegungen spürte. Ich schloss die Lider und versank in Dunkelheit.

»Hayden, o mein ...«

Doch die heiß glühende Explosion in meinem Innern schnitt mir das Wort ab. Unglaublich tief rammte er in mich hinein und stürzte mich über die Klippe. Ich schlang ihm meine bebenden Hände erneut um den Nacken. Der Orgasmus, der mich durchtoste, brachte meinen ganzen Körper buchstäblich zum Vibrieren. Er wartete, bis ich meinen Höhepunkt ausgekostet hatte, bevor er seinem eigenen hinterherjagte.

Noch einmal drängte er in mich hinein, hielt ganz still, während seine Muskeln arbeiteten und stöhnte leise. Sein Mund ruhte auf meinem, ohne sich zu bewegen, zu überwältigt von seinem Höhepunkt, um mich weiter küssen zu können. Dann entspannte er sich. Gemächlich regten sich seine Lippen nun wieder, während meine Arme immer noch seinen Nacken umfingen.

»O mein Gott«, raunte er und küsste mich erneut. Ich lachte atemlos auf, spürte dem Schwirren meines Orgasmus nach. Dann umarmte ich ihn noch fester, eindeutig berauscht von der Liebe zu ihm. »Ich liebe dich, Grace.«

»Ich liebe dich, Hayden«, flüsterte ich. Es fühlte sich seltsam an. Diese Worte jagten mir immer noch Angst ein, aber dennoch war es unzweifelhaft auf wunderbare Weise richtig, sie auszusprechen.

KAPITEL 21

WAHRHEIT

Hayden

Graces Haut fühlte sich warm an, als ich über ihr lag. Ihre Lippen reagierten automatisch auf meinen Kuss, passten perfekt auf die meinen, als wären wir füreinander geschaffen. Ich spürte, dass ihr Herz ebenso wie meines wild hämmerte, während wir uns von unserem Höhepunkt erholten.

Diese atemberaubenden Worte aus ihrem Mund zu hören und Zeuge ihrer unvergleichlichen Schönheit nach unserer Vereinigung zu werden, das alles raubte mir fast den Verstand. Diese gemeinsame Zeit war so ganz anders gewesen als beim ersten Mal, wenn auch nicht minder unglaublich. Ich spürte die Gefühle, die der Antrieb für unser Verhalten gewesen war, und mir war klar, dass ihre Frustration noch aus einer viel tieferen Quelle kam, als sie vorher zugegeben hatte.

Zögerlich löste ich die Lippen von ihren und hob den Kopf, um sie anzusehen. Wieder schien ihre Haut auf außergewöhnliche Weise zu glühen. Ein sanftes Lächeln umspielte ihre leicht geschwollenen Lippen, als sie sah, wie ich jedes winzige Detail ihres Gesichts in mich aufnahm.

»Was?«, fragte sie leichthin mit der Andeutung eines Lachens.

»Ich kann es nicht fassen, wie unglaublich du bist«, rutschte es mir unbedacht heraus. Aber meine Worte waren wahr. Mit jedem Augenblick, den wir zusammen verbrachten, verliebte ich mich mehr in sie. Sie war unfassbar schön, zutiefst stark, klug und selbstlos. Sie war so vieles, was ich bewunderte und brauchte, ohne dass es mir klar gewesen war – bis zu dem Tag, an dem ich ihr begegnet war.

»Hör auf«, sagte sie bescheiden. Mit dem Daumen tippte sie mir leicht ans Kinn und ließ ihre Hand auf meiner Wange ruhen.

»Das meine ich ernst, Grace«, sagte ich leise und warf ihr einen zärtlich tadelnden Blick zu. Seltsamerweise sah sie nicht das, was ich sah.

»Danke, Hayden«, erwiderte sie. Sie schüttelte den Kopf, als sage sie das nur, um mich zum Schweigen zu bringen. Dann zog sie mich wieder zu sich hinab. Ich genoss den Druck ihrer Lippen auf meinen ein paar Sekunden lang, dann löste ich mich erneut.

Ich stützte die Arme zu beiden Seiten ihres Kopfes ab, stieß mich hoch und rückte zur Bettkante. Im Aufstehen griff ich nach ihrer Hand. »Duschen?«

»Gute Idee«, lachte sie und sah mir ausschließlich ins Gesicht, als ich nackt vor ihr stand. Sie erhob sich ebenfalls und stellte sich neben mich. Dann ließ sie sich von mir zum Bad führen. Ich widerstand dem Drang, ihre nackte Gestalt noch einmal einer eingehenden Begutachtung zu unterziehen.

Ich zog uns unter die Vorrichtung, die als Dusche diente, aber sie blieb ein Stück weit von mir entfernt stehen.

»Du musst näher kommen«, flüsterte ich.

»Hmm«, machte sie leise und rückte näher, sodass sie nur noch wenige Zentimeter entfernt war. »Mich beschleicht das Gefühl, dass du diesen Trick schon einmal angewandt hast ...«

»Nur ein einziges Mal.«

»Ist ja auch ein guter Trick«, antwortete sie und nickte mit gespielt ernster Miene.

»Hat bei dir doch gewirkt, oder?«

»Stimmt«, pflichtete sie mir bei.

Aber dann blieb ihr vor Schreck der Mund offen stehen, als ich an der Schnur zog und uns mit kaltem Wasser übergoss. Sie machte einen Satz, sodass sie sich keuchend an mich presste. Ein tiefes Glucksen drang aus meiner Kehle, erfüllte die Luft um uns herum.

»Das ist ja eiskalt«, meinte sie und blickte belustigt zu mir auf. Erfreut stellte ich fest, dass sie nicht zurückwich.

»Ich werde dich wärmen«, sagte ich leichthin und zog sie noch fester an mich heran. Sie warf mir ein sanftes Lächeln zu, dann beugte sie sich vor und gab mir einen leichten Kuss auf die Schulter. Das Wasser strömte über uns hinweg, aber keiner von uns machte Anstalten, wirklich zu duschen. Viel zu sehr waren wir ineinander versunken, um uns darum zu kümmern.

Trotz der eisigen Temperatur des Wassers wurde meine Haut unter ihrer Hand ganz warm, die über meine Narben glitt und dann unter meinen Schulterblättern liegen blieb, als sie mich umarmte. Ihre Lippen verharrten an meiner Schulter, und immer wieder küsste sie meine Haut. Mein Herz machte einen Satz, als sie tief seufzte. Die veränderte Stimmung fiel ihr offensichtlich genauso auf wie mir.

Das Spielerisch-Leichte war dahin, und die Atmosphäre wurde mit jeder Sekunde schwerer. Wir hatten unsere Körper sprechen lassen, weil uns die Worte fehlten, aber jetzt konnten wir uns nicht länger davor drücken; es war Zeit zu reden.

»Hayden ...«

Ich wusste, was jetzt kam – jene Fragen, denen wir bis zu diesem Zeitpunkt irgendwie hatten ausweichen können. Bislang war einfach nicht der richtige Zeitpunkt für Antworten gewesen, aber jetzt ließ es sich nicht länger aufschieben. Ich zögerte den Zeitpunkt hinaus, versuchte darüber nachzudenken, wie ich vorgehen sollte, als sie weitersprach.

»Wir müssen über einiges reden.«

Ihre Stimme war leise, und ihre Worte klangen erstickt an meiner Schulter, aber dennoch hörte ich den Schmerz in ihrer Stimme, auch wenn sie sich bemühte, ihn vor mir zu verbergen. Ich fuhr mit der Hand durch ihr nasses Haar und ließ sie dann über die samtige Haut an ihrem Rücken gleiten.

»Ich weiß«, antwortete ich leise. So eng umschlungen, wie wir dastanden, konnte ich ihr Gesicht nicht sehen und wünschte mir plötzlich, ich könnte es.

Sie holte tief Luft und presste ihre Lippen noch einmal auf meine Schulter. Kühle Luft wehte über meine Haut hinweg, als sie sich weit genug zurückzog, um zu mir auf und mir in die Augen zu sehen. »Lass uns erst zu Ende duschen, ja?«

»Ja, okay«, stimmte ich sanft zu. Wahrscheinlich würde ich nie bereit für dieses Gespräch sein, aber es musste sein. Es gab zu viele lose Enden, die zusammengefügt werden mussten.

Einen Großteil unseres Wassers hatten wir verschwendet, indem wir einfach nur darunter gestanden und einander festgehalten hatten. Nach ein paar weiteren Minuten machte der schwindende Wasservorrat unserer gemeinsamen Dusche ein Ende. Aber immerhin hatten wir den Schmutz des Tages doch noch abwaschen können. Schweigend trockneten wir uns ab, viel zu versunken in unseren eigenen Gedanken, um uns zu unterhalten. Ich sah die Narbe aufblitzen, die sich über ihrem Brustkorb gebildet hatte und die noch von der Verwundung herrührte, welche sie sich zusammen mit ihrer gebrochenen Rippe eingehandelt hatte.

Sie warf mir ein weiteres winziges Lächeln zu, dann tappte sie leise ins Zimmer zurück und trat zur Kommode, um Kleidungsstücke herauszuholen. Ich spürte die Spannung, die nun in der Luft lag, während wir uns ankleideten. Ich hatte keine Ahnung, was ich ihr sagen sollte, um all das zu erklären, was wir durchgemacht hatten, und ich wusste auch nicht, wie sie auf die Wahrheit reagieren würde, wenn ich sie endlich aussprach.

Geistesabwesend rubbelte ich mir mit dem Handtuch das Haar trocken, bevor ich es über meinem Schreibtischstuhl ausbreitete, und sie tat es mir gleich. Ich setzte mich aufs Bett, lehnte mich mit dem Rücken an die Wand und streckte die Beine von mir.

»Komm her«, lockte ich sie. Sie legte ihre Hand in meine und ließ sich von mir zwischen meine Beine ziehen. Im Schneidersitz ruhten ihre Schenkel auf meinen, und sie sah mich an. Sie wirkte genauso nervös wie ich; mein Magen revoltierte.

Das hier konnte entweder sehr gut oder sehr, sehr schlecht ausgehen.

»Also«, sagte ich langsam, denn ich konnte die Stille nicht mehr ertragen. Sie blickte unruhig zwischen meinen Augen hin und her und holte tief Luft. »Ich weiß, dass du wahrscheinlich darüber reden willst, warum ich ...«

»Mein Vater ist tot, Hayden.«

Ihre Worte erstaunten mich, und vor Überraschung blieb mir der Mund offen stehen. Sie bestätigte eigentlich nur meine Vermutung, und doch durchfuhr mich ihretwegen heftiger Schmerz. Sie hatte es so schnell hervorgesprudelt, als hielte sie dieses Bekenntnis seit ihrer Rückkehr nach Blackwing krampfhaft zurück.

»Es tut mir so leid, Grace.«

Ich nahm ihre Hände, die in ihrem Schoß lagen, hielt sie fest. Mit unergründlicher Miene musterte sie mich eindringlich. Doch dann runzelte sie leicht die Stirn, und ihre Augen waren voller Schmerz.

»Er ist einfach ... er ist gestorben.«

Ihre Stimme klang ganz hohl, tonlos und dennoch angespannt, weshalb sich mir die Kehle zuschnürte, als seien ihre Gefühle auch die meinen. Sie senkte den Blick und betrachtete unsere ineinander verschlungenen Hände. Dann holte sie zittrig Atem, als müsse sie krampfhaft die Tränen zurückhalten.

»Konntest du dich von ihm verabschieden?«

Ich hätte nicht fragen sollen. Wahrscheinlich war das alles allzu schmerzhaft für sie, aber ich musste wissen, ob das, was ich uns beiden zugemutet hatte, es wert gewesen war. Ich musste wissen, ob ich mein eigentliches Ziel erreicht hatte und ob sie das bekommen hatte, worauf ich gehofft hatte – dass sie sich hatte verabschieden können, bevor es zu spät war.

Sie blickte plötzlich wieder zu mir auf, sah mir tief in die Augen. Doch dann schien sie plötzlich in sich zusammenzufallen. Ganz fest presste sie die Lider zu, und ein leiser Schluchzer entrang sich ihrer Brust. Sie nickte kurz, doch mehr sah ich nicht, denn schon beugte ich mich vor, nahm sie in die Arme und zog sie an mich.

Sie drehte sich in meinem Griff herum und presste ihren Rücken an meine Brust. Ich hüllte sie vollkommen ein, umfing sie, und sie klammerte sich an meine Unterarme. Ihr Körper passte perfekt zwischen meine Beine. Ich konnte sie gar nicht nah genug bei mir halten, während sie in meinen Armen zusammenbrach. Erbarmungslose Schluchzer, die sie bis jetzt hatte zurückhalten können, schüttelten nun ihren ganzen Körper durch.

»Schh, ist schon gut, Grace«, murmelte ich mit den Lippen ganz dicht an ihrem Ohr. Langsam wiegten wir uns instinktiv vor und zurück, als wollten wir uns gegenseitig beruhigen.

Sie gab keine Antwort, sondern schluchzte nur noch einmal auf. Mit einem Blick über ihre Schulter überzeugte ich mich davon, dass ihre Augen fest geschlossen waren. Mein großer Körper umgab sie vollkommen. Ich konnte sie nicht beruhigen, denn ich wusste, dass der Schmerz über den Verlust eines Vaters erheblich tiefere Wunden hinterließ, die sich mit Worten nicht heilen ließen. Ich konnte nur eines tun: sie festhalten.

»T-tut mir leid«, stammelte sie und schniefte laut in dem Versuch, ihre Tränen zurückzuhalten.

»Nein, Baby, das sollte es aber nicht«, antwortete ich beschwichtigend, schüttelte den Kopf und umfing sie noch fester. Ich neigte den Kopf, um ihr einen Kuss auf die feuchte Wange zu geben. Mit der Hand wischte ich ihr eine hinabrinnende Träne fort. Sie hatte diese Gefühle nun schon so lang zurückgehalten, und ich wollte, dass sie ihnen nun ganz und gar freien Lauf ließ.

So hielt ich sie eine ganze Weile, ganz fest, ließ die Fingerspitzen hin und wieder sanft über ihre Haut fahren oder wischte ihr die Tränen ab. Sie ließ meine Unterarme keine Sekunde lang los, und ich spürte, wie sie an mir dahinschmolz und sich von mir beruhigen ließ. Bei jedem Keuchen, jedem Schluchzen, jedem Schrei, den sie ausstieß, drehte sich mir der Magen um, und es fuhr mir wie ein Dolch mitten ins Herz, als sei ihr Schmerz auch der meine.

Der Tod meiner eigenen Eltern war Jahre her, schmerzte aber immer noch. Kaum vorstellbar, wie sich das jetzt für sie anfühlen musste.

Schließlich verwandelte sich ihr ersticktes Schluchzen in leises Schniefen, dann verstummte es ganz. Stumme Tränen benetzten hie und da ihre Wangen. Automatisch küsste ich ihre Haut, ließ die Lippen dort verharren, während sie tief und zittrig Atem holte. Immer noch hielt ich sie fest, während ich sanft ihre Arme streichelte.

»Geht es wieder?«, fragte ich leise, obwohl ich doch genau wusste, dass es nicht ging. Meine Worte klangen gedämpft an ihrer Schulter.

»Irgendwann sicher«, antwortete sie leise. Ihre Stimme klang jetzt wieder stärker als eben, aber dennoch immer noch dünn. Sie schauderte.

Das Schweigen hüllte uns wieder ein, während ich mir das Gehirn zermarterte, ob ich es ihr jetzt erzählen sollte oder nicht. Statt noch etwas zu sagen, küsste ich sie auf den Nacken, um Zeit zu schinden. Sie drehte sich um, nahm ihre Position vor dem Zusammenbruch wieder ein, sodass sie mir nun wieder gegenübersaß.

»Das Timing war allerdings ziemlich unglaublich«, begann sie und beobachtete mich aufmerksam. Ich hielt ihren Blick ein paar Sekunden lang, dann sah ich hinab auf meine Hände, die schuldbewusst in meinem Schoß zuckten.

»Wenn man bedenkt, dass du mich kurz vor seinem Tod nach Hause geschickt hast ... wie wahrscheinlich war das?«, forschte sie sanft. Mein Kopf fuhr hoch, ihre Augen brannten sich in meine hinein. Wenn sie es nicht bereits wusste, dann hatte sie zumindest eine starke Vermutung, warum ich sie heimgeschickt hatte. Wieder schwieg ich und wich ihrem Blick aus.

»Hayden.«

Ich presste die Lippen aufeinander und musterte intensiv meine Hände. Ich zögerte, zuzugeben, was ich getan hatte, obwohl ich es für sie getan hatte. Es laut auszusprechen, würde nur den Schmerz zurückbringen, den ich über ihren Verlust empfunden hatte, auch wenn sie jetzt hier vor mir saß.

»Hayden, liebst du mich?«

»Ja«, antwortete ich sofort und hob erneut den Kopf, um

sie anzusehen. Diesmal hielt ich stand, konnte die Augen nicht abwenden vor ihrem lodernd intensiven Blick.

»Was würdest du für mich tun?«, fragte sie und musterte mich weiterhin eindringlich und entschlossen.

»Alles«, antwortete ich automatisch. Meine Stimme klang etwas atemlos, aber aufrichtig, als die Worte zwischen uns in der Luft dahinschwangen. »Ich würde alles für dich tun, Grace.«

Sie sah zwischen meinen Augen hin und her, runzelte heftig die Stirn, und man konnte die Gedanken, die dahinter rasten, förmlich sehen. Ich erkannte das Gewicht der Wahrheit, das sich ihr auf die Schultern legte und sie ebenso niederdrückte wie mich selbst.

Sie verstand.

»Du wusstest es, nicht wahr?«, stellte sie mit leiser und ungläubiger Stimme fest. »Du wusstest, dass er im Sterben lag.«

Mein Herz pochte wild, und ich zögerte mit der Antwort, öffnete den Mund, schloss ihn wieder. Ein tiefer Seufzer drang zwischen meinen zusammengebissenen Zähnen hervor, und ich sackte leicht in mich zusammen, sah ihr aber weiterhin unverwandt in die Augen, während sie auf meine Antwort wartete.

»Grace ...«

Ich verstummte, griff nach ihrer Hand, aber sie entzog sie mir und sah mich weiter mit diesem grün lodernden Blick an. Bei dieser unmerklichen Zurückweisung sank mir der Magen in die Kniekehlen, aber ich versuchte, den Stich, den es mir versetzte, gar nicht zu beachten.

»Sag es mir. Sag mir, dass du wusstest, dass er im Sterben lag.«

Ihre Worte klangen jetzt kälter als zuvor, hart und entschlossen. Ich runzelte die Augenbrauen, verärgert über die Richtung, die unsere Unterhaltung jetzt nahm.

»Sag es mir, Hayden!«, fauchte sie schließlich, verlor angesichts meines Schweigens jetzt die Geduld. Ich zuckte zusammen, doch dann konzentrierte ich mich wieder auf sie.

»Ja, Grace. Ich wusste es.«

»Warum hast du es mir nicht gesagt? Warum hast du mich gezwungen zu gehen? Warum hast du mir weisgemacht, mich hier nicht zu wollen?«, verlangte sie zu wissen. Ihre Stimme klang nicht länger hart, sondern schmerzerfüllt. Die Wut, die kurz aufgeflackert war, war verraucht, und wieder war Schmerz an ihre Stelle getreten. Ich hatte ein schlechtes Gewissen, weil ich für diese Empfindungen verantwortlich gewesen war, aber dann rief ich mir ins Gedächtnis, dass es besser für sie war, wütend auf mich zu sein als wütend auf sich selbst, weil sie den einen dem anderen vorgezogen hatte.

»Ich wollte verhindern, dass du dich entscheiden musst«, antwortete ich leise und griff erneut nach ihrer Hand. Diesmal wich sie nicht zurück, sondern überließ sie mir. Ein Funke der Erleichterung durchzuckte mich.

»Das hattest eigentlich nicht du zu entscheiden«, sagte sie und warf mir einen strengen, missbilligenden Blick zu. Ich merkte, dass sie wieder kurz davor war, in Tränen auszubrechen, und ich hasste mich selbst deswegen. Sie war so stark. Dass sie meinetwegen weinte, fuhr mir wie ein Dolch ins Herz.

»Ich weiß«, gab ich zu. »Aber ich konnte einfach nicht zulassen, dass du wählen musstest, erkennst du das nicht? Ich wollte nicht, dass du dich eines Tages schuldig fühlst, weil du einen von uns dem anderen vorgezogen hast. Ich wollte nicht, dass du dir Sorgen um mich machst, wenn du nur noch eine begrenzte Zeit mit deinem Vater hast ...«

Ich selbst fand meine Argumentation so schlüssig, dass ich inständig hoffte, auch sie würde meine Logik nachvollziehbar finden. Ich sprach weiter: »Ich dachte, dass es leichter für dich wäre, wenn du glaubst, dass ich dich nicht hier an meiner Seite haben wollte. Ich dachte, dann könntest du die verbleibende Zeit mit ihm verbringen, ohne mir gegenüber ein schlechtes Gewissen zu haben.«

Ihre Atmung war schwach und unregelmäßig, und ihre Brust hob und senkte sich krampfartig. Sie schien sich an jedes meiner Worte zu klammern. Die Luft um uns herum schien zu knistern vor elektrischer Ladung, während ich angespannt auf ihre Antwort wartete.

»Wenn du wüsstest, wie sehr ich dich brauche, wärst du niemals gegangen. Bitte, Grace ... ich habe es für dich getan«, bat ich schwach. Ich wollte ihr das unbedingt begreiflich machen, denn sonst wäre ich zu einem Häuflein Elend zusammengebrochen. Scharf sog sie bei meinem Bekenntnis den Atem ein, dann dachte sie schweigend darüber nach.

»Hayden ... du hast mir das Herz gebrochen«, sagte sie leise, und bei dem letzten Wort brach auch ihre Stimme, und ihr rann eine Träne die Wange herab. Ein paar Sekunden verharrte meine Hand darauf, um sie fortzuwischen, dann umfing ich wieder die ihre in ihrem Schoß.

»Ich habe auch mein eigenes gebrochen.«

Meine Worte waren nicht mehr als ein Flüstern, sodass man sie kaum hören konnte, aber es war die absolute Wahrheit. Sie fortzuschicken, hatte mich innerlich zerrissen, mich stärker verwundet als alles, was seit dem Tod meiner Eltern geschehen war.

»Du hast das alles getan, damit ich bei meinem Vater sein konnte?«, fragte sie. Ihre Stimme klang immer noch fassungslos, obwohl sie das alles offensichtlich ja schon vor einer Weile erraten hatte.

»Ja. Und es tut mir leid, dass ich es dir nicht gesagt habe. Ich ... ich konnte dir das einfach nicht antun. Ich konnte dir nicht zumuten, dich entscheiden zu müssen.«

Verstand sie meine Motive wirklich? Würde sie es akzeptieren?

»Hast du mich denn damals geliebt? Als du mich gehen ließest?« Sie klang, als fürchte sie sich vor meiner Antwort, hielt meinem Blick aber dennoch entschlossen stand.

»Natürlich«, versicherte ich, ohne zu zögern.

Sie atmete sanft ein, und ihre Hand umfasste die meine, drückte sie leicht. »Ich liebte dich damals auch schon.«

»Wirklich?« Meine Stimme klang leise und ehrfürchtig. Ich wusste, dass sie das hatte sagen wollen, als ich ihr damals das Wort abgeschnitten hatte. Aber ich hatte vermutet, dass sich ihre Gefühle verändern würden, nachdem ich sie fortgeschickt hatte. Sie nickte bedächtig, sah mich weiterhin unverwandt an.

»Ja.«

Ich streckte die Hand nach ihrem Gesicht aus, ließ sie

sacht an ihrem Kinn entlang nach hinten gleiten, bevor ich sie in ihrem Haar vergrub, die Handfläche an ihrem Ohr. Sie schmiegte sich hinein und schloss einen Augenblick lang die Augen, genoss die Hitze meiner Hand an ihrer Haut.

»Du verstehst doch, warum ich es getan habe, oder? Du musst es einfach verstehen«, bat ich leise und beugte mich dichter zu ihr heran. Ihre Augen öffneten sich erneut. Sie sah mich an und seufzte tief.

»Ja, Hayden. Ich verstehe es.«

»Gut, denn ich will nicht, dass du glaubst, ich hätte es getan, weil ich dich nicht liebte. Wahrscheinlich liebte ich dich schon lange, bevor es mir überhaupt klar wurde ...« Bis zum jetzigen Zeitpunkt hatte ich nicht darüber nachgedacht, aber als ich es aussprach, wusste ich, dass es stimmte.

»Das ging mir auch so«, stimmte sie sanft zu. Unsere Stimmen waren immer leiser geworden, als fürchteten wir, einander gegenseitig abzuschrecken, wenn wir lauter sprächen.

»Dann ist zwischen uns alles gut? Bitte sag, dass es gut ist.«

Sie schwieg lange und beobachtete mich. Wieder schienen sich ihre Gedanken zu überschlagen. Ängstlich wartete ich auf ihre Antwort, und mein Magen verkrampfte sich.

»Mehr als gut, Hayden. Was du getan hast ... was du mir gegeben hast ... das war das Unglaublichste, was je jemand für mich getan hat.«

Ich war so wahnsinnig erleichtert und seufzte so tief, dass ich förmlich in mich zusammensackte. Unwillkürlich beugte ich mich vor, presste die Lippen leidenschaftlich auf ihre, ließ sie dort ein paar Sekunden lang verharren und zog mich dann wieder ein paar Zentimeter zurück.

»Wirklich?«

»Durch dich konnte ich mich von meinem Vater verabschieden, Hayden. Das ist heutzutage ein wundervolles Geschenk.«

Mit dem Daumen strich ich sanft über die samtige Haut ihrer Wange, und sie umarmte meinen Nacken. Mir stieg das Herz in die Kehle, sodass ich Mühe hatte zu sprechen.

»Ich bin nur froh, dass du noch Zeit mit ihm verbringen konntest, bevor es zu spät war. Das war alles, was ich mir für dich wünschte, Grace.«

»Ich weiß«, antwortete sie leise und mit beruhigender Stimme, während sie meine Haut mit den Daumen streichelte. »Ich weiß«, wiederholte sie noch einmal seufzend.

»Ich habe es ernst gemeint ... Ich würde alles für dich tun.«

Ein winziges Lächeln umspielte ihre Lippen, und ihre Züge, die bislang so viel Intensität ausgestrahlt hatten, wurden weicher. »Und *ich* würde alles für *dich* tun.«

Stürmisch beugte ich mich vor, sehnte mich nach dem Gefühl ihrer Lippen auf meinen. Wir küssten uns sekundenlang, dann löste sie sich wieder von mir.

»Danke für das, was du für mich getan hast, Hayden.«

Es kam mir merkwürdig vor, dass sie mir für so etwas dankte. »Danke mir nicht.«

»Doch, das tue ich, nimm es einfach an«, widersprach sie leichthin und mit sanftem Lächeln auf ihren wunderschönen Lippen.

»Na gut, Grace.«

»Ist dein Herz noch immer gebrochen?«, fragte sie vorsichtig. Es pochte heftig, sehr lebendig und warm in meiner Brust.

»Mein Herz könnte niemals gebrochen sein, solange ich dich habe.«

Sie wirkte etwas überwältigt von diesem Bekenntnis, aber es entsprach nun mal der Wahrheit. Sie war alles, was ich brauchte, um zu funktionieren, um am Leben zu bleiben, um glücklich zu bleiben. Sie hatte die Befehlsgewalt über mein Herz, ohne dass es ihr überhaupt bewusst war.

»Du wirst mich immer haben«, versprach sie sanft. Ihr zärtlicher Blick brachte jede einzelne meiner Körperzellen bis hin zu meinen Zehen zum Vibrieren.

»Dann wird mein Herz niemals gebrochen sein.«

KAPITEL 22

WESENTLICH

Grace

Ich hatte das Gefühl eines seltsamen Déjà-vu, als ich Hayden durch das Camp folgte. Das erinnerte mich an meine ersten Tage hier, als ich ihm nicht von der Seite weichen durfte, während er seinen täglichen Verpflichtungen nachging. So vieles hatte sich seit damals verändert, dass ich es kaum fassen konnte; statt Feinde waren wir jetzt eine einzige geballte Macht, verbunden durch jene intensive und reale Liebe, die zwischen uns gewachsen war. Statt nach den Vorräten zu sehen, checkten wir Waffen und die zur Verteidigung notwendigen Utensilien. Statt uns auf den Alltag zu konzentrieren, bereiteten wir uns auf den Krieg vor.

»Als Nächstes die Kommandozentrale?«, fragte er und blickte auf mich herab, während wir den Weg entlanggingen.

»Ja, letzter Halt?«

»Ich denke schon«, murmelte er geistesabwesend. Ich merkte, dass er im Kopf die Liste unserer Vorräte durchging, die wir vor dem Angriff noch auffüllen mussten. Wir hatten Docc in der Krankenstation aufgesucht, Maisie in der Küche und Dax, der momentan die provisorische Garage beaufsichtigte.

»Wir brauchen noch jede Menge«, sagte Hayden, als wir an der Kommandozentrale anlangten. Schon nach der zweiten Station war seine Miene grimmig gewesen und im weiteren Verlauf des Tages immer missmutiger geworden. Ich hatte das auch schon vermutet, aber immer noch inständig gehofft, dass es nicht notwendig werden würde.

Die Tür quietschte leise, als Hayden hineinstürmte und den Mann mittleren Alters, der gerade Wache hatte, aufschreckte.

»Hallo«, grüßte er hastig und richtete sich in seinem Stuhl auf, als schüchtere Hayden ihn ein. Einen Augenblick lang stutzte ich, aber dann fiel mir wieder ein, wie einschüchternd er nach meiner Ankunft anfänglich auch auf mich gewirkt hatte.

»Hay, Frank«, murmelte Hayden. »Gib uns eine Sekunde, ja?«

»Klar, natürlich«, erwiderte der andere, sprang hastig von seinem Stuhl auf und schlüpfte zur Tür hinaus, die er hinter sich schloss. Hayden und ich waren allein. Hayden seufzte tief und schritt zu einem der Munitionsschränke hinüber, öffnete ihn und inspizierte den Inhalt.

»Willst du, dass ich eine Liste mache?«, bot ich an. Haydens Schultern sackten enttäuscht nach unten, als er entdeckte, dass unsere Munitionsvorräte nicht annähernd so reichlich waren, wie sie zu diesem Zeitpunkt hätten sein sollen.

»Ja, gute Idee.«

Ich nickte, was er nicht sehen konnte, denn er durchstöberte bereits den Schrank. Ich holte mir ein Blatt Papier und einen Stift vom Tisch inmitten des Raumes und notierte schon einmal das, was wir unserer bisherigen morgendlichen Runde zufolge besorgen mussten.

Nahrungsmittel, Antibiotika, Verbandsmaterial, Schmerzmittel, Treibstoff, Kabel, Batterien.

Stirnrunzelnd sah ich auf die Liste hinab. Sie war jetzt schon ziemlich lang und umfasste Dinge, die man kaum mehr auftreiben konnte, insbesondere, da es auch in der Stadt nicht mehr allzu viel zu holen gab.

»Schreib Munition auf, ja?«, rief Hayden, während er zum zweiten Schrank hinüberging.

»Welche Art von Munition?«

»Jede.«

»Na toll«, murmelte ich sarkastisch und notierte es. Hayden schnaubte erneut, dann trat er zu mir an den Tisch. Er stützte die Handflächen darauf und beugte sich vor, um die Liste zu studieren, die ich zusammengestellt hatte.

»Du weißt, was das heißt, nicht wahr?«, sagte er düster.

Ich hob den Kopf und bemerkte, dass er mich beobachtete.

»Es steht mal wieder ein Raubzug an.«

Er nickte missmutig, eindeutig genauso bestürzt über diese Aussicht wie ich. Der jetzige Zeitpunkt war der denkbar schlechteste, um sich vom Camp zu entfernen. Ich sah ihm ein paar Sekunden lang in die Augen, wünschte, eine solche Aktion vermeiden zu können, wusste aber, dass das unmöglich war.

»Irgendeine Möglichkeit, dich zum Hierbleiben zu überreden?«, fragte er und zog voller Hoffnung die Augenbrauen in die Höhe, obwohl sein Ton keinen Zweifel daran ließ, dass er meine Antwort bereits kannte.

»Absolut keine.«

Er lachte leise und humorlos auf und trat um den Tisch herum neben mich. Dann schlang er den Arm locker um meine Schultern und zog mich an sich. Er drückte mir einen sachten Kuss auf die Schläfe, ließ die Lippen dort einen Augenblick verharren und entfernte sich dann wieder so schnell von mir, wie er gekommen war.

»Dachte ich mir.«

Ein winziges Lächeln umspielte meine Lippen angesichts dieser beiläufig zärtlichen Geste und der Tatsache, wie leicht er meine Weigerung akzeptiert hatte, ihn ohne mich gehen zu lassen.

»Wann soll es losgehen?«, fragte ich, faltete die Liste zusammen und schob sie in meine Tasche.

»Jetzt«, sagte er resigniert.

Er kehrte zum Schrank zurück und holte zwei 8mm-Pistolen heraus, reichte mir eine und behielt die andere. Ich nahm an, dass bereits eine weitere Pistole im Bund seiner Jeans steckte, ebenso wie mindestens zwei irgendwie geartete Messer, sodass er nun mehrere todbringende Waffen bei sich hatte. Das Springmesser, das ich an mich genommen hatte, befand sich in meiner Tasche, und daneben verstaute ich sodann meine eigene Waffe.

»Also los«, sagte er leise, ließ die Hand leicht über die meine gleiten und durchquerte das Gebäude bis zur Tür. Wieder schrak Frank, der Wachmann, bei unserem Erscheinen zusammen.

»Bleib locker, Kumpel«, neckte Hayden ihn leise.

Ich kicherte, weil der Mann offensichtlich ganz nervös

war, als er ins Gebäude zurückkehrte. Hayden war wahrscheinlich nur halb so alt wie er, aber offensichtlich fürchtete der Mann ihn trotzdem.

»Wer wird uns begleiten?«, fragte ich und folgte Hayden in Richtung Garage.

»Wahrscheinlich Kit und Dax«, antwortete er.

»Und wer wird die Verantwortung für das Camp übernehmen, wenn wir fort sind?«, erkundigte ich mich besorgt. Die Vorstellung, dass so viele führende Persönlichkeiten gleichzeitig das Camp verließen, gefiel mir gar nicht. Hayden, Kit und Dax bekleideten in Blackwing allesamt einen hohen Rang, und es kam mir gefährlich vor, wenn sie alle mitkamen.

»Docc«, antwortete Hayden. »Früher war es Barrow ...«

Er runzelte die Stirn, dachte offenbar an Barrow und seinen Aufenthaltsort oben auf dem Turm. Mindestens drei Leute bewachten ihn rund um die Uhr und sorgten dafür, dass er keinen Versuch unternahm, hinunterzusteigen oder eine weitere Revolte gegen Hayden anzuzetteln.

»Tut mir leid.«

Ich hatte das Gefühl, mich entschuldigen zu müssen; immerhin war es teilweise meine Schuld, dass einer der ihren so schnell abtrünnig geworden war.

»Es ist nicht deine Schuld«, versicherte Hayden und warf mir auf dem Weg zur Garage einen Blick zu. »Entschuldige dich nicht für Dinge, für die du nichts kannst.«

Seine Worte klangen hart und grimmig, sein Blick richtete sich wieder nach vorn, und wir betraten die Garage. Er war in der Tat anders als alle Männer, die ich je getroffen hatte.

Dax erwartete uns bereits. »Schon wieder da? Ihr habt mich wohl vermisst«, sagte er gut gelaunt. Er beugte sich gerade über das Quad, das sie beim letzten Überfall erbeutet hatten, und befasste sich mit dem Motor. Plötzlich aufflammender, irrationaler Zorn auf das unbelebte Objekt versetzte mir einen Stich, denn ich erinnerte mich daran, wie Hayden darauf noch unterwegs gewesen und Kit und Dax deshalb zunächst allein angekommen waren, weshalb ich ihn für tot gehalten hatte.

»Klar«, schnaubte Hayden leichthin und konnte sich ein geisterhaftes Lächeln nicht verkneifen. »Wo ist Kit?«

»Als ich ihn zum letzten Mal sah, war er auf dem Weg zu Malin, und ich weiß nicht, ob du ihn jetzt wirklich unterbrechen willst«, gluckste Dax. Mit der Hand wischte er sich den Schweiß von der Stirn und hinterließ dort eine schwarze Ölspur.

»Mein Gott«, murmelte Hayden kopfschüttelnd. »Ausgerechnet jetzt?«

Unwillkürlich dachte ich, dass Hayden ein kleiner Heuchler war, wenn man bedachte, was wir erst gestern miteinander getrieben hatten, aber ich hielt den Mund.

»Hey, Männer haben nun einmal Bedürfnisse«, meinte Dax achselzuckend.

»Lass ihn doch, Hayden«, warf ich ein. Ich konnte mir das Grinsen nicht verkneifen, als er mich wütend anfunkelte. »Wir müssen uns aber trotzdem bereit machen.«

Er schnaubte ärgerlich, gab aber keine Antwort, sondern begann, unsere Utensilien auf den Truck zu laden. Dax warf mir ein verschwörerisches Lächeln zu, entfernte sich von

dem Quad und tankte den Truck auf. Ich half beim Einla-
den der notwendigen Dinge – leere Kanister für Treibstoff,
Taschen und Rucksäcke, ein paar Wasserflaschen für jeden
von uns.

Noch immer war es früh am Tag, und schon nach einer halben Stunde hatten wir alles für den bevorstehenden Überfall
vorbereitet. Ich merkte, wie ärgerlich Hayden war, dass wir
auf Kit warten mussten. Ich wusste, dass er los wollte, um so
schnell wie möglich wieder zurück zu sein. Ich wollte gerade
vorschlagen, dass jemand in den sauren Apfel beißen und Kit
holen sollte, als er im Eingang erschien. Er wirkte entspann-
ter und glücklicher denn je.

»Schön, schön«, meinte Dax mit breitem Grinsen.

»Hey, Leute!«, rief Kit, ignorierte Dax und winkte Hayden
und mir zu. Hayden achtete gar nicht auf ihn, aber ich erwiderte seinen Gruß.

»Hey, Kit.«

»Na, da sieht aber einer erfrischt und zufrieden aus!«, fuhr
Dax unbeirrt fort.

»Halt's Maul, Dax«, meinte der andere, doch sein breites
Grinsen strafte die groben Worte Lügen.

»Hey, Mann, ist doch keine Schande, ein bisschen herum-
zumachen«, meinte Dax und breitete beschwichtigend die
Arme aus.

»Vielleicht kriegst du ja irgendwann auch mal mit, wie
das ist«, erwiderte Kit scherzhaft mit sogar noch breiterem
Grinsen. Ich beobachtete die beiden lächelnd, erfreut, Kit
ausnahmsweise einmal glücklich zu sehen, auch wenn er es
nur war, weil er gerade Sex gehabt hatte. Erneut fragte ich

mich, ob ihn und Malin mehr verband als nur eine rein körperliche Beziehung.

»Hey, Kumpel, vertrau mir, ich weiß, wie das ist«, versicherte Dax. Überrascht bemerkte ich den ernsthaften Unterton, kam aber nicht dazu, weiter darüber nachzudenken.

»Haltet ihr beiden jetzt verdammt nochmal endlich mal die Klappe? Wir haben einen Raubzug vor der Brust«, unterbrach Hayden ihr Geplänkel und schaute mit missbilligendem Gesicht hinter dem Truck hervor.

»Du meine Güte, stimmt ja!«, rief Dax vorwurfsvoll und warf Kit und mir aus weit aufgerissenen Augen einen Blick zu.

Hayden runzelte die Stirn und umrundete das Fahrzeug. Ich folgte ihm und sah, wie er eine schwere, mit Munition gefüllte Reisetasche auf die Ladefläche des Trucks warf.

»Hey«, sagte ich leise und trat zögernd zu ihm hin. Leicht legte ich ihm die Hand auf den Rücken, spürte seine angespannten Muskeln. Als er sich zu mir umdrehte, sah er total wütend aus.

»Alles in Ordnung mit dir?«, fragte ich sanft und sah vorsichtig zu ihm auf.

»Alles bestens«, meinte er barsch und fuhr sich mit einer wilden Handbewegung durchs Haar.

»Gelogen«, widersprach ich. Ich trat noch einen Schritt näher und senkte die Stimme. »Was ist los?«

»Nicht einmal das hier nehmen sie ernst«, murmelte Hayden und gab seine gespielte Gleichgültigkeit auf. Er konnte ohnehin niemanden zum Narren halten. »Sie tun, als sei alles in Ordnung, während wir kurz davor sind, abgeschlachtet zu werden.«

Ich runzelte die Stirn bei seinen düsteren Worten, und automatisch schnellte meine Hand hervor und legte sich auf seinen Arm. Mit dem Daumen streichelte ich seinen Bizeps. »Hayden, das stimmt nicht. Sie wissen, dass es ernst ist, okay? Sie sind nur ... keine Ahnung, aber du weißt doch, wie Dax ist. Und Kit ... ich meine, du kannst ihm doch nicht allen Ernstes einen Vorwurf machen, wenn du bedenkst, was wir beide gestern gemacht haben ...«

Eine feine Röte überzog meine Wangen, und ich verstummte, wartete auf eine Antwort. Bei meinen Worten hellte sich seine grimmige Miene etwas auf.

»Das ist etwas anderes«, widersprach er.

»Wieso?«, fragte ich skeptisch.

Er schwieg ein paar Sekunden, dann schüttelte er leise den Kopf. »Ist einfach so.«

Ich verdrehte die Augen. Zumindest hatte er sich etwas beruhigt. »Na gut.«

»Es ist etwas anderes, weil ich dich liebe«, sagte er schlicht, als ob das den Unterschied erklärte. Mein Herz flatterte in meiner Brust, doch schon bald hatte ich mich genug erholt, um ihm antworten zu können.

»Und Kit liebt Malin nicht?«, forschte ich nach und sah ihn mit hochgezogener Augenbraue an.

»Keine Ahnung«, bekannte er.

»Genau, hast du nämlich nicht. Ich weiß, du bist im Augenblick ziemlich gestresst, aber wir wissen nicht, wie viele Tage unseres Lebens wir noch übrig haben, weißt du? Unsere Lebenszeit ist nun mal begrenzt, also ... versuch einfach, ein bisschen lockerer zu werden, okay? Sollen sie doch ihre Tage verbringen, wie sie wollen, bevor der Wahnsinn ausbricht.«

Hayden biss die Zähne aufeinander, während er über meine Worte nachdachte. Dann atmete er langsam und tief aus und fuhr sich mit der Hand übers Gesicht, gab sich geschlagen. »Du hast Recht.«

Ich lächelte sanft. »Ich weiß.«

Ein Funke glomm in seinen Augen, als er mein Kinn leicht zwischen Zeigefinger und Daumen nahm und mir einen kleinen Stups versetzte, bevor er wieder losließ. Erfreut bemerkte ich, dass etwas von seiner Anspannung von seinen Schultern gewichen war und er nicht mehr ganz so verärgert wirkte.

»Hey, ihr Turteltäubchen, ich dachte, wir wollten auf einen Raubzug gehen?«, rief Dax plötzlich und brachte damit die Blase, in die Hayden und ich uns mal wieder zurückgezogen hatten, zum Platzen. Hayden sah über meine Schulter hinweg zu ihm hinüber und verdrehte die Augen. Ich wandte mich um: Kit und Dax hatten uns offensichtlich beobachtet und grinsten breit.

»Halt's Maul«, murmelte Hayden und ging an mir vorbei, um auf den Fahrersitz zu klettern. Dax ließ ein herzhaftes, bellendes Lachen los, dann wandte er sich der anderen Seite des Trucks zu und sprang auf den Beifahrersitz.

»Echt jetzt?«, fragte Hayden ausdruckslos und warf ihm einen süffisanten Blick zu.

»Was?«, fragte Dax gespielt ahnungslos und schnallte sich an. »Nur weil sie dein Mädchen ist, heißt das noch lange nicht, dass sie automatisch vorne sitzt.«

Hayden verdrehte die Augen, widersprach aber nicht, als Kit und ich einstiegen. Letztlich saß ich dann wie immer direkt hinter Hayden, aber diesmal hatte ich nichts dagegen. Es gefiel mir, dass ich sein Gesicht im Rückspiegel sehen konnte. Es kam mir seltsam vertraut vor, mit diesen dreien auf Raubzüge zu gehen, und ich spürte, wie angesichts der bevorstehenden Aufregung das Adrenalin bereits durch meine Adern pumpte.

Das gewohnte Brummen des Motors erfüllte die Luft, als Hayden den Truck startete. Er verlor keine Zeit, fuhr sofort aus der Garage und auf den Weg, der aus Blackwing hinausführte. Die Bäume sausten am Fenster vorbei, seine Ungeduld über unser verspätetes Loskommen zeigte sich in seiner leicht waghalsigen Fahrweise.

In null Komma nichts ließen wir bereits den Waldrand hinter uns und sausten über die weite Ebene dahin, die uns noch von der Stadt trennte. Hayden fuhr noch schneller, und die Haltung seiner Schultern ließ keinen Zweifel darüber aufkommen, wie angespannt er war. Ich legte die Hand darauf, um ihn etwas zu beruhigen. Er warf einen schnellen Blick in den Rückspiegel und sah mir endlich in die Augen. Ich lächelte sanft und beschwichtigend. Er atmete tief aus und versuchte, mein Lächeln zu erwidern, bekam aber nur eine halbherzige Grimasse zustande.

»Wo soll's denn hingehen, Boss?«, brach Dax schließlich unser Schweigen. Hayden schwieg ein paar Sekunden lang nachdenklich.

»Keine Ahnung«, bekannte er. »Ich dachte an ...«

Er hielt inne, sah mich erneut an. Alle warteten gespannt.

»Wie wäre es mit dem Zeughaus?«

»Was? Kumpel, hast du den Verstand verloren?«, fragte Kit ungläubig. Von einem Zeughaus hatte ich noch nie gehört.

»Ja, ich finde deine Begeisterung ja bewunderungswürdig und so, aber ... das wäre Wahnsinn. Du weißt, dass es dort von Brutes nur so wimmelt«, fügte Dax hinzu. Er starrte Hayden an. Seine braunen Augen waren weit aufgerissen, sein Mund leicht geöffnet.

»Was haben wir denn sonst für eine Wahl? Sämtliche sonstigen Orte sind bereits geplündert, und im Zeughaus finden wir beinahe alles, was wir brauchen, an ein und demselben Ort«, widersprach Hayden angespannt. Seine Schultern verhärteten sich bei diesen Worten unter meiner Berührung noch mehr.

»Wartet mal, was ist das Zeughaus?«, unterbrach ich, denn ich hatte immer noch keine Ahnung.

»Na ja, es ist kein wirkliches Zeughaus, sondern vielmehr ein riesiger Luftschutzbunker, der als Lager benutzt wird und auf den wir vor ein paar Jahren gestoßen sind. Wir nehmen an, dass jemand oder eine Gruppe von Leuten ihn angelegt hat, bevor die ganze Welt auseinanderbrach, aber jedes Mal, wenn wir versuchen, dorthin zurückzukehren, wimmelt es dort zu sehr von Brutes, um es zu riskieren«, erklärte Hayden.

»Und wo befindet es sich?«, erkundigte ich mich. Gebäude zuckten am Fenster vorüber. Wir waren in der Stadt angelangt. Immer wieder musste Hayden einen Schlenker machen, um einem Schutthaufen oder einem Krater im Beton auszuweichen.

»Nicht weit von hier«, antwortete er. »Also, was haltet ihr davon? Ich finde, wir könnten es zumindest versuchen. Ist vielleicht die einzige Chance, die wir haben.«

»Du bist aus bestimmtem Grund unser Boss. Deine Entscheidung«, meinte Kit mit grimmig entschlossener Miene. Dax murmelte leise seine Zustimmung.

Hayden sah nun wieder mich an, fixierte mich über den Rückspiegel und erwartete meine Antwort. Ich konnte nicht anders, als ihm zuzustimmen – die Orte, die wir sonst immer aufgesucht hatten, waren weitgehend, wenn mittlerweile nicht sogar vollkommen ausgeschöpft, und wenn wir alles auf einen Streich ergattern konnten, umso besser. Ich schwieg, nickte ihm aber zustimmend zu.

»Also abgemacht. Wir gehen ins Zeughaus.«

Bei diesen Worten brodelte das Adrenalin in meinen Adern. Das Geheimnis, das diesen neuen Ort umgab, und die offensichtliche Gefahr, in der wir dort schweben würden, machten mich überaus nervös. Ich hatte kaum Zeit gehabt, um mich geistig auf das einzustellen, worauf wir stoßen würden, als Hayden auch schon langsamer fuhr und schließlich in einer Straße zwischen zwei sehr hohen Gebäuden stehenblieb. Er schaltete den Motor aus und lehnte sich zurück, wandte sich um, um uns allen ins Gesicht sehen zu können.

»Na gut, folgendermaßen werden wir vorgehen. Es befindet sich im Keller, ich gehe also als Erster rein. Kit, du bildest die Nachhut, Grace und Dax, ihr bleibt in der Mitte. Wenn es zu viele sind, machen wir kehrt, aber wenn es nur ein paar sind ... dann stellen wir uns ihnen. Einverstanden?«

Bei Haydens Worten überlief es mich kalt. Kit und Dax

murmelten leise ihre Zustimmung und sahen mich dann erwartungsvoll an. Ich bemerkte plötzlich, dass ich noch keine Antwort gegeben hatte.

»Ja, klingt gut«, sagte ich verlegen. Hayden warf mir einen misstrauischen Blick zu, als müsse er über seine Entscheidung, mich mitzunehmen, noch einmal nachdenken. »Soso, na dann los.«

Und schon verließen wir den Truck und beluden uns mit so viel Munition, wie wir tragen konnten, ohne uns in unserer Beweglichkeit einzuschränken. Jeder von uns hatte einen leeren Rucksack dabei, in dem sich eine weitere leere Tasche befand, damit wir so viel wie möglich mitnehmen konnten. Wir stellten uns auf, bereiteten uns auf den Beginn des Raubzuges vor, als Hayden zögerte. Er warf einen schnellen Blick auf Kit und Dax, dann kam er zu mir herüber.

Ehe ich mich's versah, landeten seine Lippen auf meinen. Seine Hand umfing mein Gesicht, und er zog mich an sich. Mein Puls, der wegen des bevorstehenden Überfalls jetzt schon raste, donnerte nun, denn ich spürte die verzweifelte Anspannung, die mit diesem Kuss einherging. Er löste sich von mir, noch bevor ich dazu bereit war, und ließ eine Hand in meinen Nacken gleiten, nahm mich schnell in die Arme.

»Ich liebe dich. Sei vorsichtig«, raunte er, gerade laut genug, dass nur ich es hören konnte. Kit und Dax, die diese Szene sicherlich beobachteten, waren vollkommen vergessen, während ich ein paar Sekunden lang in seinen Armen dahinschmolz.

»Das werde ich. Und du, sei ebenfalls vorsichtig«, flüsterte ich und erwiderte seine Umarmung fest. »Ich liebe dich.«

Ich spürte das Gewicht unseres Versprechens, das in diesen Worten mitschwang. Die Luft war geladen vor Spannung und Gefühl, als wir uns voreinander lösten und einander musterten – voller grimmiger Entschlossenheit, uns gegenseitig zu beschützen.

Das hier sollte kein Abschied sein, war aber möglicherweise trotzdem einer.

Hayden hielt meinen Blick noch eine Sekunde, dann stellte er sich vor mich hin und nickte der Gruppe zu. »Gehen wir. Seid allesamt auf der Hut.«

Alle stimmten leise zu, dann wandte Hayden sich um und schritt zur Seitentür hinüber, die von der Gasse aus ins Haus führte. Er presste das Ohr dagegen, um zu horchen, dann packte er den Knauf und öffnete. Wie erwartet, war es im Inneren des Gebäudes, das wir nun betraten, stockdunkel.

Unsere Schritte waren beinahe lautlos, und unermüdlich sahen wir uns um. Es schien sich um eine Art Automobilwerkstatt zu handeln. Hayden führte uns in den hinteren Teil des Baus. Nur das wenige Licht, das durch die schmutzverkrusteten Fenster fiel, wies uns den Weg. Mein Herz pochte wie wild. Jeden Augenblick rechnete ich mit einer Schattengestalt, die in der Dunkelheit auftauchen würde, aber es regte sich nichts. Ich hoffte, dass die zermürbende Stille ein gutes Zeichen war, denn Brutes waren häufig alles andere als leise.

Irgendwie gelang es Hayden, eine schmale Tür im hinteren Teil des Raumes ausfindig zu machen, die er mit dem Griff seiner Waffe aufstieß. Er spähte in die Dunkelheit und versuchte, etwas zu erkennen. Stirnrunzelnd deutete er mit dem Kopf hinein, als Zeichen, dass wir ihm folgen sollten. Dax schob sich vor mich, sodass ich nun zwischen ihm und Kit war. Ich konzentrierte mich auf eine gleichmäßige Atmung, während wir uns durch die schmale Tür zwängten und von dort über die Treppe nach unten hinabstiegen.

Jetzt war es beinahe stockfinster, sodass ich Dax vor mir kaum erkennen konnte, geschweige denn Hayden, der uns führte. Die Stufen schienen erheblich zahlreicher zu sein als bei einer normalen Treppe, und die Luft wirkte muffig und modrig, als sei hier seit Jahrzehnten kein frischer Hauch mehr hineingelangt.

Ich zuckte leicht zusammen, als ich gegen Dax' Rücken stieß, weil die Stufen abrupt endeten, sodass wir jetzt alle wieder auf ein und derselben Ebene standen.

»Ich kann verdammt noch mal nicht das Geringste erkennen«, flüsterte Dax leise. Seine Stimme wurde von der fauligen Luft beinahe verschluckt.

Mein ganzer Körper spannte sich an, als ich ein leises Geräusch vernahm: ein »Klick«, dann erschien ein dünner Lichtstrahl, der den Raum erleuchtete, in dem wir nun standen. Ich blinzelte im plötzlichen Licht, bevor ich erkannte, dass es sich bei der Lichtquelle um eine kleine Taschenlampe in Haydens Hand handelte. Er richtete den Lichtstrahl auf mich, um sich davon zu überzeugen, dass ich noch da und unverletzt war, dann ließ er ihn über die Wände gleiten.

Wir befanden uns in einem schmalen Gang, dessen Mauern aus schmierigen, leicht feuchten Steinblöcken bestanden. Sie sahen aus, als seien sie mehrere hundert Jahre alt. Von der Treppe aus führte er nur in eine einzige Richtung, einen Tunnel hinab, der so lang war, dass ich das Ende trotz des dünnen Lichtstrahls der Taschenlampe nicht erkennen konnte.

»Wie zum Teufel habt ihr das hier entdeckt?«, flüsterte ich ungläubig.

»Hayden hat es irgendwann ausfindig gemacht«, erklärte Kit mit einem Achselzucken.

»Na gut, weiter geht's«, verkündete Hayden leise und bereitete damit unserer flüsterleisen Unterhaltung ein Ende.

Ich schob mich wieder vor Dax, um Hayden direkt folgen zu können. Angesichts der großen lauernden Gefahr wollte ich nicht von ihm getrennt sein, auch nicht um ein paar Meter.

Er schaltete das Licht wieder aus und schlich voran, wobei er meine Hand ergriff, um uns durch die Dunkelheit zu führen. Beinahe lautlos tappten unsere Füße über den festen Untergrund. Ich spürte Dax hinter mir und wusste, dass Kit gleich dahinter war.

Je weiter wir kamen, umso angespannter waren meine Nerven. Nichts sehen zu können, machte mich nervös, und der Gedanke, dass wir im Falle eines Angriffs nur einen einzigen Fluchtweg haben würden, gefiel mir ebenso wenig. Wie leicht konnten wir hier in der Falle sitzen!

Wir waren bestimmt schon zwanzig Minuten in der Dunkelheit unterwegs, als Hayden mit einem Mal stehenblieb, sodass ich gegen seinen Rücken prallte – genau wie vorhin gegen Dax' Rücken.

»Siehst du?«, flüsterte er und lehnte sich zu mir zurück. Ich blinzelte den Durchgang hinab, wobei ich über Haydens Schulter hinweg kaum etwas erkennen konnte. Zuerst entdeckte ich nichts, aber nachdem ich mich ein paar Sekunden lang konzentriert hatte, erspähte ich einen winzigen Lichtschein, der von einer etwa zwanzig Meter entfernten Tür zu kommen schien.

»Ja«, hauchte ich. Er drückte meine Hand, dann ging er weiter, zog mich mit sich, überzeugte sich zu jeder Zeit, dass ich hinter ihm war. Ich hörte leises Klicken, denn sowohl Kit als auch Dax entsicherten ihre Waffen.

Mit jedem Schritt, den wir auf die Tür zumachten, schien mein Herz etwas schneller zu pochen, immer heftiger, bis ich schon befürchtete, es werde meine Brust sprengen. Meine Handflächen wurden feucht. In der einen Hand hielt ich meine Waffe, mit der anderen Haydens Hand, aber dennoch spürte ich den Nervenkitzel eines Überfalls. Obwohl ich Angst hatte, war ich wie berauscht.

Wir waren jetzt nur noch wenige Meter entfernt, und die Umrisse des Türrahmens waren nun deutlich sichtbar. Aus dem Inneren des Raumes drang der flackernde Lichtschein von vielleicht ein paar Kerzen, sonst nichts. Ohne ein Wort pressten wir vier uns an die Wand vor der Tür, rückten Zentimeter um Zentimeter näher, wobei wir uns außer Sichtweite der Person hielten, die sich womöglich in dem Zimmer aufhielt. Doch von drinnen hörte man keinen Mucks.

Der Türrahmen war nun nur noch wenige Zentimeter von Haydens Schulter entfernt. Mein Puls ging durch die Decke, als ich spürte, wie er ein letztes Mal meine Hand drückte. Er nahm die Waffe in beide Hände, holte tief Luft und lehnte sich zur Seite, spähte so langsam wie möglich um die Ecke, um hineinzusehen. Kit, Dax und ich warteten nervös auf seine Reaktion. Unsere Körper waren angespannt, bereit, auf alles zu reagieren, was uns dort erwartete.

Hayden hielt inne, dann machte er einen vorsichtigen Schritt vorwärts, zielte mit der Waffe in den Durchgang und überblickte den Raum. Sein Gesicht war konzentriert, als er durch die Öffnung schlich und im Zimmer verschwand.

Kaum konnte ich ihn nicht mehr sehen, hatte ich schon das dringende Gefühl, ihm folgen zu müssen. Langsam beugte ich mich mit der Waffe um den Türrahmen, genau wie er es zuvor gemacht hatte. Ein paar Zentimeter reichten, da konnte ich Hayden auch schon wieder erkennen, nur diesmal hielt er die Waffe gesenkt. Sie hing schlaff an seiner Taille herab.

Ich folgte ihm hastig hinein und hörte, dass Kit und Dax es mir gleichtaten. Und obwohl wir drei kaum einen Meter weit in den Raum vorgedrungen waren, blieben wir starr vor Staunen stehen. Ich sah mich in der dämmrigen Umgebung um, nahm alles in mich auf, und vor Überraschung blieb mir der Mund offen stehen.

Ich wusste nicht genau, was ich erwartet hatte, aber ganz sicher nicht das hier.

KAPITEL 23
GRÖSSE

Grace

Ich spürte, wie mir der Mund offen stehenblieb, während ich mich umsah und versuchte, alles in mich aufzunehmen. Ich stand etwa einen Meter innerhalb des Raumes, zu beiden Seiten flankiert von Kit und Dax, während Hayden nicht allzu weit von uns entfernt war. Er runzelte heftig die Stirn, und sein Kinn verkantete sich, während auch er unsere Umgebung in Augenschein nahm. Dass er so offensichtlich überrascht und beunruhigt war, steigerte meine Nervosität ins Unermessliche. Denn Haydens Reaktion hatte sicher nichts Gutes zu bedeuten.

»Ach du Scheiße«, murmelte nun auch Kit.

»Was ist das hier?« Auch Dax hatte seine Stimme jetzt wiedergefunden.

Endlich hatte ich mich wieder genug im Griff, um Hayden entgegenzustolpern. Ich war allerdings noch nicht weit gekommen, als ich schon spürte, wie er mich rückwärtsstieß.

»Hayden, was ist los?«, fragte ich mit leiser Stimme.

Wir befanden uns in einem riesigen Raum, der ähnlich wie der Tunnel in die Erde gegraben worden war.

Wie erwartet standen dort stapelweise Kisten herum,

allerdings erheblich mehr, als ich ursprünglich vermutet hatte. Nur mit den Stoffbündeln, die überall auf dem nackten Erdboden lagen, hatte ich nicht gerechnet. Genauso wenig wie mit den Tellern, die hie und da zu finden waren, mit kleineren Taschen für Tagesausflüge, halb heruntergebrannten Kerzen und schwach glühenden Laternen. Ich war auf Brutes gefasst gewesen, auf Waffen, vielleicht sogar auf ein Nahrungsmittellager, aber keinesfalls auf diese offensichtlichen Anzeichen, dass dieser Raum bewohnt war.

Dies hier war weder Zeug- noch Lagerhaus – hier lebten Menschen, und wie es aussah, sogar jede Menge.

»Hayden«, wiederholte ich und konnte dabei den Blick nicht von unserer Umgebung abwenden. Meine Augen blieben an einem großen, rostigen Messer hängen, das neben einem offenbar als Schlafplatz dienenden Stoffbündel in der Erde steckte. Als hätte es jemand vor dem Schlafengehen dort hineingesteckt und hinterher vergessen, es wieder herauszuziehen.

»Keine Ahnung«, antwortete er schließlich auf meine Frage. »Jedenfalls sah es beim letzten Mal, als wir hier waren, nicht so aus.«

Niemand schien hier zu sein, aber die wenigen brennenden Kerzen und das Gefühl, dass dieser Ort bewohnt war, ließen keinen Zweifel daran, dass der Raum erst vor sehr kurzer Zeit verlassen worden war.

»Wir sollten gehen«, murmelte Dax hinter uns. Dem konnte ich nur zustimmen – soweit ich wusste, führte nur ein einziger Weg nach draußen, und die Vorstellung, hier festzusitzen, wenn, wer immer hier lebte, zurückzukehren beschloss, gefiel mir absolut nicht. Den unzähligen provisorischen Betten nach zu urteilen, waren wir zahlenmäßig bei Weitem unterlegen.

Wir waren gut, aber so gut konnte niemand sein.

Hayden bewegte sich voran, näherte sich mit erhobener Waffe einer der Kisten, die an der Wand aufgestapelt waren. Vorsichtig streckte er die Hand aus und öffnete den Deckel, wobei er den Oberkörper leicht nach hinten lehnte, falls das Ding explodierte. Ich atmete scharf aus. Mir war gar nicht aufgefallen, dass ich die Luft angehalten hatte. Aber nichts geschah.

Wieder trat ich einen Schritt vor, was mir einen missbilligenden Blick von Hayden eintrug. Er hielt den Deckel auf, und ich beugte mich über die Kiste, um hineinzuspähen. Überrascht pfiff ich durch die Zähne. Dort, in einer einzigen Schachtel, lag mehr Munition, als wir mitnehmen konnten. Die Kiste war randvoll gefüllt mit unzähligen Schachteln von Kugeln.

»O mein Gott«, murmelte ich mit weit aufgerissenen Augen. Ich sah mich um, entdeckte weitere Kisten, wahrscheinlich ebenfalls randvoll mit Munition. Zehn, zwanzig, dreißig, vierzig – mehr Kisten, als ich zählen konnte, säumten die Wand, und das war nur ein Bruchteil der gesamten Anzahl hier im Raum.

»Haltet Wache«, murmelte Hayden eilig und ging ein paar Schritte weiter, beugte sich über die nächste Kiste. Die gleiche Inspektion führte er bei zehn weiteren durch, bevor er sich aufrichtete und Kit, Dax und mich ansah.

»Sie sind alle voll«, sagte er leise.

»Was für Munition ist das?«, fragte Dax, nachdem er seinerseits mit großen Augen einen Blick in eine hineingeworfen hatte.

»Alles Mögliche«, antwortete Hayden. »Sieh mal da hinten nach, aber macht schnell und leise. Wer weiß, wie lang wir Zeit haben, bis die Bewohner zurückkehren.«

Dax und Kit nickten und verteilten sich im Raum. Wobei Raum eigentlich nicht das richtige Wort war – vielmehr handelte es sich um einen riesigen Bunker, der sich im Dämmerlicht viel weiter erstreckte, als ich sehen konnte. Soweit ich erkennen konnte, war er etwa fünfzig Meter breit und noch viel länger und enthielt mehr Material, als wir jemals hätten zurücktragen können.

Ich wollte mich gerade einem weiteren Bereich zuwenden, als Hayden meinen Arm packte und mich zurückzog.

»Bleib hier«, forderte er entschieden. Zum ersten Mal seit unserer Ankunft hier blickte er mir konzentriert in die Augen. So langsam schien er den Schock über das, was wir hier gefunden hatten, überwunden zu haben.

»Ich komm schon klar, Hayden«, widersprach ich. »Wir haben keine Zeit zu verlieren.«

Ich versuchte, ihm meinen Arm zu entwinden, aber er schüttelte nur den Kopf und ließ nicht los. »Nein. Du bleibst dicht an meiner Seite, okay? Hier drin können sich immer noch Leute aufhalten, die wir von hier aus nicht sehen können.«

»Die wären doch mittlerweile bestimmt aus ihrem Versteck gekommen«, überlegte ich.

»Egal. Ich gehe jedenfalls kein Risiko ein«, murmelte er.

Er ließ die Hand von meinem Oberarm zu meinen Fingern hinabgleiten, drückte sie kurz und ließ sie dann los. »Bitte.«

Ich schnaubte frustriert. Ich wusste, dass er mich nur zu beschützen versuchte, aber dennoch wäre es sinnvoller gewesen, sich aufzuteilen. Stirnrunzelnd sah Hayden mich an, und mir fiel ein, wie viel kostbare Zeit wir mit dieser Diskussion verschwendeten.

»Na gut«, grummelte ich. Ohne ein weiteres Wort nickte er nur und führte mich in einen anderen Bereich, umrundete die Betten und seltsame persönliche Gegenstände, die an eine jede Bettstatt zu gehören schienen. Alles wirkte vollkommen verdreckt, als seien die Menschen, die hier lebten, nicht allzu sehr auf ein ordentliches und sauberes Umfeld bedacht.

Ein leises Summen drang mir an die Ohren, und ich wandte den Kopf in die Richtung, aus der es kam. Ich zuckte zurück, als mit einem Mal eine Fliege an mir vorbeisurrte, und versuchte, sie mit der Hand wegzuschlagen. Doch da entdeckte ich zu meiner Rechten einen kleinen Fliegenschwarm, und ein durchdringender, fauliger Gestank waberte von dort empor, wo die Insekten sich versammelt hatten.

Nervös und angstvoll trat ich näher. Ich war sicher, dass das, was ich dort vorfinden würde, nichts Gutes war, aber ich blieb trotzdem nicht stehen.

»Grace!«, zischte Hayden, der bemerkt hatte, dass ich ihm nicht länger folgte. Ich hörte seine eiligen Schritte, als er zu mir lief und mich aufzuhalten versuchte, aber es war zu spät.

Die Quelle dieses durchdringenden Gestanks trat offen zutage. Hinter einem kleinen Kistenstapel lagen die Überreste mehrerer verwesender Leichname. Ich erstarrte, keuchte bei dem fürchterlichen Anblick leise. Graue, fleckige Haut über steifen Gliedmaßen, die ineinander verschlungen waren, willkürlich und achtlos hier hingeworfen.

Und, was noch schlimmer war, den Leichnamen fehlte etwas. Meine Augen wanderten die Wand hinauf, wo eine weitere grauenhafte Entdeckung auf mich wartete. Eine Welle der Übelkeit durchflutete mich. Unzählige abgetrennte Hände waren an der Wand festgenagelt worden. Große Hände, Hände, deren Finger offensichtlich gebrochen worden waren, Hände, die viel zu klein waren, um Erwachsenen gehören zu können. Jede einzelne hatte die gleiche bleiche, geisterhafte Farbe, die auch die Leichname aufwiesen. Nun verstand ich, warum sie alle nur Armstumpen hatten. Entsetzt starrte ich das Bild vor mir an.

Ein einziges Wort stand – offenbar in Blut – an der grauen Betonwand geschrieben: *Diebe.*

Mir gefror das Blut in den Adern. Die Botschaft war klar und deutlich – das war es, was den Menschen passierte, die versuchten, hier etwas zu stehlen.

»Grace.«

Haydens Stimme neben mir ließ mich zusammenzucken, und ich riss die Augen von dem Anblick los. Ich spürte, dass alles Blut aus meinem Gesicht gewichen war. Vor Entsetzen blieb mir der Mund offen stehen, und ich starrte Hayden an. Seine Miene war gleichzeitig besorgt und entschlossen; er war eindeutig bestürzt, dass ich das hier gesehen hatte.

»Bleib an meiner Seite«, wiederholte er leise. Er griff nach meiner Hand und zog mich fort, führte mich in die Richtung, aus der wir gekommen waren. Ich hatte nur noch die grauenhaften Bilder vor Augen, konnte sie einfach nicht mehr aus den Gedanken verbannen, als Hayden mich zu einem weiteren Kistenstapel führte.

»Denk nicht daran, Bär«, raunte er und warf mir einen besorgten Blick zu.

Konzentrier dich, Grace. Das hier ist wichtig.

Ich nickte vor mich hin und schüttelte den Kopf, entschlossen, mit diesem Raubzug wie geplant fortzufahren. Ich hatte schon früher entsetzliche Dinge gesehen, und das alles war nur ein Zeichen für die Zerstörung der Menschlichkeit, ein zutiefst verderbter Akt. Doch ich hatte das undeutliche Gefühl, dass dies nur ein Vorgeschmack dessen war, was noch kommen sollte, und wieder hatte ich mit Übelkeit zu kämpfen.

Mit wilder Entschlossenheit gelang es mir, mich wieder auf die vor mir liegende Aufgabe zu konzentrieren. Wir verloren keine Zeit und öffneten nun die Kisten, vor denen wir jetzt standen. Ich war überrascht, etwas anderes darin zu finden. In der zweiten Charge befand sich keine Munition, sondern etwas ebenso Wertvolles – Konserven. Zig Dosen, mindestens dreißig pro Kiste.

»Hayden«, keuchte ich, gleichzeitig erschrocken und angenehm überrascht.

»Ich weiß«, antwortete er. »Füll eine Tasche. Nimm dir so viel, wie du tragen kannst. Wir müssen hier weg, bevor jemand zurückkehrt.«

»Okay.« Ich nickte. Dann riss ich mir eine der Taschen von der Schulter und begann geschwind, die Dosen hineinzustopfen. Hayden tat es neben mir gleich, packte alles in eine große Reisetasche, bis sie prall gefüllt war. Ich fragte mich, ob er sie würde tragen können, doch dann hob er sie hoch und schlang sie sich über die Schulter, sodass der Riemen sich in seinen Muskel schnitt.

»Kit, Dax«, rief er leise und spähte mit verengten Augen durch den dämmrigen Raum.

»Ja?«, antwortete Dax, der aus den Schatten auftauchte. Er kam näher, um besser hören zu können.

»Was habt ihr gefunden?«

»Medikamente, aber keine Ahnung, was das alles ist«, antwortete er.

»Und Batterien und elektrisches Zeug«, fügte Kit von etwas weiter weg hinzu. Er hatte gerade eine entsprechende Kiste aufgerissen.

»Ja!«, jubelte Dax leise. Als diensthabender Technologieexperte freute ihn das natürlich ganz besonders.

»Okay Kit, jetzt sammele so viel Munition, wie du kannst. Dax, hol dir, was immer du an Elektronik für notwendig hältst, Grace und ich kümmern uns um Nahrungsmittel und Medikamente«, befahl Hayden.

Kit und Dax hielten sich nicht mit einer Antwort auf, sondern folgten seinen Anweisungen. Hayden füllte eine weitere riesige Reisetasche mit Konserven, während ich mich zurückhalten musste, nicht gleich quer durch den Raum zu sprinten und mich an den medizinischen Versorgungsgütern zu bedienen. Schließlich richtete er sich trotz der schweren Taschen auf und nickte. Ich grunzte leise vor Anstrengung, als auch ich meine Tasche hochhob und mir über die Schulter schwang. Sie war schwerer als erwartet, aber ich war entschlossen, so viel, wie ich nur konnte, mitzunehmen, denn hierher würden wir so schnell kein zweites Mal kommen.

In den Kisten, die Dax entdeckt hatte, befand sich alles, was wir für Docc benötigten – Antibiotika, schmerzstillende Mittel, Verbandsmaterial, Desinfektionsmittel, Fadenmaterial zum Vernähen von Wunden und vieles mehr. Ich packte so viel wie möglich von dem, was Docc bestellt hatte, in meine Tasche, sodass sie beinahe aus den Nähten platzte.

Voller Sorge lauerte Hayden hinter mir, wippte auf den Fußballen auf und ab und beschwor mich im Stillen, schneller zu machen. Schließlich, als wirklich überhaupt nichts mehr in meine Tasche passte, richtete ich mich auf. Impulsiv beugte ich mich dann noch einmal vor und nahm eine Schachtel mit noch mehr medizinischem Material an mich. Ich wollte so viel mitnehmen, wie ich tragen konnte.

»Fertig«, flüsterte ich.

»Bist du sicher, dass du das alles schleppen kannst?«, fragte Hayden. Er musterte mich mit hochgezogener Augenbraue, bemerkte offensichtlich, wie schwer ich beladen war und dass dies mich daran hindern würde, mich schnell zu bewegen oder gar eine Waffe zu benutzen.

»Ja, und jetzt los«, antwortete ich. Die Riemen der schweren Taschen schnitten mir schon jetzt ins Fleisch, aber ich achtete nicht darauf.

Er zögerte und runzelte leicht die Stirn.

»Wir verschwenden nur unsere Zeit«, sagte ich, verdrehte die Augen und machte mich auf den Rückweg zur Tür. »Gehen wir!«

Er stieß einen tiefen Seufzer aus, dann folgte er mir. An der Tür trafen wir auf Kit und Dax, die ebenfalls schwer beladen mit Diebesgut waren und jeder auch noch eine Kiste trugen. Hayden blieb noch kurz stehen, um eine weitere Schachtel mit Munition mitgehen zu lassen, dann deutete er mit kurzem Kopfnicken auf die Tür. In diesem Augenblick ging mir auf, wie lange wir in diesem Raum gewesen waren. Zu lange.

»Wenn jemand uns in dem Gang entgegenkommt, lasst alles fallen. Die Sachen sind es nicht wert, um sich deswegen töten zu lassen, habt ihr gehört?«, befahl Hayden barsch. Er ließ den Blick über uns schweifen, bis er auf mich fiel. Mit grimmiger Entschlossenheit sah er mir in die Augen.

Wir murmelten zustimmend, was Hayden genug beschwichtigte, um vorsichtig zur Tür hinauszuspähen, so wie er zuvor hineingesehen hatte. Anscheinend vernahm er keinerlei Geräusche, denn er trat schnell hindurch und verschwand in der Dunkelheit des Ganges. Ich folgte ihm sofort, schnitt Dax den Weg ab, der vor mir hindurchschlüpfen wollte.

Jeder Schritt, den wir machten, trug uns weiter den Flur entlang, der nach dem Dämmerlicht, das im Lagerraum geherrscht hatte, noch dunkler anmutete. Ich hasste das Gefühl totaler Blindheit und dazu noch mit jeder Menge Utensilien beladen zu sein, die mein Körpergewicht vermutlich überschritten. Und ich hasste es, dass ich meine Waffe nicht fest umklammern konnte, aber es ging nicht anders. Ich hielt die Waffe unter der Schachtel fest – nicht fest genug, aber immerhin hatte ich sie überhaupt in der Hand.

Nervös spitzte ich die Ohren und horchte auf jegliches noch so winzige Geräusch, zählte die Sekunden, bis unweigerlich etwas schiefgehen würde, aber ich hörte nur die leisen, keuchenden Atemzüge meiner Gefährten, das leise Tappen ihrer Füße und das gelegentliche Aneinanderklirren der gestohlenen Waren.

Ich konnte es immer noch nicht recht fassen, dass wir nicht nur unglaublich viele Güter gefunden hatten, sondern auch auf den Unterschlupf für erheblich mehr Menschen gestoßen waren, als ich mir hätte vorstellen können. Schwer zu sagen, aber nach dem, was wir da gerade gesehen hatten, lebten sicher an die fünfhundert Menschen in diesem Raum zusammen. Ich hoffte, dass mein Hirn mir einen Streich spielte, denn fünfhundert Menschen, das waren mehr, als in Blackwing lebten. Und ganz sicher wollte ich nicht während unserer schwer beladenen Flucht auf sie stoßen.

Während wir uns voranbewegten, blitzte das blutrote Wort immer wieder vor meinem geistigen Auge in der Dunkelheit auf, ebenso wie das Bild der zergliederten und grauen Leichname.

Diebe.

Diebe wie wir, die man erwischt und abgeschlachtet hatte, die im gleichen Raum verrotteten, in dem diese geheimnisvollen Menschen lebten. Es überlief mich kalt, und trotz des brennenden Schmerzes, der sich in meinen Muskeln einnistete, bewegte ich mich schneller; ich hatte kein Verlangen danach, wie diese armen Seelen zu enden, mir die Hände abhacken und an die Wand nageln zu lassen.

Der Hinweg durch den Tunnel hatte sich schon lang angefühlt, aber der Rückweg kam mir wie eine Ewigkeit vor. Jeder Schritt, den ich tat, schien mich tiefer in den Boden zu drücken. Die Taschen schnitten sich tief in mein Fleisch. Schweiß strömte mir den Rücken hinab, und mein Atem drohte meine Brust vor Anstrengung zu sprengen. Das Schnaufen der Männer ließ darauf schließen, dass es mir nicht allein so ging. Jeder trug sogar noch mehr als ich selbst, und obwohl sie alle in Topkondition waren, war die Anstrengung übermenschlich.

Ich befürchtete schon, dass der Tunnel niemals enden würde und wir unter dem Gewicht der gestohlenen Güter zusammenbrechen würden, nur um irgendwann von diesen gewalttätigen Menschen gefunden zu werden, die sicher irgendwann zurückkehren würden. Die Angst rumorte in meinem Magen, breitete sich in meinen Gliedmaßen aus. Meine Muskeln schrien protestierend auf, aber ich lief immer weiter. Je länger wir in diesem Tunnel verharrten, umso eher wurden wir hier erwischt.

»Fast da«, flüsterte Hayden.

»Gott sei Dank«, murmelte Kit von irgendwo hinter mir. Ich hörte, wie angespannt seine Stimme klang, während er sich genau wie ich mühsam weiter vorankämpfte.

Ich hatte das Gefühl, dass meine Beine bald unter mir nachgeben würden, als ich ohne Vorwarnung mit Hayden zusammenstieß, beziehungsweise mit einer der prall gefüllten Taschen, die er über der Schulter trug. Ich wich zurück.

»Wir sind wieder an der Treppe angelangt«, verkündete er. »Bleibt auf der Hut – wir müssen nur zurück zum Truck, dann ist alles gut.«

Ich konnte in der Dunkelheit kaum etwas erkennen, aber ich spürte, wie sein Blick sich in mich hineinbrannte. Ich wusste, er wollte sich unbedingt davon überzeugen, dass es mir gut ging, aber ich wusste auch, dass er das, was wir gesehen hatten, nicht vor Kit und Dax erwähnen wollte, bevor er die Zeit reif dafür hielt.

Meine Nerven waren bis zum Zerreißen gespannt – wegen dem Ort, an dem wir uns befanden, wegen dem, was wir gesehen hatten, und aus Angst, dass auf der Zielgeraden doch noch jemand zu Schaden kam. Ich hatte das plötzliche Bedürfnis, vorzustürmen und Hayden zu umarmen, aber unser riesiges Gepäck machte das unmöglich.

»Sei vorsichtig, Hayden«, flüsterte ich.

Er nickte knapp, ließ den Blick noch ein paar Sekunden auf mir verharren und wandte sich dann um, um die Treppenstufen zu erklimmen. Mein Herz pochte heftiger denn je, als ich ihm folgte, gewiss, dass man uns entweder umzingeln oder erschießen würde, kaum dass wir zur Tür hinaustraten. Es kam mir total unwahrscheinlich vor, dass wir es mit unseren gestohlenen Gütern den gesamten Weg durch den Tunnel ohne jede Unterbrechung geschafft hatten.

Ich zwang mich, leise zu atmen, als wir am oberen Treppenabsatz angelangt waren, und versuchte, den Schmerz in meinen Muskeln zu ignorieren, während ich zusah, wie Hayden abermals zur Tür hinausspähte. Dem Schweiß, der mir den Rücken hinabbrann, hatte sich nun ein Rinnsal hinzugesellt, das mir die Stirn hinunterlief. Mein Körper war über die Maßen erschöpft nach dem Stress und der Anstrengung, denen ich ihn ausgesetzt hatte.

»Luft rein?«, hauchte ich und wartete angstvoll darauf, dass Hayden weiterging.

»Ja«, antwortete er mit gedämpfter Stimme und machte einen Schritt vorwärts.

Dann bewegte er sich gewandt durch die Dunkelheit, schlängelte sich geräuschlos durch die Schatten und näherte sich der Tür, durch die wir anfänglich das Gebäude betreten hatten. Ich folgte ihm, mehr denn je erpicht, endlich nach draußen und zurück nach Hause zu gelangen.

Ein plötzlicher Knall erklang draußen in der Gasse, sodass wir alle erschrocken zusammenfuhren.

»Runter!«, zischte Hayden, ließ seine Taschen fallen und packte meinen Arm, um mich hinter eine Ladentheke zu ziehen. Er hatte gerade noch genug Zeit, die Taschen ebenfalls dahinter zu zerren. Kit und Dax taten es ihm in einiger Entfernung hinter einer zerfledderten Couch gleich.

Hayden hatte gerade den Arm um meine Schultern gelegt und mich an sich gezogen, während wir auf dem Boden kauerten, als mit lautem Rums eine Tür aufschwang, ein Geräusch, das den ganzen Bau zum Erzittern brachte.

»... ich sag nur, wir hätten uns die zwei Mädels schnappen sollen. War ganz schön einsam da unten mit den ganzen Schweinehunden, da könnt ich schon ein bisschen weibliche Gesellschaft brauchen ...«, sagte eine barsche Stimme, und schwere Schritte hallten auf dem Fußboden wider.

»Als würde ausgerechnet dir irgendeine Frau Beachtung schenken«, antwortete eine zweite Stimme düster.

»Brauch ich wohl kaum eine Erlaubnis für, oder?«, gab der Erste zurück, und seine Stimme klang verärgert. Mir lief es eiskalt den Rücken hinunter, als mir klar wurde, worüber sie sprachen. Hayden zog mich fester an sich, und ich spürte den sanften Hauch seines Atems an meiner Haut, während er sich über mich beugte.

Die schweren Schritte kamen näher, und ich erwartete, dass sie uns jeden Moment entdecken würden. Ich hielt den Atem an, lehnte mich an Hayden und schloss ganz fest die Augen, sicher, dass man uns erwischen würde. Sie waren jetzt genau auf der anderen Seite unseres Verstecks, kaum einen Meter von Hayden und mir entfernt.

Jede Sekunde ...

Aber die Schritte hörten nicht auf, sondern verklangen in Richtung der Tür, aus der wir gerade gekommen waren. Die ruppigen Stimmen fuhren mit ihrer dreckigen Unterhaltung fort. Vor Erleichterung sackte ich an Haydens Seite förmlich zusammen, als sie die Tür öffneten und die Treppe hinabstiegen. Jetzt wussten wir mit Sicherheit, was für eine Art von Menschen wir bestohlen hatten, und ich war mehr als erleichtert, dass wir es noch rechtzeitig wieder aus dem Tunnel hinausgeschafft hatten.

Hätten wir nur wenige Sekunden länger gebraucht, wer weiß, was dann geschehen wäre.

Wir warteten, bis ihre Stimmen nur noch ein leises Murmeln waren, dann erst wagten wir es, wieder durchzuatmen.

»Mein Gott«, murmelte Hayden leise. »Alles klar mit dir?«

»Ja«, antwortete ich mechanisch. »Lass uns einfach von hier verschwinden.«

Hayden nickte und erhob sich langsam, spähte über unser Versteck hinweg, um sich davon zu überzeugen, dass sie wirklich verschwunden waren, bevor er meine Hand packte und mich auf die Füße zog. Kit und Dax erhoben sich ebenfalls und hievten sich die Taschen wieder über die Schultern. Nachdem wir unsere Kisten und Taschen alle wieder aufgenommen hatten, waren wir bereit. Ohne weiteres Zögern führte uns Hayden zur Tür, hielt nur noch einmal kurz inne, um auf Geräusche zu lauschen, aber es war nichts zu hören. Ich wollte nur raus hier, und ich wusste, dass es Hayden genauso ging.

Licht flutete in den dämmrigen Raum, als Hayden die Tür wieder öffnete und auf die Gasse hinaustrat. Wir folgten ihm dicht auf den Fersen und so schnell wie möglich. Nach dem langen Aufenthalt in der Dunkelheit kam es mir draußen ungewöhnlich hell vor, und ich kniff automatisch die Augen zusammen, damit sie sich an das Licht gewöhnen konnten.

Als der Truck in Sichtweite kam und relativ unversehrt wirkte, entfuhr mir ein so tiefer Seufzer der Erleichterung, dass ich beinahe gestolpert wäre. Hayden langte als Erster an, klappte den Kofferraum auf und warf seine Kiste und Taschen hinein, bevor er ohne viel Federlesens nach meinen griff, ohne auch nur zu fragen, ob ich Hilfe brauchte. Dann zog er mich aus dem Weg, damit Kit und Dax seinem Beispiel folgen konnten.

Ich genoss die Leichtigkeit, die sich über mich legte, nachdem das ungeheure Gewicht meines Gepäcks von mir genommen war. Schnell holte ich Atem, und Hayden legte mir die Hand aufs Gesicht und fuhr mit dem Daumen zärtlich über meine Lippe.

»Denk nicht dran«, raunte er leise und mit intensivem

Blick. Ich erschauerte, denn genau daran hatte ich gedacht – an die Leichname, die Hände, die Warnung an der Wand und nun an die brutalen Männer, die für dieses Gemetzel verantwortlich waren.

»Ich meine es ernst, Grace, vergiss es«, wiederholte er mit Nachdruck und trat näher an mich heran. Wir hörten ein leises, metallisches Klicken, als Dax den Kofferraum schloss und uns signalisierte, dass wir aufbrechen konnten.

Ich nickte. Hayden wirkte angesichts meiner Schweigsamkeit nicht allzu glücklich, sagte aber nichts mehr, sondern schob mich auf das Fahrzeug zu. Er packte den Türgriff und zog hastig die Tür auf. Dann nahm er meine Hand, um mir hineinzuhelfen. Ich machte es mir auf dem Sitz bequem und wollte ihm meine Hand entziehen, aber das war unmöglich, denn er presste die Lippen zärtlich auf meine Knöchel, bevor er mich wieder losließ und die Tür schloss.

Diese sanfte Geste überraschte mich, und alles war so schnell gegangen, dass ich mich unwillkürlich fragte, ob ihm überhaupt klar war, dass er das gerade getan hatte. Dennoch durchflutete mich angesichts seiner Zärtlichkeit eine Wärme, die etwas von der Eiseskälte zu vertreiben vermochte, die sich durch den Anblick im Bunker in mir eingenistet hatte. Ich versuchte mich auf dieses Gefühl zu konzentrieren, das Hayden mir gegeben hatte, als er sich ungestüm hinters Steuer warf und den Motor anließ, sodass die Gasse von seinem vertrauten Dröhnen erfüllt wurde.

»Fahren wir nach Hause«, murmelte Hayden leise. Er warf einen Blick nach hinten, bevor er zurücksetzte, richtete das Fahrzeug aus und schlug den Rückweg ein.

»Au ja«, stimmte Dax mit tiefem Seufzer zu.

Nach Hause.

Blackwing war mein Zuhause.

Ein winziges Lächeln umspielte meine Lippen, als ich wieder die Hand ausstreckte und sie sanft auf Haydens Schulter legte. Sein Blick glitt im Rückspiegel kurz zu mir herüber, zärtlich und beruhigend. Wieder durchflutete mich jenes bereits vertraute Gefühl der Wärme.

Doch als er dann um die Ecke bog, veränderte sich sein Gesichtsausdruck. Sein sanftes Lächeln verblasste. Grimmig und überrascht zugleich riss er die Augen auf, und mich überlief es kalt, sogar noch bevor ich sah, worauf er da reagierte. Schmerzhaft pochte mein Herz gegen meine Brust, als ich durch die Windschutzscheibe nach draußen sah.

Die beiden Männer, auf die wir im Gebäude über dem Zeughaus gestoßen waren, waren offensichtlich nicht allein gewesen, aber auf eine solch große Anzahl war ich nicht gefasst gewesen. Die Straße vor uns wimmelte nur so von Menschen, sodass ein Durchkommen unmöglich war. Es waren mehr Brutes, als ich je in meinem ganzen Leben gesehen hatte. Das war eine unzerstörbare Macht der härtesten, brutalsten Männer, die die Stadt zu bieten hatte. Und alle starrten uns geradewegs entgegen.

KAPITEL 24
SCHMACH

Grace

»Ach du Scheiße.«

Ich wusste nicht, wer das gesagt hatte, als ich mit offenem Mund auf die überwältigende Phalanx starrte, die uns wütend entgegenblickte. Mein Körper fuhr mit einem Ruck nach vorn, als Hayden abrupt auf die Bremse trat. Mein Herz pochte so laut, dass es fast jedes andere Geräusch übertönte. Panik erfasste mich. Erneut brach mir bei diesem Anblick der kalte Schweiß aus.

Schon stürzten sie uns entgegen. Ein drohendes Grollen, das sich aus ihren barbarischen Schreien zusammensetzte, erfüllte die Luft. Ihre wütenden Gesichter zeigten deutlich, wie brutal sie waren.

»O mein Gott«, murmelte ich und bekam eine Gänsehaut.

»Festhalten«, stieß Hayden zwischen zusammengebissenen Zähnen hervor. Wir waren höchstens ein paar Sekunden stehengeblieben, als er den Rückwärtsgang einlegte und das Gaspedal durchdrückte, sodass das Fahrzeug nach hinten schlingerte. Sein Kopf flog herum, um sich umzusehen, wobei ich für den Bruchteil einer Sekunde seinen Blick auffing.

»Runter, Grace«, befahl er scharf.

»Was, nein ...«

»Kit!« Haydens Schrei schnitt mir das Wort ab. Bevor ich Widerstand leisten konnte, landete Kits Hand auf meinen Schultern und zwang mich, mich im Truck zu ducken.

Nicht mal eine Sekunde nachdem ich niedergedrückt wurde, ertönte der ohrenbetäubende Lärm zersplitternden Glases, und eine Kugel surrte durch das Auto. Dem Geräusch und dem sanften Luftzug zufolge flog das Projektil direkt über meinen Platz hinweg.

»Mein Gott!«, hörte ich Dax überrascht aufschreien. Mein Herz schlug jetzt noch härter gegen meine Rippen. »Alle okay?«

»Ja«, antworteten Hayden, Kit und ich gleichzeitig.

Ungeheure Erleichterung durchflutete mich, aber die hielt nicht lange vor, als Hayden das Auto nun so wendete, dass er sich schnell vom voranpreschenden Mob entfernen konnte. Ihre Schreie wurden lauter, und ich hörte ohrenbetäubende Schüsse, die auf uns abgefeuert wurden. Anscheinend schienen sie keine besonders guten Schützen zu sein, denn nur wenige Kugeln trafen dem Klang nach ihr Ziel.

»Erwidert das Feuer. Ich bringe uns von hier weg«, schrie Hayden angespannt.

Ich spürte, wie das Fahrzeug erst nach links und dann nach rechts schlingerte, um Schutthaufen oder Schlaglöchern auszuweichen. Schließlich hörte ich, wie Kit und Dax neben mir zurückschossen. Erstickte Rufe und Schmerzensschreie ertönten aus der Menge, als sie ihre Ziele trafen. Ich kam mir total nutzlos vor, also setzte ich mich mit meiner Waffe in der Hand auf. Kit lehnte sich aus dem Fenster; Dax war aufgestanden und steckte den Kopf durch das Schiebedach. Beide feuerten in die Menge.

»Grace! Runter!«, zischte Hayden ärgerlich, als er sah, wie ich mich erhob.

»Fahr einfach weiter, Hayden«, knurrte ich.

Ich war wütend, weil diese Männer versuchten, uns umzubringen – den Mann, den ich liebte, und diese beiden Menschen, die ich mittlerweile als Freunde betrachtete, und natürlich mich selbst. Ich konnte nicht untätig danebensitzen, ohne zu helfen, solange ich dazu fähig war, auch wenn es Hayden verrückt machte.

Ohne zu zögern, lehnte ich mich mit gezückter und entsicherter Waffe aus dem zerborstenen Fenster. Ich musste kaum zielen, als ich schoss, weil uns dermaßen viele folgten. Meine Kugel traf einen von ihnen mitten in die Brust, sodass er zu Boden fiel und einige andere gleich mit sich riss. Kit und Dax verfuhren an anderen Stellen genauso. Instinktiv zielte ich erneut. Die Trostlosigkeit des menschlichen Lebens war in diesem Augenblick vollkommen vergessen.

Doch trotz unserer Treffer waren es einfach zu viele. Mit drei Waffen hatten wir gegen die schätzungsweise mehr als hundert Mann, die uns jagten, keine Chance. Außerdem waren sie im Vorteil, da sie zu Fuß unterwegs waren, weshalb sie leichter über Schutthaufen springen und Hindernisse umgehen konnten, die wir mit dem Truck in weitem Bogen umfahren mussten.

»Grace! *Runter mit dir!*«, brüllte Hayden erneut. Seine Stimme klang wütend, doch ich ignorierte ihn. Mein Herz pochte beinahe schmerzhaft gegen meine Rippen, während ich zielte, darauf achtete, dass wirklich jede Kugel traf. Ein Brute nach dem anderen fiel, doch immer noch machte es kaum einen Unterschied.

»Mein *Gott*! Wo kommen die nur alle her?«, schrie Dax und hielt inne, um seine Waffe neu zu laden, während Kit und ich weiter feuerten.

»Keine Ahnung«, rief Kit.

Er holte eine zweite Waffe aus dem Hosenbund und feuerte weiter. Die Schüsse hallten um uns herum wider. Ein lautes, metallisches Kling ertönte, als eine Kugel von der Rückseite des Trucks abprallte, nur wenige Zentimeter von der Stelle entfernt, wo ich mich hinauslehnte. Mir zog sich der Magen zusammen, aber ich blieb weiterhin hochkonzentriert, drückte ein letztes Mal ab, bevor mir ein Klicken zeigte, dass ich keine Kugeln mehr hatte.

»Shit«, murmelte ich und duckte mich wieder in den Truck, um nachzuladen. In einer Tasche zu meinen Füßen kramte ich nach Munition.

»Grace, ich meine es ernst ...«

»Hör auf damit, Hayden«, erwiderte ich scharf, hin- und hergerissen zwischen Frustration und Bewunderung angesichts seiner Entschlossenheit, mich zu beschützen.

Ich rammte ein weiteres Magazin in meine Pistole und wollte mich gerade aus dem Fenster lehnen, als wieder ein Kugelhagel an uns vorbeisurrte und das Fahrgestell mit einem hässlich malmenden Geräusch durchsiebte.

Der Abstand zwischen den Brutes und unserem Truck war jetzt größer geworden. Hayden fuhr noch schneller. Das unaufhörliche Feuer verschmolz zu einem einzigen, ohrenbetäubenden, chaotischen Getöse, das all meine Sinne erfasste.

Aber ich blieb standhaft und leerte mein Magazin, brachte mehr Menschen zu Fall, als ich zählen konnte, ebenso wie Kit und Dax, aber es war *immer noch* nur ein Tropfen auf dem heißen Stein. Sie verfolgten uns, schossen auf uns, ohne an ihr eigenes Leben zu denken. Eine dunkle Angst erfasste mich. Was waren das für Männer, die wegen einer solchen Kleinigkeit bedenkenlos ihr Leben aufs Spiel setzten?

Gefährliche Männer.

»Festhalten!«, rief Hayden wieder. Da! Eine kleine Seitenstraße ging vom Hauptweg ab. Gerade rechtzeitig konnte ich noch in den Truck zurückschlüpfen, als Hayden das Steuer herumriss und das Fahrzeug in die schmale Gasse lenkte, sodass der Mob uns jetzt nicht mehr sehen konnte.

Schweiß rann mir übers Gesicht, und mein Adrenalin pumpte das Blut mit hundert Stundenkilometern durch meine Adern. Hastig drehte ich mich erneut um und blickte zum Rückfenster hinaus. Kit, der sich neben mir ebenfalls gerade wieder ins Innere des Trucks zurückgezogen hatte, tat es mir gleich.

Ich richtete die Augen wieder nach vorn, und mein Unterkiefer klappte herunter. Hellrotes Blut quoll unter Dax' Hand hervor, wo er sie auf seine Haut presste. Er hatte das Gesicht zu einer Grimasse verzogen und die Augen fest geschlossen. Er lehnte sich auf seinem Sitz zurück und stieß einen zischenden Schmerzenslaut aus.

»Verdammte Sch...«, fing er an zu fluchen, verstummte dann und atmete scharf ein.

»Was ist los? Wo wurdest du getroffen?«, fragte ich hastig. Trotz meines Entsetzens über seinen heftigen Blutverlust besann ich mich sofort auf meine medizinischen Kenntnisse.

»Ich hasse es, angeschossen zu werden«, murmelte Dax zwischen fest zusammengebissenen Zähnen. Mein Herz krampfte sich vor Sorge zusammen, als er ein leises, kehliges Stöhnen von sich gab. »Aaaah!«

»Hey!«, schrie ich und konnte seine Aufmerksamkeit zumindest insoweit auf mich ziehen, als er die Augen öffnete. »Wo wurdest du getroffen?«

»Am Arm«, antwortete er. Er hob ein Stück weit die Hand und enthüllte eine tiefe, klaffende Wunde am äußeren Rand seines Bizepses. Ein neuerlicher Blutschwall ergoss sich aus dem Muskel, dann hielt er wieder die Hand darauf.

»Hayden, schaff uns nach Hause. Sofort!«

Diesen Befehlston schlug ich eigentlich nur an, wenn ich jemanden medizinisch zu versorgen hatte.

»Du musst die Blutung stoppen, Grace«, rief Hayden voller Sorge. Ich spürte seinen Blick im Rückspiegel auf mir, aber ich erwiderte ihn nicht, denn ich war bereits zu sehr damit beschäftigt, eine der Taschen zu durchsuchen, in der wir das Verbandsmaterial verstaut hatten.

»Weiß ich«, blaffte ich. Endlich fand ich ein Päckchen Gaze und riss es auf.

Hayden raste weiter durch die Straßen, wobei die unaufhörliche Sinfonie brutaler Schreie und widerhallender Schüsse unsere Flucht begleitete. Eine seltsame Ruhe senkte sich auf mich herab, als ich Dax die Hand von der Wunde zog, sodass sich ein erneuter Blutschwall über seinen Arm ergoss.

»Alles wird gut, Dax«, sagte ich leise, womit ich nicht nur ihn, sondern auch mich selbst beruhigen wollte.

Ohne auch nur eine weitere Sekunde zu zögern, knüllte ich die Gaze zusammen und presste sie auf die zerfetzten Muskeln in dem Versuch, den warmen Blutfluss zu stoppen. Innerhalb weniger Sekunden war das jungfräuliche Weiß scharlachrot durchtränkt. Und nicht nur der Stoff, auch meine Hände waren blutbesudelt. Mir drehte sich der Magen um, als ich weitere Gazestücke auf die Wunde presste, die sich genauso schnell vollsogen.

Ich sah nichts als den roten Blutschwall, der aus Dax' Wunde strömte. Ich hörte nichts als das Brüllen der Brutes, die trotz unserer Versuche, ihnen zu entkommen, scheinbar immer noch nahe waren. Ich war voller böser Vorahnungen, weil so viel schiefging. Und so fiel es mir schwer, mich auf die eine Aufgabe zu konzentrieren, die jetzt oberste Priorität hatte: die Blutung zu stoppen.

»Hayden, du musst auf jeden Fall schneller fahren.«

Ich saß neben Hayden und spürte eine sanfte Brise auf der Haut. Das beruhigende Gefühl stand in krassem Gegensatz zu der wachsenden Angst in meinem Innern. Uns bot sich der gleiche Anblick wie schon vor Monaten, aber so vieles hatte sich verändert. Erst vor einer Stunde waren wir von dem Raubzug zurückgekehrt. Unter uns lag eine verwüstete Welt, zerborsten und ausgelöscht von dem düsteren Unheil, das Menschen übereinander bringen konnten, wenn man sie an ihre Grenzen brachte. Die Aussicht hatte mir schon beim letzten Mal den Atem geraubt, und das war auch dieses Mal so, wenn auch aus anderen Gründen.

Wir hatten jetzt schon eine ganze Weile schweigend dagesessen, auf dem gleichen Baumstamm, den wir oberhalb des Felsens bei unserem ersten Besuch hier gefunden hatten. Ich wollte alles vergessen, was ich gerade gesehen hatte, konzentrierte mich darauf, an etwas anderes zu denken.

»Wie soll ich das alles schaffen, Grace?«

Ich wandte ihm das Gesicht zu. Er sah über Landschaft hinweg, die man von dem Felsvorsprung aus erkennen konnte. Obwohl Dunkelheit herrschte, sah er sich mit verengten Augen nervös und aufmerksam um. Seine Miene war düster.

»Was meinst du?«, fragte ich. Seine Stimme hatte leise und verletzlich geklungen – so zeigte er sich nur bei mir. Für die Menschen in Blackwing war er stets stark, mutig, couragiert, aber ich wusste, dass zumindest ein kleiner Teil von ihm sich vor dem fürchtete, was uns erwartete, genau wie ich selbst.

»Wie soll ich das nur durchziehen? Uns steht ein *Krieg* bevor. Kein Raubzug, ein Krieg.«

Ich schwieg und dachte über seine Frage nach; ausnahmsweise hatte ich keine Antwort parat. Ich hatte absolut keine Ahnung, wie wir damit klarkommen sollten, aber eins wusste ich gewiss: Wir würden es zusammen durchstehen. Schon viel zu lang hatte Hayden die Last der Verantwortung für die, die ihm am Herzen lagen, allein getragen, und solange ich lebte und atmete, würde ich ihn dabei unterstützen.

»Du wirst einen Weg finden, Hayden. Das weiß ich einfach.«

Ich betrachtete sein düsteres Profil. Sein verkantetes Kinn und sein Hals lagen im Schatten. Er beugte sich vor, stützte die Ellbogen auf die Knie. Unwillkürlich fiel mir das getrocknete Blut an seinen Händen auf – Blut, das nicht das seine war.

»Aber *wie*, Grace? Ich schaffe es einfach nicht. Ich kann sie nicht alle beschützen.«

Ich hörte seiner Stimme an, wie entmutigt er war. Beruhigend streichelte ich seinen Rücken und spürte, wie angespannt seine schlanken Muskeln waren.

»Hör auf damit, Herc«, sagte ich sanft. Langsam streichelte ich ihm den Rücken. »Du tust alles in deiner Macht Stehende, um sie am Leben zu halten. Du beschützt sie besser, als jeder andere es zu tun vermöchte, und sie vertrauen dir genug, um dir zu glauben.«

»Ich kann doch dich schon kaum beschützen, geschweige denn alle anderen«, widersprach Hayden erbittert. Immer noch sah er mich nicht an, obwohl er wusste, dass mein Blick auf ihm ruhte.

»Hayden ...«

»Was, Grace? Wie soll ich für deine Sicherheit sorgen, wenn du nie auf mich hörst?« Plötzlich klang er stocksauer. Zum ersten Mal seit unserer Ankunft wandte er mir abrupt den Blick zu und sah mich an. Seine Augen schienen zu lodern vor Gefühl. Ich ließ die Hand wieder in meinen Schoß sinken.

»So funktioniert das nicht«, antwortete ich. Ich versuchte,

meine Frustration zu bändigen. Immerhin wusste ich, dass er nur aus Liebe so zu mir sprach. Dennoch war ich verärgert, dass er plötzlich nicht mehr wollte, dass ich *überhaupt* etwas tat.

»Ach nein?«, fragte er in sarkastischem Ton und zog eine Augenbraue hoch.

»Nein«, antwortete ich mühsam beherrscht. »Wir haben das doch besprochen – du beschützt mich, ich beschütze dich. Dem kann ich nicht gerecht werden, wenn du mich nichts tun lässt.«

»Warum bist du nur so verdammt eigensinnig?«, murmelte er bitter und funkelte mich aus nächster Nähe wütend an.

»Warum bist du es?«, fauchte ich zurück und erwiderte seinen wütenden Blick.

Die Stille hüllte uns ein; ich wusste, dass wir uns beide im Recht wähnten, und genau das war das Problem. Trotzdem verrauchte unser Zorn schon bald und wich einer anderen Stimmung.

»Verstehst du denn nicht, Grace?«, fragte er langsam und mit heftig gerunzelten Augenbrauen. »Ich ... ohne dich überstehe ich das einfach nicht.«

Etwas von dem kalten Stolz in meinem Herzen schmolz bei diesen Worten dahin, und es durchflutete mich warm. Ich gab keine Antwort, hielt seinem intensiv brennenden Blick aber stand. Hayden holte tief Luft, und etwas, das beinahe wie Verdruss aussah, zuckte über sein Gesicht.

»Wenn ich dich verliere, verliere ich alles.«

»Hayden ...« Ich seufzte tief und verstummte. Dann beugte

ich mich ergeben vor und presste ihm einen sanften Kuss auf die Schulter; dort ließ ich meine Lippen verharren und versuchte, einen klaren Gedanken zu fassen. Ich spürte seinen angespannten Blick auf mir, der sich förmlich in meine Haut einbrannte.

»Du weißt doch, wie sehr ich dich liebe, oder?«

Dass Hayden sich mir gegenüber so schutzlos zeigte, überraschte mich. Ich sah ihm in die Augen, gab ihm noch einen Kuss auf die Schulter und setzte mich wieder auf. Wenn ich mir in diesen immer düsterer werdenden Zeiten einer Sache sicher war, dann, dass ich Hayden wirklich und wahrhaftig etwas bedeutete. Das hatte er mir mit jeder Entscheidung, die er getroffen hatte, deutlich gezeigt.

»Ja«, antwortete ich bedächtig. »Und du weißt, dass ich das Gleiche für dich empfinde, oder? Du verstehst doch, wie sehr ich dich liebe?«

Leise seufzend griff ich nach seiner Hand und verwob meine Finger mit seinen.

»Hayden, du bist alles für mich. Erkennst du das denn nicht? Du bist einfach ... du bist mein Lebensretter. Meine Familie. Du bist ... meine Heimat.«

Haydens Hand hielt ganz still, als ich sie sanft drückte, und ich spürte, wie sein intensiver Blick jede Zelle meines Körpers durchdrang. Er sah zwischen meinen Augen hin und her, und seine Lippen waren leicht geöffnet.

Kaum einen Atemzug später beugte er sich vor und presste seinen Mund auf den meinen. Seine Hand umfing meine Wange, zog mich dichter an ihn heran, ohne dass er den Kuss unterbrach. Die Zeit schien stillzustehen, während er den Kuss weder intensivierte noch sich bewegte. Dennoch brannte ich bei dieser simplen Berührung im Nu lichterloh.

Heftig sog ich den Atem ein, als er sich von mir löste, das Gesicht nur wenige Zentimeter von meinem entfernt. Er öffnete die Augen und musterte mich erneut eindringlich.

»Ich liebe dich, Grace«, sagte er schlicht und mit tieferer Stimme als sonst.

»Und ich liebe dich, Hayden. Wenn ein Mensch das hier schaffen kann – für das Überleben der Menschen und ihre Sicherheit sorgen –, dann du. Davon bin ich fest überzeugt.«

Wieder sagte er nichts, als frage er sich, ob er mir glauben solle oder nicht.

»Wir sollten zurückkehren«, flüsterte er, meine Äußerung ignorierend. Ich spürte einen flüsterleisen Hauch der Enttäuschung, beschloss aber, zunächst einmal nicht weiter nachzuhaken. Egal, was ich sagte, am heutigen Abend würde er mir keinen Glauben schenken. Ich seufzte und nickte zustimmend.

Hayden presste die Lippen aufeinander – ein misslungener Versuch zu lächeln. Er erhob sich von dem Baumstamm und streckte mir die Hand entgegen, um mir aufzuhelfen. Schweigend folgte ich ihm zurück zu dem Motorrad, mit dem wir hergekommen waren; dieser Ausflug war aufgrund der jüngsten Ereignisse erheblich weniger sorglos als der erste gewesen. Ich hatte immer noch Mühe, alles zu begreifen.

Schon bald presste ich die Brust an Haydens Rücken, und wir sausten den Hügel hinab auf das Camp zu. Mit den Armen umfasste ich seine festen Bauchmuskeln, konnte mich aber nicht am Gefühl der Freiheit berauschen, das ich beim ersten Mal gehabt hatte. Eine dunkle Wolke hatte sich über uns herabgesenkt, drückte uns zu sehr nieder, um diesen Ausflug wirklich genießen zu können.

Überrascht stellte ich fest, wie schnell wir wieder am Camp waren. Hayden schaltete den Motor aus und stellte das Motorrad genau vor der Krankenstation ab. Das Tageslicht war im Schwinden begriffen, so langsam brach der Abend herein. Ich kletterte vom Sozius herunter, während er das Motorrad stabilisierte. Dann stellte er die Bremse fest und stieg ebenfalls ab.

»Komm«, sagte er leise. Er gestattete es sich noch eben, meine Hand zu ergreifen und schnell zu drücken, bevor er sie ganz und gar losließ.

Ich folgte ihm in die Krankenstation, wappnete mich für den Anblick, der mich dort erwarten würde. Drinnen herrschte seltsame, nervenaufreibende Stille. Die Spannung, die über dem Raum lag, als wir hineinkamen, war förmlich greifbar.

Eine kleine Gruppe, bestehend aus Kit, Docc und Malin scharte sich um ein Bett. Keiner sah sich nach Hayden und mir um, als wir uns näherten, und erst als wir kaum einen Meter entfernt standen, bemerkten sie überhaupt unsere Anwesenheit und machten Platz, um uns einen Blick auf das Bett und die Person, die darin lag, zu ermöglichen.

»Wurde auch Zeit, dass ihr beiden endlich auftaucht«, sagte Dax sarkastisch, und ein breites Grinsen umspielte seine zugegebenermaßen bleichen Lippen. »Was kann schon wichtiger sein als ich, hmm?«

»Wir brauchten einen Augenblick für uns«, antwortete

Hayden leise und konnte sich die Andeutung eines Lächelns nicht verkneifen.

Ein dicker weißer Verband umhüllte Dax' Oberarm und verbarg die feinen Stiche, mit denen Docc die Wunde genäht hatte, nachdem ich in meinen Bemühungen, die heftige Blutung zu stillen, endlich Erfolg gehabt hatte. Ich hatte so viel Druck auf die klaffende Wunde ausüben müssen, dass Kit mir hatte helfen müssen. Wir waren gerade rechtzeitig im Camp angekommen, dass Docc übernehmen konnte, ehe Dax vor lauter Blutverlust noch das Bewusstsein verlor.

»Klar, natürlich«, sagte Dax wissend und nickte. Selbst jetzt noch war er der Heiterste der Gruppe. »Beachtet mich einfach nicht. Schließlich muss ich mich nur erholen, nachdem ich *schon wieder* angeschossen wurde.«

Ich wusste nicht genau, worauf er da anspielte, wenn es mich auch nicht wunderte, dass er schon einmal auf diese Weise verletzt worden war. Hayden selbst war förmlich von Narben übersät, wahrscheinlich waren Dax und Kit in einem ähnlichen Zustand. Selbst ich hatte schon mehr als einmal einen Schuss abbekommen.

»Werde du erst mal am Hals angeschossen. Vielleicht bin ich dann ja mal beeindruckt«, gluckste Kit und schüttelte gutmütig den Kopf. Dax stieß ein bellendes Lachen aus.

»Grace hat es schon wieder geschafft«, warf Docc sanft ein und warf mir ein kleines Lächeln zu.

»Oh, nein, das hätte jeder andere doch auch tun können ...« Ich verstummte. Gelobt zu werden, war mir von jeher peinlich. Tröstend legte mir Hayden die Hand auf den Rücken und drückte ihn leicht.

»Immer so bescheiden«, murmelte er leise.

Seine grünen Augen leuchteten und wärmten mich von innen. Es war, als blicke er tief in meine Seele, sodass der Rest der Welt verschwand und er mich voll und ganz in seinen Bann zog.

Wir erschraken, als plötzlich die Tür zur Krankenstation aufgerissen wurde und ein lauter Ruf unseren gemeinsamen Augenblick unterbrach.

»Hayden!«

Wir wandten uns der Person zu. Es war Maisie, die völlig außer sich im Türrahmen stand.

»Was ist los?«, fragte Hayden scharf, und sofort war seine Miene voller Sorge.

»Es ist Barrow. Er rastet da oben auf dem Turm total aus, und sie brauchen Hilfe«, antwortete sie etwas außer Atem, weil sie so schnell hergelaufen war.

»Na toll«, murmelte er und fuhr sich verdrossen mit der Hand durchs Haar; man wollte uns einfach keine Pause gönnen. »Gut, danke, Maisie. Ich kümmere mich drum.«

Sie nickte entschlossen, sah sich nervös im Raum um, dann drehte sie sich auf dem Absatz um und rannte wieder in Richtung Turm zurück.

»Ich hätte ihn gleich runterwerfen sollen«, überlegte Kit laut.

»Stimmt«, flüsterte ich so leise, dass keiner mich hörte. Wutentbrannt dachte ich daran, wie Barrow Hayden und mir zugesetzt hatte.

»Na gut, Kit, komm mit. Wir kümmern uns darum und kehren gleich zurück. Grace, du bleibst hier. Wenn er dich sieht, flippt er nur noch mehr aus«, befahl Hayden und sah mich müde an, offenbar mit meinem Protest rechnend.

Ich öffnete den Mund, um tatsächlich zu widersprechen, als ich mich an seine Verletzlichkeit auf dem Felsvorsprung erinnerte und an die Niedergeschlagenheit, weil ich nicht auf ihn hören wollte. Obwohl mein Innerstes sich instinktiv dagegen auflehnte, musste ich ihm zeigen, dass ich ihm genauso sehr vertraute, wie ich behauptete. Er musste davon überzeugt sein, dass ich an ihn glaubte, denn das tat ich wirklich.

»Okay.«

Hayden wirkte zwar nicht sonderlich glücklich, aber immerhin erleichtert, als ich ihm zustimmte. Er seufzte beruhigt und nickte, während Kit bereits zur Tür ging. Hayden machte einen Schritt auf mich zu, ließ dann die Augen über die Gruppe schweifen und registrierte Malins Anwesenheit. Er zögerte. Immerhin war sie die Einzige hier, die keine Ahnung von uns hatte. Ich bemerkte, dass er nicht sicher war, ob er ihr unsere Beziehung deutlich machen wollte oder nicht.

Wieder sah er mir tief in die Augen, übermittelte mir wortlos die Angst, die er verspürte, weil er mich allein ließ. Wir standen nur etwa einen halben Meter voneinander entfernt und blickten einander unverwandt an. Obwohl so viele Augenpaare auf uns ruhten, ließen wir dem Fluss der Gefühle freien Lauf. Wie sehr wünschte ich mir, ihn jetzt umarmen zu können. Deshalb freute ich mich umso mehr, als er mir die Hand auf den Unterarm legte und mich von der Gruppe fortführte, hinter einen Schrank an der Wand, wo uns keiner sehen konnte.

»Ich bin gleich zurück, aber ... wir haben es uns versprochen«, flüsterte er leise. Ohne auch nur eine Sekunde zu zögern, senkte er den Kopf und umfing meine Lippen in einem zärtlichen Kuss. Für meinen Geschmack dauerte er nicht annähernd lang genug, denn beinahe sofort löste er sich wieder von mir. Uns trennte gerade mal ein Zentimeter, als er an meinen Lippen leise drei Worte raunte.

»Ich liebe dich.«

»Ich liebe dich auch«, hauchte ich, unfähig, außer Hayden überhaupt noch etwas anderes wahrzunehmen.

So schnell, wie er mich in die Ecke gezogen hatte, so schnell war er auch verschwunden. Ich beugte mich vor und keuchte leise, weil ich den Verlust spürte, und sei es noch für ganz kurze Zeit. Ich unterdrückte die Röte, die mir in die Wangen stieg, und tauchte wieder hinter dem Schrank hervor, um mich wieder zu Dax, Docc und Malin zu gesellen.

Dax grinste viel zu breit und wusste offensichtlich genau, was gerade geschehen war, aber ich ignorierte ihn und konzentrierte mich auf Docc, um nicht doch noch rot zu werden.

»Kann ich dir bei irgendetwas helfen, Docc?«, bot ich an. Bis zu Haydens Rückkehr brauchte ich eine Ablenkung.

»Du hast doch schon so viel getan«, sagte er bedächtig. »Aber wenn du und Malin Lust habt, dann bringt mal diese leeren Schachteln raus. Das wäre großartig.«

»Klar«, nickte ich. Schweigend gingen Malin und ich in die Ecke des Zimmers und begannen, die Schachteln einzusammeln, auf die Docc gedeutet hatte. Docc selbst kümmerte sich um den immer noch lächelnden Dax. Nachdem wir einige Schachteln zusammenhatten, gingen wir zur Tür hinaus, um sie dort aufzustapeln.

»Also«, sagte Malin, kaum dass wir das Zimmer verlassen hatten.

»Also«, wiederholte ich unsicher.

»Wie geht es dir? Alles gut verheilt?«

Ich wusste gar nicht, was sie meinte, bis mir wieder einfiel, dass sie ja bei dem Raubzug dabei gewesen war, in dessen Verlauf ich mir eine Rippe gebrochen hatte. Obwohl ich mich bemüht hatte, den Schmerz nicht zu zeigen, hatte sie auf unserer Heimfahrt bemerkt, dass es mir nicht gut ging.

»Ja, um Längen besser«, antwortete ich wahrheitsgemäß.

»Das freut mich«, versicherte sie mir überzeugend.

»Ja«, sagte ich und war immer noch leicht verlegen. »Wie geht's, äh, Kit?«

»Gut.« Sie seufzte und klang eigentlich, als sei das Ganze alles andere als gut. »Keine Ahnung, manchmal ist es toll und manchmal eben nicht.«

»Mmh«, antwortete ich lahm.

»Und ganz sicher sieht er mich nicht auf die gleiche Weise an, wie Hayden dich ansieht.«

Bei diesen Worten wäre ich beinahe gestolpert, mehr als überrascht, dass ihr das aufgefallen war, geschweige denn, dass sie es jetzt ansprach.

»Äh ...«

»Du musst mir nichts erklären«, sagte sie achselzuckend. »Ich hab's kapiert. Er ist eben ...«

»Hayden«, beendete ich den Satz für sie. Hayden war in vielerlei Hinsicht unglaublich, und sich auf eine einzige

Eigenschaft festzulegen, schien ihm nicht gerecht zu werden. Hayden war einfach Hayden, und das war eines der schönsten Komplimente, die ich ihm machen konnte.

»Ja«, stimmte sie mir zu. »Was hätte ich darum gegeben, wenn er mich nur ein einziges Mal so angesehen hätte wie jetzt dich.«

Ich runzelte verwirrt die Stirn. Die Dunkelheit dieser Nacht schien meine Gedanken langsamer zu machen, sodass ich mich mit dem Verstehen schwertat.

»Was meinst du damit?«, fragte ich vorsichtig.

»Es war nach keinem unserer Zusammensein so wie bei euch«, erklärte sie beiläufig. Das Blut gefror mir in den Adern; plötzlich ergaben die einzelnen Puzzleteile ein Gesamtbild.

»Ihr beiden wart mal zusammen?«

Plötzlich war mir übel.

»Ja, eine Weile – warte!« Sie hielt inne und sah mich plötzlich mit großen Augen an. Mein Magen zog sich schmerzhaft zusammen. »Du hattest gar keine Ahnung?«

»Nein«, sagte ich verkrampft und schüttelte heftig den Kopf. Mühsam kämpfte ich gegen die Kälte an, die mir bis ins Mark drang.

»O mein Gott, Grace. Tut mir leid. Ich dachte, du wüsstest Bescheid«, rief sie ganz außer sich. Ihre Stimme klang aufrichtig.

Aber egal, wie vernünftig ich an die Sache heranging, sie hatte mir einen heftigen Stich ins Herz versetzt.

Hayden war mit Malin zusammen gewesen?

Warum hatte er mir das nie erzählt?

Ich wollte gerade den Mund aufmachen, um etwas zu sagen, als ein ohrenbetäubender Knall das Camp zum Erzittern brachte, schnell gefolgt von unzähligen Schreckensschreien, die mir durch Mark und Bein gingen. Ein Feuerball erhob sich, verschlang die Dunkelheit des Himmels und erleuchtete eine Seite Blackwings komplett. Eine Detonation. Panik erfasste mich, als ich herumwirbelte, um die Quelle der Explosion in Augenschein zu nehmen. Der Anblick, der sich mir bot, war entsetzlich.

»Hayden«, murmelte ich unwillkürlich.

Sofort rannte ich los – dem Chaos entgegen. Ich spürte die Hitze des Feuers bereits auf der Haut.

»Warte, Grace!«, rief Malin mir hinterher, aber ich ignorierte sie und preschte weiter voran.

Ich wich den Menschen aus, die in entgegengesetzte Richtung vor der Feuersbrunst flüchteten. Ich hörte wütende Schreie und plötzliche Schüsse, je näher ich kam, was meine Panik nur steigerte. Verzweifelt hielt ich unter den zahllosen Gesichtern nach Hayden Ausschau, aber er war nirgends zu sehen.

In die unheimliche Geräuschkulisse mischten sich nun angstvolle Schreie, eine Kakophonie aus Missklängen, die die Luft zum Erzittern brachte. Die Panik war allumfassend: weinende Kinder, verängstigte Mütter, wütende Väter, die ihre Waffen schwangen. Wohin ich auch blickte, herrschte absolutes Chaos, doch ihn konnte ich nirgends entdecken.

Plötzlich erhaschte ich den Blick auf jemanden, der an mir vorbeilief, und mein Herz machte einen Satz. Hoffentlich war das Hayden! Doch dann sank es wieder. Diesen Menschen kannte ich tatsächlich, wollte ihn aber ganz gewiss nicht hier sehen; er war kein Freund, sondern ein Bewohner jenes Camps, das ich verraten hatte, um ein anderes zu retten.

Diese Person stammte aus Greystone, und er gehörte zu denen, die Blackwing angriffen.

Das war es.

Jetzt war es so weit.

Der Krieg hatte begonnen, und von Hayden fehlte jede Spur.

BONUSKAPITEL

Haydens Mutter

Schwach dröhnte der Fernseher im Hintergrund vor sich hin, als ich meinen außerordentlich erschöpften Sohn hochnahm. Ich spürte, wie meine Muskeln protestierten, als hätten sie sich noch gar nicht so recht daran gewöhnt, wie groß er in den fünf Jahren seines Lebens geworden war. Unfassbar, dass ich mit meinen achtundzwanzig Jahren einen fünf Jahre alten Sohn haben sollte. Manchmal betrat ich sein Zimmer und erwartete, ein schlafendes Kleinkind vorzufinden, und war ganz überrascht, dass dort ein schnell heranwachsender, gesunder Junge lag.

Nicht nur gesund, sondern auch in vielerlei Hinsicht absolut stark. Häufig spielte er mit Kindern, die einige Jahre älter waren als er, und hielt trotz seiner Jugend besser mit als sie. Er liebte spielerische Raufereien mit seinem Vater, der ihn immer gewinnen ließ und ihn in seiner Kraft ermutigte. Eine weitere seiner Stärken war seine Freundlichkeit, denn häufig setzte er sich für Kinder ein, die nicht so gut mitkamen wie er, freundete sich mit ihnen an, auch wenn das sonst keiner tat. Und intelligent war er! Ich erinnerte mich daran, wie oft seine Lehrer betonten, dass er eine schnelle Auffassungsgabe besaß, sehr intuitiv zu sein schien und sich als guter Beobachter hervortat.

Natürlich war er jetzt schon eine ganze Weile nicht mehr zur Schule gegangen.

Sein sanfter Atem wehte heiß über meine Schulter hinweg und holte mich in die Gegenwart zurück. Sein Körper war im Schlaf vollkommen entspannt und lag schwer in meinen Armen, als ich ihn die Treppenstufen hinauf und in sein Zimmer trug. Das Dröhnen des Fernsehers wurde leiser, aber die Anspannung nach dem, was ich soeben gehört hatte, blieb. Die Nachrichten waren schon seit Jahren überwältigend negativ gewesen, aber in den letzten paar Monaten waren sie unzweifelhaft noch schlimmer geworden.

Hayden schlief tief und fest, als ich sein Zimmer erreichte und ihn sanft aufs Bett legte. Er wurde langsam zu groß dafür, und seine Zehen hingen beinahe unten heraus, wenn er sich ausstreckte. Wir würden bald ein neues besorgen müssen.

Sanft zog ich die Decke hinauf und deckte ihn zu. Sein dunkles Haar breitete sich auf dem Kissen aus, und leise Atemzüge drangen aus seinen geöffneten Lippen. Obwohl ich ihn hinaufgetragen hatte, schlief er unbeirrbar weiter. Ich lächelte sanft, als ich mein schlafendes Kind betrachtete. Ich war so dankbar und stolz, einen so klugen und wundervollen Jungen zu haben.

Ich beugte mich über ihn und gab ihm einen zärtlichen Kuss auf die Stirn, ließ meine Lippen dort ein paar Sekunden lang verharren und strich ihm die widerspenstigen Locken aus dem Gesicht. Dann raunte ich ein paar leise Worte, die er nicht hören konnte.

»Mum hat dich lieb, Hayden.«

Nach einem letzten Lächeln verließ ich sein Zimmer, leise, um ihn nicht aufzuwecken. Im Flur wartete mein Ehemann auf mich. Er wirkte besorgt. Offensichtlich belastete ihn etwas.

»Was ist los?«, fragte ich mit einem Mal voller Angst.

»Ich glaube, du solltest kommen und dir die Nachrichten weiter ansehen«, sagte er ernst und hielt meinen Blick. Ich schluckte nervös und nickte. Er wartete, bis ich bei ihm war, dann packte er meine Hand und drückte sie. Gemeinsam kehrten wir ins Wohnzimmer zurück.

Noch immer lief der Fernseher, genau wie ich ihn eben verlassen hatte, mit genau den gleichen schlimmen Nachrichten.

»... soeben treffen Berichte ein, dass Nordamerika von unbekannten Staaten bombardiert wurde. Bislang gibt es keine Angaben, wie viele Menschenleben die Angriffe gekostet haben, aber Schätzungen belaufen sich auf Millionen. Dieser Bericht ist besonders tragisch nach den Ereignissen, die sich in der vergangenen Woche in Ostasien und Australien zutrugen. Auch hier kam es durch den Einsatz von Massenvernichtungswaffen durch feindliche Länder zu katastrophalen Verlusten. Immer noch ist unklar, wer hinter diesen Angriffen steckt, aber die Liste der Verdächtigen umfasst den halben Globus, da die Ressourcen weiterhin schwinden. Der Überlebenskampf hat weitere Opfer gefordert und verheerende Folgen für die Menschheit. Ein Großteil der Welt ist in Aufruhr. Wir halten Sie weiterhin auf dem Laufenden. Das war London News Network. Bleiben Sie sicher!«

Das Symbol der Fernsehstation leuchtete auf, dann wurde

etwas anderes eingeblendet. Die Sendung war beendet. Während der Berichterstattung hatte mein Herz immer schneller geschlagen. Mir schnürte sich die Kehle zu, während die Stille in meinen Ohren widerhallte.

»Es wird also schlimmer«, sagte ich schließlich angespannt. Ich konnte die Augen nicht vom Bildschirm abwenden, obwohl der Nachrichtensprecher von einem alten Werbespot ersetzt worden war, in dem ein Sonderangebot für Äpfel für achtundzwanzig Pfund pro Stück angepriesen wurde. Das lief jetzt schon seit Monaten, obwohl es gar nicht mehr gültig war.

»Ich weiß«, antwortete er ernst. Er stand einen Meter von mir entfernt im Wohnzimmer, war – ebenso wie ich – starr vor Entsetzen.

»So schlimm war es noch nie«, sprach ich weiter.

Er antwortete nicht sofort; das Grün seiner Augen schlug mich in seinen Bann – sie waren denen unseres Sohnes so ähnlich. Allein der Gedanke an Hayden brachte meine Nerven zum Erzittern, die Furcht, dass ihm etwas zustoßen könnte. Mein Mann schien die Veränderung meiner Gefühle zu spüren, denn nun trat er zu mir, zog mich an seine Brust und umarmte mich fest. Ich spürte, wie seine Arme mich umfingen, legte den Kopf an seine Schulter und umschlang seinen Nacken.

»Alles wird gut«, murmelte er. Ich spürte, wie seine Lippen sich an meiner Schläfe bewegten, bevor er einen sanften Kuss darauf presste. Meine Kehle wurde wieder eng, doch ich schluckte die Tränen hinunter.

»Was, wenn nicht?«

»Es wird gut«, versprach er beruhigend. Sacht streichelte er mir über den Rücken. »London ist so weit von diesen Orten entfernt.«

Ich runzelte die Stirn und zog mich etwas zurück, wobei ich die Arme lose um seinen Nacken liegen ließ. Er legte mir die Hände um die Taille.

»Aber es passiert überall«, sagte ich und schüttelte den Kopf. Sosehr ich ihm auch glauben und mich von ihm trösten lassen wollte, ich wusste, dass er mir nicht wirklich die Wahrheit sagte.

In der gesamten Geschichte der Menschheit hatte es noch nie Entwicklungen gegeben wie in den vergangenen paar Jahren. Genau wie die Wissenschaftler es seit Jahren vorausgesagt hatten, wurden die Ressourcen auf der Erde knapp. Die wenigen Versuche, die unternommen worden waren, um lebenswichtige Dinge wieder anzubauen, waren ein Tropfen auf dem heißen Stein gewesen; langsam, aber sicher war alles dahingeschwunden, bis es beinahe nichts mehr gab. Die Preise für Güter wie Obst, Getreide, sogar Wasser waren so sehr angestiegen, dass die meisten es sich nicht mehr leisten konnten. Diejenigen, die wohlhabend genug waren, behielten alles für sich selbst.

Das geschah nicht nur in London.

Es geschah nicht nur im Vereinigten Königreich.

Es geschah nicht nur in Europa oder in der nördlichen Hemisphäre.

Es geschah weltweit und überall gleichzeitig.

Die menschliche Spezies hatte den Planeten vernachlässigt, hatte ihn ausgebeutet, ohne einen Gedanken daran zu verschwenden, was geschehen würde, wenn die Erde nichts mehr zu bieten hatte. Jetzt zahlten wir einen hohen Preis für die kurzsichtige Weltsicht unserer Vorfahren; wir bezahlten mit unserem Leben.

Australien war als Erstes bombardiert worden. Niemand wusste, von wem der Angriff ausgegangen war, aber es war klar, warum. Es war der verzweifelte Versuch gewesen, sich neue Ressourcen zu beschaffen. Um das eigene Überleben zu sichern, wurde die Auslöschung eines Landes bereitwillig als Opfer in Kauf genommen. Der dunkelste Kern der menschlichen Natur brach sich Bahn, und der selbstsüchtige Überlebenswillen der Menschen vernichtete das ihnen innewohnende Gute, das vormals für ein zivilisiertes Miteinander der Welt gesorgt hatte.

Die Zivilisation war ebenso verschwunden, wie unsere Bestände waren – von der Erde getilgt.

Nach Australien schien man jeden Tag von der Zerstörung eines weiteren Landes zu erfahren. Auf dem ganzen Globus wurden Länder atomisiert. Obwohl das geschah, weil die Angreifer von der Zerstörung profitieren wollten, wurde paradoxerweise dadurch das Wenige, was wir hatten, auch noch dezimiert. Niemand wusste mehr, wer wen angriff, welche Länder mit welchen Nationen im Krieg waren. Auf der ganzen Welt regierte das Chaos, und schon bald war es den Menschen egal, wer eigentlich der Feind war, denn eigentlich war es jedermann.

Die Menschen verloren das Vertrauen in andere, verloren ihr Bedürfnis, anderen zu helfen. Was blieb, war nur der unbändige Wille zu überleben, koste es, was es wolle.

Derlei erfuhren wir über die Nachrichten, die mit jedem Tag schlimmer wurden. England war es bislang gelungen, den Bombenhagel zu meiden, aber die wachsende Spannung der Nation konnte man nicht verhehlen. Als warte jedermann auf den unweigerlich auf uns zukommenden Tag, an dem London eine weitere Stadt in den Nachrichten sein würde, unterlegt von Filmen, die zertrümmerte Gebäude und zerschmetterte menschliche Körper zeigen würden.

Die Leute rotteten sich zu kleinen Gruppierungen zusammen, die aus den wenigen bestanden, denen sie vertrauten. Sie trafen sich im Geheimen, planten die Evakuierung, lagerten, was immer sie ergattern konnten, außerhalb der Stadt. Die Nachrichten über derlei Maßnahmen verbreiteten sich nur flüsterleise in den Straßen Londons, denn die meisten trauten ihrem eigenen Schatten nicht mehr über den Weg. Ab einem gewissen Punkt und einer Vielzahl erschütternder Nachrichten begannen wir die Hoffnung zu verlieren, dass die Dinge sich irgendwann wieder normalisieren würden. Zu viel von der Welt war schon zerstört worden.

An diesem Punkt schlossen auch wir uns einer Gruppe an.

Zuerst trafen wir uns nur alle paar Monate. Wir kamen im Haus eines der Mitglieder zusammen und diskutierten, was wir tun würden, wenn London angegriffen wurde. Langsam begannen wir so viel wie möglich einzulagern und uns auf das Schlimmste vorzubereiten. Nur selten gab es vereinzelte Neumitglieder, denn wir weihten nur die engsten Vertrauten ein. Wir wussten zwar, dass andere das Gleiche taten wie wir, konnten aber nicht davon ausgehen, dass unsere Landsleute sich nicht gegen uns wenden würden, ebenso wie der

445

Rest der Welt es getan hatte. Aus Verzweiflung zerstörte die Welt sich selbst, und es war nun einmal grausige Realität, dass sie auch in unserer eigenen Stadt verheerende Schäden anrichten würde.

Also waren wir vorsichtig. So dermaßen vorsichtig.

Zu diesem Zeitpunkt funktionierte die Gesellschaft noch, wenn auch nur gerade so eben. Die Menschen gingen noch zur Arbeit, die Kinder zur Schule. Es gab noch öffentliche Verkehrswege, wenn man sich die exorbitanten Nutzungsgebühren leisten konnte. Die Fassade der Normalität blieb noch eine Weile bestehen. Tagsüber führten die Menschen noch, so gut es ging, ihr normales Leben, aber nachts schlichen sie sich in die Dunkelheit, um sich mit ihren Vertrauten zu treffen, ihre unsichere Zukunft zu planen, wobei sie ausschließlich ihre eigenen Interessen verfolgten.

Vor zwei Monaten dann wurde alles geschlossen. Büros, Transportwege, Schulen, einfach alles. Ohne Vorwarnung, ohne Erklärung außer der Durchsage über die Nachrichten, dass das alles nicht mehr sicher sei. Die Menschen schlossen sich in ihren Häusern ein und saßen müßig herum, während die Welt zu implodieren drohte. Doch sogar nachdem sämtliche Institutionen geschlossen worden waren, trafen neue Nachrichten ein. Wir fanden keine Ruhe von dem beständigen Strom der Alpträume, die mit jedem Tag näher kamen.

Die Menschen verließen ihre Häuser lediglich, um sich insgeheim mit ihren Gruppen zu treffen, oder in dem Versuch, Nahrung und Wasser zu finden. Nach jahrelanger horrender Inflation hatte das Geld letztlich an Wert verloren. Es war nutzlos geworden und kümmerte niemanden mehr, denn schließlich hielt es einen nicht am Leben. Unsere Währung war jetzt Nahrung und Wasser, beides knapper denn je.

So sah unsere Situation momentan aus. Die meiste Zeit über verbarrikadierten wir uns in unserem Haus. Manchmal brachten wir Hayden in den Garten und ließen ihn auf seinem Plastikdreirad herumfahren, aber das war nicht das, was ich mir für ihn wünschte. Ich wollte, dass er auch mal etwas anderes unternehmen konnte, wie in den Zoo zu gehen, Sport zu treiben oder an einem heißen Sommertag Eis zu essen. Glücklicherweise hatte er das alles durchaus schon einmal erlebt, nur nicht mehr in den vergangenen paar Monaten. Aber obwohl er die Dinge verloren hatte, die ihm sonst so viel Freude bereitet hatten, war er immer noch ein fröhliches Kind. Gott sei Dank blieb ihm der momentane Zustand der Welt noch verborgen.

Ich fürchtete mich vor vielerlei, aber eins gab es, das ich am meisten von allem fürchtete: dass Hayden etwas zustieß. Der Gedanke raubte mir nachts den Schlaf. Ich wälzte mich im Bett hin und her, bis die Sonne aufging und ich ihn aus dem Bett holen und an mich pressen konnte. Erst dann spürte ich eine gewisse Erleichterung, denn dann war er mir nahe, und ich wusste, dass er – zumindest in diesem Augenblick – in Sicherheit war.

Scharf sog ich den Atem ein, versuchte, mich wieder zu orientieren, indem ich mehrfach blinzelte. Die grünen Augen meines Mannes gerieten wieder in mein Sichtfeld. Beide hatten wir uns nicht gerührt, seit meine Gedanken jenen dunklen Pfad eingeschlagen hatten. So viele Gefühle bestürmten mich gleichzeitig: Nervosität, Entschlossenheit, Furcht, Tapferkeit. Die letzte Nachrichtensendung schien eine Mahnung zu sein: Wir mussten aktiv werden.

»Wann hast du sie das letzte Mal gesehen?«, fragte ich mit starker, fester Stimme.

Mein Mann blinzelte einen Augenblick lang überrascht, aber dann hatte er sich gleich wieder gefangen. »Heute Morgen habe ich mit Docc und Barrow gesprochen.«

»Und?«, forschte ich.

»Und unser Plan bleibt unverändert. Sollte irgendetwas passieren, treffen wir uns unter der Brücke und schlagen uns dann bis in die Wälder durch. Dort haben wir unsere Vorräte nach wie vor versteckt. Davon können wir leben, zumindest eine kleine Weile.«

Ich nickte und senkte nachdenklich den Kopf. Während der vergangenen paar Monate hatten wir alles einigermaßen Entbehrliche in die Wälder vor der Stadt geschafft. Dort existierten ein alter Aussichtsturm und ein paar verfallene und verlassene Hütten; es war der perfekte Rückzugspunkt, sollte London in Gefahr und wir zur Flucht gezwungen sein. Unsere Gruppe, die aus ungefähr dreißig Leuten bestand, hatte sich vor ein paar Wochen auf diesen Aktionsplan geeinigt.

»Okay«, sagte ich schließlich. Ich war geistig und emotional erschöpft und konnte das Gefühl drohenden Unheils, das sich in meinen Eingeweiden eingenistet hatte, einfach nicht abschütteln.

»Was auch geschieht, immerhin werden wir zusammen sein«, sagte er leise. Beruhigend strichen seine Hände an meinen Armen auf und ab, und er schenkte mir ein kleines Lächeln. »Du, ich und Hayden. Wir kommen durch.«

Ich seufzte und nickte, wollte ihm so gern glauben.

»Ich liebe dich«, rief er mir ins Gedächtnis. Eine sanfte Woge des Glücks durchflutete mich bei seinen Worten, und das trotz des Grauens, das in meinem Innern wütete. Wenigstens hatte ich ihn.

»Ich liebe dich auch«, erwiderte ich automatisch. Ich schloss die Lider, als er sich herabbeugte und mir einen sanften Kuss gab, ein paar Augenblicke auf meinen Lippen verharrte, ehe er sich dann wieder löste.

»Was hältst du davon, wenn wir jetzt unseren Sohn mit ins Bett nehmen?«, schlug er vor. Sofort schnürte sich mir die Kehle zu, und ich nickte. Er wusste, wie viele Sorgen ich mir um Hayden machte und wie sehr es zu meiner Entspannung beitragen konnte, ihn in meinen Armen zu halten.

»Klingt perfekt.«

Er beugte sich vor und küsste mich auf die Stirn. Dann nahm er meine Hand und verschränkte die Finger mit den meinen. Nachdem er den Fernseher abgeschaltet hatte, führte er mich aus dem Zimmer, die Treppe hinauf und zurück in Haydens Zimmer. Ein leiser Seufzer der Erleichterung entfuhr mir, als ich ihn noch genauso daliegen sah, wie ich ihn verlassen hatte. Ich sah zu, wie mein Mann lautlos das Zimmer durchquerte und ihn hochhob, zärtlich auf den Arm nahm. Er trug ihn zu mir zurück und blieb neben mir am Türrahmen stehen, damit ich unserem Sohn einen sachten Kuss auf die Wange geben konnte.

Schweigend machten wir uns sodann auf den Weg in unser Schlafzimmer, wo er Hayden mitten auf unser Bett legte. Nachdem wir uns schnell umgezogen hatten, legten wir uns rechts und links neben ihn – wie zwei Stützpfeiler. Instinktiv schmiegte ich mich an ihn. Mein Mann tat es mir auf der anderen Seite gleich, sodass wir Hayden sicher in unserer Mitte hielten. Als ich ihm noch einmal das Haar aus der Stirn strich, regte er sich endlich doch.

Seine Lider flatterten, er holte tief Luft und reckte sich schläfrig. Dann krauste er die Nase, schniefte leise, öffnete die Augen und blinzelte glasig. Verwirrt sah er sich um.

»Was ist los?«, murmelte er, schien immer noch nicht ganz zu verstehen, wo er war.

»Wir machen eine Übernachtungsparty«, sagte ich leise. Ich konnte einfach nicht aufhören, sein weiches, wildes Haar zu streicheln.

»Eine Übernachtungsparty?«, fragte er. Seine grünen Augen blickten zwischen meinen und denen seines Vaters hin und her.

»Ja, kleiner Mann«, antwortete sein Dad beschwichtigend. »Hast du Lust?«

»Ja!«, rief er aufgeregt und plötzlich gar nicht mehr schläfrig.

Ein Lächeln umspielte meine Lippen, als er den Kopf zurückzog und meine Hand ungeschickt fortschob. Im Halbschlaf akzeptierte er meine Liebkosungen durchaus, aber sobald er ganz und gar wach war, wollte er sich nicht mehr wie ein Baby behandeln lassen. Jedes Mal, wenn ich ihm versicherte, dass er immer mein kleiner Junge bleiben würde, protestierte er verlegen.

»Aber wir müssen jetzt schlafen«, fuhr ich fort. »Wenn du jetzt schläfst, darfst du morgen mit deinem Dreirad fahren.«

Seine Augen weiteten sich vor Aufregung. »Wirklich?«

Ich nickte und lächelte ihn an.

»Okay«, antwortete er und nickte ein paar Mal vor sich hin. Mein Mann gluckste leise. »Gute Nacht!«

»Gute Nacht, Hayden. Ich liebe dich so sehr«, raunte er dem Jungen zu. Er beugte sich vor und gab ihm einen Kuss auf die Stirn. Kichernd entwand Hayden sich ihm. Doch das trieb ihn direkt in meine Arme, was ich natürlich sofort ausnutzte. Ich umarmte ihn fest und küsste ihn auf die Wange.

»Und ich liebe dich auch, Hayden«, fügte ich hinzu.

»Igitt!«, rief er kichernd, während er so tat, als wische er sich meinen Kuss von der Wange.

»Sei brav«, murmelte ich grinsend. Hayden stieß einen zutiefst dramatischen Seufzer aus, dann lächelte er verhalten.

»Gute Nacht. Ich liebe euch, Mum und Dad.«

Zärtlich drückte er meinen Arm, und ich war so glücklich wie schon seit langem nicht mehr. Dann schloss er die Augen wieder, bereit, wieder friedlich einzuschlafen, ohne sich um etwas anderes Sorgen machen zu müssen als darüber, dass er morgen Dreirad fahren würde. Mit einem tiefen Seufzer warf ich meinem Mann über meinen Sohn hinweg einen letzten Blick zu. Er hielt liebevoll meinem Blick stand.

»Gute Nacht«, formte er mit den Lippen. »Ich liebe dich.«

»Ich liebe dich auch. Gute Nacht.«

Und dann schloss ich die Augen, getröstet von der Nähe meines Sohnes und meines Mannes.

Trotz der Schrecken, die die Nachrichten verbreitet hatten, und des Gefühls drohenden Unheils schlief ich gut in jener Nacht, denn ich war mit den beiden Menschen zusammen, die ich mehr liebte als alles auf der Welt. Das, und nur das, gab mir Frieden.

Die Nacht verlief ungestört, ohne dass wir irgendetwas bemerkten. Hayden lag sicher zwischen meinem Mann und mir, tief schlafend und sorglos. Perfekte Nächte wie diese genoss ich jedes Mal in vollen Zügen.

Am Morgen jedoch wurde ich jäh aus meinem friedlichen Schlaf gerissen. Sonnenlicht durchflutete den Raum, und zuerst wusste ich gar nicht, was mich geweckt hatte. Langsam öffnete ich die Augen, noch glasig vom Schlaf. Eigentlich wollte ich gar nicht aufwachen. Ich spürte die tröstliche Wärme von Haydens Körper, der sich an meine Brust schmiegte, und das beruhigende Gewicht des Armes meines Mannes, mit dem er uns beide umfangen hielt. Ein leises Lächeln umspielte meine Lippen. Ich hätte ewig so liegen bleiben können.

Doch das Lächeln erstarb, als ein entferntes donnerndes Dröhnen durch die Luft widerhallte. Die Erde bebte, erschütterte das Haus so sehr, dass auch mein Mann und Hayden erwachten. Die grünen Augen meines Mannes öffneten sich ruckartig und alarmiert. Zunächst warf er einen Blick auf Hayden, dann auf mich.

»Was war das?«, fragte er angespannt.

Mein Herz pochte wie wild in meiner Brust, als ich es in der Ferne weiterhin grollen hörte. Ich zitterte vor Furcht, als wüsste mein Körper bereits, was geschah, bevor mein Verstand es überhaupt erfasst hatte.

»Keine Ahnung«, antwortete ich kopfschüttelnd. Ich schluckte schwer und sah auf unseren Sohn hinab, der langsamer erwachte als wir und auch weniger Panik hatte.

»Morgen«, murmelte er und rieb sich schläfrig die Augen. Er blinzelte ins helle Morgenlicht und ließ die Hände sinken.

»Wir sollten ...«

Das Wort wurde mir von einem weiteren lauten Grollen abgeschnitten, das nun viel lauter und näher klang als das letzte. Wieder erzitterte unser Haus, diesmal so sehr, dass das Bettgestell gegen die Wand prallte. Hayden keuchte angstvoll auf und klammerte sich automatisch an mich.

»Mum«, rief er voller Furcht und sah sich wild um.

»Wir müssen raus hier«, sagte mein Mann schnell. Ich nickte und sprang aus dem Bett, während er Hayden hochzog. Eilig rannte ich in Haydens Zimmer, packte das erstbeste Paar Schuhe und kehrte eilig ins Schlafzimmer zurück. Er stand inmitten des Zimmers, und ich kniete vor ihm nieder. Währenddessen band mein Mann sich die eigenen Schuhe zu.

»Hayden, Liebling, du musst mir jetzt genau zuhören«, sagte ich und zwang meine Stimme zur Ruhe. Meine Hände zitterten, während ich ihm dabei half, die Füße in die Schuhe zu stecken. Ich brauchte mehrere Anläufe, bis ich die Schnürsenkel zugebunden hatte. Er wartete, dass ich weitersprach, während ich mich an seinen Schuhen zu schaffen machte und ihm dann die Hände auf die Schultern legte.

»Wir gehen jetzt nach draußen, und dann müssen wir ganz schnell rennen, verstanden?«

»Mum, was ist ...«

»Ich erkläre es dir später, okay Liebling? Ich will nur, dass du rennst. Dann wird alles gut«, versicherte ich. Ich hatte einen Kloß im Hals, schluckte ihn aber hinunter. Ich durfte Hayden nicht zeigen, wie viel Angst ich hatte.

»Ich verstehe das nicht«, sagte Hayden. Er runzelte die Stirn, war gleichzeitig verängstigt und verwirrt. Und genau in dem Augenblick, da mein Mann neben uns trat, erzitterte die Erde erneut unter einem ohrenbetäubenden Knall.

»Hayden, erinnerst du dich an die Brücke, die ich dir gezeigt habe?«, fragte er und kniete neben uns nieder. Ich spürte, wie uns kostbare Zeit durch die Finger rann, aber es war wichtig.

»Ja«, antwortete Hayden zittrig.

»Dort rennen wir hin. Egal, was geschieht, du musst zu dieser Brücke rennen«, sagte er fest. Ich blickte zu ihm auf. Intensiv sah er seinem Sohn in die Augen, die den seinen so ähnlich waren. Bei der Vorstellung, dass einem von beiden etwas zustoßen könnte, drohte meine Furcht mich förmlich zu verschlingen.

»Okay«, erwiderte Hayden und nickte.

»Egal, was geschieht«, wiederholte mein Mann. Er sprach langsam, sah Hayden die ganze Zeit über in die Augen, um sich davon zu überzeugen, dass er ihn auch verstanden hatte. Hayden nickte furchtsam.

»Ich liebe dich so sehr, Hayden«, fuhr er fort. Ich hörte, wie seine Stimme stockte, und entdeckte, dass seine Augen feucht wurden. Hayden war etwas verwirrt, als er ihn an sich zog und umarmte, erwiderte die Geste jedoch.

»Ich liebe dich auch, Dad.«

Sie umarmten sich ein paar Sekunden lang, denn mehr Zeit hatten wir nicht. Als sie sich voneinander lösten, legte ich Hayden die Hände auf die Wangen und blickte auf ihn hinab. Wieder drohten die Tränen mich zu ersticken, und diesmal war ich nicht stark genug, um sie zurückzuhalten, als sie mir über die Wangen rannen.

»Hayden, mein süßer Hayden«, sagte ich und hatte Mühe, die Worte herauszubringen. »Du wirst immer mein starker, mutiger Junge bleiben, ja?«

Er sah jetzt verwirrter aus denn je, schien aber zu spüren, wie ernst die Lage war. Er nickte langsam, reagierte auf meine Tränen mit Besorgnis.

»Ja, Mum«, antwortete er leise.

»Das weiß ich doch«, sagte ich mit zitternder Stimme. »Ich liebe dich so sehr. So, so sehr.«

Hayden runzelte die kleinen Augenbrauen über seinen leuchtend grünen Augen, sodass sein Gesicht ganz finster wirkte. »Ich liebe dich auch, Mum.«

»Wir müssen los«, rief mein Mann von der Tür aus. Auf seinem Gesicht stand eine Mischung aus Angst, Entschlossenheit, Sorge und so vielem anderen, das auch ich empfand.

Ich nickte und erhob mich, streifte schnell die Schuhe über, die mein Mann neben mich hingestellt hatte. Dann ergriff ich Haydens Hand und warf ihm einen letzten Blick zu, bevor ich ihn mit mir zog. Mein Mann ging durch unser Haus voran, packte Haydens andere Hand. Als wir die Haustür erreicht hatten, brachte eine weitere Detonation die Gegend zum Erbeben, diesmal näher denn je. Und dann hörten wir den Widerhall noch anderer Geräusche, die sich von dem vorherigen Dröhnen unterschieden. Flugzeuge erschienen am Himmel. Erbarmungslos auf die Erde niederprasselnde Kugeln durchlöcherten alles, was ihnen in den Weg kam. Hinzu der ungeheure Krach explodierender Bomben, und – wahrscheinlich am schlimmsten von allem – die Schreie der Menschen, bei denen einem das Blut in den Adern gefror. Es war, als sei die Hölle zur Erde emporgestiegen, entschlossen, jeden Einzelnen von uns zu verschlingen.

Es überlief mich kalt, während wir hinter der Tür stehenblieben. Egal, was für Schrecken draußen auf uns warteten, wir hatten keine Wahl, sondern mussten fliehen. Aus Erfahrung wussten wir, dass in solchen Fällen die Stadt zerstört würde; unsere einzige Überlebenschance bestand darin, zu flüchten und uns bis zu unserem Lagerplatz in den Wäldern durchzuschlagen.

Ich holte tief Luft und warf meinem Mann einen Blick zu. Er sah mich an. Mit der freien Hand berührte er ganz leicht meine Wange, zog mich zu sich heran, sodass wir uns über unseren verängstigten Sohn beugten. Ich holte zittrig Luft, bevor seine Lippen sich auf meine pressten und dort nur eine Sekunde lang verharrten.

»Ich liebe dich. Alles wird gut«, erinnerte er mich. Mein Kinn erzitterte unter seiner Berührung, doch ich versuchte, stark zu bleiben.

»Und ich liebe dich.«

Ein letztes Mal sah ich ihm in die lodernden grünen Augen, dann nickten wir einander stumm zu. Ich drückte Haydens Hand und langte nach dem Türgriff, um die Tür zu öffnen und unseren Fluchtversuch zu starten. Die Worte meines Mannes, bevor wir die Tür öffneten, ließ mein Herz nur umso wilder pochen.

»Jetzt laufen wir los, kleiner Mann.«

Ich nahm all meinen Mut und meine Kraft zusammen, stieß die Tür auf und trat hinaus. Mein Mann folgte mir hastig. Mit Hayden in der Mitte rannten wir über den Bürgersteig. Um uns herum herrschte unvorstellbares Chaos und Panik. Haydens Hand zitterte in meiner, und ich hielt ihn ganz fest.

Mittlerweile dröhnten und heulten die Bomben beinahe unaufhörlich, sodass der Lärm der Explosionen beinahe jeglichen anderen Laut übertönte. Die Erde erzitterte unter unseren Füßen, als ob London von einem beständigen Erdbeben heimgesucht würde. Das ohrenbetäubende Surren der Flugzeuge über uns peitschte uns das Haar ins Gesicht und verursachte sogar noch mehr Lärm als die Bomben, die sie auf uns abwarfen. Kugeln schwirrten durch die Luft, mähten alles und jeden nieder, der in ihre Flugbahn geriet.

Wir hatten es kaum bis auf die Straße geschafft, als ich schon den ersten Leichnam sah, so blutüberströmt und böse zugerichtet, dass er kaum noch zu erkennen war. Mir drehte sich der Magen um, und sofort wandte ich den Blick ab, packte Haydens Hand noch fester.

»Sieh nicht hin, Sohn«, rief mein Mann Hayden zu.

»Konzentrier dich nur auf deine Füße und renne weiter!«

Hayden nickte und stieß ein Wimmern aus, das ich über das ohrenbetäubende Blutbad um uns herum kaum hören konnte. Noch nie zuvor hatte ich ein solches Entsetzen empfunden, und ich brauchte all meine Kraft, um einen Fuß vor den anderen zu setzen. Mein verzweifelter Wunsch, Hayden in Sicherheit zu wissen, das Überleben meiner Familie zu sichern, war das Einzige, was mich vorantrieb.

Es war beinahe unmöglich, in gerader Linie über die Straße zu laufen. Der Bombenhagel und der Beschuss durch andere Zerstörungswaffen atomisierte unseren Vorort, sodass riesige Trümmerhaufen die Straße kaum passierbar machten. Wir stürmten um eine zerborstene Couch herum, die aus einem Haus auf unseren Weg geflogen war. Als Nächstes umrundeten wir einen tiefen Riss in der Straße, den die explodierenden Bomben hinterlassen hatten.

Am schlimmsten waren die Leichen, die unseren Weg säumten. Alle paar Meter stießen wir auf eine weitere. Einige sahen beinahe unversehrt aus. Andere waren bis zur Unkenntlichkeit verstümmelt. Blutlachen so groß, dass man kaum glauben konnte, dass sie von einem einzigen Körper stammten. Mehrfach rutschte ich auf dem Blut aus, sodass die immer noch warme Substanz an meine Beine spritzte, aber dennoch stürmten wir unbeirrbar weiter.

»Mum, Dad«, rief Hayden voller Entsetzen.

»Schon gut, Hayden«, rief ich. Wie durch ein Wunder klang meine Stimme fest. Dennoch konnte ich ihn nicht beruhigen, denn das Zerstörungswerk um uns herum nahm weiter seinen Lauf.

Alle paar Sekunden fiel eine Bombe. Bei manchen hatten wir das Gefühl, als detonierten sie genau hinter uns, und mehr als einmal richteten sich meine Nackenhaare auf, weil eine Welle heißer Luft an uns vorbeiwehte. Kugeln surrten durch die Luft, kamen von überallher, und ich sah, wie ein paar flüchtende Menschen, die uns vorausliefen, zu Boden fielen. Ich zitterte heftig, ob aus Furcht oder weil die Erde unter meinen Füßen erbebte, konnte ich kaum sagen.

»Lauf, Hayden, lauf!«, feuerte ich meinen Jungen an. Mir drehte sich der Magen um, als wir über ein einzelnes Bein sprangen, dessen Ende vollkommen zerfetzt war und dessen Blut sich über den zerklüfteten Asphalt ergoss. Hayden rutschte auf dem Blut aus, aber wir hielten ihn fest und zogen ihn wieder hoch.

»Du hast es geschafft, Hayden, jetzt weiter!«, rief mein Mann ermutigend. Sein Blick schoss zu Hayden hinab, sein Gesicht war stark und energisch. Wir näherten uns der Brücke, die unser Ziel war, und er war genauso wild entschlossen wie ich, dorthin zu gelangen.

Plötzlich ertönte das schrille Pfeifen eines Gewehrs, gefolgt von einem übelkeiterregenden, schmatzend dumpfen Aufprall, als die Kugel die Brust meines Mannes zerfetzte. Kraft und Entschlossenheit wichen im Bruchteil einer Sekunde aus seinem Gesicht. Er stürzte zu Boden und riss Haydens Arm mit sich.

Nein.

Ich gab einen erstickten Entsetzenslaut von mir, als mir klar wurde, was geschehen war. Ein nie gekannter Schmerz tobte in mir. Auch ich wurde zurückgerissen, zitterte am ganzen Körper beim Anblick meines toten Mannes. Er lag auf dem Rücken, leblos, und die einst so leuchtenden grünen Augen blickten leer in den Himmel. Hayden brach auf seiner Brust zusammen, Panik und Verwirrung in den Augen.

»Dad, steh auf!«, flehte er. Seine kleinen Hände machten sich nutzlos an der Wunde an seiner Brust zu schaffen, aus der noch immer Blut strömte, obwohl er schon tot war. »Wir müssen doch weglaufen, Dad!«

Tränen rannen ihm die Wangen herab, während seine zitternden Hände die Wunde zusammenzuhalten versuchten. Aber seine Versuche waren vergeblich. Sein Vater antwortete nicht mehr. Das Herz drohte mir in der Brust zu zerspringen, denn ich hatte gerade meinen Mann verloren und war Zeuge, wie mein Sohn zur Waise wurde. Ich kniete neben ihm nieder, legte ihm die Hand auf den Rücken, zuckte zusammen, als in der Nähe eine weitere Bombe detonierte und weitere Kugeln die Luft durchsiebten. Wir hatten nicht viel Zeit, wir mussten weiter.

»Dad«, stieß er mit erstickter Stimme hervor, beugte seine schmale Gestalt über den Leichnam.

»Hayden, Liebling, wir müssen ihn verlassen«, sagte ich so ruhig wie eben möglich. Meine Kehle fühlte sich an, als würde sie zerfetzt, ebenso wie mein Herz. Ich schlang die Arme um ihn und führte ihm die Lippen ans Ohr. Mein gebrochenes Herz schien jegliche Wärme aus meinem Körper aufzusaugen. »Er ist tot, mein Herz«, sagte ich.

»Nein, ist er nicht«, widersprach Hayden schwach. Meine Kehle schnürte sich schmerzhaft zusammen, und ich konnte die Tränen nicht zurückhalten. Hayden erzitterte in meinen Armen, als ich ihn sanft zu mir umdrehte und sein Gesicht zwischen die Hände nahm.

»Er würde wollen, dass wir weiterlaufen, Hayden«, sagte ich. Dessen war ich absolut sicher. Ich schniefte und holte mühsam Atem, während ich meinem Sohn eindringlich ins Gesicht sah. Endlich nickte er.

»Das ist mein Junge. Mein starker, mutiger Junge«, sagte ich schnell und zog ihn an mich, um ihm einen Kuss auf die Stirn zu geben. Ich schniefte noch einmal, stand auf und griff erneut nach seiner Hand. »Komm jetzt, Liebling.«

Hayden nickte und warf noch einen letzten Blick über die Schulter, nahm den Anblick des leblosen Körpers seines Vaters in sich auf. Ich konnte nicht hinsehen, denn dann wäre ich zusammengebrochen. Ich hatte jetzt ein Mitglied meiner Familie verloren, und ich weigerte mich, noch eines zu verlieren. Wir würden diese Brücke erreichen.

Gemeinsam fingen wir wieder an zu rennen. Die Brücke kam in Sicht, und viele Menschen hatten sich bereits darunter versammelt. Ich konnte die einzelnen Gesichter kaum erkennen, hoffte aber, dass diejenigen, denen ich am meisten vertraute, es geschafft hatten – Docc, Barrow. Sie waren diejenigen, die bei ihrem Leben geschworen hatten, sich um Hayden zu kümmern, sollte meinem Mann oder mir etwas zustoßen.

Anscheinend würde ich sie jetzt brauchen, denn mein Mann war nicht mehr am Leben.

Der Atem brannte in meinen Lungen, als ich meinen Körper weiter voran zwang, wobei ich darauf achtete, nur so schnell zu rennen, wie Hayden es vermochte. Wenn wir beide liefen, kamen wir immer noch schneller voran, als wenn ich ihn getragen hätte, also stürmten wir weiter. Wir kamen immer näher. Nun sah ich, dass die Menschen uns zuwinkten und anfeuerten, schneller zu laufen.

»Wir sind fast da, Hayden«, rief ich voller Hoffnung. Ich drückte seine Hand fest. Mein Herz schlug so schnell wie nie zuvor.

»Wir schaffen es, Mum«, rief er. Er war vollkommen außer Atem von der Anstrengung und vor Angst, aber selbst jetzt spürte ich eine Woge des Stolzes, weil er so stark war. Mein Junge, mein mutiger, lieber Junge. Er hatte es mehr als jeder andere verdient, das hier zu überleben, und dafür würde ich sorgen.

Wir waren jetzt ganz nah; es konnten keine zwanzig Meter mehr sein. Gerade schöpfte ich Hoffnung, dass wir es schaffen würden, als ich die Gesichter sah, die uns anfeuerten, die Arme, die uns heranwinkten. Gerade schöpfte ich Hoffnung, dass alles gut werden würde, weil ich die Wärme von Haydens Hand in meiner spürte. Wir waren der Sicherheit nah, so nah.

So nah, bevor mir wieder ein schrilles Pfeifen ans Ohr drang.

Ein Zerbersten des Fleischs in meiner Brust
Ein kurz aufflackernder Schmerz.
Und endlich, Dunkelheit.